rororo

Tony Hillerman wurde 1925 als Farmersohn in Oklahoma geboren und besuchte acht Jahre lang als Tagesschüler ein Internat für Indianer. Neben seinen Tätigkeiten als Journalist und Dozent an der University of New Mexico begann er Ende der sechziger Jahre Kriminalromane zu schreiben. «Die Spur des Adlers» ist der dreizehnte Roman mit den Navajo-Cops Jim Chee und Joe Leaphorn. Für seine Ethnothriller erhielt er von der Vereinigung der amerikanischen Krimi-Autoren den Edgar Allan Poe Award und den Grandmaster Award. Hillermans Romane wurden in siebzehn Sprachen übersetzt. Der sechsfache Vater lebt mit seiner Frau in Albuquerque, New Mexico.

«Hillermans Romane sind besser als alles, was ich kenne. Sie behandeln die Mystik der Navajo-Kultur mit Humor, Leidenschaft und vor allem mit Authentizität.» (Robert Redford)

TONY HILLERMAN

Die Spur des Adlers

Roman

Deutsch von Fried Eickhoff

Rowohlt Taschenbuch Verlag

Neuausgabe Mai 2001

Deutsche Erstausgabe
Veröffentlicht im Rowohlt Taschenbuch Verlag
GmbH, Reinbek bei Hamburg, April 2000

Die Originalausgabe erschien 1998
unter dem Titel «The First Eagle»
bei HarperCollins Publishers, New York

Redaktion Wolfram Hämmerling
Umschlaggestaltung any.way, Cathrin Günther
(Illustration: Jürgen Mick)
Satz Adobe Garamond bei
Pinkuin Satz und Datentechnik, Berlin
Druck und Bindung Clausen & Bosse, Leck
Printed in Germany
ISBN 3 499 23078 x

Seit ich begann, in meinen Büchern über die Navajo Tribal Police zu schreiben, sind sechs ihrer Angehörigen in Ausübung ihres Dienstes getötet worden. Die Navajo Tribal Police ist nur eine kleine Truppe, die ein riesiges Gebiet, bestehend aus Bergen, Canyons und Wüste, zu betreuen hat. Die Officers sind deshalb in der Regel allein unterwegs. Falls Gefahr droht, dauert es, selbst wenn ihr Funkruf gehört wird, oft Stunden, bis Unterstützung kommt.
Ich widme dieses Buch den sechs toten Officers und ihren Familien. Sie gaben ihr Leben, um andere zu schützen.

Burton Begay, Tuba City, 1975
Loren Whitehat, Tuba City, 1979
Andy Begay, Kayenta, 1987
Roy Lee Stanley, Kayenta, 1987
Hoskie Gene Jr., Kayenta, 1995
Samuel Redhouse, Crownpoint, 1996

Danksagung

Alle Personen in diesem Buch sind frei erfunden. Insbesondere möchte ich betonen, daß Pamela J. Reynolds und Ted L. Brown, Spezialisten für die Bekämpfung von Seuchenüberträgern beim New Mexico Department of Public Health, nicht die Vorbilder für die beiden Seuchenbekämpfer in «Die Spur des Adlers» waren. Dazu sind sie viel zu liebenswürdig und großherzig. Sie versuchten mir zu vermitteln, wie sie die Viren und Bakterien aufspüren, die unsere Berg- und Wüstenlandschaften mit Seuchen zu überziehen drohen, und führten mir sogar den Atemschutzanzug PAPRS vor. Mein Dank gilt ferner dem Mikrobiologen Patrick McDermott, Ph.D., und der Neurologin Susie McDermott, M.D., die versuchten, meine Spekulationen bezüglich medikamentenresistenter Mikroben auf dem Boden der Tatsachen zu halten. Dr. John C. Brown vom Fachbereich Mikrobiologie der University of Kansas verdanke ich eine Leseliste zum Thema und manchen guten Rat. Robert Ambrose, ein Falkner, der auch mit anderen Raubvögeln arbeitet, unterrichtete mich über Adler. Mein Freund Neal Shadoff, M.D., achtete darauf, daß die Äußerungen des medizinischen Personals professionell klingen, und Richter Robert Henry vom Zehnten Bundesappellationsgericht erläuterte mir das Bundesgesetz über die Todesstrafe. Ihnen allen danke ich.

1

Der Körper von Anderson Nez lag, mit einem Tuch bedeckt, auf einer Bahre im Northern Arizona Medical Center in Flagstaff und wartete darauf, abgeholt zu werden.

Shirley Ahkeah, die kaum einen Meter entfernt in der Intensivstation hinter ihrem Schreibtisch saß, erinnerte der Umriß der verhüllten Gestalt an den Sleeping Ute Mountain, wie er sich vom Hogan ihrer Tante in der Nähe von Teec Nos Pos dem Blick des Betrachters darbot. Die Füße des Toten hoben das Tuch und bildeten eine Form, die dem Gipfel ähnelte. Dahinter senkte sich der weiße Stoff in unregelmäßigen Falten und glich aus Shirleys Perspektive den Berghängen, die sie aus ihrer Kindheit in Erinnerung hatte, wenn zu Beginn eines jeden Winters der Schnee sich über Buckel und Grate legte und sie zudeckte.

Shirley schob den angefangenen Bericht über die gerade hinter ihr liegende Nachtschicht beiseite. Ihre Gedanken kehrten unwillkürlich immer wieder zurück zu Anderson Nez und was mit ihm geschehen war. Sie überlegte, ob er wohl zu den Nez des Bitter Water Clan gehörte, die bei Short Mountain Weideland gepachtet hatten, nicht weit entfernt von dem Ort, wo ihre Großmutter lebte. Wenn es sich um diese Familie handelte, hätten sie einer Autopsie bestimmt nicht zugestimmt. Soweit sie sich erinnern konnte, lebten sie noch ganz auf traditionelle Art und Weise. Doch Dr. Woody, der Nez eingeliefert hatte, behauptete, die Familie habe ihr Einverständnis zu einer Leichenöffnung gegeben.

In diesem Moment blickte Woody, der vor einer knappen Stunde plötzlich hereingestürmt war, ungeduldig auf seine Uhr, ein billiges Digitalding aus schwarzem Plastik.

«Also», sagte er, «ich muß wissen, wann er gestorben ist.»

«In den frühen Morgenstunden», antwortete Dr. Delano. Es klang überrascht. Auch Shirley war verblüfft. Wieso fragte er, wo er es doch schon wußte?

«Nein, nein, nein», sagte Woody gereizt, «ich brauche die *genaue* Zeit.»

«Gegen zwei», antwortete Delano. Seine Miene zeigte deutlich, daß er es nicht schätzte, derartig ungeduldig befragt zu werden. Er zuckte die Schultern. «So etwa.»

Woody runzelte ärgerlich die Stirn. «Wer könnte es denn wissen? Ich meine, möglichst bis auf wenige Minuten exakt.» Er blickte rechts und links den Krankenhausflur hinunter und wies dann mit der Hand auf Shirley. «Irgend jemand muß doch Nachtwache gehabt haben. Der Mann war im Endstadium. Ich kenne den Zeitpunkt der Infektion und weiß, wann das Fieber eingesetzt hat. Jetzt muß ich herausfinden, wie schnell die Infektion ihn umgebracht hat. Ich benötige jede noch so kleine Information über die verschiedenen körperlichen Prozesse im präfinalen Stadium. Was war mit seinen Vitalfunktionen, Atmung und Kreislauf? Außerdem brauche ich die Ergebnisse der Untersuchungen, die ich angeordnet habe, als ich ihn einlieferte. Und zwar vollständig.»

Merkwürdig, dachte Shirley. Wenn Woody so genau wußte, wann Nez sich infiziert hatte, wieso hatte er ihn dann nicht früher gebracht, als noch Aussicht bestanden hätte, ihn zu retten? Bei seiner Einlieferung gestern hatte er vor Fieber geglüht und lag bereits im Sterben.

«Ich bin sicher, die Angaben, die Sie suchen, stehen alle auf seinem Krankenblatt», sagte Delano und wies mit einer Kopfbewegung auf das Klemmbrett in Woodys Hand.

Shirley verzog schuldbewußt das Gesicht. Die Angaben, die Woody brauchte, waren im Krankenblatt nicht eingetragen. Noch nicht. Sie hätten dort stehen sollen und würden dort auch stehen, wenn es nicht plötzlich gegen Ende der Nachtschicht so hektisch zugegangen wäre, und dies nicht zuletzt deshalb, weil Woody überraschend aufgetaucht war und eine Obduktion verlangt hatte. Das hatte dazu geführt, daß sie Delano verständigt hatte, der, so unvermittelt aus dem Schlaf gerissen, Mühe gehabt hatte, seiner Rolle als stellvertretender ärztlicher Leiter gerecht zu werden. Deshalb zog er seinerseits Dr. Howe hinzu, der gestern auf der Intensivstation Dienst gehabt und Nez behandelt hatte. Shirley registrierte, daß sich Howe von Woodys Ungeduld nicht im mindesten beeindrukken ließ. Dafür hatte er wohl einfach zuviel gesehen. Howe führte bei jedem Fall seinen ganz persönlichen Krieg gegen den Tod. Aber wenn dieser siegte, wie das auf einer Intensivstation nicht selten vorkam, zog er einfach Bilanz und wandte sich neuen Fällen zu. Noch vor wenigen Stunden hatte er sich um Nez gesorgt und ständig nach ihm gesehen, doch schon jetzt war er für ihn nicht mehr als eine weitere der unzähligen nicht zu vermeidenden Niederlagen.

Wieso machte Dr. Woody überhaupt so einen Aufstand, fragte sich Shirley. Warum bestand er auf einer Autopsie? Und nicht nur das. Er wollte sogar dabeisein. Die Todesursache war doch vollkommen klar. Nez war an der Pest gestorben. Sofort nach seiner Ankunft im Krankenhaus hatte man ihn auf die Intensivstation gebracht. Da waren die infizierten Lymphknoten bereits stark angeschwollen, und eine Unzahl punktförmiger subkutaner Blutungen bildeten auf Unterleib und Beinen charakteristische dunkle Flecken. Diese hatten der Seuche, als sie im Mittelalter Europa heimgesucht und Opfer in zweistelliger Millionenhöhe gefordert hatte, den Namen «Schwarzer Tod» eingetragen.

Wie die meisten, die im Four-Corners-Gebiet im medizinischen Bereich tätig waren, hatte Shirley Ahkeah bereits früher Pestfälle gesehen. Drei oder vier Jahre lang war die Reservation von Infektionen mit *Yersinia pestis* verschont geblieben, doch in diesem Jahr waren bereits drei Fälle zu verzeichnen gewesen. Einer davon war im Osten der Big Rez auf dem Gebiet von New Mexico aufgetreten, so daß sie ihn nicht zu Gesicht bekommen hatten. Der Ausgang war auch hier tödlich gewesen, und man hatte allgemein den Eindruck, daß das altertümliche Bakterium eine Art Aufschwung erlebte und in ungewöhnlich virulenter Form auftrat.

Nez' Sterben und Tod schienen dies erneut zu bestätigen. Aus der anfänglichen Beulenpest hatte sich bei ihm rasend schnell eine sekundäre Pestpneumonie entwickelt, und in seinem Sputum wie auch in seinem Blut hatte es vor Erregern nur so gewimmelt.

Delano, Howe und Woody gingen jetzt langsam den Flur hinunter, so daß Shirley nicht mehr verstehen konnte, was sie sprachen, doch aus dem ruhigen Gemurmel, das zu ihr drang, schloß sie, daß sie sich wohl geeinigt hatten. Das bedeutete vermutlich wieder zusätzliche Arbeit für sie. Ihr Blick wanderte unwillkürlich zu dem Toten auf der Bahre, und sie sah Nez wieder vor sich, wie er sich, Stunde um Stunde schwächer werdend, dem Tod entgegengequält hatte. Sie wünschte, man würde seine Leiche endlich abholen. Shirley Ahkeah stammte aus Farmington, einer kleinen Stadt im Nordosten New Mexicos an der Grenze zur Reservation. Ihr Vater, ein Grundschullehrer, war zum Katholizismus konvertiert und hatte seine Tochter im Geist eines aufgeklärten Christentums erzogen. Shirley deutete die religiösen Vorstellungen der Navajos, nach denen es galt, Tote zu meiden, deshalb ähnlich wie gewisse jüdische Speisevorschriften – sie beugten auf kluge Art und Weise der Ausbreitung von Krankheiten vor. Doch auch wenn sie nicht an das *chindi* glaubte, das nach traditioneller Navajo-Vorstellung vier Tage lang in der Nähe eines Verstorbenen verweilte, so löste die Nähe des Toten dennoch Unbehagen bei ihr aus, gemahnte sie sein Anblick doch an die Sterblichkeit aller Menschen und das tiefe Leid, das der Tod oft verursachte.

Howe kam den Flur entlang zurück und blieb an Shirleys

Schreibtisch stehen. Immer wenn sie ihn sah, fühlte sie sich an ihren Großvater erinnert, der allerdings weniger rundlich war. Howe wirkte alt und müde.

«Shirley, meine Liebe, wissen Sie vielleicht noch, ob ich Ihnen gestern eine Liste gegeben habe mit einer Reihe von besonderen Untersuchungen, die wir an Nez vornehmen sollten? Ich erinnere mich, daß Woody einige Bluttests haben wollte, unter anderem sollten wir stündlich den Interleukin-6-Wert ermitteln. Was die vom Indian Health Service wohl für einen Tanz aufgeführt hätten, wenn wir ihnen derartig spezielle Sachen auf die Rechnung gesetzt hätten.»

«O ja», sagte Shirley, «das kann ich mir lebhaft vorstellen. Aber diese Liste, von der Sie sprachen, die habe ich nie gesehen. An dieses Interleukin-6 würde ich mich bestimmt erinnern.» Sie lachte. «Das hätte ich nämlich erst einmal nachschlagen müssen. Es hat irgend etwas mit dem Immunsystem zu tun, nicht wahr?»

«Ich bin da auch nicht besonders bewandert», antwortete Howe. «Aber ich glaube, Sie haben recht. Ich weiß, daß der Wert eine Rolle spielt bei der Behandlung von Aids und Diabetes und bestimmten anderen Krankheiten, die das Immunsystem betreffen. Aber egal. Die Liste wird in Ihrem Bericht eben einfach nicht auftauchen. Ich habe nur einen kurzen Blick darauf geworfen und den Zettel dann wohl in Gedanken zusammengeknüllt und weggeworfen.»

«Wer ist überhaupt dieser Dr. Woody?» wollte Shirley wissen. «Welche Fachrichtung vertritt er? Und warum hat er so lange gewartet, ehe er Nez eingeliefert hat? Der arme Kerl muß doch schon seit mehreren Tagen Fieber gehabt haben.»

«Woody praktiziert nicht als Arzt», sagte Howe, «er hat zwar einen medizinischen Doktortitel, aber er arbeitet in der Forschung. Mikrobiologie, Pharmakologie, organische Chemie – das sind seine Gebiete. Er schreibt in medizinischen Fachzeitschriften laufend Aufsätze über das Immunsystem, die Entwicklung von Krankheitserregern, Antibiotikaresistenz von Bakterien und ähnliche Themen. Vor ein paar Monaten hat er in *Science* einen Artikel für interessierte Laien veröffentlicht, in dem er warnt, daß die bekannten Wundermittel wie etwa Penizillin an Wirkung verloren hätten. Er meinte, falls uns die Viren nicht umbrächten, dann bestimmt die Bakterien.»

«Ach, den Artikel habe ich auch gelesen», sagte Shirley. «Der war also von ihm. Aber wenn er so gut über Bakterien und bakterielle Infektionen Bescheid weiß, dann verstehe ich um so weniger, wieso er Nez' Fieber nicht bemerkt hat.»

Howe nickte. «Ich habe ihn danach gefragt. Er sagte, er hätte Nez sofort eingeliefert, nachdem er die ersten Symptome zeigte. Wegen der speziellen Gefahren aufgrund seiner Arbeit im Labor hätte Nez ohnehin regelmäßig vorbeugend Doxycyclin bekommen. Als dann das Fieber einsetzte, hätte er ihm noch zusätzlich Streptomycin gespritzt und ihn auf dem schnellsten Weg hierhergebracht.»

«Und – glauben Sie ihm das etwa?» fragte Shirley.

Howe verzog nachdenklich das Gesicht. «Ich denke, es stimmt, was er sagt», antwortete er. «Aber ich kann nicht behaupten, daß mich das freut. Die gute alte Pest war doch wenigstens berechenbar. Sie ließ sich zu Anfang immer Zeit, und das gab uns die Möglichkeit, etwas gegen sie zu unternehmen. Vielleicht hat Woody recht, wenn er schreibt, wir sollten uns wegen der globalen Erwärmung keine Sorgen machen, diverse Viren und Bakterien hätten uns längst den Garaus gemacht, bevor wir die Konsequenzen zu spüren bekämen.»

«Soweit ich mich erinnere, fand ich vieles, was in dem Artikel stand, ganz vernünftig», bemerkte Shirley. «Ich sehe ja jeden Tag, wie manche Ärzte sofort Antibiotika verordnen, bloß weil ein Kind über Ohrenschmerzen klagt. Kein Wunder ...»

Howe hob die Hand. «Sparen Sie sich Ihren Vortrag, Shirley. Bei mir rennen Sie damit offene Türen ein.» Er wies mit dem Kopf zur Bahre. «Der Tote hier ist der beste Beweis, daß wir offenbar ganz neue Gruppen resistenter Bakterien herangezüchtet haben. Bei *Pasteurella pestis*, wie die Erreger in jenen wunderbaren Anfangszeiten genannt wurden, hatten wir die Wahl zwischen einem halben Dutzend verschiedener Mittel, die alle sozusagen spielend mit ihnen fertig wurden. Damals erzielten Antibiotika zuverlässig Wirkung. Heute sprechen wir von *Yersinia pestis,* und die haben, jedenfalls bei Nez, sämtlichen Mitteln erfolgreich widerstanden.»

«Er kam einfach zu spät», sagte Shirley. «Man kann der Pest nicht zwei Wochen Vorsprung geben und dann erwarten …»

Howe schüttelte den Kopf. «Es waren keine zwei Wochen, Shirley. Wenn es stimmt, was Woody erzählt, dann hatte sich Nez erst am selben Tag infiziert.»

«Das kann nicht sein», sagte Shirley heftig. «Woher will Dr. Woody das überhaupt so genau wissen?»

«Er sagte, er hätte Nez den Floh selbst abgeklaubt. Woody führt eine großangelegte Studie über Nagetierkolonien durch, die als Wirtstiere dienen. Das Geld dafür bekommt er vom National Institute of Health und einigen pharmazeutischen Unternehmen. Er untersucht Tierpopulationen wie zum Beispiel die von Präriehunden, in denen bestimmte vom Tier zum Menschen übertragbare Krankheiten endemisch sind, die sogenannten Reservoire. Die Präriehunde leben in ausgedehnten Kolonien, den ‹Dörfern›. Woody interessiert, warum regelmäßig einige von ihnen an der hämorrhagischen Septikämie, der bei Tieren auftretenden Form der Pest, sterben, während andere überleben beziehungsweise gar nicht erst erkranken. Das gleiche Phänomen findet sich bei bestimmten Mäusearten, zum Beispiel der Weißfußmaus, oder bei den Känguruhratten. Bei ihnen kommt es immer wieder zu Erkrankungen durch das Hanta-Virus. Aber was Nez angeht – Woody sagte, sie beide hätten immer, wenn die Gefahr bestand, sich durch einen Flohbiß zu infizieren, vorbeugend ein Breitbandantibiotikum genommen. Wurde einer von ihnen dann tatsächlich gebissen, so untersuchte Woody den Floh, um gegebenenfalls eine Behandlung einzuleiten. Nach dem, was er mir erzählte, hat Nez gestern an der Innenseite seines Oberschenkels einen Floh entdeckt, und fast unmittelbar darauf fühlte er sich unwohl und spürte, wie er Fieber bekam.»

«Aber das wäre ja Wahnsinn», sagte Shirley leise.

«Das *ist* Wahnsinn.»

«Vielleicht ist er ja davor schon einmal von einem Floh gebissen worden, ohne daß er es gemerkt hat», sagte Shirley, aber es klang nicht sehr überzeugt.

Howe schüttelte den Kopf. «Scheint nicht so.»

«Wollen Sie eine Obduktion vornehmen lassen?»

Howe nickte. «Sie sagten doch, daß Sie die Familie womöglich kennen. Meinen Sie, daß sie Einwände haben könnte?»

Sie zuckte die Schultern. «Ich bin das, was man eine ‹städtische Indianerin› nennt. Zwar bin ich von meiner Abstammung her zu drei Vierteln eine Navajo, aber ich weiß nicht genau, wie traditionell lebende Navajos heute mit so etwas umgehen. An sich ist es natürlich verboten, einen Körper nach dem Tod zu öffnen, aber wenn eine Sektion vorgenommen wird, dann löst das für die Angehörigen andererseits das Problem einer Beerdigung.»

Howe stieß einen Seufzer aus, lehnte sich mit seinem ausladenden Hinterteil gegen ihren Schreibtisch, schob die Brille hoch und rieb sich die Augen. «Das bewundere ich so an euch Navajos», sagte er. «Wenn jemand stirbt, dann gebt ihr euch vier Tage lang völlig dem Kummer und Schmerz um seinen Geist und seine Seele hin, aber danach wendet ihr euch wieder ganz dem Leben zu. Was hat uns Weiße bloß dazu gebracht, diesen fürchterlichen Leichenkult zu betreiben? Nüchtern betrachtet, ist eine Leiche schließlich nichts als totes Fleisch, das zudem gefährliche Giftstoffe enthält.»

Shirley nickte nur.

«Irgend etwas Positives von dem Kind auf Nummer vier?»

Shirley reichte ihm schweigend das Krankenblatt. Er überflog es, schnalzte kurz mit der Zunge und schüttelte betrübt den Kopf. Schwerfällig richtete er sich auf und stand einen Moment lang mit hängenden Schultern einfach nur da und starrte auf die Bahre.

«Wissen Sie eigentlich», fragte er, «was die Ärzte im Mittelalter ihren verängstigten Patienten rieten, um sich vor einer Ansteckung mit der Pest zu schützen?»

Shirley schüttelte stumm den Kopf.

«Nun, da man allgemein annahm, daß die Erkrankung irgendwie mit dem Einatmen übler Dünste zu tun hätte, empfahlen sie die Anwendung von reichlich Parfum und außerdem Blumenschmuck. Das konnte natürlich dem massenhaften Sterben nicht Einhalt gebieten, und die Menschen wußten das auch. Doch wie sie mit diesem Wissen umgingen, das ist schon bemerkenswert.»

Howe wollte, daß sie nachfragte, damit er sie mit einer originellen Antwort überraschen konnte – so gut kannte Shirley ihn inzwischen schon. Sie war heute eigentlich nicht in der Stimmung, doch sie tat ihm den Gefallen: «Wie denn?»

«Sie dichteten einen sarkastischen kleinen Vers, der sich bis heute erhalten hat – allerdings als Kinderlied.»

Er begann mit krächzender Altmännerstimme zu singen:

«Ringel rangel Rose
Wir tanzen auf dem Moose
Pflücken uns ein Veilchen
Freun uns noch ein Weilchen …
Staub, Staub, wir alle geh'n dahin.»

Er betrachtete sie mit einem nachsichtigen kleinen Lächeln. «Das haben Sie doch bestimmt auch gesungen?»

Shirley schüttelte den Kopf. Sie hatte das Lied noch nie gehört.

Dr. Howe drehte sich schweigend um und ging den Gang hinunter zu einem seiner Patienten, der im Sterben lag.

2

Lieutenant Jim Chee von der Navajo Tribal Police fühlte sich in seinem Herzen den alten Navajo-Traditionen verbunden, und deshalb öffnete sich die Tür seines Trailers nach Osten. In der Morgendämmerung dieses 8. Juli betrachtete er den Sonnenaufgang, verstreute ein wenig Maispollen aus seinem Medizinbeutel, um den Tag zu segnen, und überlegte, was er ihm bringen mochte.

Er dachte zunächst über den unangenehmen Teil nach. Auf seinem Schreibtisch im Büro in Tuba City wartete der Bericht über den letzten Monat, seinen ersten als kommissarischer Leiter der Polizeinebenstelle, noch immer auf seine Fertigstellung. Er war bereits seit mehr als einer Woche überfällig. Doch der verhaßte Papierkram würde geradezu ein Vergnügen sein im Vergleich zu der anderen Aufgabe, die heute anstand: Officer Ben Kinsman klarzumachen, sich bei seinen Handlungen in Zukunft gefälligst etwas weniger von seiner Libido leiten zu lassen.

Der angenehme Teil des Tages betraf, wenn auch nicht ganz direkt, seine eigene Libido. Janet Pete hatte beschlossen, Washington zu verlassen und ins Navajo-Land zurückzukehren. Ihr Brief war freundlich, aber ziemlich unpersönlich gewesen, ohne die geringste Andeutung irgendeines romantischen Gefühls. Aber immerhin, sie kam wieder her. Wenn er die Sache mit Kinsman hinter sich gebracht hatte, würde er sie anrufen, um vorsichtig die Lage zu sondieren. Betrachtete sie sich noch als seine Verlobte und hatte vor, ihre komplizierte Beziehung weiterzuführen? Wollte sie mit ihm zusammen versuchen, ihre Unterschiede zu überbrücken? Hatte sie vielleicht sogar vor, ihn zu heiraten? Und falls ja, wäre er selbst dazu überhaupt bereit? Aber wie immer auch die Antwort auf diese Frage lauten mochte, die Hauptsache war, sie kehrte zurück, und deshalb lächelte Chee glücklich vor sich hin, während er das Frühstücksgeschirr abwusch.

Die gute Laune verging ihm, kaum daß er sein Büro betreten hatte. Officer Kinsman, der ihn dort erwarten sollte, war nicht da. Claire Dineyahze lieferte die Erklärung.

«Er hat mir gesagt, er müsse gleich rausfahren nach Yells Back Butte, um den Hopi zu stellen, der dort seit einiger Zeit Adler wildert.»

Chee holte tief Luft und öffnete den Mund, schloß ihn aber gleich wieder. Er wollte Mrs. Dineyahze die obszönen Flüche ersparen, die ja ohnehin Kinsman galten.

Mrs. Dineyahze verzog ein wenig den Mund und schüttelte den Kopf, offenbar mißbilligte sie das Verhalten des Officer ebenfalls. «Ich nehme an, daß es der Mann ist, den er im letzten Winter schon einmal da draußen festgenommen hat», sagte sie, «derselbe, den wir gleich wieder laufenlassen mußten, weil Benny vergessen hatte, ihn über seine Rechte aufzuklären. Aber das ist nur eine Vermutung, er wollte mir ja nichts Genaues sagen. Hat mich nur mit diesem Blick angesehen. So …!» Sie legte den Kopf in den Nacken und hob hochmütig die Augenbrauen. «Seinen Informanten dürfe er nicht nennen, hat er behauptet, das sei vertraulich.» Es war deutlich, daß Mrs. Dineyahze Kinsmans Zurückhaltung als kränkend empfand. «Bestimmt eine von seinen vielen Freundinnen.»

«Ich werde das herausfinden», sagte Chee. Es war an der Zeit, das Thema zu wechseln. «Ich muß zusehen, daß ich heute endlich den Juni-Bericht fertig mache», sagte er. «Gibt es sonst noch etwas?»

«Nun ja», begann Mrs. Dineyahze und hielt dann inne.

Chee wartete.

Mrs. Dineyahze zuckte die Schultern. «Ich weiß, daß Sie Klatsch nicht mögen», sagte sie, «aber Sie werden es ohnehin bald offiziell erfahren.»

«Was?»

«Suzy Gorman hat heute morgen angerufen. Sie wissen, wen ich meine? Die Sekretärin bei der Arizona Highway Patrol in Winslow. Einer ihrer Trooper wurde gestern abend nach Flagstaff in ein Lokal gerufen, weil sich dort zwei Männer prügelten. Der eine war Benny Kinsman, der andere irgend jemand von der Northern Arizona University.»

Chee seufzte. «Hat Kinsman jetzt eine Anklage am Hals?»

«Sie sagte, nein. Die Kollegen hätten ein Auge zugedrückt.»

«Na, Gott sei Dank», sagte Chee. «Das hätte gerade noch gefehlt.»

«Die Sache ist aber trotzdem nicht ganz ausgestanden», bemerkte Mrs. Dineyahze. «Suzy sagte, der Grund für die Schlägerei sei gewesen, daß Kinsman gegenüber einer jungen Frau zudringlich geworden sei und nicht lockerlassen wollte, und diese Frau hat offenbar vor, Anzeige zu erstatten. Sie behauptet, Kinsman hätte sie schon früher belästigt. Bei der Arbeit.»

«Zum Teufel», sagte Chee. «Was denn noch? Wo arbeitet die Frau?»

«Es handelt sich um eine gewisse Catherine Pollard», antwortete Mrs. Dineyahze. «Sie arbeitet von einem kleinen Labor aus, das ihr das Arizona Health Department hier eingerichtet hat, nachdem die beiden Fälle von Beulenpest aufgetreten waren. Ihr Job besteht darin, die Überträger der Krankheit aufzuspüren.» Sie lächelte. «Die Leute hier nennen sie und ihre Kollegen ‹Flohfänger›.»

«Ich muß diesen Bericht bis Mittag von meinem Schreibtisch haben», sagte Chee. Er wollte endlich an die Arbeit. Es reichte ihm.

Mrs. Dineyahze war jedoch noch nicht fertig. «Hat Bernie Sie schon auf Kinsman angesprochen?»

«Nein», sagte Chee. «Hat sie nicht.» Bernie, das war Officer Bernadette Manuelito, jung und noch unerfahren und außerdem in ihn verliebt, wenn er verschiedenen Äußerungen, die er dann und wann zufällig aufgeschnappt hatte, trauen konnte. Mrs. Dineyahzes Worte überraschten ihn nicht. Er hatte am Rande schon mitbekommen, daß sich zwischen Bernie und Kinsman irgend etwas zusammenbraute.

«Ich habe ihr gesagt, daß sie sich unbedingt an Sie wenden sollte, aber sie wollte Sie verschonen.»

«Und weswegen sollte sie sich an mich wenden?»

Mrs. Dineyahze blickte säuerlich. «Sexuelle Belästigung.»

Chee wollte nichts davon hören. Nicht jetzt jedenfalls. «Sagen Sie ihr, sie soll mir einen Bericht schreiben», sagte er und ging in sein Zimmer. Wenn er zwei Stunden in Ruhe und Frieden würde arbeiten können, dann konnte er es bis Mittag geschafft haben. Doch schon nach einer halben Stunde meldete sich die Funkzentrale.

«Kinsman fordert Unterstützung an», sagte der weibliche Officer.

«Wobei?» wollte Chee wissen. «Und wo steckt er überhaupt?»

«Ziemlich weit draußen, kurz hinter Goldtooth», sagte sie. «Nahe bei der Westseite der Black Mesa. Die Funkverbindung ist im Moment abgebrochen.»

«Das passiert in der Gegend dauernd», sagte Chee. Die ständigen Probleme mit der Funkverbindung waren genau einer der Punkte, über die er sich in seinem Bericht beschweren wollte.

«Ist jemand in der Nähe?»

«Ich fürchte nicht.»

«Dann übernehme ich das selbst», sagte Chee.

Kurz nach zwölf Uhr mittags holperte er, eine Staubwolke

hinter sich herziehend, eine Schotterstraße entlang und hielt Ausschau nach Kinsman. «Melden Sie sich, Benny!» sagte er ins Mikrofon. «Ich bin acht Meilen südlich von Goldtooth, wo sind Sie?»

«Unter der Südwand von Yells Back Butte. Nehmen Sie den alten Fahrweg zum Tijinney Hogan. Sie kreuzen dann bald ein trockenes Bachbett. Dort müssen Sie den Wagen stehenlassen und zu Fuß weiter. Eine halbe Meile das Bachbett hoch. Und vor allem – leise!»

«Verdammt», sagte Chee, aber nur zu sich selbst, nicht ins Mikrofon. Das Jagdfieber mußte Kinsman den Verstand vernebelt haben, sonst hätte er seine Informationen nicht in diesem kaum verständlichen Flüsterton von sich gegeben. Aber was Chee noch mehr ärgerte, war, daß Kinsman sein Gerät gleich wieder abgeschaltet hatte. Er fürchtete wohl, daß eine zu laut gesprochene Rückfrage den Mann, den er beobachtete, aufmerksam machen könnte. Es gab natürlich prekäre Einsätze, bei denen ein solches Vorgehen angebracht war, aber Chee bezweifelte, daß die Situation hier derartige Vorsichtsmaßnahmen erforderte.

«Kommen Sie, Kinsman», sagte er. «Werden Sie erwachsen!»

Wenn er Benny zu Hilfe kommen sollte, wäre es ganz hilfreich gewesen, vorher zu wissen, was ihn eigentlich erwartete. Außerdem hätte er gerne erfahren, wo genau dieser Fahrweg abzweigte. Chee kannte sich auf der Ostseite der Big Rez ganz gut aus, auf der Checkerboard Rez sogar noch besser, und das Gebiet um den Navajo Mountain war ihm auch einigermaßen vertraut. In Tuba City und seiner Umgebung war er nur als ganz junger Polizist einmal kurz eingesetzt gewesen und erst jetzt vor sechs Wochen wieder hierher zurückbeordert worden. Die zerklüftete Gegend, die direkt an die Hopi-Reservation angrenzte, war ihm deshalb so gut wie fremd.

Er erinnerte sich jedoch noch, daß Yells Back Butte eine

Felsformation der Black Mesa war. Der Fahrweg zum Tijinney Hogan würde also vermutlich nicht allzu schwer zu finden sein, und das trockene Bachbett und Kinsman hoffentlich auch nicht. Sobald sie sich gegenüberstünden, würde er ihm erst einmal unmißverständlich klarmachen, wie er das Funkgerät zu benutzen hatte und wie man sich in Gegenwart von Frauen verhielt. Und wenn er schon dabei war, ihm die Meinung zu sagen, konnte er ihn auch gleich darauf hinweisen, daß er gefälligst über seine Anti-Hopi-Haltung nachdenken sollte.

Das Land von Kinsmans Familie war der Hopi-Reservation zugeschlagen worden, nachdem der Kongreß 1979 entschieden hatte, die Joint Use Area, in der Navajos und Hopis bisher nebeneinander gelebt hatten, aufzuteilen. Kinsmans Großmutter, die nur Navajo sprach, war in die Gegend von Flagstaff umgesiedelt worden, wo kaum jemand sie verstand. Jedesmal wenn Kinsman sie dort besuchte, kehrte er voller Wut und Empörung zurück.

Einer jener vereinzelten Schauer, erster Vorläufer der bevorstehenden Regenzeit, war gerade über das Moenkopi Plateau hinweggezogen, und Chee hörte im Osten aus einiger Entfernung noch ein leichtes Donnergrollen. Die Schotterstraße war feucht und staubte nicht mehr, und die Luft, die durchs Autofenster zu ihm drang, duftete würzig nach Beifuß und nasser Erde.

Chee beschloß, sich durch die Probleme mit Kinsman nicht den Tag verderben zu lassen. Er wollte die Freude genießen, daß er Janet Pete bald wiedersah. Sie kam also zurück. Hieß das, daß sie inzwischen glaubte, auf das kulturelle Leben und die elegante Gesellschaft Washingtons verzichten zu können? Möglich. Aber vielleicht kam sie auch nur zurück, um erneut zu versuchen, ihn in ihre so andere Welt hineinzuziehen. Und wenn dem so war, würde es ihr dann diesmal gelingen? Er verspürte plötzlich Unbehagen.

Ehe gestern ihr Brief gekommen war, hatte er oft tagelang kaum an sie gedacht, nur frühmorgens, wenn er sich zum Frühstück seinen Dosenschinken briet, oder nachts kurz vor dem Einschlafen. Aber er hatte der Versuchung widerstanden, ihren alten Brief immer wieder hervorzukramen und noch einmal zu lesen. Er kannte ihn ohnehin fast auswendig. Einer der vielen einflußreichen, im Regierungsdienst tätigen Bekannten ihrer Mutter hatte berichtet, daß Janets Stellenbewerbung im Justizministerium wohlwollend aufgenommen worden sei. Da sie eine halbe Navajo war, habe sie gute Aussichten für eine Anstellung im Indianergebiet. Dann folgte der letzte Absatz:

«Vielleicht werde ich nach Oklahoma geschickt. Wegen der vielen Streitigkeiten der Cherokees untereinander braucht man dort dringend Regierungsanwälte. Es ist aber auch möglich, daß die derzeitige Diskussion im Bureau of Indian Affairs über neue Möglichkeiten der Strafverfolgung mich hier noch eine Weile festhält.»

Keine Zeile in dem Brief ließ erkennen, daß zwischen ihnen beiden so etwas wie Zuneigung bestanden hatte. Chee verbrauchte fast ein Dutzend Blatt Papier bei seinen verschiedenen Versuchen, ihr mitzuteilen, was er dachte und fühlte. In seinen ersten Entwürfen drängte er sie noch, die Erfahrung, die sie bei ihrer Arbeit für das Rechtshilfeprogramm des Navajostammes gemacht hatte, ins Feld zu führen, um eine Anstellung auf der Big Rez zu erreichen. Er schrieb ihr, sie solle möglichst schnell zurückkommen, er sehe inzwischen ein, daß er ihr zu Unrecht mißtraut habe. Er habe die Situation einfach mißverstanden, seine dumme Eifersucht habe ihm wohl den Blick getrübt. Doch diesen Ansatz hatte er dann irgendwann verworfen und ihr statt dessen geraten:

«Bleibe, wo Du bist. Du wirst Dich hier nicht glücklich fühlen, und zwischen uns beiden wird es ohnehin nie wieder so sein wie früher. Komm auf keinen Fall zurück, wenn Du nicht wirklich überzeugt bist, auch ohne Premieren im Kennedy Center, ohne deine Freunde aus Harvard und Yale, ohne Vernissagen und Modepartys mit den Reichen und Schönen, ohne intellektuelle Diskussionen auskommen zu können. Und komm auf keinen Fall zurück, wenn Du Dir nicht wirklich vorstellen kannst, mit jemandem zu leben, der weder sozial aufsteigen möchte noch besonderen Luxus anstrebt, der vielmehr sehr zufrieden damit ist, in einem rostigen Trailer zu wohnen.»

War er wirklich zufrieden? Oder machte er sich nur etwas vor? Wie auch immer, er war froh, daß es ihm nach einiger Zeit gelungen war, sie halbwegs zu vergessen. Bei dem Brief, den er schließlich an sie abgeschickt hatte, hatte er sorgfältig darauf geachtet, nichts von seinen widerstreitenden Gefühlen zu verraten, er war freundlich und nichtssagend. Dann war plötzlich gestern ihr Brief gekommen, und in der letzten Zeile stand: «Ich komme nach Hause!!»

«Nach Hause». Mit zwei Ausrufezeichen. Daran mußte er gerade denken, als Kinsmans albernes Geflüster ihn wieder in die Gegenwart zurückholte. Chee konnte zuerst nicht verstehen, was er sagte, doch dann hörte er plötzlich deutlich die Worte: «Lieutenant! Beeilen Sie sich!»

Chee trat aufs Gas. Eigentlich hatte er vorgehabt, sich in Goldtooth nach der genauen Richtung zu erkundigen, aber der Ort bestand nur aus zwei verfallenen Steingebäuden ohne Dach und einem traditionellen runden Hogan, der aber ebenfalls verlassen aussah. Es zweigten mehrere Wege hier ab, die beiden äußeren verschwanden rechts und links in den Dünen. Der mittlere wies Reifenspuren auf, und Chee beschloß, ihm zu folgen. Er fuhr so schnell er konnte. Der Weg war trocken, offenbar lag der schmale Streifen, auf den der Schauer gefallen war, schon hinter ihm. Der Wagen zog eine weitgefächerte Staubfahne hinter sich her. Ungefähr vierzig

Meilen zu seiner Rechten, nach Süden zu, beherrschten die San Francisco Mountains den Horizont, über ihrer höchsten Erhebung, Humphrey's Peak, schien sich gerade eine Gewitterfront aufzubauen. Zu seiner Linken ragten die zerklüfteten Umrisse der Hopi Mesas auf, zum Teil durch einen Regenschleier seiner Sicht entzogen. Er befand sich mitten auf einer kargen, windgepeitschten Hochebene, deren aufgetürmte Sanddünen durch die Wurzeln von Schachtelhalm und Beifußsträuchern, Knöterich und Yucca festgehalten wurden. Plötzlich roch die Luft frisch, so als ob gerade Regen gefallen wäre. Es staubte nicht mehr, der Weg war noch feucht. Er machte jetzt einen Bogen nach Osten, direkt auf die steilen Abhänge der Mesa zu, und nach wenigen Minuten erblickte Chee vor sich den Umriß eines massig hervorspringenden Bergkegels. Die Reifenspuren von Kinsmans Wagen, die Chee den Weg wiesen, waren auf einmal verschwunden, und Chee war schon fast an dem unauffälligen Abzweig vorbeigefahren, ehe er sie plötzlich, hinter ein paar Schachtelhalmsträuchern verborgen, wiederentdeckte. Er setzte zurück und versuchte, über Funk mit Kinsman Kontakt aufzunehmen, doch aus dem Gerät drangen nur Knacken und Rauschen. Er fuhr den Wagenspuren nach in Richtung auf Yells Back Butte. Kurz vor dem Fuß der steil emporsteigenden Wand kreuzte das trockene Bachbett, von dem Kinsman gesprochen hatte.

Sein Streifenwagen parkte neben einer Gruppe von Wacholderbäumen, seine Fußspuren wiesen das Bachbett hoch. Chee folgte ihnen über den sandigen Untergrund und dann, das Bachbett verlassend, weiter den Abhang hinauf in Richtung auf den Sattel zu, der Black Mesa und Yells Back Butte miteinander verband. Kinsmans dringender Ton ging Chee nicht aus dem Kopf. Zum Teufel mit der Vorsicht, er begann zu rennen.

Officer Kinsman lag hinter einem Sandsteinfelsen. Chee

sah als erstes sein Bein in einer Uniformhose, teilweise verdeckt durch wuchernde Quecken. Er rief ihn laut an und hielt dann inne. Im Näherkommen konnte er jetzt den Stiefel sehen. Die Spitze wies nach unten. Da stimmte etwas nicht. Er zog die Pistole aus dem Holster und schob sich langsam näher.

Plötzlich hörte er hinter dem Felsen ein leises Knirschen, so als ob jemand auf lose Steinchen träte, dann eine Art Knurren, mühsames Atmen und einen Ausruf. Er entsicherte die Waffe und trat aus der Deckung.

Benjamin Kinsman lag mit dem Gesicht nach unten, der Rücken seines Uniformhemds war mit einem schmierigen Gemisch aus Sand, Gras und Blut verklebt. Ein junger Mann hockte neben ihm und schien ihn aufmerksam zu betrachten. Als er Chee kommen hörte, drehte er sich herum und blickte zu ihm hoch. Auch sein Hemd war blutverschmiert.

«Legen Sie Ihre Hände auf den Kopf!» befahl Chee.

«Hey», sagte der Mann, «dieser Officer hier ...»

«Hände auf den Kopf», wiederholte Chee. Seine eigene Stimme klang ihm fremd in den Ohren. Harsch und mit einem leichten Zittern. «Und jetzt auf den Boden, mit dem Gesicht nach unten!»

Der Mann starrte erst Chee an, dann die Pistole, die auf seinen Kopf gerichtet war. Er trug die Haare in zwei Zöpfen geflochten. Ein Hopi, dachte Chee. Natürlich, das mußte der Wilderer sein, den Kinsman hatte stellen wollen. Nun erledigte er das für ihn.

«Runter», sagte er knapp. «Gesicht nach unten.»

Der junge Mann beugte sich nach vorn und streckte sich langsam auf dem Boden aus. Er ist gelenkig, dachte Chee. Er sah erst jetzt, daß der Ärmel seines Hemdes zerfetzt war und er auf dem rechten Unterarm eine klaffende Wunde hatte. Das geronnene Blut hob sich als schwärzlich-rote Linie gegen die sonnenverbrannte Haut ab.

Chee zog die Arme des Mannes nach hinten und ließ erst über dem rechten, dann über dem linken Handgelenk die Handschellen zuschnappen. Dann griff er ihm mit einer schnellen Bewegung in die Gesäßtasche, zog ein abgewetztes Portemonnaie aus braunem Leder hervor und klappte es auf. Er blickte auf einen in Arizona ausgestellten Führerschein, das Foto darauf zeigte einen lächelnden jungen Mann, denselben, der gefesselt vor ihm am Boden lag. Sein Name war Robert Jano. Der Wohnsitz Mishongnove, Second Mesa.

Robert Jano rollte sich vorsichtig auf die Seite. Es sah aus, als mache er Anstalten aufzustehen.

«Bleiben Sie liegen», sagte Chee scharf. «Robert Jano, Sie haben das Recht zu schweigen. Sie haben das Recht …»

«Weswegen verhaften Sie mich?» fragte Jano. Ein Regentropfen fiel auf den Felsvorsprung neben Chee. Dann noch einer.

«Wegen Mordes», sagte Chee. «Sie haben das Recht, sich einen Anwalt zu nehmen. Sie haben das Recht …»

«Ich glaube nicht, daß er tot ist!» rief Jano. «Als ich herkam, hat er jedenfalls noch gelebt.»

«Ja, davon gehe ich aus», bemerkte Chee sarkastisch.

«Ich habe doch gerade noch seinen Puls gefühlt. Vor höchstens einer Minute.»

Chee kniete bereits neben Kinsman. Er hatte ihm die Hand in den Nacken gelegt. Erst jetzt bemerkte er die blutende Wunde am Hinterkopf. Mit den Fingerspitzen konnte er einen leichten Pulsschlag tasten. Kinsmans Körper fühlte sich warm an.

Chee starrte Jano ins Gesicht. «Du Mistkerl!» schrie er. «Warum hast du ihm den Schädel eingeschlagen?»

«Das war ich nicht», sagte Jano. «Ich habe ihn nicht angerührt. Als ich herkam, hat er schon dagelegen.» Er wies mit dem Kopf auf Kinsman. «Genauso wie jetzt.»

«Einen Teufel hat er», sagte Chee. «Wenn das stimmt, was

Sie sagen, wieso sind Sie dann über und über mit Blut beschmiert? Und woher stammt die Wunde …»

Ein durchdringender rauher Schrei und das Scheppern von Metall ließen ihn herumfahren. Er brachte die Pistole in Anschlag. Dann lautes, aufgeregtes Krächzen. Wenige Schritte entfernt, halb hinter einem Schachtelhalmbusch verborgen, lag ein umgestürzter Vogelkäfig. Er war ungewöhnlich groß, doch für den aufgeregt umherhüpfenden und mit den Flügeln schlagenden Adler trotzdem viel zu eng. Chee griff in den Ring, der an der Spitze des Käfigs befestigt war, und richtete ihn wieder auf. Er sah zu Jano hinüber. «Adler gehören zu den geschützten Arten», sagte er. «Sie zu wildern stellt ein Vergehen gegen ein Bundesgesetz dar. Es wird nicht so hart bestraft wie der vorsätzliche Angriff auf einen Officer, aber …»

«Aufpassen!» schrie Jano.

Doch Chee reagierte zu langsam. Die Krallen des Adlers hatten ihm schon den Handrücken aufgerissen.

«Genau dasselbe ist mir auch passiert», sagte Jano. «Daher das ganze Blut.»

Einige Regentropfen fielen auf Chees Ohren, Wangen, Schultern und seine blutende Hand. Plötzlich waren sie eingeschlossen von heftigem Regen, durchsetzt mit Hagel. Chee bedeckte Kinsmans Oberkörper mit seiner Jacke und stellte den Käfig unter einen Felsvorsprung. Er mußte zusehen, daß Kinsman möglichst schnell Hilfe erhielt und der Adler keinen Regen abbekam. Falls Jano die Wahrheit sagte, was allerdings äußerst unwahrscheinlich war, dann würden sich an den Krallen des Vogels Spuren seines Bluts finden lassen. Auf keinen Fall wollte er Janos Verteidiger die Möglichkeit geben zu behaupten, er, Chee, habe zugelassen, daß ein wichtiges Beweismittel fortgewaschen worden sei.

3

Der riesige blauschwarze Wagen, der heute morgen geräuschlos vor Joe Leaphorns Haus am Rand von Window Rock vorgefahren war, strahlte in makellosem Glanz, der polierte Chrom glitzerte in der Sonne. Leaphorn hatte, hinter der Fliegengittertür verborgen, verstohlen seine Ankunft beobachtet und inständig gehofft, daß seine Nachbarn nichts bemerkten. Er hätte ebensogut hoffen können, daß die Kinder, die hundert Meter weiter die Schotterstraße hinunter auf dem Schulhof spielten, achtlos eine Herde Giraffen an sich vorbeitrotten lassen würden. Die frühe Ankunft bedeutete, daß der Fahrer, der jetzt mit ruhiger Konzentration seinem Ziel entgegensteuerte, heute gegen drei Uhr früh von Santa Fe aufgebrochen sein mußte. Dieser Gedanke brachte Leaphorn ins Grübeln, wie es wohl sein mochte, im Dienst der Superreichen zu stehen. Denn zu denen zählte Millicent Vanders seiner Einschätzung nach.

Nun, in ein paar Minuten würde er mehr wissen. Der Wagen bog jetzt von der schmalen Asphaltstraße in den hügeligen Ausläufern der Sangre de Christo Mountains im Nordosten von Santa Fe in eine ziegelgepflasterte Einfahrt ein und hielt vor einem kunstvoll geschmiedeten eisernen Tor.

«Sind wir da?» fragte Leaphorn.

«Ja», antwortete der Chauffeur. Leaphorn war von der einsilbigen Antwort nicht überrascht. Der Mann hatte während der Fahrt alle seine Fragen so knapp wie möglich beantwortet. Schließlich hatte Leaphorn es aufgegeben, irgend etwas von ihm erfahren zu wollen. Er hatte mit den naheliegenden Fragen begonnen. Wieviel Sprit der Wagen verbrauche, wie er sich denn so fahre und andere Dinge in der Art. Er hatte gehofft, daß sich daraus eine kleine Unterhaltung entwickeln würde. Doch das hatte nicht geklappt. Dann hatte er sich erkundigt, wie lange der Fahrer schon für Millicent Vanders arbeite. Es waren, wie sich herausstellte, zweiundzwanzig Jahre. Doch mit allen weiteren Fragen biß er auf Granit.

«Wer ist sie eigentlich?» hatte Leaphorn wissen wollen.

«Meine Chefin.»

Leaphorn hatte gelacht. «So war meine Frage nicht gemeint.»

«Das dachte ich mir.»

«Wissen Sie etwas über den Auftrag, den ich für sie ausführen soll?»

«Nein.»

«Aber vielleicht können Sie sich ungefähr denken, worum es sich handelt?»

«Das geht mich nichts an.»

Leaphorn hatte eingesehen, daß es zwecklos war. Er betrachtete im Vorbeigleiten die Landschaft und stellte fest, daß sich selbst reiche Leute damit zufriedengeben mußten, fast ausschließlich Sender mit Country & Western empfangen zu können. Schließlich wählte er KNDN und lauschte einem Navajo-Open-Mike-Programm. Jemand hatte in Flagstaff an der Bushaltestelle seine Brieftasche verloren und bat den Finder, doch wenigstens Führerschein und Kreditkarte zurückzugeben. Eine Frau lud alle Angehörigen des Bitter Water und des Standing Rock Clan sowie alle weiteren Verwandten und Freunde ein, zu einem *Yeibichai*-Gesang für Emerson Roanhorse zu kommen, der bei ihm zu Hause, etwas nördlich von Kayenta, stattfinden solle. Daran anschließend teilte ein offenbar schon älterer Mann mit, daß Billy Etcittys Rotschimmelstute von ihrer Weide in der Nähe von Burnt Water verschwunden sei und er darum bitte, falls jemand sie sehen sollte, ihm Bescheid zu geben. «Zum Beispiel auf einer Pferdeauktion», fügte die Stimme in einem Nachsatz hinzu, was darauf schließen ließ, daß Etcitty davon ausging, daß beim Verschwinden der Stute jemand nachgeholfen hatte. Irgendwann hatte sich Leaphorn einfach in den weichen, einladenden Sitz zurücksinken lassen und war eingedöst. Als er erwachte, fuhren sie schon auf der Interstate 25 und passierten gerade die ersten Vororte.

Dann hatte Leaphorn den Brief, der ihn nach Santa Fe führte, aus seiner Jackentasche gezogen und noch einmal durchgelesen.

Millicent Vanders hatte ihn natürlich nicht selbst geschrieben. Der Briefkopf lautete vielmehr «Peabody, Snell & Glick», gefolgt von den üblichen Abkürzungen, mit denen Anwälte sich gewöhnlich schmücken. Sitz der Kanzlei war Boston. Der Brief war mit FedEx geschickt worden. Eilzustellung/Overnight.

Sehr geehrter Mr. Leaphorn,
hiermit bestätige ich unsere telefonische Übereinkunft und fasse sie noch einmal schriftlich zusammen. Ich schreibe Ihnen im Auftrag von Mrs. Millicent Vanders. Unsere Kanzlei nimmt in einigen Angelegenheiten die Vertretung ihrer Interessen wahr. Mrs. Vanders hat mich gebeten, einen Ermittler zu finden, der mit den Gegebenheiten auf der Navajo-Reservation vertraut und in bezug auf Integrität und Takt von untadeligem Ruf ist.
Sie sind uns von zweiter Seite als jemand empfohlen worden, der diesen Anforderungen in vollem Umfang entspricht. Meine Frage an Sie lautet deshalb, ob Sie bereit wären, Mrs. Vanders in ihrem Sommerhaus aufzusuchen, um gemeinsam herauszufinden, auf welche Art und Weise Sie für Mrs. Vanders tätig werden könnten. Lassen Sie mich bitte telefonisch wissen, ob Sie mit einer Zusammenkunft einverstanden sind, damit die nötigen Vorkehrungen getroffen werden, um Sie mit dem Wagen abzuholen und Ihnen Ihre finanziellen Auslagen zu erstatten. Ich muß hinzufügen, daß Mrs. Vanders bezüglich der in Frage stehenden Angelegenheit ein Gefühl der Dringlichkeit zum Ausdruck gebracht hat.

Leaphorns erster Impuls war gewesen, Christopher Peabody eine höfliche Ablehnung zu schicken. «Vielen Dank, doch ich bedaure, nein», und dem Anwalt zu empfehlen, sich unter den zugelassenen Privatdetektiven umzusehen.

Aber ...

Da war die Tatsache, daß Peabody, sicherlich der Seniorpartner, den Brief selbst unterschrieben hatte, ferner seine Feststellung, daß er, Leaphorn, den Anforderungen an einen untadeligen Ruf in bezug auf Integrität und Takt in vollem Umfang gerecht würde. Ausschlaggebend aber war für ihn das «Gefühl von Dringlichkeit», das Mrs. Vanders geäußert hatte. Das klang, als könne die Sache interessant sein, und Leaphorn brauchte endlich wieder etwas, das sein Interesse fand. Im nächsten Monat war es ein Jahr her, daß er seinen Dienst bei der Navajo Tribal Police quittiert hatte. Schon nach wenigen Wochen hatte er nicht mehr gewußt, was er mit der vielen freien Zeit anfangen sollte. Er langweilte sich.

So hatte er Mr. Peabody angerufen und ihm mitgeteilt, daß er einverstanden sei. Und nun war er also da. Auf Knopfdruck des Fahrers glitt das Tor geräuschlos zur Seite, und sie rollten durch eine üppig grüne Parklandschaft auf ein ausladendes zweistöckiges Gebäude zu. Mit seinem lohfarbenen Putz und den ziegelgekrönten Mauern war es ein beeindruckendes Beispiel für das, was man in Santa Fe gemeinhin den *Territorial Style* nannte, seine imposante Größe legte die Bezeichnung «Herrenhaus» nahe.

Der Fahrer öffnete Leaphorn den Schlag. Zwischen den weit geöffneten Flügeln der hohen Eingangstür stand lächelnd ein junger Mann in einem ausgeblichenen blauen Hemd und Jeans, die halblangen blonden Haare zum Pferdeschwanz gebunden. «Mr. Leaphorn», sagte er, «gestatten Sie, daß ich Sie gleich zu Mrs. Vanders führe.»

Millicent Vanders erwartete ihn in einem Raum, von dem Leaphorn annahm, daß man ihn, nach dem, was er aus Film und Fernsehen wußte, als Salon bezeichnete. Sie war eine kleine, zerbrechlich wirkende Frau und stand an einen eleganten, zerbrechlich wirkenden Sekretär gelehnt, mit den Fingerspitzen der Linken leicht dessen polierte Oberfläche berührend. Ihr Haar war fast weiß, und sie begrüßte ihn mit einem blassen kleinen Lächeln.

«Mr. Leaphorn», sagte sie, «wie schön, daß Sie kommen konnten, und wie freundlich von Ihnen, daß Sie bereit sind, mir zu helfen.»

Leaphorn, der noch nicht einmal wußte, um was es eigentlich ging, lächelte nur unverbindlich zurück und setzte sich auf den ihm angebotenen Stuhl.

«Darf ich Ihnen Tee bringen lassen? Oder Kaffee? Oder lieber etwas anderes? Und soll ich Sie als Mr. Leaphorn ansprechen, oder ziehen Sie es vor, daß man Sie Lieutenant nennt?»

«Kaffee, wenn es keine Mühe macht. Vielen Dank», sagte Leaphorn. «Und ich werde nur noch mit ‹Mister› angeredet. Ich habe bei der Navajo Tribal Police meinen Abschied genommen.»

Millicent Vanders blickte an ihm vorbei zur Tür. «Kaffee also, und für mich Tee», sagte sie und nahm mit einer langsamen, sehr vorsichtigen Bewegung hinter ihrem Schreibtisch Platz. Leaphorn schloß, daß sie vermutlich an einer der vielen Formen von Arthritis litt. Sobald sie saß, lächelte sie ihm zu, ein eher automatisches Lächeln, wie ihm schien, dazu gedacht, ihre Umgebung zu beruhigen. Doch Leaphorn wußte, daß sie Schmerzen hatte. Während der langen Wochen, in denen er dem Sterben seiner Frau hatte zusehen müssen, hatte sich seine Wahrnehmung geschärft, so daß er auch kleinste Anzeichen wahrnahm. Auch Emma hatte nicht zeigen wollen, daß sie litt. Immer wieder hatte sie seine Hand genommen und ihm gesagt, daß er sich keine Sorgen machen solle, eines Tages sei sie wieder gesund.

Mrs. Vanders sah ohne Eile einige vor ihr auf dem Schreibtisch liegende Papiere durch und ordnete sie in einen Aktendeckel ein. Das Schweigen zwischen ihnen schien sie nicht zu stören. Leaphorn, der gelernt hatte, daß diese Haltung bei Weißen eher selten anzutreffen war, wußte es zu schätzen, wenn er ihr begegnete. Mrs. Vanders entnahm einem Umschlag zwei Aufnahmen im Format 20 × 25, warf auf die obere einen prüfenden Blick, legte sie nach einem Moment des Überlegens in den Aktendeckel und betrachtete die zweite. Ein dumpfer Schlag unterbrach die Stille – ein nichtsahnender Blauhäher war im Flug gegen die Fensterscheibe geprallt. Doch Mrs. Vanders sah nicht einmal auf. Sie saß in die Betrachtung des Fotos versunken und schien mit ihren Gedanken weit weg, so daß weder das Geräusch am Fenster noch die Anwesenheit Leaphorns sie zu stören vermochten. Eine bemerkenswerte Persönlichkeit, dachte dieser. Unvermittelt tauchte neben ihm eine rundliche junge Frau auf, die ein Tablett brachte. Sie deckte ein kleines Tischchen zu seiner Rechten mit Serviette, Tasse, Untertasse und kleinem Löffel und goß ihm aus einer weißen Porzellankanne Kaffee ein. Dann ging sie zum Sekretär, deckte dort ebenfalls auf und schenkte aus einer silbernen Kanne Tee ein. Mrs. Vanders unterbrach ihre Betrachtung des Fotos, legte es in den Ordner und reichte ihn der jungen Frau.

«Ella», sagte sie, «würden Sie den bitte Mr. Leaphorn geben?»

Ella nickte, brachte Leaphorn den Aktendeckel und verschwand so leise, wie sie gekommen war. Er legte ihn vor sich auf die Knie und nahm einen Schluck Kaffee. Die Tasse war aus durchscheinendem Porzellan, dünn wie Papier. Der Kaffee war heiß, frisch und überaus köstlich.

Mrs. Vanders sah ihn prüfend an. «Mr. Leaphorn», begann sie, «ich habe Sie gebeten herzukommen, weil ich hoffe, daß Sie sich bereit erklären werden, etwas für mich zu tun.»

«Möglicherweise», antwortete Leaphorn bedächtig. «Um was handelt es sich denn?»

«Alles muß ganz und gar vertraulich behandelt werden», fuhr sie fort, als habe sie seine Frage gar nicht gehört. «Ich wünsche, daß Sie nur mit mir in Verbindung treten. Nicht mit meinen Anwälten oder sonst jemandem.»

Leaphorn dachte darüber nach, was sie gesagt hatte, nahm noch einen Schluck Kaffee und setzte dann langsam die Tasse ab.

«Unter dieser Bedingung kann ich vermutlich nicht für Sie tätig werden.»

Mrs. Vanders sah ihn überrascht an. «Wieso nicht?»

«Ich bin den größten Teil meines Lebens Polizist gewesen», antwortete Leaphorn. «Wenn ich bei dem, was ich für Sie tun soll, auf irgend etwas Ungesetzliches stoße, dann ...»

«Wenn das geschähe, würde ich selbstverständlich die zuständigen Behörden davon in Kenntnis setzen», sagte sie kühl.

Leaphorn ließ ihr, wie bei den Navajos üblich, etwas Zeit, um ihr die Möglichkeit zu geben, in Ruhe zu Ende zu sprechen. Offenbar hatte sie gesagt, was ihr wichtig war, doch Leaphorns ruhiges Abwarten schien sie verunsichert zu haben.

«Natürlich würde ich das», bekräftigte sie. «Selbstverständlich.»

«Aber für den Fall, daß Sie es aus irgendeinem Grund doch unterlassen, möchte ich Ihnen schon jetzt sagen, daß ich es dann täte. Wären Sie damit einverstanden?»

Sie blickte Leaphorn einen Moment lang an, dann nickte sie. «Ja, aber ich denke, wir sehen Probleme, wo gar keine sind.»

«Wahrscheinlich», stimmte Leaphorn zu.

«Ich möchte, daß Sie für mich den Aufenthaltsort einer jungen Frau herausfinden. Oder, falls das nicht möglich ist, daß Sie in Erfahrung bringen, was mit ihr geschehen ist.»

Sie deutete mit einer Handbewegung auf den Aktendeckel. Leaphorn öffnete ihn. Obenauf lag ein Foto. Es war das Studioporträt einer dunkeläugigen jungen Frau mit dunklen Haaren. Auf dem Kopf trug sie ein flaches Barett, in Universitätskreisen «Mörtelbrett» genannt, Zeichen für einen akademischen Abschluß. Ihr Gesicht war schmal und klug, die Miene ernst. Kein Gesicht, das man schön genannt hätte, überlegte Leaphorn. Und wohl nicht einmal hübsch, wenn er es recht bedachte. Vielleicht gutaussehend. Ausdrucksvoll. Auf jeden Fall ein Gesicht, das sich einem einprägte.

Die zweite Aufnahme zeigte dieselbe junge Frau, aber diesmal in einem Jeansanzug. Sie lehnte an der Tür eines Pickup und blickte direkt in die Kamera. Sie sah sportlich aus, dachte Leaphorn, durchtrainiert, und sie schien älter zu sein als auf dem ersten Foto. Er schätzte sie auf Anfang Dreißig. Auf der Rückseite von beiden Bildern stand ihr Vorname: Catherine Anne.

Leaphorn sah fragend zu Mrs. Vanders hinüber.

«Meine Nichte», erläuterte sie, «das einzige Kind meiner verstorbenen Schwester.»

Leaphorn legte die Aufnahmen in den Aktendeckel zurück und entnahm ihm ein paar zusammengeheftete Blätter. Auf dem obersten standen Angaben zu ihrer Person.

Ihr voller Name lautete Catherine Anne Pollard. Sie war dreiunddreißig Jahre alt, geboren in Arlington, Virginia. Ihr derzeitiger Wohnsitz war angegeben als Flagstaff, Arizona.

«Catherine hat Biologie studiert und sich insbesondere auf Säugetiere und Insekten spezialisiert», sagte Mrs. Vanders. «Sie ist zur Zeit dem Indian Health Service zugeteilt, aber tatsächlich arbeitet sie für das Arizona Health Department. Ihre offizielle Berufsbezeichnung lautet: Spezialistin für die Bekämpfung von Seuchenüberträgern. Ich nehme an, Sie wissen, was damit gemeint ist?»

Leaphorn nickte.

«Ich glaube, sie hätte als Tennisspielerin Karriere machen und an all den großen Grand-Slam-Turnieren teilnehmen können. Catherine liebte Sport, besonders Soccer. Und während ihrer Collegezeit hat sie in der Volleyballmannschaft gespielt. Ganz früher, als sie noch zur Junior High School ging, hat sie sehr darunter gelitten, daß sie ein Stück größer war als die anderen Mädchen. Ich habe oft gedacht, daß ihr sportlicher Ehrgeiz vielleicht vor allem dazu diente, diesen angeblichen Makel wettzumachen.»

Leaphorn nickte wieder.

«Als sie das erste Mal zu mir kam, nachdem sie gerade ihre Stelle bekommen hatte, fragte ich sie, wie man das denn nenne, was sie da tue, und sie antwortete lächelnd, wir heißen bei den Leuten Flohfänger.» Mrs. Vanders sah ihn traurig an. «Sie tat so, als mache ihr das nichts aus, aber ...»

«Es ist eine wichtige Arbeit», sagte Leaphorn.

«Sie wollte schon immer als Biologin arbeiten, aber wieso mußte es ausgerechnet als ‹Flohfängerin› sein?» Mrs. Vanders schüttelte den Kopf. «Soviel ich weiß, waren sie und ihr Kollege gerade dabei, etwas über den Ursprung der Beulenpestfälle in diesem Frühjahr herauszufinden. Sie suchen die Gegenden auf, wo die Erkrankten sich möglicherweise angesteckt haben könnten. Dort stellen sie Fallen auf, um Nagetiere zu fangen.» Mrs. Vanders zögerte, auf ihrem Gesicht malte sich starker Widerwille. «Von den gefangenen Tieren sammeln sie dann die Flöhe ab, daher der Name ‹Flohfänger›. In Tuba City haben sie ein kleines Labor, wo sie das Blut von Nagern und Flöhen auf Pesterreger untersuchen.» Sie machte eine ungeduldige Handbewegung. «So ähnlich hat es mir meine Nichte jedenfalls erklärt. Vergangene Woche ist sie wie gewöhnlich frühmorgens aufgebrochen, aber nicht wieder zurückgekehrt.»

Sie sah Leaphorn schweigend an.

«Ist sie allein weg?»

Mrs. Vanders nickte. «So wurde es mir gesagt. Ich bin mir allerdings nicht sicher, ob es wirklich stimmt.»

Leaphorn ließ es so stehen. Erst einmal brauchte er Tatsachen, mit Vermutungen würde er sich später beschäftigen.

«Und wohin ist sie aufgebrochen?»

«In Richtung der Black Mesa, vermutlich wollte sie wieder Nagetiere fangen. Ich habe mit ihrem Chef telefoniert, einem Mann namens Krause. Er sagte mir, sie habe an dem Morgen nur kurz im Labor hereingeschaut. Als er angekommen sei, sei sie schon weggewesen.»

«Hat sie möglicherweise vorgehabt, dort draußen jemanden zu treffen?»

«Das habe ich auch gefragt. Aber anscheinend nicht. Krause wußte jedenfalls nichts davon.»

Leaphorn sah Mrs. Vanders an. «Sie glauben also, Ihrer Nichte sei etwas zugestoßen. Haben Sie schon mit der Polizei gesprochen?»

«Mr. Peabody kennt einige Leute beim FBI und ist bei ihnen vorstellig geworden. Sie haben ihm gesagt, daß sie bei einer Vermißtensache nichts tun könnten. Das FBI sei nur zuständig, wenn es sich um eine Entführung mit Lösegeldforderung oder aber ...», sie hielt inne und blickte einen Moment lang stumm auf ihre Hände, «oder aber um ein anderes schweres Verbrechen handelt. Um eingreifen zu können, müßten eindeutige Hinweise dafür vorliegen, daß ein Bundesgesetz verletzt worden sei.»

«Und – gibt es einen solchen Hinweis?» fragte Leaphorn. Er glaubte, die Antwort zu kennen. Sie lautete: nein, es gab nichts, was auf ein Verbrechen hindeutete, nicht den geringsten Anhaltspunkt.

Mrs. Vanders schüttelte denn auch den Kopf. «Man könnte sagen, der einzige Hinweis auf ein Verbrechen besteht in der Tatsache selbst, eben darin, daß meine Nichte verschwunden ist.»

«Was ist mit ihrem Wagen? Hat man ihn gefunden?»

«Er ist noch nicht wieder aufgetaucht, das hat man mir jedenfalls gesagt.» Mrs. Vanders sah Leaphorn aufmerksam an, sie wartete auf seine Reaktion.

So verkniff sich Leaphorn das bittere Lächeln, das sich unwillkürlich einstellen wollte, als er sich in Gedanken die Einzelheiten ausmalte. Er sah Mr. Peabody vor sich, wie er sich vergeblich abmühte, die Federals für das Verschwinden von Catherine Anne Pollard zu interessieren, stellte sich den Papierkrieg vor, den das Fehlen des Fahrzeugs beim Arizona Health Department verursachen würde, und fragte sich schließlich, welchen Reim sich wohl die Arizona Highway Patrol auf das Ganze machte, vorausgesetzt, dort lag überhaupt eine Vermißtenanzeige vor. Mrs. Vanders hätte sein Lächeln, hätte er es sich denn gestattet, bestimmt als zynisch gedeutet, dachte er.

«Haben Sie eine Vermutung, was mit Ihrer Nichte passiert ist?»

«Ja», sagte sie und räusperte sich etwas. «Ich denke, daß sie tot ist.»

Mrs. Vanders, die ihm gleich, als er sie gesehen hatte, sehr angegriffen erschienen war, sah jetzt regelrecht krank aus.

Leaphorn beugte sich besorgt vor. «Geht es Ihnen gut? Oder strengt Sie unser Gespräch zu sehr an?»

Sie lächelte mühsam, zog einen kleinen weißen Behälter aus ihrer Jackentasche und zeigte ihn Leaphorn.

«Ich bin herzkrank», sagte sie. «Dies ist Glyceryltrinitrat, landläufig nennt man es Nitroglyzerin. Früher bekam man es in Form von kleinen Tabletten, aber heute sprüht man es sich einfach auf die Zunge. Wenn Sie erlauben … Es ist gleich wieder alles in Ordnung.»

Sie wandte sich von ihm ab, hielt das Röhrchen zwischen die leicht geöffneten Lippen und ließ es gleich darauf zurück in ihre Tasche gleiten.

Leaphorn rekapitulierte, was er über Nitroglyzerin als

Herzmedikament wußte. Es diente, soweit er sich erinnerte, zur Erweiterung der Arterien und erhöhte so die Blutzufuhr. Er hatte eine Reihe von Menschen gekannt, die das Medikament ebenfalls genommen hatten. Alle waren schwer herzkrank gewesen und hatten nur noch kurze Zeit zu leben gehabt. Vielleicht erklärte ihre Krankheit das «Gefühl der Dringlichkeit», das Mrs. Vanders Peabody gegenüber zum Ausdruck gebracht hatte.

Die alte Dame seufzte. «Wo waren wir stehengeblieben?»

«Sie sagten, daß Sie glauben, Ihre Nichte sei tot.»

Sie nickte. «Ja, ich glaube, sie ist ermordet worden.»

«Wissen Sie von jemandem, der ein Motiv gehabt haben könnte? Oder trug sie irgendwelche Wertgegenstände bei sich – könnte es ein Raubmord gewesen sein?»

Sie schüttelte den Kopf. «Einen Raubmord halte ich für unwahrscheinlich. Aber meine Nichte hatte einen aufdringlichen Verehrer», sagte sie. «Ein Mann namens Victor Hammer, ein Student, der an seiner Doktorarbeit sitzt. Sie hat ihn an der University of New Mexico kennengelernt. An der Universität macht man leicht Bekanntschaften, habe ich gehört. Er stammt aus Ostdeutschland, aus der Hälfte Deutschlands, die früher einmal DDR hieß. Er hat hier keine Familie und offenbar auch keine Freunde. Ich nehme an, daß er ein sehr einsamer Mann ist. So beschrieb ihn auch Catherine immer. Er ist Biologe, sein Forschungsgebiet sind kleine Säugetiere. Meine Nichte und er hatten von daher ein gemeinsames wissenschaftliches Interesse, und sie haben sich offenbar bei der Arbeit häufig im Labor getroffen. Catherine war immer sehr freundlich zu ihm, er tat ihr eben leid.»

Mrs. Vanders schüttelte verständnislos den Kopf. «Schon als Kind fühlte sich Catherine immer zu allem hingezogen, was schwach und hilflos war. Als ihre Mutter ihr einmal einen Hund schenken wollte, bestand sie darauf, daß es einer aus dem Tierheim war. Ein Geschöpf, das ihr Mitleid weckte.

Und nun dieser Hammer …» Mrs. Vanders verzog verächtlich den Mund. «Sie wurde ihn einfach nicht wieder los. Ich habe immer den Verdacht gehabt, daß sie die Universität in Albuquerque nur deshalb verlassen hat, um räumliche Distanz zwischen sich und ihm herzustellen. Doch kaum hatte sie ihre Stelle beim Arizona Health Department angetreten, da stand er plötzlich wieder vor ihrer Tür, als sie einige Zeit in Phoenix zu tun hatte. Er hatte inzwischen die Universität gewechselt und studierte jetzt dort. Und auch zu Hause bei ihr in Flagstaff tauchte er immer wieder auf.»

«Hat er sie irgendwie bedroht?»

«Ich habe sie danach gefragt, aber sie hat nur gelacht. Sie sagte, er sei völlig harmlos, nur manchmal etwas lästig. Ähnlich wie ein zugelaufener Kater.»

«Aber das hat Sie nicht überzeugt, oder?»

«Nein. In meinen Augen ist er ein sehr gefährlicher Mann. Jedenfalls potentiell. Er ist einmal mit Catherine zusammen hier gewesen und wirkte auf den ersten Blick sehr höflich und zuvorkommend. Aber irgendwie hatte ich die ganze Zeit das Gefühl, als ob …» Sie hielt inne und suchte nach dem passenden Wort, um ihren Eindruck von ihm zu beschreiben. «Ich glaube», sagte sie zögernd, «daß sich hinter der Fassade von Wohlerzogenheit und guten Manieren eine Menge Wut und Aggression verbergen, die jederzeit hervorbrechen können, wenn bestimmte Bedingungen zusammenkommen.»

Leaphorn wartete auf weitere Erläuterungen, doch Mrs. Vanders schwieg und sah ihn nur sorgenvoll an.

«Irgendwann einmal habe ich Catherine gesagt, daß jeder Kater Krallen hat und daß er anderen damit Verletzungen zufügt, wenn er sich gereizt fühlt.»

Leaphorn nickte. «Das stimmt», sagte er. «Falls ich zu der Ansicht komme, daß ich Ihnen helfen kann, und die Sache übernehme, dann brauche ich die Adresse von diesem Hammer.» Er überlegte einen Moment. «Ich denke, daß es wichtig wäre, den Wagen zu finden, mit dem Ihre Nichte unterwegs war. Sie sollten für seine Auffindung eine Belohnung aussetzen. Die Summe sollte nicht zu gering sein, damit sie Aufmerksamkeit erregt. Die Leute sollen darüber reden.»

«Ja, natürlich», sagte Mrs. Vanders. «Ich wäre Ihnen dankbar, wenn Sie das in die Hand nehmen könnten: Bieten Sie an, was immer Sie für richtig halten.»

«Ich brauche dann noch möglichst viele Details über das Leben Ihrer Nichte. Die Namen von Freunden und Bekannten, was sie für Vorlieben hatte – alles, was mir weiterhelfen könnte.»

«Was ich weiß, befindet sich in dem Aktendeckel, den ich Ihnen gab», sagte sie. «Mr. Peabody hatte zwei Anwälte beauftragt, Nachforschungen anzustellen. Der eine von ihnen gehörte zu seiner Kanzlei, den anderen hat er vor Ort in Flagstaff engagiert. Die jeweiligen Berichte finden Sie ebenfalls in dem Ordner. Aber ich fürchte, Sie werden damit nicht viel anfangen können. Die beiden haben nichts Wesentliches herausbekommen.»

Leaphorn runzelte nachdenklich die Stirn. «Sie sagte also, sie wollte Sie besuchen, doch statt dessen verschwindet sie», stellte er fest. «Hatten Sie den Eindruck, daß es sich um einen ganz gewöhnlichen Besuch handelte, oder gab es irgend etwas Wichtiges, das Ihre Nichte mit Ihnen besprechen wollte?»

«Catherine überlegte, ob sie ihre Arbeit aufgeben sollte. Sie hielt es mit ihrem Chef, diesem Krause, nicht mehr aus.» Mrs. Vanders deutete auf den Aktendeckel. «Sie werden dort Näheres über ihn finden. Soweit ich gehört habe, ist er ein anmaßender und arroganter Mensch. Aber was Catherine vor allem aufbrachte, war wohl die Art und Weise, wie der Einsatz unter seiner Leitung ablief.»

«Wurden irgendwelche Gesetze übertreten?»

«Das genau weiß ich eben nicht. Catherine sagte, sie wollte am Telefon nicht darüber sprechen.»

«Wäre es denkbar, daß es zwischen den beiden persönliche Schwierigkeiten gab? Fühlte sich Ihre Nichte von ihm sexuell belästigt?»

«Nein, davon war nie die Rede», antwortete Mrs. Vanders zögernd. «Allerdings ist er nicht verheiratet und lebt allein. Ich kann nicht sagen, was meine Nichte zu ihrem Entschluß bewogen hat, ich weiß nur, daß es mit Krause große Probleme gegeben haben muß, wenn Catherine vorhatte, ihre Arbeit seinetwegen aufzugeben. Die Arbeit war ihr Leben.»

Leaphorn zog fragend die Brauen in die Höhe. «Kann man das wirklich so sagen?»

«Ja, sie war ganz und gar erfüllt davon. Sie hat sich wochenlang abgemüht, die Nager zu finden, die als Ansteckungsquelle für die Flöhe gedient hatten und somit für den jüngsten Ausbruch von Beulenpest auf der Reservation verantwortlich waren. Catherine besaß schon als Kind einen manchmal krankhaft anmutenden Starrsinn, wenn sie sich etwas in den Kopf gesetzt hatte. Und seit sie beim Health Department angefangen hat, hat sie sich das Aufspüren der Pesterreger in den Kopf gesetzt. Einmal hat sie hier fast ein ganzes Wochenende über nichts anderes gesprochen. Sie hat mir erzählt, wie die Seuche im Mittelalter in Europa wütete und daß damals fast die Hälfte der dort lebenden Menschen daran starb. Sie erklärte mir, wie sie sich ausbreitet und warum viele Wissenschaftler allmählich anfangen zu glauben, daß das Bakterium sich weiterentwickelt. Der Kampf gegen die Pest ist für sie so etwas wie ein persönlicher Kreuzzug. So wie sie sich in die Arbeit gestürzt hat, könnte man fast von religiösem Eifer sprechen. An dem Tag, als sie mich anrief, glaubte sie, endlich den infizierten Nagern auf der Spur zu sein. Sie überlegte, ob sie Hammer bitten sollte, am nächsten Tag mit ihr hinauszufahren, um ihr beim Fangen oder Vergiften der Nagetiere zu helfen, oder was immer sie sonst mit ihnen tun. Sie ist dann aber doch alleine losgefahren, so hat man es mir jedenfalls gesagt.

Aber er kann natürlich später nachgekommen sein. Sie sagte, der Berg, zu dem sie wollte, sei nur zu Fuß zu erreichen. Vielleicht sollte Hammer ihr helfen, die Sachen, die sie für ihre Arbeit brauchte, hinaufzuschaffen. Ich habe mir den Namen übrigens gemerkt, weil er so sonderbar klingt – Yells Back Butte. Das muß irgendwo draußen ganz in der Nähe der Hopi-Reservation sein, wenn ich meine Nichte richtig verstanden habe.»

«Yells Back Butte also», sagte Leaphorn leise.

«Wirklich ein sehr sonderbarer Name», wiederholte Mrs. Vanders. «Ich nehme an, daß es eine Geschichte dazu gibt.»

Leaphorn nickte. «Ja, wahrscheinlich. Ich glaube, es ist der in der Gegend übliche Name für eine bestimmte Felskuppe, die fingerförmig aus der Black Mesa vorspringt. An welchem Tag genau ist Ihre Nichte übrigens aufgebrochen?»

«Einen Tag, nachdem wir telefonierten», antwortete Mrs. Vanders. «Genau Freitag vor einer Woche.»

Leaphorn nickte und versuchte diese und noch ein paar andere Informationen miteinander in Verbindung zu bringen. Freitag letzter Woche, das war der 8. Juli, also fast der Tag … Nein, *genau* der Tag, an dem Officer Benjamin Kinsman mit einem Stück Felsbrocken der Schädel eingeschlagen worden war. In genau der Gegend. Gleiche Zeit, gleicher Ort. Zufall? Leaphorn hatte noch nie an Zufälle geglaubt.

«In Ordnung, Mrs. Vanders», sagte er. «Ich werde sehen, was ich für Sie herausfinden kann.»

4

Chee stand am Fenster eines der Wartezimmer im Northern Arizona Medical Center und starrte hinaus. Doch nahm er weder wahr, was unten auf dem Parkplatz vor sich ging, noch betrachtete er die Berge am Ende des Tales, die durch die Schatten vorüberziehender Wolken wie gesprenkelt aussahen. Er stand am Fenster, um den schmerzlichen Augenblick hinauszuschieben, in dem er das Zimmer von Officer Benjamin Kinsman betreten würde, um Benny die offiziell geforderte sogenannte letzte Möglichkeit zur Aussage zu geben, wer ihn ermordet hatte. Es war ein unter den gegebenen Umständen völlig sinnloses Unterfangen, und alle wußten das.

Eigentlich konnte man im Moment noch nicht einmal von Mord sprechen. Der behandelnde Neurologe hatte gestern in Shiprock angerufen, um mitzuteilen, daß bei Kinsman soeben der Hirntod festgestellt worden sei und man nunmehr die notwendigen Schritte einleiten könne, um sein Leiden zu beenden. Dieser Vorgang war jedoch juristisch kompliziert und heikel, was die menschliche Seite anging. Im Büro des US-Bundesanwalts war man nervös. Um die Anklage gegen Jano von Totschlag in Mord umwandeln zu können, mußten bestimmte Bedingungen erfüllt sein. J. D. Mickey, kommissarischer Stellvertreter des Bundesanwalts und damit beauftragt, die Anklage gegen Jano zu erheben, hatte deshalb entschieden, daß der Officer, der Jano verhaftet hatte, anwesend sein sollte, wenn die Geräte abgestellt wurden, die Benjamin Kinsman bisher künstlich am Leben erhalten hatten. Dieser Officer war Chee, und er sollte bezeugen, daß er im entscheidenden Augenblick zugegen gewesen war, um ein eventuelles letztes Wort von Kinsman anzuhören. Die Anwesenheit Chees bedeutete, daß auch der Verteidiger Janos anwesend sein mußte.

Chee verstand allerdings nicht ganz, wieso. Schließlich unterstanden sie alle derselben Behörde, denn da Jano Indianer war, würde er von einem Anwalt des Justizministeriums vertreten werden. Besagter Anwalt hatte mittlerweile, Chee warf einen Blick auf die Uhr, bereits elf Minuten Verspätung. In diesem Moment hörte er unten einen Wagen auf den Parkplatz fahren. Vielleicht war das der Anwalt. Chee beugte sich etwas vor. Nein, es war ein Pickup. Selbst in Arizona erschienen Anwälte des Justizministeriums gewöhnlich nicht in einem Kleinlaster.

Bei näherem Hinsehen kam ihm der Wagen plötzlich bekannt vor. Pickups vom Typ Dodge Ram aus den frühen Neunzigern sahen zwar alle gleich aus, aber dieser hatte vorne an der Stoßstange eine Winde. Und am vorderen rechten Kotflügel sah man deutlich, daß eine Stelle ausgebessert war, weil die Farbe im Ton leicht von der übrigen Lackierung abwich. Dieser Pickup gehörte ohne Zweifel Joe Leaphorn.

Chee seufzte. Das Schicksal führte ihn also erneut mit dem legendären Lieutenant zusammen, und sofort stellte sich bei ihm das bekannte Unterlegenheitsgefühl ein, das ihn jedesmal in dessen Gegenwart unweigerlich befiel. Doch nachdem er einen Moment lang nachgedacht hatte, hellte sich seine Stimmung wieder auf. Leaphorn konnte beim besten Willen nicht mit dem Mord an Officer Kinsman befaßt sein. In keiner Weise. Er war nun schon seit fast einem Jahr aus dem Dienst ausgeschieden, Kinsman hatte nicht zu seinen Leuten gehört, und soweit Chee wußte, gab es auch durch die jeweiligen Clanbindungen keinerlei Beziehungen zwischen den beiden. Wahrscheinlich besuchte Leaphorn einfach einen kranken Freund, und das Ganze war nur einer dieser Zufälle, die es allerdings, wenn man Leaphorn Glauben schenkte, angeblich nicht gab. Chee entspannte sich. Er beobachtete eine weiße Chevrolet-Limousine, die mit hoher Geschwindigkeit in die Zufahrt zum Parkplatz einbog, ins Schleudern geriet und fast einen der Torpfosten gerammt hätte. Ein Chevy aus dem US-Bundesfuhrpark. Wohl endlich der Verteidiger. Jetzt würde man also den Stecker herausziehen und damit die Maschinen abstellen, die während der letzten Tage Bennys Lungen am Atmen und sein Herz am Schlagen gehalten hatten. Der Wind des Lebens, der ihn durchwehte, hatte Benny schon am Freitag vor fast einer Woche verlassen und hatte sein Bewußtsein mitgenommen auf das letzte große Abenteuer.

In Anbetracht der schweren Anklage würden Staatsanwalt und Verteidiger ohne Zweifel schnell übereinkommen, etwaige Einwände von Kinsmans Familie hintanzustellen und auf jeden Fall eine Autopsie durchführen zu lassen. Die würde dann nachweisen, was man ohnehin schon wußte, daß nämlich Benjamin Kinsman infolge eines Schlages auf den Kopf gestorben war und daß deshalb im Namen des amerikanischen Volkes die Todesstrafe in Anwendung gebracht und auch Robert Jano sterben mußte, um gewissermaßen einen Ausgleich zu erzielen. Daß weder Navajos noch Hopis diesem alttestamentlichen Prinzip des «Auge um Auge – Zahn um Zahn» anhingen, interessierte die Weißen wenig.

Zwei Stockwerke tiefer hatte der weiße Chevy inzwischen eingeparkt. Die Fahrertür wurde geöffnet, und Chee sah ein Paar in schwarze Hosen gekleidete Beine sich herausschwingen. Gleich darauf erschien eine Hand, die eine Aktentasche hielt.

Im selben Augenblick hörte er hinter sich eine vertraute Stimme sagen: «Lieutenant Chee, könnte ich Sie wohl eine Minute sprechen?»

In der Tür stand Joe Leaphorn, drehte etwas verlegen seinen verbeulten Stetson zwischen den Händen und lächelte Chee entschuldigend an.

Es gab wirklich keine Zufälle, dachte Chee.

5

«Könnten wir vielleicht irgendwo hingehen, wo es etwas ruhiger ist?» fragte Leaphorn und meinte damit einen Raum, in dem niemand ihre Unterhaltung mit anhören konnte.

Chee nickte und führte ihn den Flur hinunter in das leere Wartezimmer der orthopädischen Abteilung. Er zog sich einen Stuhl heran und lud Leaphorn mit einer Handbewegung ein, sich ebenfalls zu setzen.

«Ich weiß, daß Sie nur kurz Zeit haben», sagte dieser und nahm Platz. «Gerade eben ist der Verteidiger vorgefahren.»

Chee nickte und überlegte, wie Leaphorn es angestellt haben mochte, ihn in diesem fremden Gebäude so schnell zu finden. Es schien, als sei der Lieutenant im Bilde, warum Chee hier war und was vor sich ging. Wahrscheinlich weiß er wieder mehr als ich, dachte Chee. Das überraschte ihn zwar nicht sonderlich, aber es ärgerte ihn doch.

«Ich wollte fragen, ob Ihnen der Name Catherine Anne Pollard etwas sagt», begann Leaphorn, «ob es vielleicht eine Vermißtenanzeige gibt oder eine Anzeige wegen eines gestohlenen Wagens.»

«Pollard?» wiederholte Chee. «Ich glaube nicht. Der Name sagt mir jedenfalls nichts.» Leaphorn hatte also doch nichts mit der Kinsman-Sache zu tun. Chee atmete erleichtert auf. Das Ganze war auch so schon kompliziert genug.

«Eine junge Frau, Anfang Dreißig», fuhr Leaphorn fort. «Arbeitete beim Indian Health Service. Spezialistin für Seuchenbekämpfung. Sie war auf der Suche nach der Ursache für den jüngsten Ausbruch von Beulenpest auf der Reservation. Hat bestimmte Nagetierkolonien kontrolliert. Na, Sie wissen ja, wie die arbeiten.»

«Ach, *die* Geschichte», sagte Chee. «Ich habe davon gehört. Wenn ich wieder zurück bin in Tuba, sehe ich mal unsere Unterlagen durch. Ich glaube, jemand vom Arizona Health Department oder vom Indian Health Service hat in Window Rock angerufen, daß eine Mitarbeiterin von einem Einsatz nicht zurückgekommen sei. Die haben das dann an uns weitergegeben, wir sollten uns darum kümmern.» Er zuckte die Schultern. «Die Kollegen haben durchblicken lassen, daß es dem Anrufer wohl vor allem um den verschwundenen Dienst-Jeep ging.»

Leaphorn grinste. «Nicht gerade ein Jahrhundertverbrechen.»

«Nein», bestätigte Chee. «Und was die Frau angeht – sie ist schließlich erwachsen. Wenn sie sich entschlossen hat, wegzugehen, ohne jemandem etwas davon zu sagen, dann ist das ihre Sache. Vorausgesetzt natürlich, sie bringt den Jeep wieder zurück.»

«Der ist also noch nicht wieder aufgetaucht?»

«Ich weiß es nicht genau», sagte Chee. «Es kann sein, daß er inzwischen wieder da ist und die Kollegen vom Arizona Police Headquarter nur vergessen haben, uns Bescheid zu sagen.»

«Das wäre ja nicht ungewöhnlich», bemerkte Leaphorn.

Chee nickte und sah ihn an. Er wollte eine Erklärung von Leaphorn, wieso er sich für diese alltägliche und banale Geschichte interessierte.

«Jemand aus ihrer Familie denkt, daß sie tot sei. Ermordet.» Leaphorn machte eine Pause und hob entschuldigend die Hände. «Ich weiß, das ist genau das, was Angehörige immer denken. Aber es gibt da einen abgewiesenen Verehrer ...»

«Der muß sie ja nicht gleich umgebracht haben», bemerkte Chee. Er spürte eine leichte Enttäuschung. Leaphorn hatte seit seinem Ausscheiden aus dem Dienst schon einmal auf eigene Faust ermittelt, aber da hatte es sich um einen ungelösten Fall aus seiner aktiven Zeit gehandelt, den er durch unvermutet aufgetauchte neue Fakten hatte zum Abschluß bringen können. Diese Vermißtensache dagegen hörte sich nach einem privaten Auftrag an. Ließ Leaphorn sich jetzt tatsächlich dazu herab, Routinesachen wie jeder x-beliebige Privatdetektiv zu übernehmen?

Leaphorn zog ein Notizbuch aus seiner Hemdtasche, betrachtete es von allen Seiten und klopfte dann damit ein paarmal gegen die Tischkante. Chee kam der Gedanke, daß dem Lieutenant dieses Gespräch peinlich war, und das wiederum war ihm peinlich. Leaphorn, der so vollkommen unerschütterlich schien, als er noch die Verantwortung trug, kam offenbar nicht damit klar, daß er jetzt nur noch ein ganz gewöhnlicher Bürger war, gezwungen, jemand anderen um einen Gefallen zu bitten. Chee war ratlos, wie er mit der Situation umgehen sollte. Ihm fiel auf, daß Leaphorns ungleichmäßig geschnittenes Haar, das er als schwarz, durchsetzt mit etwas Grau, in Erinnerung hatte, jetzt grau war, durchsetzt mit etwas Schwarz.

«Gibt es etwas, das ich tun kann?» fragte Chee.

Leaphorn steckte sein Notizbuch wieder zurück in die Hemdtasche.

«Sie wissen, wie ich über Zufälle denke», sagte er.

Chee nickte. «Ja.»

«Nun, ich bin bei dieser Vermißtensache, um die ich mich im Moment kümmere, auf einen dieser sogenannten Zufälle gestoßen. Allerdings muß man den Begriff schon ziemlich strapazieren, um ihn hier anwenden zu können, so daß ich eigentlich eher zögere, überhaupt davon zu sprechen.» Er schüttelte den Kopf.

Chee wartete.

«Nach allem, was ich bisher herausbekommen habe, ist das letzte, was man von Catherine Anne Pollard weiß, daß sie von Tuba aus aufgebrochen ist, um Präriehundkolonien zu kontrollieren. Und sie wollte in die Gegend von Yells Back Butte.»

Chee mußte sich einen Moment besinnen, dann holte er tief Luft. Seine Erleichterung war womöglich doch etwas verfrüht gewesen. Allerdings reichte «Gegend um Yells Back Butte» in seinen Augen nicht aus, um eine Verbindung zum Fall Kinsman herzustellen. Diese «Gegend» umfaßte ein riesiges Gebiet. Er wartete, ob Leaphorn noch mehr zu sagen hatte.

«Das war am Morgen des 8. Juli», fuhr dieser fort.

«Der 8. Juli», wiederholte Chee stirnrunzelnd. «An dem Tag war ich auch da draußen.»

«Ich weiß», sagte Leaphorn. «Hören Sie, ich bin auf dem Weg nach Window Rock. Alles, was ich bisher erfahren habe, stammt im wesentlichen aus den Berichten von zwei Anwälten, die im Auftrag von Pollards Tante Nachforschungen angestellt haben. Ich habe versucht, Pollards Chef ans Telefon zu bekommen – bisher vergeblich. Sobald ich ihn erreiche, werde ich nach Tuba fahren und mit ihm reden. Wenn er mir etwas Wichtiges mitteilen sollte, sage ich Ihnen Bescheid.»

«Dafür wäre ich Ihnen sehr dankbar», erwiderte Chee. «Ich würde gern mehr über diese Sache wissen.»

«Wahrscheinlich besteht ja überhaupt kein Zusammenhang zwischen dem Verschwinden von Pollard und dem Fall Kinsman», sagte Leaphorn. «Ich wüßte jedenfalls nicht, wie der aussehen sollte. Oder hätten Sie eine Vermutung? Ich dachte gerade …»

Er wurde durch eine laute Stimme von der Tür her unterbrochen.

«Chee!» Der Sprecher war ein bulliger junger Mann mit rotblondem Haar. Seine Gesichtshaut verriet, daß er zu viele Stunden in trockener Luft und bei Sonneneinstrahlung in großer Höhe verbracht hatte. Das Jackett seines dunkelblauen Anzugs war offen, die Krawatte nur locker gebunden, das Hemd schon ziemlich zerknittert. Seine Miene zeigte deutlich Ärger. «Mickey will die verdammte Sache jetzt endlich hinter sich bringen», sagte er. «Sie sollen reinkommen.» Dabei deutete er mit dem Finger auf Chee, wohl ohne zu wissen, daß eine solche Geste bei den *Diné* eine grobe Verletzung der Höflichkeitsregeln darstellt. Gleich darauf winkte er Chee mit gekrümmtem Zeigefinger zu sich heran, was wohl in jeder Kultur als Ungehörigkeit empfunden wird.

Chee erhob sich. Die Farbe seines Gesichts war um einen Ton dunkler geworden.

«Mr. Leaphorn», sagte er, und mit einer Handbewegung auf den jungen Mann deutend: «Dieser Gentleman ist Agent Edgar Evans vom FBI. Er ist erst vor ein paar Monaten hierher versetzt worden.»

Leaphorn nahm es mit einem Nicken zur Kenntnis.

«Chee», begann Agent Evans erneut, «Mickey ist in einer verdammt üblen ...»

«Richten Sie Mr. Mickey aus, daß ich in ein paar Minuten bei ihm sein werde», antwortete Chee. Und zu Leaphorn gewandt: «Ich rufe Sie vom Büro aus an, sobald ich nachgesehen habe, was wir über die Sache wissen.»

Leaphorn lächelte Evans zu und richtete dann seine Aufmerksamkeit auf Chee. «Mich interessiert besonders der Jeep», sagte er. «Die Leute gehen doch, wenn sie ein Fahrzeug verlassen herumstehen sehen, nicht einfach daran vorbei. Das ist ja das Merkwürdige bei diesem Fall. In der Regel ist es doch so, daß irgend jemand das Auto entdeckt, einem anderen davon erzählt, und in Windeseile spricht es sich herum.»

Chee lachte. Leaphorn kam es vor, als ob er damit gegenüber Agent Evans seine Unabhängigkeit demonstrieren wollte.

«Das stimmt», sagte Chee. «Und es dauert nicht lange, bis einige der Meinung sind, daß den Wagen ohnehin keiner mehr will. Die ersten Teile werden ausgebaut und tauchen plötzlich in anderen Fahrzeugen wieder auf.»

«Für die Auffindung des Jeep ist eine Belohnung ausgesetzt, und ich möchte, daß das möglichst allgemein bekannt wird», sagte Leaphorn.

Agent Evans versuchte sich durch vernehmliches Räuspern wieder in Erinnerung zu bringen.

«Wie hoch?» fragte Chee.

«Ich dachte, tausend Dollar.»

Chee nickte. «Das ist, glaube ich, genau richtig.» Er wandte sich mit einer auffordernden Handbewegung zur Tür. «Na los, gehen wir.»

Officer Benjamin Kinsmans Zimmer war von Sonnenstrahlen erhellt, die durch zwei große Fenster hereinströmten. Eine Reihe von Neonröhren unter der Decke gab zusätzlich Licht. Um in den Raum zu gelangen, mußten Chee und Evans sich an einem stämmigen Pfleger und zwei jungen Frauen in hellblauen Arztkitteln vorbeizwängen. US-Bundesanwalt J. D. Mickey stand mit dem Rücken zum Fenster und blickte auf das Bett mit dem zugedeckten Körper. Benjamin Kinsman lag, die Arme rechts und links neben sich ausgestreckt, regungslos wie ein Soldat in Habachtstellung. Die beiden Monitore an der Wand über dem Kopfende des Bettes waren abgestellt.

Mickey sah auf die Uhr, dann zu Chee, warf noch einen Blick zur Tür und nickte. «Sie sind der Officer, der die Festnahme vorgenommen hat?»

«Ja, das ist richtig», sagte Chee.

«Ich möchte, daß Sie Officer Kinsman fragen, ob er Angaben machen kann, wer ihn angegriffen hat. Ob er uns sagen kann, was überhaupt geschehen ist. Wir werden das Ganze hier protokollieren für den Fall, daß der Verteidiger des Angeklagten mit irgendwelchen Tricks kommen sollte.»

Chee befeuchtete mit der Zunge seine Lippen, räusperte sich und sah auf die verhüllte Gestalt. «Ben», begann er, «können Sie mir sagen, wer Sie angegriffen hat? Hören Sie mich? Können Sie mir etwas sagen?»

«Ziehen Sie das Tuch runter, weg vom Gesicht», sagte Mickey.

Chee schüttelte den Kopf. «Ben, es tut mir leid, daß ich nicht schneller da war. Ich wünsche dir, daß du glücklich bist auf deiner Reise.»

Agent Evans hatte sich vorgebeugt und faßte nach dem Tuch, doch Chee machte einen raschen Schritt auf ihn zu, packte ihn hart am Handgelenk und hielt ihn zurück. «Tun Sie das nicht», sagte er und zog das Tuch wieder zurecht.

«Lassen Sie's», sagte Mickey zu Evans gewandt und warf erneut einen Blick auf die Uhr. «Ich denke, wir sind hier sowieso fertig.» Er ging zur Tür.

Dort stand Janet Pete und sah erst Chee und dann die anderen stumm an.

«Besser spät als nie», begrüßte Mickey sie. «Ich hoffe nur, daß Sie früh genug hier waren, um bestätigen zu können, daß den Rechten Ihres Klienten Genüge getan wurde.»

Janet Pete sah totenblaß aus. Sie nickte kaum merklich und trat zur Seite, um Mickey und Evans vorbeizulassen.

Chee war noch zurückgeblieben. Hinter ihm im Zimmer hatte das Pflegepersonal bereits schnell und routiniert Kabel und Schläuche entfernt und rollte das Bett mit dem Toten zu einem Seitenausgang. Vermutlich würden sie ihn jetzt in den Operationssaal bringen, um ihm die Nieren zu entnehmen, vielleicht auch das Herz und noch andere Organe, falls es gerade einen Schwerkranken gab, dem eine Transplantation das Leben retten konnte. Aber das beunruhigte Chee nicht sehr. Was man dort abtransportierte, was nichts als eine leere Hülle. Ben selbst war jetzt schon weit, weit entfernt. Nur das *chindi* war bei seinem toten Körper zurückgeblieben. Deshalb gab es in der Religion der Navajos die Taburegel, Tote zu meiden. Davon ausgenommen waren Kinder, die gestorben waren, bevor sie lachen konnten, und Alte, die vor Schwäche verschieden waren. Das Gute in Benny Kinsman hatte mit seinem Geist den Körper verlassen. Der dunkle Teil seines Wesens, der sich nicht im Zustand allumfassender Harmonie befunden hatte, lebte fort als *chindi*, als zerstörerischer Geist, der bei den Überlebenden Krankheiten verursachen konnte.

Janet stand noch immer in der Tür.

Chee ging langsam auf sie zu.

«Hallo, Jim.»

«Hallo, Janet.» Er holte tief Luft. «Es ist schön, dich wiederzusehen.»

«Selbst unter diesen Umständen?» Sie machte eine leichte Handbewegung, die den Raum umgriff, und versuchte zu lächeln.

Chee überging die Frage. Er fühlte sich krank und schwindelig. Mit einem Wort, völlig erledigt.

«Ich habe versucht, dich anzurufen, aber du bist ja nie zu Hause», bemerkte sie. «Ich bin Robert Janos Verteidigerin, aber ich nehme an, das wußtest du schon.»

«Nein», sagte Chee. «Das ist mir eben erst klargeworden, als ich hörte, was Mickey zu dir sagte.»

«Du bist also derjenige, der Jano festgenommen hat, wenn ich das richtig verstanden habe. Das stimmt doch, oder? Ich muß dich unbedingt sprechen.»

«Gut», sagte Chee. «Aber nicht jetzt. Ich habe keine Zeit. Außerdem will ich hier möglichst schnell weg.» Er verspürte den Geschmack von Galle in seinem Mund und schluckte, um ihn loszuwerden. «Wie wäre es, wenn wir heute abend zusammen essen gehen?»

«Heute abend geht es nicht. Mr. Mickey hat uns alle in sein Büro bestellt, um über die Anklage gegen Jano zu reden. Außerdem siehst du ziemlich erschöpft aus, Jim. Du solltest dich ausruhen. Ich glaube, du arbeitest zuviel.»

«Nein, das ist es nicht», antwortete er. «Aber du siehst großartig aus. Bist du morgen in der Stadt?»

Sie schüttelte den Kopf. «Ich muß nach Phoenix.»

«Wollen wir dann morgen zusammen frühstücken? In deinem Hotel?»

«Einverstanden», antwortete sie. Sie verabredeten die Zeit.

Mickey stand noch auf dem Flur, er hatte offenbar auf Janet gewartet. «Miss Pete!» rief er.

«Ich muß weg», sagte sie und wandte sich zum Gehen, drehte sich aber dann noch einmal um. «Jim», bemerkte sie, «erschöpft oder nicht – du siehst gut aus.»

«Du auch», gab er zurück. Es stimmte, sie sah tatsächlich

gut aus. Sie besaß jene klassische, beinahe perfekte Schönheit, die man sonst nur auf den Titelblättern von *Vogue* oder anderen eleganten Modezeitschriften sah.

Chee lehnte sich an die Wand und sah ihr nach, bis sie um eine Ecke bog und aus seinem Blickfeld verschwand. Plötzlich wünschte er, ihm wäre etwas Besseres eingefallen als die lapidare Formel «du auch», etwas, das ausgedrückt hätte, was er für sie empfand. Er wünschte, er würde sich endlich darüber klar, wie er sich entscheiden sollte. In bezug auf Janet, in bezug auf sie beide. Aber er wußte ja noch nicht einmal, ob er ihr wirklich trauen konnte. Warum bloß war das Leben so verdammt kompliziert?

6

Leaphorn hatte sich vorgenommen, mit Richard Krause, Catherine Pollards Vorgesetztem beim Arizona Health Department, zu sprechen, um einen Eindruck von Pollard und ihrer Arbeit zu bekommen – und von Krause selbst. Durch seine vielen Dienstjahre in der riesigen leeren Weite der Four Corners wußte er jedoch, daß es Tage dauern konnte, jemanden dort aufzuspüren. Wenn Krause irgendwo da draußen war, mußte er sich in Geduld fassen und darauf hoffen, ihn irgendwann im Labor in Tuba City zu erreichen. Unmittelbar nach seiner Rückkehr nach Santa Fe hatte er das erste Mal versucht, ihn anzurufen. Und bevor er heute in Flagstaff losgefahren war, hatte er es ein zweites Mal probiert. Beide Male vergeblich. Inzwischen kannte er die Nummer auswendig. Leaphorn beschloß, es jetzt gleich ein drittes Mal zu versuchen. Vielleicht hatte er ja Glück. Er nahm den Hörer ab und wählte.

«Öffentliches Gesundheitswesen», meldete sich eine Männerstimme. «Krause.»

Leaphorn stellte sich vor. «Mrs. Vanders hat mich gebeten …»

«Ich weiß», unterbrach Krause ihn, «sie hat mich angerufen.»

«Miss Pollard ist noch nicht wieder zurück?»

«Nein», antwortete Krause. «Miss Pollard ist weder zur Arbeit erschienen, noch hat sie es für nötig gehalten, anzurufen oder mich anderweitig zu informieren. Allerdings muß ich dazu sagen, daß mich ein solches Verhalten bei ihr nicht mehr überrascht. Ich habe gelernt, daß man bei ihr auf so etwas gefaßt sein muß. Sie akzeptiert für sich keine Regeln. Die sind nur für die andern da.»

«Hat sich inzwischen jemand gemeldet, der weiß, wo das Fahrzeug steckt?»

«Nein, bei mir nicht», antwortete Krause. «Ehrlich gesagt bin ich ziemlich wütend auf Cathy. Sie macht einem die Zusammenarbeit manchmal ganz schön schwer. Meist tut sie nur das, was sie will und wie sie es will, wenn Sie verstehen, was ich meine. Als sie nicht zurückkam, habe ich deshalb zunächst angenommen, daß sie da draußen irgend etwas entdeckt hat, das ihr dringlicher erschien als die Aufgabe, die ich ihr übertragen hatte. Ich dachte, daß sie sich quasi stillschweigend selbst eine neue gesucht hat.»

«Ich weiß, wovon Sie sprechen», sagte Leaphorn. Er dachte an die Zeit, als er mit Chee zusammengearbeitet hatte. Doch gestern in Flagstaff hatte er sich gefreut, ihn wiederzusehen, obwohl er damals jede Menge Ärger mit ihm gehabt hatte. Chee war ein guter Mann und dazu ungewöhnlich wach und aufmerksam. «Und halten Sie das immer noch für möglich? Ich meine, daß Pollard sich irgendwo draußen aufhält, um sich einer Aufgabe ihrer Wahl zu widmen, und sich einfach nicht die Mühe gemacht hat, es jemandem mitzuteilen?»

«Schwer zu sagen», sagte Krause. Im übrigen sei er gerne bereit, Leaphorn umfassend Auskunft zu geben über Pollard und ihre Arbeit, aber nicht jetzt. Er sei heute beschäftigt, die Arbeit türme sich. Da Pollard nicht da sei, arbeite er jetzt praktisch für zwei. Morgen vormittag könne er sich eine Weile freimachen, am besten möglichst früh.

Leaphorn blieb im Moment nichts zu tun übrig, als auf Chees Anruf zu warten. Doch Chee mußte erst von Flag zurück nach Tuba, und dann würde er sich sicherlich zunächst um all das kümmern, was während seiner Abwesenheit liegengeblieben war. Erst danach würde er sich daranmachen nachzusehen, was sie über das Verschwinden von Catherine Pollard mitsamt ihrem Jeep vorliegen hatten. Falls Chee irgend etwas entdeckte, das ihm wichtig erschien, würde er sich melden. Vermutlich irgendwann im Laufe des späten Nachmittags, dachte Leaphorn. Es konnte aber auch gut sein, daß die Berichte so nichtssagend waren, daß Chee fand, ein Anruf lohne sich nicht.

Leaphorn war es immer schon schwergefallen zu warten, sei es auf einen Anruf oder sonst irgend etwas. So ging er in die Küche, toastete sich zwei Scheiben Brot, bestrich sie mit Margarine und Weinbeerengelee, setzte sich dann an den Tisch und betrachtete, während er aß, die *Indian Country*-Karte direkt an der Wand darüber.

Die Karte war vom Automobilclub Südkaliforniens herausgegeben und wegen ihres großen Maßstabs und ihrer Detailtreue allgemein beliebt. Sie war mit einer Vielzahl von Kartographennadeln übersät. Es gab alle möglichen Glasköpfe – rote, gelbe, blaue, grüne – sowie etliche Köpfe in Schattierungen dieser Farben, auf die er schon bald hatte zurückgreifen müssen, als seine Markierungen immer differenzierter wurden. Darüber hinaus gab es auch jede Menge Nadeln mit schwarzen Köpfen. Die Karte hatte fast während seiner gesamten Dienstzeit bei der Polizei über seinem Schreibtisch gehangen, und als er in den Ruhestand ging, hatte der Kollege, der sein Zimmer übernehmen sollte, sich erkundigt, ob er sie nicht vielleicht behalten wolle. Er hatte zurückgefragt: «Wozu?» Aber am Ende hatte er sich doch nicht von ihr trennen können und sie mitgenommen. Mit jeder Nadel auf der Karte verband sich eine Erinnerung.

Die ersten Nadeln (noch ganz einfache, mit Stahlköpfen, wie man sie bei Schneidern fand) hatte er benutzt, um sich ein Bild zu machen über die Orte, an denen verschiedene Zeugen zu verschiedenen Zeiten ein als vermißt gemeldetes Flugzeug noch gesehen hatten. Das war damals ein Fall gewesen, der ihn ziemlich in Atem gehalten hatte. Danach waren die roten Nadeln gekommen. Sie hatten den Lieferweg eines Tanklastzugs nachgezeichnet, dessen Fahrer seine Abnehmer auf der Checkerboard-Reservation neben Benzin auch regelmäßig mit Drogen versorgt hatte. Die Mehrzahl der Nadeln auf der Karte war jedoch schwarz. Sie steckten überall dort, wo es Gerüchte über Hexerei gegeben hatte. Leaphorn selbst hatte bereits in seinem ersten Semester an der Arizona State University auch den letzten Rest Glauben an die Existenz sogenannter Skinwalker hinter sich gelassen. Doch seitdem war ihm von Jahr zu Jahr deutlicher bewußt geworden, welche sehr realen Probleme sich aus diesem «Glauben» ergaben.

Als er damals in den Semesterferien nach Hause gekommen war, war er wie berauscht gewesen von seiner frisch erworbenen Gelehrsamkeit und hatte seine alte Umgebung mit den zynischen Augen dessen betrachtet, der sich in dem Glauben wiegt, alles zu durchschauen. Er hatte seinen Freund Jack Greyeyes überredet, mit ihm zusammen eine als angeblichen Versammlungsort von Skinwalkers verrufene Stelle südlich von Shiprock aufzusuchen, um zu demonstrieren, daß sie den traditionellen Aberglauben abgeschüttelt hatten. An Rol-Hay Rock und Table Mesa vorbei fuhren sie zu dem düsteren schwarzen Basaltfelsen, in dessen Tiefe verborgen – wie sich die Jugendlichen hinter vorgehaltener Hand zuraunten – jener unterirdische Raum liegen sollte, in dem die Skinwalker zusammenzukommen pflegten. Dort begingen sie angeblich ihre abscheulichen Initiationsriten, bei denen die neu Hinzugekommenen in die Hexerei eingeweiht wurden.

Für ihr Vorhaben hatten sie sich eine besonders dunkle, sternlose Nacht ausgesucht, zudem regnete es heftig, so daß sie kaum Gefahr liefen, von jemandem gesehen und womöglich selbst als Skinwalker verdächtigt zu werden. Noch jetzt, immerhin mehr als vier Jahrzehnte danach, überlief Leaphorn jedesmal, wenn es im Winter zu regnen begann, ein Schauder.

Jene Nacht dort draußen bei dem schwarzen Basaltkegel grub sich für immer in sein Gedächtnis ein. Die Finsternis, der eiskalte Regen, der seine Jacke durchweichte, das unvermittelt einsetzende Gefühl der Angst. Greyeyes hatte, nachdem sie am Fuß des Kegels angekommen waren, plötzlich erklärt, ihr Vorhaben sei schlicht und einfach verrückt.

«Ich sag dir was», hatte er geflüstert, «wir hauen gleich wieder von hier ab und sagen einfach, wir wären drin gewesen.»

Leaphorn hatte stumm den Kopf geschüttelt, sich die Taschenlampe geben lassen und Greyeyes nachgeschaut, bis er nach wenigen Schritten von der Dunkelheit verschluckt wurde. Er hatte tief Luft geholt und darauf gewartet, daß sein Mut zurückkäme. Vergeblich. Einen langen Augenblick hatte er einfach nur dagestanden und zu dem riesigen schwarzen Felsen emporgeblickt. Unvermittelt wurde er von furchtbarer Angst ergriffen, und gleichzeitig durchzuckte ihn wie ein Blitz die Erkenntnis, daß die Entscheidung, die er jetzt traf, die Entscheidung darüber war, was für ein Mann er einmal sein würde. Beim Aufstieg zerriß er sich die Hose und schürfte sich ein Knie auf. Er fand beinahe auf Anhieb jene gähnende schwarze Öffnung, von der unbestimmt die Rede gewesen war, und leuchtete hinein. Der Strahl seiner Taschenlampe reichte jedoch nicht bis ganz hinunter. Entschlossen war er ein Stück weit hineingeklettert, gerade so weit, daß er bis auf den Grund sehen konnte. Das Gerücht besagte, der Boden des unterirdischen Raums sei mit Teppichen ausgelegt und mit menschlichen Knochen übersät. Was er im schwachen Schein der Taschenlampe dann aber sah, waren nur verwehter Sand und Salsola-Disteln vom letzten Sommer, sogenannte Tumbleweeds. In jener Nacht hatte er auch den letzten möglicherweise noch vorhandenen Rest seines Glaubens an die Skinwalkers endgültig begraben. Doch je länger er bei der Polizei tätig war, um so mehr wuchs seine Überzeugung, daß es etwas gab, was man zu Recht als «das Böse» bezeichnen konnte, und daß die Vorstellung von Skinwalkers nur ein naiver Ausdruck derselben Grundüberzeugung war. Gleich sein erstes Jahr hatte ihn gelehrt, daß man den Skinwalker-Glauben auf jeden Fall ernst nehmen mußte. Man hatte ihn frühzeitig gewarnt, daß ein auf den Ölfeldern als Pumpenarbeiter tätiger Navajo der Überzeugung war, daß der Tod seiner Tochter von zwei Nachbarn herbeigeführt worden sei, die das Mädchen verhext hätten. Leaphorn hatte nur gelacht und es nicht für nötig gehalten, sich um die Angelegenheit zu kümmern. Am Tag nach Ablauf der traditionell vorgeschriebenen viertägigen Trauerzeit hatte der Pumpenarbeiter sein Gewehr genommen und die beiden vermeintlichen Hexer erschossen.

Während Leaphorn langsam seinen Toast kaute, betrachtete er nachdenklich die Landkarte. Eine dicke Traube von schwarzen Nadeln befand sich in der Umgebung der nach Süden weisenden felsigen Ausläufer der Black Mesa, einer davon der massige Kegel von Yells Back Butte. Das Thema Zauberei war noch längst nicht obsolet, wie man sah. Aber wieso gerade dort diese Häufung? Wahrscheinlich, weil es in der Gegend vor nicht allzu langer Zeit zwei Fälle von Beulenpest und einen Todesfall durch das Hanta-Virus gegeben hatte, dachte Leaphorn. Hexerei war noch immer die nächstliegende Erklärung für schwere Krankheiten, von deren tatsächlichen Ursachen die Menschen dort draußen nichts wußten. Nach Norden zu zeigten Short Mountain und das Gebiet um

Short Mountain Wash ebenfalls auffällig viele schwarze Nadeln. Leaphorn war sich fast sicher, daß das mit John McGinnis, dem Betreiber des Short Mountain Trading Post, zusammenhing. Die große Anzahl der Nadeln hier ließ nicht, wie man hätte annehmen können, auf besonders viele Vorkommnisse von vermeintlicher Hexerei schließen, sondern erklärte sich aus McGinnis' besonderem Talent, von jedem Gerücht umgehend zu erfahren und es ebenso umgehend weiterzuverbreiten. Seine spezielle Vorliebe galt Skinwalker-Geschichten, und da seine vor allem aus Navajos bestehende Kundschaft dies wußte, beeilte sie sich, ihm alles sofort mitzuteilen, was ihr diesbezüglich zu Ohren kam. Aber McGinnis war nicht wählerisch. Ihn interessierte *jede* Neuigkeit. Wenn es irgendwo über Catherine Pollards Verbleib etwas zu erfahren gab, dann bestimmt bei McGinnis, dachte Leaphorn und griff nach der neuen Ausgabe des Telefonbuchs der Navajo Communications Company.

Die Nummer des Short Mountain Trading Post war nicht mehr vermerkt. Nach kurzem Überlegen rief Leaphorn im Chapter House von Short Mountain an und erkundigte sich, ob der Trading Post noch geöffnet sei. Die Frau am anderen Ende lachte leise. «Tja», antwortete sie, «ich würde sagen: ab und zu.»

«Macht immer noch McGinnis selbst den Laden? Lebt er überhaupt noch?»

Die Frau prustete los. «Und ob! Der ist noch gut beisammen für sein Alter. Wenn ich ihn sehe, fällt mir immer dieses Sprichwort der *bilagaana* ein: ‹Nur die Guten sterben jung.›»

Leaphorn beendete sein Frühstück, hinterließ für den Fall, daß Chee sich meldete, eine Nachricht auf dem Anrufbeantworter und machte sich mit seinem Pickup auf den Weg in Richtung Westen, quer durch das Kernland der Navajo-Reservation. Jetzt, wo er endlich etwas tun konnte, fühlte er sich wieder wohl.

Es war schon einige Zeit her, daß er den Trading Post besucht hatte, aber er fand ihn ziemlich unverändert, höchstens noch etwas heruntergekommener als damals. Die Fläche vor dem Gebäude, von McGinnis' Kunden meist als Parkplatz benutzt, bestand noch immer aus hartem Lehm, der nicht einmal Unkraut hervorbrachte. Dem alten GMC-Lieferwagen fehlten immer noch die Räder. Wie damals ruhte er aufgebockt auf zwei dicken Holzbohlen und rostete vor sich hin. Der Chevrolet-Pickup, Baujahr 68, der neben dem Schafpferch im Schatten einer Zedernzypresse geparkt stand, war wohl derselbe, den McGinnis vor Jahren schon gefahren hatte. Ein verwittertes handgemaltes Schild an einem Balken der Veranda annoncierte wie seit ewigen Zeiten:

DIESER LADEN STEHT ZUM VERKAUF.

ANFRAGEN BEI MIR.

Doch im Gegensatz zu damals war die Veranda heute leer, und unter den längs der Wand stehenden Bänken hatte sich Abfall angesammelt.

Auch die Fenster sahen noch staubiger aus, als Leaphorn sie in Erinnerung hatte. Der Trading Post kam ihm fast verlassen vor, und ein böiger Wind, der Staub und ausgebleichte Tumbleweeds vor sich hertrieb, verstärkte noch den Eindruck von Trostlosigkeit. Leaphorn verspürte eine Mischung aus Unbehagen und einer vagen Trauer. Die Frau im Chapter House hatte sich geirrt. Selbst der zähe alte John McGinnis war durch die schiere Anzahl der Jahre und die unvermeidlichen Enttäuschungen, die ein langes Leben mit sich brachte, schließlich zermürbt worden.

Der Wind schob jetzt in immer schnellerer Folge neue Wolkenketten vor sich her, die sich, wie Leaphorn auf den letzten zwanzig Meilen seiner Fahrt schon mit Sorge beobachtet hatte, über der Black Mesa zu einem grau-schwarzen Gebirge zusammenballten. Der Sommer hatte gerade erst begonnen, so daß es wohl kaum zu einem Wolkenbruch kommen würde, aber selbst ein Schauer konnte im tiefer gelegenen Short Mountain Wash schon zu Schwierigkeiten führen. Leaphorn war gerade aus seinem Pickup gestiegen, als das erste ferne Grollen des Donners zu hören war. Er warf einen kurzen Blick zum Himmel und rannte dann in Richtung auf die Veranda.

Unvermittelt stand auf einmal John McGinnis in der geöffneten Ladentür und blickte ihm unter einem Schopf strubbeliger weißer Haare überrascht entgegen. Der alte Mann schien um mehr als zwanzig Pfund zu dünn für den weiten Overall, den er trug.

«Na, so was!» rief er. «Es stimmt also, was ich gehört habe, daß sie Sie schließlich doch aus dem Polizeidienst entfernt haben. Aber daß sie Ihnen nicht mal die Uniform gelassen haben!»

«Ya'eeh te'h», begrüßte ihn Leaphorn. «Schön, Sie wiederzusehen.» Zu seiner eigenen Überraschung war es nicht nur eine Höflichkeitsfloskel. Vielleicht, weil er seit Emmas Tod allein war – genau wie McGinnis.

Der alte Mann hielt ihm die Tür auf. «Kommen Sie rein, ich will die Tür schnell wieder zumachen, damit nicht der ganze Dreck reinweht. Und außerdem möchte ich Ihnen gern etwas zu trinken anbieten. Ihr Navajos steht immer so lange draußen herum, als hättet ihr kein Zuhause und wärt alle in einer Scheune geboren.»

Leaphorn folgte McGinnis durch das muffige Dunkel des Ladens. Ihm fiel auf, daß der Alte viel gebeugter ging als früher und das rechte Bein etwas nachzog und daß die Regale an der Wand halb leer waren. Auch die Glasvitrine, in der McGinnis verpfändeten Schmuck ausstellte, enthielt nur wenige Stücke. Die Gestelle, auf denen immer eine Auswahl der etwas grellfarbigen, von einheimischen Webern verfertigten Teppiche und Satteldecken präsentiert worden war, standen zusammengeklappt in einer Ecke. Wer wird wohl zuerst sterben, dachte Leaphorn melancholisch, der Trading Post oder sein Betreiber?

McGinnis steuerte mit ihm ins Hinterzimmer, das ihm zugleich als Schlafraum, Küche und Wohnzimmer diente, und deutete mit einer einladenden Handbewegung auf einen alten Lehnstuhl, dessen Sitzfläche mit abgewetztem rotem Samt bezogen war. Er nahm ein paar Eiswürfel aus dem Kühlschrank und warf sie in ein Colaglas, das er aus einer Zweiliterflasche mit Pepsi füllte und dann zu Leaphorn hinübertrug. Er holte sich vom Küchentisch eine Flasche Bourbon und einen Plastikbecher, dessen Außenseite Maßangaben trug, setzte sich Leaphorn gegenüber in seinen Schaukelstuhl und goß sich mit großer Sorgfalt einen Drink ein.

«Wenn ich mich richtig erinnere», sagte er, während er den Whisky aus der nur leicht gekippten Flasche in feinem Strahl in den Meßbecher laufen ließ, «trinken Sie keine harten Sachen. Falls ich mich irre, brauchen Sie's bloß zu sagen, dann hole ich Ihnen was Besseres als dieses Colazeug.»

«Ich bin mit der Cola zufrieden, danke», sagte Leaphorn.

McGinnis nickte, wandte sich zum Fenster, hob den Meßbecher prüfend in die Höhe, schüttelte dann den Kopf und goß wieder ein wenig in die Flasche zurück. Er hielt den Becher erneut gegen das Licht, schien jetzt mit der Menge einverstanden, lehnte sich zurück und nahm den ersten Schluck.

«Wollen Sie lieber erst mit mir plaudern oder gleich auf den Grund Ihres Besuches bei mir zu sprechen kommen?» fragte er.

«Das ist mir gleich», antwortete Leaphorn. «Ich habe keine Eile. Wie Sie wissen, lebe ich im Ruhestand und bin jetzt nur noch ein alter Mann mit sehr viel Zeit.»

McGinnis nickte. «Ja, das habe ich gehört. Ich selbst würde mich auch gerne endlich zur Ruhe setzen, wenn ich nur einen Dummen fände, der dieses Rattenloch hier übernimmt.»

«Hält Sie der Laden noch sehr auf Trab?» erkundigte sich Leaphorn und versuchte sich vorzustellen, daß jemand tatsächlich ein Angebot machte, den Trading Post zu kaufen. Es wollte ihm nicht gelingen. Aber noch schwerer vorstellbar war, daß McGinnis, wenn sich denn entgegen aller Wahrscheinlichkeit ein Käufer fände, auch wirklich einwilligen würde. Wohin sollte er gehen, wenn er verkaufte? Und vor allem – was sollte er dann mit sich anfangen?

McGinnis überging die Frage. «Ich hoffe nur», sagte er, «daß Sie nicht vorbeigekommen sind, um hier zu tanken. Dann müßte ich Sie nämlich enttäuschen. Die Händler verlangen für die Anlieferung hierher einen Aufschlag, und deshalb liegt mein Abgabepreis etwas höher als anderswo. Ich habe mich auf den Benzinverkauf sowieso nur eingelassen, um den Sturköpfen, die es hier immer noch aushalten, entgegenzukommen. Aber die meisten tanken inzwischen, wenn sie sowieso in Tuba oder Page sind, und ich bleibe auf meinem Benzin sitzen und kann zusehen, wie es mir verdunstet. Die Leute hier können mir alle den Buckel runterrutschen, ich habe jedenfalls keine Lust mehr, mich damit abzugeben.»

McGinnis hatte das mit seiner rauhen Whiskystimme so schnell heruntererzählt, daß Leaphorn den Eindruck hatte, er tischte jedem Besucher dieselbe Geschichte auf und brauchte mittlerweile gar nicht mehr zu überlegen, sondern sagte sie auswendig her. Er blickte Leaphorn Verständnis suchend an.

Der nickte. «Das kann Ihnen keiner übelnehmen», sagte er.

«Sehen Sie, das finde ich auch! Aber ab und zu vergessen die Brüder nachzusehen, und plötzlich steht die Anzeige auf ‹leer›, und dann kommen sie her, pumpen bei mir erst mal ihre Reifen auf, füllen ihr Kühlwasser nach, wischen mit meinen Lappen ihre Windschutzscheibe sauber und kaufen am Ende zwei Gallonen Benzin, gerade so viel, wie sie brauchen, um es bis zur nächsten Billigtankstelle zu schaffen.»

Leaphorn schüttelte mißbilligend den Kopf.

«Und die zwei Gallonen, die bezahlen sie natürlich nicht bar, sondern ich muß sie anschreiben», fuhr McGinnis fort und nahm einen großen Schluck aus seinem Becher.

«Als ich ankam, habe ich gesehen, daß Sie draußen neben der Veranda noch einen Tank stehen haben mit einer Handpumpe dran. Ist der nur für Ihren eigenen Bedarf, damit Sie nicht plötzlich mal ohne Benzin dasitzen?»

McGinnis schaukelte langsam ein wenig vor und zurück, als müsse er über die Antwort erst nachdenken. Wahrscheinlich fragt er sich jetzt, dachte Leaphorn, ob ich wohl mitbekommen habe, daß sein alter Pickup einen doppelten Tank hat, so daß er kaum in diese Lage geraten kann.

«Ich hab mir irgendwann gesagt, zum Teufel, was soll's», gestand McGinnis knurrig. «Sie können sich ja bestimmt vorstellen, wie das hier ist. Die Leute kommen mit dem letzten Tropfen her, und zur nächsten Tankstelle sind es mindestens siebzig Meilen, da muß man ihnen schon aushelfen.»

Leaphorn nickte. «Ja, da haben Sie wohl recht.»

«Und außerdem – wenn man ihnen kein Benzin gibt, dann hängen sie bloß hier rum und stehlen mir die Zeit mit endlosem Palaver. Und irgendwann wollen sie dann mein Telefon benutzen, um irgendeinen Verwandten anzurufen, der ihnen einen Kanister voll vorbeibringen soll.»

Mit zusammengezogenen Brauen starrte er Leaphorn über den Rand seines Bechers hinweg an. «Haben Sie schon mal einen Navajo gesehen, der es eilig hat? Wenn sie erst mal da sind, hocken sie einem stundenlang vor den Füßen rum. Und trinken so lange mein gekühltes Wasser, bis mir am Ende die Eiswürfel ausgehen.»

McGinnis war rot geworden, wahrscheinlich, weil er durch die Erwähnung des Wassers schon mehr über sich verraten hatte, als ihm lieb war. «Irgendwann habe ich beschlossen, einfach meine Telefonrechnung nicht mehr zu bezahlen, und nach einer Weile hat die Gesellschaft meinen Anschluß stillgelegt. Ich habe mir gedacht, ein bißchen Benzin vorrätig zu halten, kommt mich am Ende doch billiger.»

«Das kann schon sein», sagte Leaphorn.

McGinnis warf ihm einen finsteren Blick zu, damit er nicht etwa auf die Idee käme, ihn für einen Menschenfreund zu halten.

Leaphorn bemühte sich um eine möglichst neutrale Miene.

«Aber warum sind Sie denn nun hergekommen?» wollte McGinnis wissen. «Doch bestimmt nicht nur, weil Sie sich zu Hause allein langweilen.»

«Ich würde gern wissen, ob ein Mann namens Tijinney bei Ihnen Kunde war», sagte Leaphorn. «Er hat mit seiner Familie in der Gegend gewohnt, wo früher die Joint Use Area war, drüben in der Nordwestecke der Black Mesa, wo jetzt die Grenze zwischen der Hopi- und unserer Reservation verläuft.»

McGinnis nickte. «Ja, war er. Aber inzwischen sind alle tot, und ihr Hogan verfällt. Die Tijinneys waren immer sehr kränklich. Mindestens einmal pro Woche stand einer von ihnen hier im Laden. Ich hab ihn dann entweder nach Tuba zum Arzt oder gleich zur Klinik nach Many Farms gefahren. Ich weiß, daß sie sich oft an Margaret Cigaret oder andere Heiler gewandt haben, um Heilzeremonien durchführen zu lassen. Immer wenn es so weit war, tauchten sie vorher bei mir im Laden auf. Sie wollten mich überreden, ein Schaf zu stiften, damit sie alle ihre Verwandten, die sie zum Gesang eingeladen hatten, gut bewirten konnten.»

«Wissen Sie noch, daß ich Ihnen mal von einer großen Karte erzählt habe, die in meinem Büro an der Wand über meinem Schreibtisch hing? Auf der ich Ereignisse und Gerüchte, die mir zu Ohren kamen, durch verschiedenfarbige Stecknadeln markiert habe?»

«Ja, daran kann ich mich erinnern.»

«Also, diese Karte hängt jetzt bei mir zu Hause in der Küche. Als ich sie heute morgen beim Frühstück ansah, fiel mir auf, daß dort, wo die Tijinneys gewohnt haben, jede Menge schwarze Nadeln stecken. Schwarz steht für ‹Gerüchte über Skinwalker›. Glauben Sie, daß diese Gerüchte mit den häufigen Erkrankungen in der Familie zusammenhängen?»

«Bestimmt», antwortete McGinnis. «So langsam dämmert mir, worauf Sie hinauswollen. Der Mord an dem Polizisten, diesem Kinsman, geschah der nicht direkt auf dem Weideland der Tijinneys?»

«Ich meine, ja», antwortete Leaphorn vorsichtig.

McGinnis hielt den Plastikbecher in die Höhe, taxierte mit zusammengekniffenen Augen die noch verbliebene Menge Whisky und goß sich etwas nach. «Sie *meinen*?» fragte er. «Ich habe gehört, daß das FBI den Fall schon abgeschlossen haben soll. War es nicht dieser junge Mann, mit dem Sie immer zusammengearbeitet haben, dieser Chee, der den Täter erwischt hat? Angeblich auf frischer Tat?»

Leaphorn nickte. McGinnis konnte man so leicht nichts vormachen. «Ja, das stimmt. Der Mörder ist ein Hopi namens Jano.»

«Und – was haben Sie mit dem Ganzen zu tun?» fragte McGinnis. «Ich wußte doch gleich, daß Sie nicht ohne Grund vorbeigekommen sind. Aber was ich nicht verstehe – Sie sind doch schon vor fast einem Jahr aus dem Polizeidienst ausgeschieden. Arbeiten Sie jetzt für die Gegenseite?»

Leaphorn zuckte die Schultern. «Ich versuche nur, ein paar Dinge zu klären.»

«Wer hätte das gedacht!» bemerkte McGinnis. «Geben Sie ruhig zu, daß Sie hier sind, um Beweise zu finden, daß dieser junge Hopi doch nicht der Täter war.»

«Wie kommen Sie denn darauf?»

«Cowboy Dashee war neulich hier. Erinnern Sie sich noch an ihn? Der Stellvertreter des Sheriffs von Coconino County.»

«Aber sicher.»

«Also, Cowboy ist der Meinung, daß dieser Jano es nicht war. Er sagt, Chee hat den falschen Mann erwischt.»

Leaphorn wiegte zweifelnd den Kopf. Vermutlich war Dashee mit Jano irgendwie verwandt, oder aber sie gehörten beide derselben Kiva an. Das war sehr gut möglich. Die Hopis bewegten sich in einer sehr kleinen, überschaubaren Welt. «Hat Cowboy auch gleich verraten, wer statt dessen als Täter in Frage kommt?»

McGinnis setzte sich plötzlich aufrecht hin und hörte auf zu schaukeln. Er sah Leaphorn überrascht an. «Ich habe mich geirrt, oder? Sie sind gar nicht wegen der Kinsman-Geschichte hier! Aber weswegen dann?»

«Ich versuche, eine junge Frau zu finden, die für den Indian Health Service arbeitet. Ihre Aufgabe war es, den Ursachen für die jüngsten Pesterkrankungen auf der Reservation nachzugehen. Am Freitag, dem achten, ist sie von Tuba aus aufgebrochen und noch immer nicht zurückgekehrt.»

McGinnis hatte wieder zu schaukeln begonnen. Den Becher in der Linken haltend, seinen Ellbogen auf die Stuhllehne gestützt, bewegte er seinen Unterarm gerade nur so viel, daß er das sachte Auf und Ab auszugleichen vermochte, damit der Bourbon nicht aus dem Becher schwappte. Wie es schien, besaß er genug Übung, um nicht einmal mehr hinsehen zu müssen. Statt dessen starrte er aus dem Fenster. Oder, genauer, auf das Fenster, wie Leaphorn feststellte. Offenbar beobachtete McGinnis die Spinne, die gerade damit begonnen hatte, zwischen dem Fensterrahmen und einem hohen Regal erste Fäden zu spannen.

Plötzlich hörte der alte Mann zu schaukeln auf und erhob sich leise stöhnend. «Nun sehen Sie sich bloß mal dieses blöde Viech an», bemerkte er. «Man sollte doch meinen, irgendwann müßte es das kapiert haben.»

Er ging zum Fenster, zog aus der Tasche seines Overalls ein zerknülltes Taschentuch hervor, stupste die Spinne damit zurück in Richtung Fensterrahmen, breitete das Taschentuch über sie, packte mit einem schnellen Griff zu und warf sie nach draußen. Der Ablauf des Ganzen wirkte so selbstverständlich, als tue McGinnis das jeden Tag mehrmals. Leaphorn fiel ein, daß er vor Jahren einmal beobachtet hatte, wie McGinnis eine Wespe auf dieselbe Art und Weise wieder in Freiheit gesetzt hatte.

Der alte Mann kam zurück, griff nach seinem Whiskybecher und sank mit leisem Ächzen wieder in seinen Schaukelstuhl.

«Sobald ich die Tür aufmache, ist das dumme Tier wieder da», sagte er.

«Manche Leute treten Spinnen einfach tot», sagte Leaphorn, aber er wußte noch sehr genau, daß seine Mutter Spinnen sowie Wespen und andere kleine Insekten auch immer gerettet hatte.

«Das habe ich früher auch getan», sagte McGinnis. «Ich hatte sogar ein Giftspray, um sie umzubringen. Aber wenn man älter wird und sich mal die Zeit nimmt, so eine Spinne genauer anzusehen, dann kommt man ins Nachdenken. Dann begreift man plötzlich, daß sie genauso ein Recht hat zu leben wie man selbst. Sie läßt mich in Frieden, ich lasse sie in Frieden. Wenn man auf einen Käfer tritt, dann ist das eigentlich wie ein kleiner Mord.»

«Und was halten Sie dann davon, Fleisch zu essen? Schmeckt Ihnen der Lammbraten noch?»

McGinnis bewegte sich langsam vor und zurück. Es schien, als habe er die Frage nicht gehört. «Ein *kleiner* Mord nur – zugegeben», sagte er, «aber eins führt zum andern. Irgendwie hängt alles miteinander zusammen.»

Leaphorn nahm einen Schluck von seiner Pepsi.

«Aber Sie wollten wissen, was ich davon halte, Fleisch zu essen. Nun, ich selbst habe schon eine ganze Weile damit aufgehört. Aber ich nehme nicht an, daß Sie hier herausgekommen sind, um sich mit mir über meine Eßgewohnheiten zu unterhalten. Sie wollten doch von mir etwas über die junge Frau vom IHS. erfahren, die mitsamt ihrem Kleinlaster verschwunden ist.»

Leaphorn nickte. «Haben Sie etwas gehört?»

«Ihr Name war Cathy Irgendwas, richtig?» fragte McGinnis. «Die Leute hier nennen sie ‹Flohfängerin›, weil sie die kleinen Biester immer von den toten Nagetieren absammelt. Sie war zwei-, dreimal bei mir im Laden und hat Fragen gestellt. Einmal brauchte sie auch etwas Benzin und hat ein paar Flaschen Pepsi gekauft und Cracker. Ach ja, und eine Dose Gewürzschinken. Übrigens fällt mir gerade ein – sie hat keinen Kleinlaster gefahren, sondern einen Jeep. Schwarz.»

«Um diesen schwarzen Jeep geht es – jedenfalls unter anderem», sagte Leaphorn. «Die Familie hat für seine Auffindung eine Belohnung von tausend Dollar ausgesetzt.»

McGinnis nahm einen Schluck Whisky, ließ ihn sich langsam über die Zunge rollen und sah aus dem Fenster. «Das klingt nicht gerade so, als ob sie annehmen würden, sie wäre mit jemandem durchgebrannt», stellte er fest.

«Das tun sie auch nicht», antwortete Leaphorn. «Ihre Familie oder besser gesagt ihre Tante glaubt, daß jemand sie umgebracht hat. Was waren denn das für Fragen, die sie Ihnen stellte?»

«Sie wollte wissen, ob mir in der letzten Zeit jemand was von kranken oder toten Präriehunden erzählt hat. Oder von Eichhörnchen oder Känguruhratten.» McGinnis zuckte die Schultern. «Alles drehte sich bei ihr nur um die Pest. Wirkte sehr energisch, die junge Lady. Ich hatte gleich den Eindruck, mit der ist nicht gut Kirschen essen. Sie ist ständig im Laden umhergegangen, und irgendwann fiel mir auf, daß sie dabei die ganze Zeit auf den Fußboden starrte. Sie wollte sehen, ob da vielleicht Mäusedreck lag. Ich war ganz schön sauer, wie Sie sich denken können. Ich hab sie angesprochen: ‹Missy, nach was suchen Sie da hinter meinem Tresen? Haben Sie was verloren?› Und sie sagte: ‹Ich wollte nur sehen, ob es hier Mäusekot gibt.› McGinnis stieß ein krächzendes Altmännerlachen aus und hieb vor Vergnügen mit dem freien rechten Arm mehrmals auf die Lehne des Schaukelstuhls. «Das hat sie mir, ohne mit der Wimper zu zucken, einfach so ins Gesicht gesagt. Tja, wie ich schon sagte, eine sehr energische junge Lady.»

«Ist Ihnen irgendein Gerücht zu Ohren gekommen, was ihr passiert sein könnte?»

McGinnis lachte und nahm einen Schluck Whisky. «Na klar», sagte er. «Mehr als nur eins. Wenn jemand wie sie einfach so verschwindet, dann gibt es jede Menge Gerede. Ich habe alles mögliche gehört. Einige haben behauptet, sie ist mit Krause durchgebrannt – das ist der Mann, mit dem sie zusammenarbeitet.» McGinnis verzog skeptisch den Mund. «Aber wenn Sie mich fragen – das wäre so ähnlich, als hätte sich Golda Meir mit Yassir Arafat davongemacht. Andere meinten, daß sie mit einem anderen Kerl abgehauen ist – mit einem jungen Mann, der zwei-, dreimal mit ihr zusammen hier draußen gewesen ist. Auch ein Wissenschaftler, genau wie sie, glaube ich. Ein etwas komischer Typ, wenn Sie mich fragen.»

«Der Vergleich Pollard-Krause mit Golda Meir und Arafat klingt so, als ob die beiden nicht besonders gut miteinander ausgekommen wären.»

«Sie waren, soweit ich mich erinnere, überhaupt nur zweimal zusammen hier», sagte McGinnis. «Das erste Mal haben sie, während sie im Laden waren, überhaupt nicht miteinander geredet. Nicht ein einziges Wort. Na ja, das kann natürlich auch daran gelegen haben, daß sie den ganzen Tag im selben Jeep verbracht haben. Beim zweiten Mal hat sie ihn immer nur angefaucht, und er hat zurückgeschnauzt. Zwischen den beiden war richtig dicke Luft.»

«Ich habe auch schon gehört, daß Pollard ihn nicht besonders mochte», bemerkte Leaphorn.

«Das beruhte auf Gegenseitigkeit», sagte McGinnis. «Ich weiß noch, er war gerade am Bezahlen, da ist sie an ihm vorbei schon zur Tür, und er hat ihr nachgesehen und gezischt: ‹Miststück!›»

«Laut genug, daß sie es mitbekam?»

McGinnis nickte. «Falls sie sich die Mühe gemacht hat, hinzuhören.»

«Halten Sie es für möglich, daß er sie umgebracht und dann einfach irgendwo liegengelassen oder vergraben hat?»

«So wie ich ihn einschätze, will er vor allem infizierten Nagetieren und Flöhen an den Kragen, nicht Menschen», antwortete McGinnis. «Übrigens – der größte Teil meiner Kunden ist sich sicher, daß Cathy Pollard von Skinwalkern verschleppt worden ist.»

«Und – haben Sie eine Ahnung, was in Wahrheit dahinterstecken könnte?»

McGinnis zuckte die Schultern. «Nein, dazu kann ich nichts sagen. Ich weiß nur, daß Skinwalker hier in der Gegend für alles mögliche verantwortlich gemacht werden. Wenn der Hütehund eingeht oder der Wagen liegenbleibt, wenn das Kind Windpocken bekommt oder das Dach plötzlich undicht wird. Fast immer heißt es: Daran sind die Skinwalker schuld. Da, wo die Tijinneys gewohnt haben, gab es besonders viele Skinwalkergeschichten. Der alte Tijinney stand sogar selbst in dem Ruf, ein Hexer zu sein. Es hieß, er hätte irgendwo einen Eimer mit Silberdollars versteckt. Manche sagen sogar, ein ganzes Faß voll. Als der letzte Tijinney gestorben war, haben die Leute die ganze Familiensiedlung nach dem Silber abgesucht. Einige Jugendliche aus der Stadt haben sogar das Tabu verletzt, einen Totenhogan zu betreten, und im Hogan selbst gegraben.»

«Und? Haben sie was gefunden?»

McGinnis schüttelte verneinend den Kopf. «Sind Sie übrigens schon mal diesem Dr. Woody begegnet? Er kommt fast jeden Sommer zwei-, dreimal bei mir vorbei. Forscht offenbar über Nager. Ich habe gehört, daß er irgendwo in der Nähe von Yells Back Butte in einer Art Wohnmobil hausen soll. Vor drei oder vier Wochen war er hier, weil er frische Vorräte brauchte. Und dabei hat er mir gleich die neueste Skinwalker-Story erzählt. Diese Art Geschichten scheinen ihn zu interessieren. Er merkt sie sich jedenfalls. Findet sie wohl komisch.»

«Und von wem hat er die Geschichten?» wollte Leaphorn wissen. Seiner Erfahrung nach war ein Navajo kaum bereit, Skinwalkergeschichten weiterzuerzählen, es sei denn jemandem, den er sehr gut kannte.

McGinnis verstand sofort, was Leaphorn meinte. «Oh, Dr. Woody kommt schon seit Jahren her, spricht inzwischen fast perfekt Navajo. Er stellt regelmäßig ein paar Leute an, die ihm Informationen über Nagetierkolonien zutragen. Er ist ein sehr umgänglicher Mensch, die Leute hier mögen ihn.»

«Und diesem Dr. Woody hat also irgend jemand berichtet, daß er vor kurzem einem Skinwalker begegnet ist, und das hat er Ihnen dann weitererzählt, richtig? Und diese Begegnung soll in der Gegend vom Yells Back Butte stattgefunden haben?»

«Ob das vor kurzem war, kann ich nicht sagen», antwortete McGinnis. «Jedenfalls stammt die Geschichte von Old Man Saltman. Der hat ihm erzählt, daß er kurz nach Sonnenuntergang am Fuß des Yells Back Butte neben einem Haufen Felsbrocken einen Skinwalker stehen sah. Plötzlich verschwand er für eine Weile hinter den Felsbrocken, und als er dann wieder auftauchte, verwandelte er sich in eine Eule. Als die sich dann in die Luft erhob, bemerkte er an ihrem ungelenken Flug, daß einer ihrer Flügel gebrochen war.»

«Und darf man fragen, wie dieser Skinwalker vor seiner

rätselhaften Verwandlung in eine Eule aussah?» fragte Leaphorn.

McGinnis blickte ihn überrascht an. «Wie ein Mann natürlich. Sie wissen doch, wie die Geschichten gehen. Hosteen Saltman erzählt Dr. Woody, daß die Eule eine Zeitlang immer um ihn herumgeflogen ist, so als wollte sie ihn auffordern, ihr zu folgen.»

«Was er aber selbstverständlich nicht getan hat», sagte Leaphorn und hob resigniert die Hände. «Ja, Sie haben recht, ich weiß, wie die Geschichten gehen.»

McGinnis lachte. «Ich erinnere mich noch, als wir uns das erste Mal trafen, da habe ich Sie gefragt, ob Sie der Ansicht sind, daß es tatsächlich Skinwalker gibt. Sie haben geantwortet, Sie wären der Ansicht, daß es tatsächlich Leute gibt, die glauben, daß es Skinwalker gibt. Und dies wäre tatsächlich die Ursache für einige sehr reale Skinwalkerprobleme. Denken Sie heute noch genauso darüber?»

«Im großen und ganzen ja.»

«Na schön, dann erzähle ich Ihnen jetzt eine ganz besondere Skinwalkergeschichte. So eine haben Sie bestimmt noch nie gehört. Hier in der Gegend lebt eine alte Frau, die jedes Jahr gegen Ende des Frühlings oder Anfang des Sommers, jedenfalls nach der Schafschur, bei mir vorbeischaut, um mir drei oder vier Sack Wolle zu verkaufen. Sie wird von manchen Grandma Charlie genannt, aber ich glaube, ihr richtiger Name ist Old Lady Notah. Zufällig war sie gerade gestern hier und hat mir berichtet, daß sie einen Skinwalker gesehen hat.» McGinnis setzte sein Glas ab und beugte sich vor. «Also, hören Sie zu. Old Lady Notah erzählte, sie war unterwegs, um nach ein paar Ziegen zu sehen, die sie auf der Black Mesa, drüben gleich am Rand zur Hopi-Reservation, auf einem Stück Pachtland weiden läßt. Und wie sie sich also umschaut nach ihren Ziegen, da sieht sie plötzlich am Hang jemanden herumschleichen. So als wäre er auf der Jagd nach etwas, sagte sie. Wie auch immer – die Gestalt verschwand für kurze Zeit hinter einem Wacholdergebüsch und tauchte dann plötzlich wieder auf. Aber sie sah auf einmal ganz verändert aus. Ihr Körper war viel größer und massiger, sie hatte einen großen, runden Kopf und war ganz und gar weiß. Und als sie den Kopf in ihre Richtung drehte, da blitzte es in ihrem Gesicht auf.»

«Es blitzte auf, sagte sie?» fragte Leaphorn ungläubig.

McGinnis nickte. «Ja. Sie sagte, genau wie das Blitz-Ding auf dem Fotoapparat ihrer Tochter.»

«Und hat sich die Gestalt auch irgendwann wieder zurückverwandelt?»

«Das wollte die alte Frau nicht abwarten, sie hat natürlich gemacht, daß sie wegkam», antwortete McGinnis. «Aber verlieren Sie nicht die Geduld! Die Geschichte ist noch nicht zu Ende. Old Lady Notah sagte, als sie sich von ihr abwandte, da sah sie auf einmal, daß sie auf dem Rücken eine Art Elefantenrüssel hatte. Na, wie finden Sie das?»

Leaphorn nickte. «Ich muß zugeben, so eine Geschichte habe ich wirklich noch nie gehört.»

«Sagten Sie nicht vorhin, daß Sie die Gegend um den Yells Back Butte, wo die Tijinneys gewohnt haben, auf Ihrer Karte mit besonders vielen schwarzen Nadeln markiert hätten? Nun, dann können Sie jetzt noch eine dazustecken. Das Weideland, wo Old Lady Notah ihre Ziegen grasen läßt, grenzt nämlich direkt daran an.»

«Wenn das so ist», sagte Leaphorn, «dann sollte ich wohl mal mit ihr reden. Vielleicht erfahre ich dann noch mehr Einzelheiten.»

«Und ich hoffentlich auch», bemerkte McGinnis und lachte. «Übrigens – beim Rausgehen sagte Old Lady Notah noch, eigentlich hätte der Skinwalker ausgesehen wie ein Schneemann.»

7

Chee und Janet Pete hatten sich für den frühen Morgen verabredet, weil Janet anschließend nach Phoenix fahren mußte und Chee zu seiner Dienststelle nach Tuba. «Sagen wir sieben», hatte sie vorgeschlagen, «aber pünktlich, und nicht Navajo-Zeit.»

So saß Chee wenige Minuten vor sieben in dem kleinen Restaurant ihres Hotels und wartete auf Janet. Dabei dachte er an den Abend vor fast einem dreiviertel Jahr, als er mit einem Blumentopf und einer Videokassette, auf der eine traditionelle Navajo-Hochzeit aufgezeichnet war, zu ihr nach Gallup gefahren war. Er hatte insgeheim gehofft, daß sie seine Befürchtungen, er sei von ihr benutzt worden, würde zerstreuen können …

Er merkte rasch, daß er nicht weiter darüber nachdenken wollte. Nicht jetzt, und eigentlich überhaupt nie mehr. Was geschehen war, war geschehen und nicht mehr zu ändern. Janet hatte Informationen über den Fall Breedlove, die er ihr im Vertrauen auf ihre Diskretion mitgeteilt hatte, an John McDermott weitergegeben, ihren Ex-Freund, der als Rechtsanwalt in Washington mit demselben Fall befaßt war. Ein Mann, von dem sie ihm gegenüber immer behauptet hatte, daß sie ihn verabscheue.

Gestern abend vor dem Einschlafen hatte er beschlossen, daß er den Stier bei den Hörnern packen und sie einfach fragen würde, ob sie nun verlobt seien oder nicht. «Janet», würde er sagen, «willst du mich eigentlich noch heiraten?» Aber heute morgen beim Aufwachen war er plötzlich unsicher geworden. Was, wenn sie «Ja» sagte? Wollte er das überhaupt? Vermutlich schon, dachte er. Sie hatte auf ihr luxuriöses und abwechslungsreiches Leben in Washington verzichtet, um in den Westen zurückzukehren, ins ‹Indianerland›. Das hieß doch, daß sie ihn liebte. Aber Chee war klar, daß mit dieser Liebe die Erwartung an ihn verbunden war, die soziale Stufenleiter emporzusteigen, bis er das Niveau der gesellschaftlichen Schicht erreicht hatte, in der Janet großgeworden war und sich heimisch fühlte.

Dann kamen ihm Zweifel, denn natürlich ließ sich ihre Rückkehr auch ganz anders deuten. Ihre erste Stelle auf der Reservation hatte sie seinerzeit angenommen, um sich John McDermott zu entziehen, damals Assistenzprofessor an der Juristischen Fakultät, ihr Lehrer und auch schon ihr Liebhaber. Vielleicht war sie ja jetzt gekommen, um ihn herauszufordern, sie aufs neue zu erobern. Chee mochte auch bei diesem Gedanken nicht verweilen und erinnerte sich lieber daran, wie schön es mit ihnen beiden gewesen war, bevor Janet ihn verraten hatte oder – von ihrem Standpunkt aus betrachtet – er sie mit seinen unsinnigen, aus Eifersucht geborenen Verdächtigungen beleidigt hatte. Wenn er sich bemühte, das wußte er, konnte er in Washington jederzeit bei einer der Bundesbehörden anfangen, sie brauchten dort Leute, die sich im «Indian Country» auskannten. Aber würde er dort glücklich werden? Er stellte sich vor, wie ihn das Leben dort verändern würde, bis er irgendwann zum Alkoholiker geworden war, der von Jahr zu Jahr größere Probleme mit seiner Leber hatte. Ob Janets Navajo-Vater so früh gestorben war, weil er dieses ihm fremde Leben auf die Dauer nicht ausgehalten hatte? Weil der Alkohol die einzige Möglichkeit gewesen war, seiner dominanten, ganz und gar im gesellschaftlichen Leben aufgehenden Frau wenigstens für ein paar Stunden zu entkommen? Chee merkte, wie seine Stimmung sank, und zwang sich, ein positiveres Szenario zu entwerfen. Janet war zu ihm zurückgekommen. Sie war bereit, als Frau eines Polizisten mit ihm auf der Reservation zu leben, in einer Umgebung, die ihre Freunde zweifellos als Slum bezeichnet hätten. Bei diesem Lebensentwurf war es schon der Gipfel der Kultur, einen alten Spielfilm zu sehen. Aber all das machte ihr nicht viel aus, denn was allein zählte, war Janets Liebe zu ihm. Sie überwand alle Hindernisse. Ja, aber nur in meinen Träumen, dachte Chee bitter, nicht in der Realität. Da würde Janet sich Tag für Tag zurücksehnen nach dem Leben, das sie ihm zuliebe aufgegeben hatte. Er wiederum würde bald merken, daß ihr etwas fehlte. Sie würden beide unglücklich sein.

Nach diesen Gedankenspielen landete er schließlich mit seinen Überlegungen im Hier und Jetzt. Janet war die vom Gericht bestellte Verteidigerin, er der Officer, der ihren Mandanten festgenommen hatte. Doch als sie dann kam, pünktlich auf die Minute, da waren seine Gedanken schon wieder abgeschweift, und er stellte sich vor, wie sie sich anmutig und mit großer Selbstverständlichkeit im eleganten Washington bewegte, und plötzlich erschien ihm das kleine Restaurant schäbig und schmuddelig. Sonst hatte er sich hier immer sehr wohl gefühlt.

Er stand auf und zog ihr den Stuhl unter dem Tisch hervor.

«Ich nehme an, du bist aus Washington an eine etwas gepflegtere Atmosphäre gewöhnt», sagte er, und bereute im nächsten Moment, gleich als erstes auf den Konfliktpunkt zwischen ihnen angespielt zu haben.

Janets Lächeln geriet ins Zittern und verschwand. Sie sah ihn einen Moment lang ernst und ein wenig traurig an, dann senkte sie den Blick. «Dafür schmeckt der Kaffee hier wahrscheinlich besser.»

«Er ist jedenfalls immer frisch», antwortete er. «Oder fast immer.»

Ein Junge um die fünfzehn brachte ihnen zwei große Tassen und eine Schale mit Einmal-Portionen künstlicher Kaffeesahne.

Janet sah ihn über den Rand ihrer Tasse hinweg an. «Jim …?»

Chee wartete. «Ja?»

«Ach nichts. Es ist wohl besser, wir konzentrieren uns auf das Dienstliche.»

«Das heißt, wir sitzen hier nicht als Freunde, sondern als Gegner?» wollte er wissen.

«Nein, das nun auch wieder nicht», antwortete sie. «Aber ich muß dich fragen, ob du dir wirklich absolut sicher bist, daß es Robert Jano war, der Officer Kinsman getötet hat.»

«Natürlich bin ich das», sagte er und spürte, wie ihm das Blut ins Gesicht schoß. «Du hast doch meinen Bericht gelesen. Ich war praktisch dabei, als es geschah. Und außerdem – was würdest du tun, wenn ich dir sage, daß ich mir nicht sicher sei? Würdest du dann hingehen und der Jury erzählen, daß selbst der Officer, der die Verhaftung vorgenommen hat, noch ‹vernünftige Zweifel› an seiner Entscheidung einräumen mußte?»

Er hatte sich bemüht, seinen Ärger über ihre Frage nicht durchklingen zu lassen, aber Janets Gesichtsausdruck zeigte ihm, daß ihm das nicht gelungen war. Noch einen Konfliktpunkt berührt, dachte er.

«Ach Jim … ich würde natürlich gar nichts tun», sagte sie leise. «Es ist nur … Jano beteuert, daß er es nicht gewesen ist. Ich vertrete ihn, und ich würde ihm gerne glauben.»

«Laß es lieber!» sagte Chee kurz. Er trank einen Schluck Kaffee und setzte die Tasse ab. Jetzt habe ich gar nicht darauf geachtet, ob er tatsächlich schmeckt, dachte er. Er nahm eine der Portionspackungen und drehte sie zwischen den Fingern. «Künstliche Kaffeesahne. Kein Milchprodukt», las er vor. «Muß wohl von künstlichen Kühen stammen, nehme ich an.»

Janet brachte ein Lächeln zustande. «Erinnert dich unser kleiner Streit hier nicht an unsere erste Begegnung? Im Gefängnis von San Juan County in Farmington, weißt du noch? Du wolltest verhindern, daß sie den alten Mann laufenließen – wie hieß er doch gleich? Bistie, glaube ich.»

«Und du wolltest nicht zulassen, daß ich mit ihm rede.»

«Aber ich habe ihn rausbekommen», sagte Janet und lächelte triumphierend.

«Aber erst, nachdem ich die Information hatte, die ich brauchte», stellte Chee fest.

«Na schön», sagte Janet versöhnlich. «Dann steht es jetzt unentschieden. Aber du mußt zugeben, daß auf deiner Seite nicht alles mit rechten Dingen zugegangen ist. Du hast getrickst.»

«Und was war mit dem nächsten Fall?» fragte Chee. «Dieser alte Schamane, der zum Alkoholiker geworden war? Ashie Pinto. Du hattest Leaphorn und mich in Verdacht, wir seien ihm gegenüber voreingenommen. Bis er sich dann am Ende schuldig bekannt hat.»

«Das war ein sehr, sehr traurige Geschichte», sagte Janet. Sie trank etwas Kaffee. «Einige Aspekte sind für mich bis heute nicht geklärt. Wenn ich an die Sache zurückdenke, bin ich immer noch irgendwie beunruhigt. Genauso beunruhigt wie jetzt.»

«Aber wieso?» fragte er. «Liegt es daran, daß Jano ein Hopi ist und die Hopis allgemein als nicht gewalttätig, sondern als ausgesprochen friedfertig gelten?»

«Das natürlich auch», gab Janet zu. «Aber vor allem finde ich, daß das, was er mir erzählt hat, sehr stimmig klang. Einige Dinge werden sich sicher auch nachprüfen lassen.»

«Was zum Beispiel? Was wird sich nachprüfen lassen?» fragte er erregt.

«Zum Beispiel hat Jano mir berichtet, daß er den Adler fangen wollte, weil seine Kiva ihn für eine bestimmte Zeremonie brauchte. Seine Mitbrüder können das sicher bestätigen. Das aber würde bedeuten, daß Jano sozusagen in religiöser Mission unterwegs war, und das heißt, daß er sich aller feindseligen Gedanken zu enthalten hatte.»

«Also kein Racheplan, keine Überlegungen, es Kinsman heimzuzahlen für die Festnahme damals? Nicht die Art Gedanken, die der Staatsanwalt gegenüber den Geschworenen anführen wird: Daß man bei Jano Heimtücke und Vorsatz annehmen muß? Kurz gesagt das, womit sich ein Antrag auf Todesstrafe begründen läßt?»

«Genau», sagte sie.

«Ich bezweifle ja gar nicht, daß er den Adler für eine heilige Zeremonie holen wollte und seine Kiva-Brüder das bestätigen würden. Das wird auch der Staatsanwalt, sobald die entsprechenden Aussagen vorliegen, sicher sofort einsehen. Aber wie willst du beweisen, daß er wegen der alten Sache in seinem tiefsten Inneren nicht doch noch mit Kinsman haderte?»

Janet zuckte die Schultern.

«Ich nehme an, daß Mickey seine Anklage mit genau diesem Punkt eröffnen wird», fuhr Chee fort. «Er wird sagen, daß Jano in die Navajo-Reservation gegangen sei, um einen Adler zu wildern – dies an sich ist schon eine kriminelle Tat. Er wird weiter sagen, daß Officer Benjamin Kinsman von der Navajo Tribal Police den Angeklagten im vergangenen Jahr schon einmal wegen desselben Delikts festgenommen hat, ihn aber wegen irgendwelchen juristischen Spitzfindigkeiten wieder auf freien Fuß setzen mußte. Als Jano nun am Tag der Tat, dem 8. Juli, bemerkt hat, daß Kinsman ihm erneut auf der Spur war und kurz davor, ihn ein zweites Mal zu verhaften, da hat er plötzlich die Möglichkeit gesehen, ein für allemal mit ihm abzurechnen. Und anstatt den Vogel freizulassen, um sich dadurch des Beweismittels zu entledigen, und die Flucht zu versuchen, ließ er sich sozusagen absichtlich von Kinsman stellen. Er wartete, bis dieser einen Moment lang unaufmerksam war, und versetzte ihm dann einen Schlag auf den Schädel.»

«So also, denkst du, wird Mickey argumentieren», sagte Janet nachdenklich.

Chee hob die Hände. «Ich weiß es natürlich nicht, aber ich halte es für möglich.»

Janet nickte. «Du könntest recht haben», sagte sie. «Ich bin mir ziemlich sicher, daß Mickey für Jano auf die Todesstrafe plädieren will. Wenn er damit durchkommt, wäre das ein Novum. Die erste Hinrichtung, seit der Kongreß 1994 das Gesetz verabschiedet hat, daß für bestimmte, unter die Zuständigkeit des US-Bundesanwalts fallende Verbrechen die Kapitalstrafe verhängt werden kann. Mickey könnte sich in jedem Fall eines großen Medien-Ansturms sicher sein.» Janet tat ein wenig Kaffeeweißer in ihre Tasse, probierte einen Schluck und nickte anerkennend. «Mickey – der Garant für Recht und Ordnung!» sagte sie mit gespieltem Pathos. «Mickey – Ihr Kandidat!»

«So sehe ich das auch», sagte Chee. «Allerdings müßten die Gerichte erst einmal feststellen, ob Kinsman als Officer der Navajo Tribal Police rechtlich als Bundespolizist gilt.»

«Die Leute vom Justizministerium meinen, ja.»

Chee zuckte die Schultern. «Die müssen es ja wissen.»

«Dieselben Leute», fuhr Janet fort, «entschieden, daß die Geräte, die Officer Kinsman noch am Leben hielten, abgestellt werden sollten. Er sollte möglichst rasch vom Opfer eines gewaltsamen Angriffs in ein Mordopfer verwandelt werden. Das hatte den Vorteil, daß man überflüssige juristische Haarspaltereien vermeiden und den Aktenberg gering halten konnte.»

«Ach, Janet», sagte Chee, «sei nicht unfair: Ben war schon längst tot. Die Maschinen haben seine Atmung und das Herz-Kreislauf-System doch nur künstlich aufrechterhalten. Sein Geist war längst an einem anderen Ort.»

Janet nahm einen Schluck Kaffee. «In einem Punkt gebe ich dir recht», sagte sie und lächelte plötzlich ein wenig, «der Kaffee hier ist wirklich frisch. Schmeckt wie Java-Bohne. Jedenfalls nicht wie dieses abartig parfümierte Zeug, das sie dir in den Yuppie-Cafés in Washington hinstellen und für das sie vier Dollar pro Tasse verlangen.»

«Gibt es sonst noch irgendwelche Einzelheiten aus Janos

Darstellung, die man nachprüfen könnte? Was denkst du?» wollte Chee wissen.

Janet hob die Hand. «Da wäre erst noch etwas anderes», sagte sie. «Was ist mit der Autopsie? Sie ist für den Fall, daß jemand durch Totschlag oder Mord umkommt, gesetzlich vorgeschrieben. Vor allem traditionell lebende Navajos sind aber aufgrund ihrer religiösen Vorstellungen oft dagegen. Wenn ein Staatsanwalt das weiß, dann werden die Angehörigen manchmal gar nicht informiert, sondern einfach übergangen. Und außerdem habe ich gestern morgen gehört, wie die Ärzte etwas von Organentnahme sagten. Weißt du, was das zu bedeuten hat?»

Chee nickte. «Kinsman war Mormone, genau wie seine Eltern. Er war als Organspender registriert», sagte er und sah Janet dabei prüfend an. «Aber da erzähle ich dir ja bestimmt nichts Neues. Du wolltest, glaube ich, bloß das Thema wechseln.»

«Ich bin Janos Verteidigerin», sagte sie. «Du hältst meinen Mandanten für schuldig. Ich muß aufpassen, daß ich dir nicht zuviel erzähle.»

Chee nickte. «Doch falls es etwas gibt, das ich übersehen habe und das seine Darstellung stützen könnte, dann solltest du mir das sagen. Du wirst ja wohl nicht annehmen, daß ich zum Tatort hinausfahre, um entlastendes Material verschwinden zu lassen. Du ...»

Er hatte sagen wollen: Du vertraust mir doch, oder? Sie hätte sicherlich genickt. Aber wenn sie nun dieselbe Frage an ihn gerichtet hätte? Er hätte nicht gewußt, was er hätte antworten sollen.

Sie beugte sich vor, die Ellbogen auf den Tisch, das Kinn in die Hände gestützt, und wartete darauf, daß er zu Ende sprach.

«Ach, was soll's», sagte er. «Genug erklärt. Es stimmt, ich halte Jano für schuldig. Als ich ankam, lag Kinsman mit eingeschlagenem Schädel da, und Jano hockte neben ihm. Wenn ich nur etwas schneller gewesen wäre, hätte ich den Mord verhindern können.»

«Cowboy glaubt nicht, daß er schuldig ist», sagte Janet.

«Cowboy? Cowboy Dashee?»

«Ja», antwortete Janet. «Dein alter Freund, Deputy Sheriff Cowboy Dashee. Er sagte mir, Jano sei ein Cousin von ihm. Sie kennen sich, seit sie klein waren. Als Kinder haben sie oft zusammen gespielt, und sie sind immer noch gute Freunde. Cowboy meint, die Annahme, daß Jano jemandem mit einem Stein den Schädel eingeschlagen haben könnte, sei völlig abwegig. Jedenfalls in den Augen all derer, die ihn kennen.»

«Ach wirklich?»

Sie nickte. «So hat er es mir gesagt.»

«Wieso hast du dich an Cowboy gewandt?»

«Das habe ich nicht. Cowboy hat im Büro des Sheriffs angerufen und wollte wissen, wer mit der Verteidigung von Jano beauftragt wurde. Sie sagten ihm, das sei jemand Neues, und daraufhin hinterließ er eine Nachricht, daß derjenige, wer immer es auch sei, sich mit ihm in Verbindung setzen solle. Nun, zufällig ist mir die Verteidigung von Jano übertragen worden, und so habe ich ihn zurückgerufen.»

«Und wieso, zum Teufel, hat er sich nicht bei mir gemeldet?»

«Das muß ich dir doch wohl nicht erklären, oder? Er hat natürlich befürchtet, daß du annehmen könntest, er wolle ...»

«Ja, natürlich», knurrte Chee. «Ich hab schon verstanden.»

Janet sah ihn mitfühlend an. «Das macht die ganze Sache für dich nur noch schlimmer, nicht wahr? Ich weiß, daß ihr beide schon seit ewigen Zeiten Freunde seid.»

«Ja, das stimmt», sagte Chee. «Cowboy ist mein bester Freund.»

«Er ist genau wie du Polizist. Er wird deine Situation verstehen.»

Chee wiegte skeptisch den Kopf. «Aber er ist auch ein Hopi, und irgendein weiser alter Mann hat einmal gesagt, Blut sei dicker als Wasser.» Er seufzte. «Wie hat Cowboy dir den Tathergang beschrieben?»

«Er sagte, Jano hätte seinen Adler gefangen und sich auf den Heimweg machen wollen. Da hätte er plötzlich etwas gehört. Er sei vorsichtig herangeschlichen, um nachzusehen, was da vor sich ging. Als er auf die Lichtung kam, fand er dort Officer Kinsman mit eingeschlagenem Schädel.»

Chee nickte. «Ja, das ist genau die Aussage, die Jano auch bei uns gemacht hat – nachdem er sich nach langem Überlegen doch noch entschlossen hatte zu reden.»

«Aber was er zu Protokoll gegeben hat, könnte stimmen», gab Janet zu bedenken.

«Klar, könnte es», entgegnete Chee. «Aber woher stammt dann die Wunde an seinem Unterarm? Und die Leute im Labor haben auf Kinsmans Hemd Spuren von Janos Blut gefunden. Ich weiß», sagte er, ihren Einwand vorwegnehmend, «Jano behauptet, daß der Adler ihn verletzt hat. Aber ich habe mir den Vogel angesehen. Ich konnte keine Spur von Blut an ihm entdecken. Und außerdem – wenn es nicht Jano war, wer dann? Ich habe dort oben niemanden außer ihm gesehen, und ich bin fast unmittelbar, nachdem es passiert ist, am Tatort gewesen. Oder soll ich jetzt annehmen, daß Kinsman sich den Schlag selbst versetzt hat?»

«Werd jetzt bitte nicht sarkastisch», sagte sie. «Und im übrigen, eins verstehe ich nicht: Wieso konntest du dir den Adler ansehen? Der ist doch weggeflogen.»

Das verschlug Chee die Sprache. Einen langen Augenblick saß er einfach nur da und starrte sie an.

«Was ist los? Was hast du?» fragte sie irritiert.

«Jano hat dir gesagt, der Adler sei weggeflogen?» fragte er ungläubig.

Sie nickte. «Ja. Als er ihn fing, hockte er, wenn ich ihn richtig verstanden habe, unter einer ganzen Menge Strauchwerk als Tarnung. Oben drauf saß, an einer Schnur festgebunden, ein Kaninchen als lebender Köder. Als der Adler herunterstieß, um es sich zu holen, versuchte Jano, ihn an beiden Beinen festzuhalten. Er erwischte aber nur eins, der Vogel wehrte sich und hieb ihm mit den Krallen seines freien Fußes in den Arm. Daher stammt die Wunde, die du gesehen hast. Jano sagt, er habe dann losgelassen.»

«Janet», sagte Chee und sah sie eindringlich an, «der Adler ist nicht weggeflogen. Jano hat ihn gefangen und in einen Käfig gesteckt. Er lag halb verborgen hinter einem Schachtelhalmbusch. Wenn der Vogel nicht plötzlich losgekreischt hätte, hätte ich ihn wahrscheinlich gar nicht bemerkt.»

Janet setzte ihre Tasse ab.

«Und dir gegenüber hat er also behauptet, der Adler sei weggeflogen», sagte Chee und schüttelte den Kopf. «Dabei weiß er doch, daß wir ihn haben. Wozu also das Ganze, ich verstehe das nicht.»

Sie zuckte die Schultern und blickte auf ihre Hände.

«Soweit ich sehen konnte, wies der Adler keinerlei Spuren von Blut auf. Weder an den Krallen noch am Gefieder. Aber die Leute vom Labor werden ihn natürlich noch einmal genauer untersuchen. Übrigens – falls du denkst, daß ich dich anlüge. Hier ...» Er streckte seine Hand aus, um ihr die Wunde auf seinem Handrücken zu zeigen. «Ich wollte den Käfig unter einen Felsvorsprung stellen, weil es anfing zu regnen, und dabei hat mich der Adler durch die Gitterstäbe hindurch mit seinen Krallen erwischt. Die Haut war aufgerissen.»

Janet war rot geworden. «Ich habe dir auch so geglaubt, du mußtest mir deine Verletzung nicht zeigen», sagte sie. «Ich werde Jano fragen. Wahrscheinlich habe ich irgend etwas falsch verstanden. Eine andere Erklärung fällt mir nicht ein.»

Chee sah, daß ihr die ganze Angelegenheit ziemlich peinlich war. «Ich kann mir schon denken, warum er dir diese merkwürdige Geschichte aufgetischt hat», sagte er. «Jano wollte nicht über den Adler reden, weil er fürchtet, er könnte zuviel erzählen und dadurch die in seiner Kiva geltenden Geheimhaltungsgebote verletzen. Ich denke, der Adler sollte im Rahmen einer religiösen Zeremonie als symbolischer Bote zu Gott und zur spirituellen Welt dienen. Damit war ihm eine heilige Rolle zugedacht. Über diese Dinge spricht man nicht. Und wenn doch, dann nur unter Eingeweihten. Jano wollte das Geheimnis wahren, deshalb hat er dir gegenüber behauptet, er hätte den Adler wieder fliegen lassen.»

«Kann sein», sagte Janet. Es klang nicht überzeugt.

«Ich nehme an, er wollte dich ablenken, dich von dem heiklen Thema wegbringen.»

Janets Gesichtsausdruck zeigte deutlich, daß sie da ihre Zweifel hatte.

«Ich werde ihn fragen», wiederholte sie. «Bisher hatte ich noch gar keine Gelegenheit, in Ruhe mit ihm zu sprechen. Wir haben uns nur zwischen Tür und Angel gesehen.»

«Aber immerhin lange genug, daß er dir sagen konnte, er habe es nicht getan. Hat er vielleicht auch eine Vermutung geäußert, wer es seiner Meinung nach gewesen sein könnte?»

«Weißt du, Jim», sagte Janet zögernd, «ich muß aufpassen, was ich sage, wenn ich mit dir über den Fall rede. Also nur so viel ... Ich nehme an, daß derjenige, der Kinsman den Schlag auf den Kopf versetzt hat, Jano kommen hörte und die Flucht ergriffen hat. Jano sagte, es habe kurz nachdem du aufgetaucht seist zu regnen angefangen. Ich nehme mal an, du bist, nachdem du Kinsman gefunden hast, so schnell wie möglich mit Jano zum Streifenwagen zurück, hast ihn dort festgesetzt, über Funk Verstärkung angefordert und dich dann, so gut es ging, um Kinsman gekümmert. Als dann Hilfe kam, hast du vielleicht einen Moment lang überlegt, dich nach Spuren umzusehen. Aber dir wird bald klargewesen sein, daß, was immer man da auch hätte finden können, inzwischen längst vom Regen weggewaschen war.»

Chee schwieg. Er mußte auch aufpassen, was er sagte – genau wie sie.

«Habe ich recht? Oder hast du doch Spuren entdeckt?»

«Du meinst natürlich andere als die von Jano?»

«Ja sicher, was denn sonst?» erwiderte sie ungeduldig.

«Das würde bedeuten, daß du trotz der schwierigen Situation noch irgendwie dazu gekommen bist, dich umzusehen. Konntest du das?»

Chee dachte über ihre Frage nach und aus welchem Grund sie sie wohl stellte. Wahrscheinlich wußte sie die Antwort sogar schon.

«Möchtest du noch etwas Kaffee?» fragte er.

«Ja, bitte», sagte Janet.

Chee winkte dem Kellner und überlegte, wie er antworten sollte. Janet wollte ihn dazu bringen zuzugeben, daß er nicht nach Spuren von jemand anderem gesucht hatte. Daß dies mit den besonderen Umständen zusammenhing, unter denen er Kinsman gefunden hatte, tat hier nichts zur Sache. War das fair, was sie hier mit ihm versuchte? Das kam wohl darauf an, aus welchem Blickwinkel man es betrachtete, dachte Chee.

«Janet, Jano hat dir erzählt, wie er zu der Verletzung am Arm gekommen ist. Hat er vielleicht zufällig erwähnt, wann er sich diese Verletzung zugezogen hat?»

Der junge Kellner kam mit dem Kaffee, füllte ihre Tassen nach und erkundigte sich, ob sie jetzt Frühstück bestellen wollten.

«Wir brauchen noch ein paar Minuten», sagte Chee.

«Wann?» fragte sie erstaunt, nachdem der Kellner wieder gegangen war. «Aber das ist doch ganz klar. Entweder während er versucht hat, den Adler zu fangen, oder hinterher, als er ihn in den Käfig gesetzt hat. Jano hat irgend etwas gesagt …» Sie zögerte.

«Was hat er gesagt?» drängte Chee. «Versuch dich zu erinnern.»

«Wieso ist das so wichtig?» fragte sie. «Komm schon, Jim, heraus mit der Sprache! Du hast eben gesagt, die Leute von eurem Labor hätten festgestellt, daß sich auf Kinsmans Hemd Spuren von Janos Blut befunden haben. Wenn es geht, werden sie jetzt vermutlich versuchen, mit ihren molekularbiologischen Zaubertricks herauszukriegen, ob Janos Blut länger der Luft ausgesetzt gewesen ist als das von Kinsman und um wieviel länger und was weiß ich noch alles.»

«Du glaubst, so etwas wäre möglich?» fragte er. Er wünschte, er hätte sie nicht so gedrängt, jetzt hatte er sie nur unnötig verärgert. «Aber in einem Punkt hast du recht. Wenn sie tatsächlich in der Lage sind, nachträglich zu bestimmen, wie lange das Blut der Luft ausgesetzt gewesen ist, dann werden sie das hier in diesem Fall sicher tun. Der Staatsanwalt hat nämlich seine eigene Theorie, wie Jano zu seiner Verletzung gekommen ist. Mickey meint, er hat mit Kinsman gekämpft und sich den Arm an Kinsmans Gürtelschnalle aufgerissen.»

«Wie kann man sich an einer Gürtelschnalle den Arm aufreißen?» fragte Janet.

«Nicht an *einer*, an *Kinsmans* Gürtelschnalle», antwortete Chee. «Das ist ein Unterschied. Kinsman tanzte gern etwas aus der Reihe und machte sich einen Spaß daraus, Vorschriften zu übertreten, um zu sehen, ob er damit durchkommt. Vor ein paar Wochen hatte er sich eine Feder an die Uniformmütze gesteckt, und zuletzt kam er mit einer schweren Schnalle an, so einem Schmuckding. Ich nehme an, er wollte sehen, was ich dazu sage. An dieser Schnalle hätte man sich auf jeden Fall den Arm aufreißen können. Jetzt verstehst du vielleicht, warum ich so genau wissen wollte, wann er sich verletzt hat.»

«Nein, tue ich nicht», sagte sie heftig. «Ist dir gar nicht klar, daß ich die Rechte meines Klienten auf Vertraulichkeit verletzen würde, wenn ich auf deine Frage eingehe?»

«Nein, wieso?» fragte Chee verwirrt.

«Das kann ich dir genau erklären. Ich sehe J. D. Mickey schon richtig vor mir, wie er sich mit seinem Hundert-Dollar-Haarschnitt und seinem eleganten italienischen Seidenanzug vor der Jury aufbaut: ‹Meine Damen und Herren Geschworenen, ich darf Sie darauf hinweisen, daß sich auf der Uniform des Opfers Spuren vom Blut des Angeklagten befunden haben. Er hatte, wie Sie wissen, eine Verletzung am Unterarm. Die Staatsanwaltschaft geht davon aus, daß er sich diese Verletzung während des Kampfes mit Officer Kinsman zugezogen hat. Der Angeklagte behauptet allerdings, die Wunde schon gehabt zu haben, ehe er den Officer fand.›» Janet hob die Hand und senkte die Stimme in einem allerdings eher unzulänglichen Versuch, Mickeys gewöhnlich recht dramatisches Auftreten im Gerichtssaal zu imitieren. «‹Ich möchte Ihnen deshalb die Ergebnisse bestimmter Blutanalysen darlegen …›»

«Du wirst mir also nichts sagen, selbst wenn du es weißt», konstatierte Chee nüchtern.

«Nein», sagte Janet. Sie sah ihn aufmerksam an. «Vor einem halben Jahr oder so hätte ich es vielleicht noch getan.»

Chee schwieg.

«Sieh mich nicht so fragend an. Es ist doch eigentlich ganz klar: Wie soll ich dir trauen, wenn du mir nicht traust?»

Chee schwieg noch immer.

Sie schüttelte wütend den Kopf. «Ich bin doch nicht irgendeine zwielichtige Winkeladvokatin, die versucht, sich durch zweifelhafte Freisprüche einen Namen zu machen», sagte sie. «Ich will wissen, ob Jano unschuldig ist oder nicht, ich will genau wissen, was passiert ist.»

«Das verstehe ich», sagte Chee.

«Ich respektiere, daß du …» Ihre Stimme wurde brüchig.

Sie hielt inne und blickte an ihm vorbei aus dem Fenster. «Als ich dich fragte, ob du Gelegenheit hattest, dich nach Spuren umzusehen», sagte sie, «da wollte ich dir keine Falle stellen. Ich wollte dir nicht hinterher vor Gericht Nachlässigkeit ankreiden, sondern herausbekommen, ob Jano mir die Wahrheit gesagt hat oder nicht. Wenn du vor dem Regen die Umgebung nach Spuren abgesucht und keine gefunden hast, dann heißt das, daß Jano lügt – es war außer ihm niemand da. Das heißt weiter, daß er derjenige gewesen ist, der Officer Kinsman getötet hat. Dann wäre es am besten, ich würde ihm raten zu gestehen und im Gegenzug versuchen, mit der Staatsanwaltschaft vorab eine Einigung über das Strafmaß zu erzielen. Wenn du aber gar keine Gelegenheit hattest, die Umgebung nach Spuren abzusuchen, was unter den gegebenen Umständen ja verständlich wäre, dann ist eben wirklich alles noch offen. Ich habe dich gefragt, weil ich dachte, ich könnte diesen Punkt vielleicht klären. Aber du traust mir nicht und bist mir deshalb ausgewichen.»

Chee hatte ihr aufmerksam zugehört. Jetzt nahm er die Speisekarte und schlug sie auf. «Ich würde vorschlagen, wir lassen dieses Thema lieber. Wie ist es dir eigentlich in Washington ergangen?»

Sie sah ihn zornig an. «Ich merke gerade, daß ich keine Zeit mehr habe», sagte sie kühl und stand auf. «Danke für den Kaffee.» Sie griff nach ihrer Tasche und verließ grußlos das Restaurant.

8

«Allmählich fange ich doch an, unruhig zu werden», sagte Richard Krause und kramte, ohne aufzusehen, weiter in einem Karton mit verschiedenen Unterlagen. «Ich kann mir einfach nicht vorstellen, daß Cathy mit dem Jeep so einfach abgehauen ist. Irgend etwas muß passiert sein.» Er zuckte die Schultern. «Aber fragen Sie mich nicht, was.»

Leaphorn nickte. «Genau das denkt meine Mandantin auch.» Meine Mandantin – es war das erste Mal, daß er diese Bezeichnung gebrauchte, und sie gefiel ihm nicht sonderlich. Würde sich sein berufliches Leben in Zukunft darin erschöpfen, dann und wann einen Auftrag als Privatdetektiv zu übernehmen?

Krause mochte Ende Vierzig sein, schätzte Leaphorn. Grobknochig und athletisch – vermutlich hatte er während seiner Collegezeit an sportlichen Wettkämpfen teilgenommen. Sein dichter blonder Haarschopf zeigte erste Anzeichen von Grau. Er saß auf einem hohen Hocker und hatte damit begonnen, Stapel von durchsichtigen Ziploc-Tütchen durchzusehen, die jede ein totes kleines Insekt enthielten – Flöhe, Läuse, vielleicht auch Zecken.

«Sie arbeiten also im Auftrag von Mrs. Vanders», sagte Krause, öffnete eins der Tütchen, entnahm ihm einen Floh und legte ihn auf einen Objektträger, den er unter sein Binokularmikroskop schob. «Hat sie irgendwelche Vermutungen?»

«Ja, aber nichts Konkretes», antwortete Leaphorn. «Sexualverbrechen, Nervenzusammenbruch, Rache eines abgewiesenen Liebhabers – das Übliche eben.»

Krause blickte durchs Mikroskop, stellte die Schärfe neu ein, stieß ein kurzes Grunzen aus und legte den Objektträger mit dem toten Floh gleich wieder zur Seite. Leaphorn blickte sich um. Das Behelfslaboratorium war in einem überbreiten Billig-Wohnmobil untergebracht, dessen Aluminiumdach durch die Sonnenbestrahlung fast bis zur Unerträglichkeit aufgeheizt war. Der alte Ventilator unter der Decke ratterte mit Höchstgeschwindigkeit, ohne merklich für Kühlung zu sorgen. Die hinter Krause in einem Regal aufgereihten Gläser mit allen möglichen weiteren Insekten waren sämtlich beschlagen. Krauses verwaschenes grünes Hemd wies unter den Achseln große Schweißflecken auf. Auch Leaphorn schwitzte.

«Daß ihr Verschwinden etwas mit einem abgewiesenen Liebhaber zu tun hat, möchte ich bezweifeln», sagte Krause, «und zwar aus einem ganz einfachen Grund – sie hatte keinen. Jedenfalls hat sie nie einen erwähnt.» Er griff nach einer Pinzette, nahm damit den Floh vom Objektträger, legte ihn in ein Ziploc-Tütchen, beschriftete einen Streifen Klebeband und pappte ihn auf das transparente Plastikmaterial. «Es kann natürlich sein, daß es da jemand von früher gibt, der noch immer sauer auf sie ist, weil sie ihm den Laufpaß gegeben hat. Darüber hätte Cathy bestimmt nichts erzählt, wie ich sie kenne. Sie hat überhaupt kaum je über sich gesprochen.»

Das vollgestopfte kleine Labor erinnerte Leaphorn an sein Studium an der Arizona State in Phoenix. Damals mußte jeder Student eine Reihe naturwissenschaftlicher Seminare besuchen, selbst wenn er wie Leaphorn Anthropologie als Hauptfach belegt hatte. Plötzlich wurde ihm klar, daß es gar nicht der Raum, sondern vielmehr der durchdringende Geruch nach der gewebekonservierenden Lösung war, welcher die Erinnerung wachgerufen hatte. Es war ein Geruch, den man immer nur schwer losgeworden war, sooft man sich auch hinterher die Hände gewaschen hatte. Ein Geruch, der bei ihm heute noch Assoziationen von Tod und Vergänglichkeit hervorrief.

«Cathy ist eine sehr ernsthafte junge Frau. Zielgerichtet. Hat nur ihre Arbeit im Kopf», sagte Krause. «Der Kampf gegen die Beulenpest ist geradezu eine Besessenheit bei ihr. Sie hält es für regelrecht kriminell, daß wir die Angehörigen der städtischen Mittelschicht mit allem, was die moderne Medizin zu bieten hat, vor übertragbaren Krankheiten zu schützen suchen, und gleichzeitig ungerührt zusehen, wie Pestüberträger, beispielsweise Flöhe, hier in der Wildnis unter der ärmeren Bevölkerung immer wieder Verwüstungen anrichten. Manchmal hört sich Cathy an wie eine orthodoxe Marxistin.»

«Beschreiben Sie mir den Jeep», sagte Leaphorn.

Krause hielt in seiner Arbeit inne und blickte ihn überrascht an. «Den Jeep? Was soll ich da beschreiben?»

«Wenn Catherine Pollard nicht freiwillig verschwunden ist, sondern irgend jemand seine Hand dabei im Spiel hatte, dann wird uns das Fahrzeug auf seine Spur führen.»

Krause schüttelte den Kopf und lachte. «Es war ein ganz gewöhnlicher Jeep. Schwarz. Dieser Typ Geländewagen sieht doch immer gleich aus.»

«Es ist schwerer, ein Auto verschwinden zu lassen ...»

«... als eine Leiche, meinen Sie», ergänzte Krause. «Ja, ich verstehe, was Sie damit sagen wollen. Nun, wenn ich mich recht erinnere, ist es ein Modell mit etlichen Extras. Man sagte uns, es sei von der Drogenfahndung im Zuge einer Razzia beschlagnahmt und anschließend dem Health Department überstellt worden. Es hat ringsum einen weißen Zierstreifen, eine tolle HiFi-Anlage mit besonders großen Lautsprechern und ein eingebautes Telefon. Ach ja – das hätte ich fast vergessen: Es ist die sogenannte ‹Cowboy›-Ausführung, das heißt, der Wagen hat kein Dach, sondern Überrollbügel, vorne eine Winde und hinten Haken für das Abschleppseil und eine Anhängerkupplung. Ich schätze mal, er dürfte höchstens drei Jahre alt sein, aber genau kann ich das nicht sagen, die Modelle bleiben ja immer ziemlich unverändert. Ich bin eine ganze Weile selbst mit dem Jeep gefahren, bis Cathy ihn mir weggeschnappt hat.»

«Wie hat sie das denn geschafft?»

«Ach, was Cathy will, das kriegt sie auch.» Krause zuckte die Schultern. «Ich muß aber zugeben, daß sie in diesem Fall die besseren Argumente hatte. Sie sagte, sie sei schließlich diejenige, die ständig draußen im Gelände unterwegs sei, während ich die meiste Zeit nur hier im Labor säße. Und da hat sie recht.»

«Ich versuche gerade überall bekanntzumachen, daß die Familie für die Auffindung des Jeep eine Belohnung von tausend Dollar ausgesetzt hat», sagte Leaphorn.

Krause stieß einen leisen Pfiff aus. «Die meinen es also offenbar ernst.» Er grinste. «Was ist, wenn Cathy plötzlich hier vorfährt? Rufe ich Sie dann an und bekomme anschließend die tausend Dollar?»

«Ich glaube nicht», sagte Leaphorn, «aber es wäre nett, wenn Sie mir trotzdem Bescheid sagen würden.»

«Das werde ich tun. Versprochen.»

«Können Sie mir übrigens etwas sagen über einen Mann namens Victor Hammer?» wollte Leaphorn wissen. «Ich habe gehört, daß Pollard und er miteinander bekannt waren. Nach allem, was Sie mir eben sagten, kann man ihn aber wohl kaum als ihren Freund bezeichnen, oder?»

Krause schüttelte den Kopf. «Nee, bestimmt nicht.»

«Eine der Hypothesen über Pollards Verschwinden lautet, daß Hammer in sie verliebt gewesen sei. Sie hätte seine Gefühle nicht erwidert, es aber nicht geschafft, ihn loszuwerden.»

«Ach was!» sagte Krause. «Das halte ich für Unsinn. Sie hat ihm doch vor einiger Zeit sogar angeboten, mal mit ihr rauszufahren. Er sitzt an einer Doktorarbeit aus dem Bereich Biologie der Wirbeltiere. Da interessiert ihn natürlich, was wir hier tun, vor allem die Untersuchung der Nagetierkolonien.»

«Interessiert ihn wirklich, was Sie tun, oder doch mehr die Frau, die es tut?» fragte Leaphorn skeptisch.

«Die beiden sind miteinander befreundet, das stimmt», sagte Krause, «aber mehr auch nicht. Wahrscheinlich begehrt Hammer sie ein bißchen, schließlich ist er ein Mann und noch jung. Er mag sie, das merkt man, aber ich denke, das liegt vor allem daran, daß sie sich um ihn gekümmert hat, als er noch neu war hier im Land. Er spricht Englisch mit einem auffälligen, harten Akzent, das hat ihn wohl ziemlich isoliert. Ich glaube nicht, daß er mit irgendeinem von seinen Kollegen am Fachbereich näheren Kontakt hat. Er wirkt auf mich wie jemand, der überhaupt noch nie viele Freunde hatte, einsam und etwas eigenbrötlerisch. Für jemanden wie Cathy mag gerade darin der Reiz bestanden haben, sich um ihn zu kümmern. Ich glaube, sie hat wie viele dieser Kinder, die in reichen Verhältnissen aufgewachsen sind, Schuldgefühle wegen ihrer privilegierten Herkunft. Deshalb ist sie froh und dankbar, wenn sie jemandem helfen kann, der es nicht so gut getroffen hat.» Er lächelte ironisch. «Sie kann dann eine Zeitlang vergessen, daß sie einer parasitären Klasse angehört.»

«So wie Sie das Verhältnis zwischen den beiden beschreiben, könnte Hammer schon was mit Pollards Verschwinden zu tun haben», sagte Leaphorn nachdenklich. «Es gibt zwischen Männern und Frauen oft die größten Mißverständnisse. Sie verhält sich ihm gegenüber aus einem gewissen Mitleid heraus freundlich, und er nimmt das als Zeichen von Liebe, bis er seinen Irrtum plötzlich begreift, und dann ...»

«Am besten, Sie fragen ihn selbst», sagte Krause. «Er ist zur Zeit hier in Tuba und wollte vorbeikommen, um sich ein Exemplar unserer neuesten Mortalitätsstatistik zu holen.»

«Was für eine Statistik ist das?» fragte Leaphorn interessiert.

Krause warf einen Blick auf seine Uhr. «Eigentlich müßte Hammer längst hier sein», sagte er und fuhr zu Leaphorn gewandt fort: «Was für eine Statistik das ist, wollen Sie wissen? Nun, sie verzeichnet die Anzahl toter Tiere in einer bestimmten Säugetiergemeinschaft und darüber hinaus auch, woran sie eingegangen sind. Ob zum Beispiel an hämorrhagischer Septikämie, landläufig Pest genannt, einer Infektion mit dem Hanta-Virus oder aber der Hasenpest. Die Statistik gibt auch Aufschluß darüber, wie viele Känguruhratten zum Beispiel überlebt haben im Vergleich zu, sagen wir, Backenhörnchen, Packratten oder Präriehunden. Aber eines möchte ich Ihnen noch zu Ihrem Auftrag sagen: Meiner Meinung nach interessiert sich Hammer vor allem für die Daten und für Cathy erst in zweiter Linie. Daß er jetzt vorbeikommen will, ist der beste Beweis dafür. Er weiß, daß Cathy nicht da ist, aber das hält ihn nicht ab.»

«Sie haben ihm gesagt, daß sie verschwunden ist?»

Krause nickte. «Ja. Er rief irgendwann hier an und wollte mit ihr sprechen. Da habe ich ihn informiert.»

Leaphorn zog nachdenklich die Stirn in Falten. «Wie gut können Sie sich an dieses Telefongespräch erinnern?»

Krause sah ihn überrascht an. «Was meinen Sie damit?»

«Ich meine damit: ‹er sagte› und ‹ich sagte› und ‹darauf sagte er› – na, Sie wissen schon. Also?»

Krause lachte. «Sie sind aber wirklich hartnäckig.»

«Vor allem neugierig», sagte Leaphorn.

«Na schön, ich werde mich anstrengen, unser Gespräch möglichst genau wiederzugeben. Als erstes erkundigte er sich, ob wir die Nachforschungen wegen der Pestfälle abgeschlossen hätten. Ich verneinte und sagte ihm, daß wir immer noch nicht herausgefunden hätten, wo sich das letzte Pestopfer infiziert hätte. Und daß Cathy noch immer an dem Fall arbeite. Als nächstes wollte er wissen, ob wir oben in der Gegend, wo die Familie Disbah wohnt, noch lebende Känguruhratten vorgefunden hätten. Dort sind vor kurzem einige Fälle von Hanta-Virus-Infektion aufgetreten, denen wir nachgehen mußten. Ich antwortete ihm, daß wir nur noch auf tote Tiere gestoßen seien.»

Krause griff nach der Küchenpapierrolle vor sich auf dem Tisch, riß ein paar Blatt ab und tupfte sich damit den Schweiß von der Stirn. «Lassen Sie mich nachdenken … wie ging das Gespräch weiter? Ich glaube, er sagte, er hätte im Moment etwas Zeit und würde überlegen, ob er herkommen und Cathy bei der Arbeit helfen soll, falls sie immer noch damit beschäftigt sei, infizierte Präriehunde und Pestflöhe ausfindig zu machen. Er riefe an, um sie zu fragen, ob ihr das recht sei. Ich sagte ihm dann, daß sie nicht da sei. Daraufhin wollte er natürlich wissen, wann sie zurückkäme. Da mußte ich ihm wohl oder übel erzählen, daß sie seit ein paar Tagen nicht zur Arbeit erschienen war. Ich glaube, es war der dritte Tag, daß sie nicht da war.»

Leaphorn sah Krause fragend an, doch der schüttelte nur den Kopf und wandte sich wieder seinen Plastiktütchen zu. Unvermutet weckte der stechende Formalingeruch bei Leaphorn die Erinnerung an das Krankenhaus des Indian Health Service in Gallup, und er sah wieder den langen Flur vor sich und die Liege, auf der man Emma von ihm fortgerollt hatte. Stunden später war der Arzt auf ihn zugekommen, um ihm zu erklären … Leaphorn holte tief Luft. Er verspürte plötzlich den dringenden Wunsch, dieses Gespräch so schnell wie möglich zu beenden. Er mußte hier raus.

«Wußten Sie eigentlich, daß sie an jenem Morgen vorhatte, ins Gelände zu fahren?»

Krause nickte. «Ja, sie hatte mir eine Nachricht hinterlassen, daß sie in die Gegend um Yells Back Butte wollte.»

«Hat sie sonst noch was geschrieben?»

Krause zuckte die Schultern. «Ich kann mich nicht mehr genau erinnern.»

«Könnte ich den Zettel mal sehen?»

«Wenn er noch da ist. Ich müßte ihn aber erst suchen.»

«Wäre schön, wenn Sie in nächster Zeit daran denken könnten. Wie hat Hammer übrigens reagiert, als Sie ihm sagten, daß Catherine Pollard schon seit ein paar Tagen verschwunden sei?»

«Wie soll ich das beschreiben … Ich glaube, er sagte so etwas wie: ‹Was soll das heißen?› Und dann: ‹Wohin wollte sie fahren?› Und: ‹Hat sie Ihnen gesagt, was genau sie vorhatte? Hat man ihren Jeep gefunden? Was sagt die Polizei? Hat man schon angefangen, nach ihr zu suchen?› Na, und so weiter.»

Leaphorn dachte darüber nach, was er eben gehört hatte. Hammers Reaktion wirkte dem Anschein nach völlig normal. Vielleicht zu normal, dachte Leaphorn. Vielleicht war sie einfach nur sehr gut einstudiert.

Von draußen hörte man das Knirschen von Reifen auf Schotter, dann wurde eine Autotür zugeschlagen.

«Das wird Hammer sein», sagte Krause. «Jetzt können Sie ihn ja selbst fragen.»

9

Bereits während seines ersten Semesters an der Arizona State University hatte Leaphorn die Überzeugung der meisten Navajos, die Weißen sähen alle gleich aus, überwunden. Um so überraschter war er daher, als er jetzt feststellte, daß Victor Hammer auf den ersten Blick wie eine massigere und etwas sonnenverbranntere Ausgabe von Richard Krause aussah – so wie Krause aussehen würde, wenn er sich dem Gewichtheben als sportlicher Disziplin verschrieben hätte. Bei näherem Hinsehen fielen Leaphorn dann doch noch weitere Unterschiede auf. Hammer war offensichtlich etliche Jahre jünger als Krause, das Blau seiner Augen war eine Spur weniger intensiv, seine Ohren lagen dichter am Schädel an und im Gegensatz zu Krause hatte er am Kinn eine kleine Narbe, die sich weiß gegen die gebräunte Haut abhob.

Hammer seinerseits zeigte an Leaphorn kaum Interesse. Er schüttelte ihm die Hand, lächelte ihm höflichkeitshalber kurz zu, wobei er für einen Moment zwei Reihen ziemlich unregelmäßiger Zähne sehen ließ, und kam dann gleich zur Sache.

«Ist Cathy wieder da?» fragte er, zu Krause gewandt. «Oder hat sie was von sich hören lassen?»

«Weder noch», antwortete dieser.

Hammer stieß zwei deutsche Wörter hervor, Kraftausdrükke, wie es klang. Er setzte sich Leaphorn gegenüber auf einen Hocker und fluchte noch einmal leise vor sich hin, diesmal auf englisch.

Krause nickte. «Ja, genau», sagte er. «Ich fange langsam auch an, mir Sorgen zu machen.»

«Und was unternimmt die Polizei?» wollte Hammer wissen. «Wahrscheinlich mal wieder gar nichts, wie ich die Brüder kenne. Was sagen sie denn überhaupt?»

«Nicht viel», antwortete Krause. «Ich glaube, sie haben den Jeep auf eine Liste verschwundener Fahrzeuge gesetzt, so daß jetzt nach ihm Ausschau gehalten wird.»

«Und wieso starten sie keine Suchaktion?» fragte Hammer wütend.

«Sie ist eine erwachsene Frau», sagte Krause, «und es gibt keinen direkten Hinweis darauf, daß ihr etwas zugestoßen ist. Die einzige für die Polizei wichtige Tatsache ist im Moment, daß sie den Dienstjeep nicht wieder zurückgebracht hat. Ich denke ...»

«Was für ein Unsinn! Was für ein totaler Unsinn! Natürlich ist ihr etwas zugestoßen. Cathy würde nie so lange wegbleiben, ohne irgend jemandem Bescheid zu sagen.»

Leaphorn räusperte sich. «Haben Sie persönlich vielleicht eine Vermutung, was ihr zugestoßen sein könnte?»

Hammer starrte Leaphorn irritiert an. «Wie?»

«Mr. Leaphorn ist ein pensionierter Polizeibeamter», erläuterte Krause. «Er versucht, Cathy zu finden.»

Hammer starrte Leaphorn noch immer an. «Ein pensionierter Polizeibeamter?»

Leaphorn nickte und überlegte, daß Hammer keine Vorstellung davon haben konnte, was er, Leaphorn, bereits wußte und was nicht. Ein Vorteil, dachte er. Vermutlich war es am geschicktesten, ohne Umschweife gleich auf den Punkt zu kommen.

«Können Sie sich daran erinnern, wo Sie am 8. Juli waren?» fragte er. «Waren Sie vielleicht zufällig hier in Tuba?»

«Nein», antwortete Hammer kurz angebunden, den Blick noch immer starr auf Leaphorn gerichtet.

Leaphorn wartete.

«Ich war in Tempe, hatte an der Universität zu tun.»

«Gehören Sie dem Lehrkörper an?»

Hammer schüttelte den Kopf. «Nein, ich bin nur Doktorand mit Lehrauftrag. Ich mußte an dem Tag ein Seminar halten, eine Einführung in die Laborarbeit», Hammer verzog verächtlich den Mund, «für Biologie-Erstsemester. Ein schrecklich langweiliges Seminar. Völlig desinteressierte Studenten, aber warum fragen Sie mich danach? Glauben Sie etwa ...»

«Weil man mich gebeten hat, bei der Suche nach Miss Pollard behilflich zu sein», unterbrach ihn Leaphorn entgegen der sonst von ihm gepflegten Navajo-Höflichkeit, die gebot, daß man sein Gegenüber ausreden ließ. Doch Leaphorn wollte Hammer keine Gelegenheit geben, selbst Fragen zu stellen. «Ich brauche von Ihnen beiden nur noch ein paar Informationen, dann verschwinde ich hier, und Sie können in Ruhe weiterarbeiten. Mich würde vor allem interessieren, ob Miss Pollard irgendwelche Unterlagen hier im Büro zurückgelassen hat. Falls ja, würde ich sie mir gern ansehen, sie könnten unter Umständen wichtig sein.»

«Unterlagen?» fragte Krause etwas ratlos. «Nun ja, sie hat da so einen Ordner, in dem sie die Notizen abheftet, die sie sich während der Arbeit gemacht hat. Ist es das, was Sie meinen?»

Leaphorn nickte.

«Cathys Tante hat mich, wie Sie wissen, angerufen, um Sie

anzukündigen», sagte Krause. «Ich nehme also an, daß es in Ordnung ist, wenn ich Ihnen die Unterlagen aushändige. Cathy hatte übrigens vor, ihre Tante am vergangenen Wochenende zu besuchen. Als sie am Montag nicht zur Arbeit erschien, nahm ich deshalb erst an, sie sei aus irgendeinem Grund in Santa Fe aufgehalten worden. Bis dann ihre Tante sich bei mir meldete und wissen wollte, ob mit ihrer Nichte alles in Ordnung sei, weil sie am Wochenende nicht gekommen war und auch nicht abgesagt hatte.»

«Sie arbeiten also für die alte Mrs. Vanders», stellte Hammer fest und starrte Leaphorn womöglich noch etwas intensiver an als zuvor.

Krause war aufgestanden und hatte angefangen, in einem Schrank in der Ecke herumzukramen. Jetzt kam er mit einem Ordner in der Hand wieder zurück. «Hier», sagte er und schob ihn Leaphorn über den Tisch, «da sind Cathys Aufzeichnungen drin. Aber gehen Sie bitte sorgfältig damit um, sie wird sie brauchen, wenn sie zurückkommt.»

«Falls», korrigierte Hammer bissig, *«falls* sie zurückkommt.»

Leaphorn sah die Papiere kurz durch. Zu seinem Leidwesen mußte er feststellen, daß Catherine eine sehr kleine, unregelmäßige Handschrift hatte, die schwer zu entziffern war, und daß sie offenbar jede Menge Abkürzungen benutzte, die ihm als Laien nichts sagten.

«Miss Pollard schreibt hier etwas von ‹Fort C›», sagte Leaphorn. «Was ist damit gemeint?»

«Fort Collins», antwortete Krause. «Das ist ein Labor oben in Colorado, einer der Ableger des Zentrums für Seuchenbekämpfung – eine US-Bundesbehörde.»

«IHS bedeutet sicher Indian Health Service, oder?»

«Ja, das sind die, für die wir hier im Moment arbeiten. Aber eigentlich unterstehen wir den Gesundheitsbehörden von Arizona, dem Arizona Department of Health», sagte Krause.

«Die jeweiligen Zuständigkeiten können für einen Außenstehenden etwas verwirrend sein.»

Leaphorn war gerade dabei, die letzten Blätter zu überfliegen. «Hier taucht immer wieder der Name A. Nez auf», sagte er.

Krause nickte. «Anderson Nez. Einer der drei Toten bei dem jüngsten Pestausbruch. Mr. Nez ist als letzter gestorben, und wir haben bisher noch nicht herausgefunden, wo er sich infiziert hat.»

«Und dann ist hier auch die Rede von Woody. Ich habe gehört, er beschäftigt sich ebenfalls mit Nagern.»

«Ha, Woody!» ließ sich Hammer vernehmen. «Dieser Vollidiot!»

«Dr. Albert Woody», erläuterte Krause und bedachte Hammer mit einem mißbilligenden Blick, «für Freunde und Kollegen Al. Sein Spezialgebiet ist die Zellbiologie, aber eigentlich müßte man ihn wohl als Immunologen bezeichnen. Oder auch als Pharmakologen oder Mikrobiologen. Vielleicht auch als – also ehrlich gesagt, ich kenne mich da nicht so genau aus», sagte Krause und lachte. «Als was würdest du ihn bezeichnen, Victor? Du müßtest es doch wissen, eure Arbeitsgebiete liegen doch dicht beieinander.»

«Woody ist ein Idiot», wiederholte Hammer noch einmal. «Er erhält Fördermittel vom Institute of Allergy and Immunology, aber es heißt, er bekäme zusätzlich Gelder von Merck oder Squibb oder irgendeinem anderen Pharmakonzern. Wer weiß, vielleicht nimmt er ja von allen dreien.»

«Victor mag Woody nicht besonders», erklärte Krause. «Unser junger Forscher hier war vor einigen Wochen irgendwo draußen, um Nagetiere zu fangen. Plötzlich stand Woody vor ihm und beschimpfte ihn, er käme ihm bei seinem Projekt in die Quere. Er hat dich richtig angeschrien, nicht?»

«Ich hätte ihm einen Tritt in den Hintern geben sollen», knurrte Hammer.

«Hat Woody denn auch mit Pestbekämpfung zu tun?»

«Nein, jedenfalls nicht im engeren Sinn. Er kommt seit Jahren hier in diese Gegend, seit dem Pestausbruch Ende der Achtziger. Ihn interessiert, wie manche Wirtstiere – Präriehunde, Feldmäuse, Packratten und so weiter – es schaffen, am Leben zu bleiben, obwohl sie mit bestimmten Bakterien oder Viren infiziert sind, während ihre Artgenossen eingehen. Es kommt zum Beispiel immer wieder vor, daß die hämorrhagische Septikämie, wie die Pest bei Tieren genannt wird, ohne Vorwarnung irgendwo aufflammt und auf einen Schlag eine Million Nager tötet. Dann findet man in einem Umkreis von hundert Meilen nur noch Baue mit toten Tieren, aber mittendrin stößt man plötzlich auf eine Kolonie mit Überlebenden. Sie tragen den Erreger in sich, aber er bringt sie nicht um. Derartige Kolonien werden als Pestreservoire bezeichnet. Die Tiere dort pflanzen sich fort, die Population erneuert sich, und irgendwann kommt es erneut zu einem Ausbruch von Pest, der vermutlich genau in der Kolonie seinen Ursprung hat, die beim ersten Mal überlebt hat. Aber keiner weiß bisher genau, wie das Ganze eigentlich funktioniert.»

«Bei den Polarhasen im Norden Finnlands, auch Schneeschuhkarnickel genannt, kann man dasselbe Phänomen beobachten», fuhr Hammer fort. «Und auch bei Hasen im nördlichen Alaska. Andere Bakterien, aber die gleiche Geschichte. Das Ganze folgt einem Siebenjahreszyklus, so regelmäßig wie ein Uhrwerk. Man muß sich das so vorstellen: Im Jahr eins findet man überall Hasen, dann fegt das Fieber durch, und überall liegen nur noch Kadaver. Und nach sieben Jahren wieder genau dasselbe – es gibt überall Hasen, dann kommt die Pest ... Und dann geht es wieder los wie gehabt.»

«Die Kosten für Woodys Forschungen werden also zum Teil von der Pharmaindustrie getragen», stellte Leaphorn fest.

«Ja, und wenn Sie mich fragen – die könnten ihr Geld genausogut gleich zum Fenster hinauswerfen», sagte Hammer, stand abrupt auf, ging zur Tür, öffnete sie und blickte nach draußen.

«So kann man das nicht sagen», schaltete sich Krause ein. «Man muß sich das eher so vorstellen, daß sie in die Suche nach dem Goldenen Vlies investieren, wenn Sie verstehen, was ich meine. Ich selbst habe nur eine sehr ungenaue Vorstellung davon, was Woody mit seiner Forschung eigentlich erreichen will. Aber soweit ich verstanden habe, versucht er herauszufinden, was genau im Immunsystem eines Nagetiers abläuft, so daß es eine Infektion mit einem pathogenen Keim übersteht, während seine Artgenossen daran zugrunde gehen. Wenn Woody tatsächlich dahinterkäme, woran das liegt, dann wäre das sicherlich ein großer Fortschritt für das Verständnis interzellulärer Abläufe. Langfristig gesehen könnte sich die Investition für die betreffenden Firmen dann unter Umständen doch noch als äußerst lukrativ erweisen.»

Leaphorn sagte nichts dazu, sondern versuchte sich ins Gedächtnis zu rufen, was man ihm vor Jahrzehnten auf dem College in den Kursen «Organische Chemie 211» sowie «Biologie 331» beigebracht hatte. Doch sehr viel war nicht hängengeblieben, wie er bald feststellte. Um so genauer erinnerte er sich noch an die Worte des Chirurgen, der Emmas Gehirntumor operiert hatte. Er sah ihn vor sich und hörte wieder den ohnmächtigen Zorn in seiner Stimme, als sei das alles erst gestern gewesen. Eine ganz gewöhnliche Staphylokokken-Infektion sei schuld an Emmas Tod, hatte er gesagt. Vor ein paar Jahren hätte man ein Dutzend verschiedene Antibiotika dagegen einsetzen können, aber diese Zeiten seien ein für allemal vorbei. «Die Mikroben sind wieder auf dem Vormarsch», hatte er erklärt, «und es sieht so aus, als ob sie diesmal den Krieg gewinnen würden.» Und Emmas weiß verhüllter schmaler Körper, der auf der Bahre unwiederbringlich von ihm fortgerollt worden war, schien der sinnfällige Beweis für seine Worte zu sein.

«Heißt das, Woodys Arbeit zielt darauf ab, eine neue Art Antibiotika zu entwickeln?»

Krause schüttelte den Kopf. «Nein, er hofft wohl eher herauszufinden, was sich im Immunsystem der überlebenden Tiere abspielt, so daß es eingedrungene Bakterien oder Viren in Schach halten kann.»

Leaphorn war schon wieder in Catherine Pollards Aufzeichnungen vertieft. «Miss Pollard sieht offenbar einen Zusammenhang zwischen Nez und Woody», sagte er. «Hier steht: ‹Bei Woody nachfragen wg. Nez.› Was könnte sie damit meinen?»

«Keine Ahnung», sagte Krause.

«Woody hatte doch immer einen Navajo, der ihm bei seiner Arbeit zur Hand ging – vielleicht war das ja dieser Nez», bemerkte Hammer. «Der Mann stellte Fallen auf und half dabei, den Tieren Blut abzunehmen. Ein kleiner, drahtiger Bursche mit sehr kurzen Haaren.»

«Stimmt», sagte Krause. «Ich weiß, daß Woody im Laufe der Jahre eine ganze Reihe von Präriehundkolonien aufgespürt hat, in denen sich so etwas wie Immunität gegenüber dem Pesterreger aufgebaut hatte. Soweit ich mitbekommen habe, ist er auch sehr an Känguruhratten, Feldmäusen und so weiter interessiert, das sind Nager, die oft das Hanta-Virus in sich tragen. Ich erinnere mich jetzt, daß Cathy erwähnt hat, daß Woody sich gerade intensiv mit einer Präriehundkolonie in der Nähe von Yells Back Butte beschäftigt. Wenn Nez tatsächlich bei Woody angestellt war, dann ist Cathy vielleicht dort rausgefahren. Vielleicht wollte sie ihn fragen, ob er eine Ahnung hat, wo Nez sich seine Infektion zugezogen hat.»

«Könnte es nicht dort auf dem Yells Back Butte gewesen sein?» sagte Leaphorn. «Ich erinnere mich, daß es in der Gegend schon früher Pesterkrankungen gab.»

Krause zuckte die Schultern. «Schon möglich.» Er hatte, noch während er mit Leaphorn sprach, begonnen, Objektträger zu ordnen. Nun blickte er einen Moment von seiner Arbeit hoch. «Kennen Sie sich mit Bakterien aus?»

Leaphorn winkte ab. «Ich habe nur so eine Art Grundwissen. Erstsemester-Biologie.»

«Nun, ich kann es Ihnen ja mal kurz erklären. Also, mit Pestinfektionen verhält es sich folgendermaßen: Durch den Biß eines infizierten Flohs gelangen Erreger ins Blut des Gebissenen. Es dauert in der Regel fünf oder sechs Tage, bis sie sich so weit vermehrt haben, daß das Opfer erste Krankheitssymptome zeigt – meistens Fieber. Diese Spanne nennt man Inkubationszeit. Wenn nun aber durch den Flohbiß ein besonders virulentes Bakterium ins Blut des Opfers gelangt ist oder es vielleicht nicht nur von einem, sondern mehreren Flöhen gebissen wurde, dann kann die Krankheit auch sehr viel schneller ausbrechen. Wir, das heißt die Seuchenbekämpfer, rechnen nun vom Auftreten der ersten Symptome, sagen wir, fünf Tage zurück und versuchen dann festzustellen, wo sich der Erkrankte um diese Zeit herum aufgehalten hat. Sobald wir das wissen, beginnen wir dort systematisch nach infizierten Nagern zu suchen, um sie zu töten und damit weitere Infektionen auszuschließen.»

Hammer stand immer noch in der geöffneten Tür. Jetzt drehte er sich um. «Armer Mr. Nez. Von einem Floh getötet. Schade, daß der nicht Al Woody gebissen hat.»

10

Leaphorn hatte schon seit längerem an sich wahrgenommen, daß er zuviel redete. Das lag an seiner Einsamkeit. Doch heute mußte er für seine Redseligkeit bezahlen. Anstatt abzuwarten, bis er, wie verabredet, abends bei Louisa Bourebonette in Flagstaff war und ihr alles persönlich erzählen konnte, hatten ihn die Leere und Stille seines Zimmers im Motel von Tuba dazu verleitet, ihr gleich am Telefon alles zu berichten. Er hatte ihr seinen Besuch bei John McGinnis geschildert, das Gespräch mit Krause in groben Zügen wiedergegeben und ihr eine kurze, prägnante Beschreibung von Hammer geliefert. Anschließend hatte er sie um ihren Rat gebeten, wie er es anstellen solle, möglichst unauffällig und ohne großes Aufsehen nachzuprüfen, ob Hammer tatsächlich für den 8. Juli ein Alibi hatte.

«Kannst du nicht einfach die Kollegen in Tempe ansprechen und sie bitten, für dich die entsprechenden Nachforschungen zu übernehmen?» hatte sie gesagt. «Ich dachte, diese Art Amtshilfe sei bei der Polizei gang und gäbe.»

«Ja, im Prinzip schon», sagte Leaphorn, «aber erstens bin ich kein Polizist mehr. Und zweitens werden sie in jedem Fall wissen wollen, um was für ein Verbrechen es sich handelt und aufgrund welcher Tatsachen Hammer verdächtig ist.»

«Aber Lieutenant Chee wäre doch sicher bereit, dir zu helfen.»

«Chee könnte sich an die Polizei in Tempe wenden, das ist richtig», sagte Leaphorn. «Aber damit wäre ja nur *eine* Schwierigkeit aus dem Weg geräumt. Was soll er ihnen denn antworten, wenn sie ihn fragen, warum sie das Leben eines unbescholtenen Bürgers unter die Lupe nehmen sollen? Es ist ja noch nicht einmal sicher, daß tatsächlich ein Verbrechen begangen worden ist. Obwohl – mein Gefühl sagt mir, daß Catherine Pollard nicht mehr am Leben ist.»

«Tja», sagte Louisa nachdenklich, «da kann Chee dir auch nicht helfen, das sehe ich ein. Außerdem ist man in Universitätskreisen in der Regel nicht gerade sehr entgegenkommend, wenn es um polizeiliche Ermittlungen geht. Das beste wird sein, ich nehme die Sache selbst in die Hand.»

Einen Moment lang verschlug es Leaphorn die Sprache. «Und was willst du tun?» fragte er, nachdem sich seine Überraschung ein wenig gelegt hatte.

«Hammer hat doch gesagt, er sei am 8. Juli in Tempe gewesen und hätte an der Arizona State ein Biologieseminar gehalten, richtig?»

«Ja, das stimmt», bestätigte Leaphorn.

«Nun, zufällig kenne ich einen Biologieprofessor hier in Flagstaff, er heißt Michael Perez. Ich gehe davon aus, daß er bestimmt jemanden von den Biologen dort unten in Tempe kennt und sich nach Hammer erkundigen kann. Auf diese Weise erfahren wir schnell und ohne Aufsehen zu erregen, ob Hammers Seminar tatsächlich stattgefunden hat – oder ob er es vielleicht ausfallen oder sich vertreten ließ. Wie findest du meine Idee?»

«Wirklich großartig», hatte Leaphorn gesagt. Eigentlich hatte er gespürt, daß dies genau der richtige Moment war, um sich von ihr zu verabschieden. Doch um sie noch ein wenig am Telefon festzuhalten, hatte er plötzlich angefangen, ihr von Dr. Woody und seinen Forschungen zu erzählen. Erstaunlicherweise hatte Louisa von Woody schon gehört, obwohl sie Ethnologin und in diesem Fach wiederum spezialisiert auf die Erforschung der indianischen Mythologie war und somit in bezug auf die Mikrobiologie am genau entgegengesetzten Ende des wissenschaftlichen Spektrums tätig war. Michael Perez, der Freund, der für sie in Tempe wegen Hammer nachfragen sollte, hatte offenbar schon mit ihm zusammengearbeitet. Soweit sie wußte, hatten er und Woody im Labor der Northern Arizona University ein paarmal gemeinsam Blut- und Gewebeproben untersucht.

So kam es, daß aus dem gemütlichen Abendessen zu zweit, auf das Leaphorn sich schon den ganzen Tag gefreut hatte, nichts wurde. Louisa nämlich machte – in der irrigen Annahme, ihm damit eine Freude zu bereiten – den Vorschlag, Perez zu ihrem Abendessen dazuzuladen.

«Er ist einer von den Klügeren», hatte sie erklärt. Offenbar unterschied er sich nach Louisas Empfinden von seinen übrigen Kollegen an der naturwissenschaftlichen Fakultät, die sie Leaphorn gegenüber des öfteren als engstirnig und borniert kritisiert hatte. «Bestimmt wird ihn sehr interessieren, was du tust, und vielleicht kann er dir etwas Wesentliches sagen, was dir weiterhilft.»

Leaphorn hatte in diesem Punkt seine Zweifel. Mitunter glaubte er nicht mehr daran, überhaupt jemals etwas über das Verschwinden Catherine Pollards in Erfahrung zu bringen. Was McGinnis ihm erzählt hatte, war im Grunde nichts Neues gewesen, und gestern hatte er sich ernsthaft gefragt, warum er überhaupt solche Anstrengungen in diesem Fall unternahm, der ihm zunehmend aussichtslos vorkam. Da hatte er viele ermüdende Stunden damit zugebracht, das Lager ausfindig zu machen, in dem Anderson Nez während der Weidemonate mit seinen Schafen immer kampiert hatte. Und als er es dann schließlich entdeckt hatte, sah er sich mit der üblichen Verschlossenheit konfrontiert, welche die Landbevölkerung zu allen Zeiten gegenüber dem Fremden aus der Stadt an den Tag legte. Außerdem verschloß den Leuten das traditionelle Navajo-Tabu, über Tote zu sprechen, den Mund. Einzig ein junger Navajo erinnerte sich, daß Catherine Pollard irgendwann bei ihnen im Camp aufgetaucht sei. Sie habe Flöhe von den Hütehunden gesammelt, Nagetierbaue untersucht und alle im Lager eindringlich befragt, wo Nez sich in der Zeit vor seinem Tod aufgehalten habe. Ansonsten war Leaphorns Ausbeute an Informationen gleich Null, abgesehen davon, daß er Hammers Vermutung bestätigt fand: Nez war tatsächlich derjenige, der jahrelang in den Sommermonaten für Woody gearbeitet hatte. Unter anderem hatte er Nagetiere für ihn gefangen.

Leaphorn erreichte Louisas Haus gerade, als die Sonne unterging. Der ganze Himmel erglühte rot vom Widerschein der hoch oben in der Stratosphäre zerstäubten Eiskristalle. Zu seinem nicht geringen Ärger fand Leaphorn den Platz in der engen Einfahrt, wo er sonst immer seinen Pickup abzustellen pflegte, von einem ziemlich mitgenommen aussehenden Saab besetzt. Als er die Treppe zum Haus emporstieg, erschien der Besitzer neben Louisa in der Tür – ein hagerer Mann mit schmalem Gesicht und einem kleinen weißen Spitzbart. Seine hellen, blauen Augen musterten Leaphorn mit unverhohlener Neugier.

«Joe», begrüßte ihn Louisa, «darf ich dir Mike Perez vorstellen? Mach dich drauf gefaßt, daß er dir heute abend mehr über Mikrobiologie erzählen wird, als du jemals wissen wolltest.»

Die beiden Männer schüttelten sich die Hände.

«Genauer gesagt, über Bakterien und Viren», korrigierte Perez grinsend. «Von letzteren verstehen wir zwar noch nicht allzuviel, aber das hält uns nicht davon ab, darüber zu reden.»

Louisa hatte offenbar angenommen, daß Leaphorn als Navajo eine besondere Vorliebe für Schaffleisch hegte, und so gab es als ersten Gang Lammkotelett. Tatsächlich jedoch hatte Leaphorn in seiner Kindheit und Jugend so viel Schaffleisch genossen, daß er für alle Zeiten genug davon hatte. Aber natürlich war er viel zu höflich, um sich etwas anmerken zu lassen. Während er langsam Bissen um Bissen sein Lammkotelett mit grüner Minzsauce zu sich nahm, lauschte er aufmerksam Perez' Ausführungen zu Woodys Arbeit. Zuvor hatte er allerdings durch ein paar Fragen geklärt, daß Perez Cathy Pollard nicht gekannt hatte und auch sonst nichts über sie wußte. Dafür wußte er über Woody um so besser Bescheid.

«Mike denkt, daß Woody einer von den ganz Großen ist», sagte Louisa. «Nobelpreisanwärter und so weiter. ‹Der Mann, der die Menschheit vor der Vernichtung rettete.›»

Perez lächelte etwas verlegen. «Louisa übertreibt gerne, das bringt die Beschäftigung mit Mythen wohl so mit sich, nehme ich an», sagte er. «Herkules war nämlich auch nicht mehr als nur ein besonders starker Mann, Medusas Haupt zierten nicht Schlangen, sondern sie hat lediglich die Dreadlocks erfunden, und Paul Bunyons Ochsen waren natürlich nicht blau, sondern in Wahrheit braun. Aber ich denke, Woody ist wirklich ein Genie. Wenn jemand herausbekommt, wie das Immunsystem funktioniert, dann er. Die Chancen dafür stehen eins zu tausend, immerhin noch besser als bei der Speedball-Lotterie.»

Louisa bot Leaphorn noch ein Lammkotelett an. «Die Naturwissenschaften liefern heutzutage die Schlagzeilen», bemerkte sie. «Ein ‹Durchbruch des Monats› jagt den anderen. Angefangen von der spektakulären neuen Methode zum Klonen des Fußpilzes bis hin zur Entdeckung von Leben auf dem Mars.»

«Über diese Sache ‹Leben auf dem Mars› habe ich neulich etwas in der Zeitung gelesen», sagte Leaphorn. «Es klang allerdings verdammt nach der ‹Entdeckung von Molekülen in Asteroiden›, von der damals in den Sechzigern alle Zeitungen voll waren. Und wurde die ganze Geschichte nicht längst von den Geologen als Unsinn entlarvt?»

Perez nickte. «Diese Veröffentlichungen sind nichts als ein Trick der NASA, um die Raumfahrt für die Öffentlichkeit wieder interessant zu machen. Sie haben gerade wieder eine Reihe von peinlichen Fehlschlägen gehabt. Das hat sie wohl auf die Idee gebracht, einen Asteroiden mit den entsprechenden Mineralien auszugraben und den Journalisten Märchen vom Leben auf dem Mars aufzutischen. Die alte Generation der Wissenschaftsjournalisten ist inzwischen im Ruhestand, und keiner erinnert sich mehr, daß dieselbe Geschichte vor dreißig Jahren schon mal in Umlauf war. Und ich muß zugeben, im Fernsehen macht sich das Ganze wirklich besser als die immergleichen Filmaufnahmen von schwebenden Astronauten.»

Louisa lachte. «Mike ärgert sich über die NASA, weil sie

eine Menge Fördermittel des Bundes abschöpft, die sonst womöglich der mikrobiologischen Forschung zugute kämen.»

Perez schien gekränkt. «Es stimmt nicht, daß ich unseren Raumfahrtclowns das Geld neide, sie haben doch einen unbestreitbar großen Unterhaltungswert. Aber was Woody macht, das ist wirklich von Bedeutung.»

«Zum Beispiel Präriehunden den Puls fühlen», kommentierte Louisa.

Leaphorn sah zu, wie sie Perez die Schüssel mit den gekochten neuen Kartoffeln reichte. Er hatte beschlossen, sich aus ihrem Geplänkel herauszuhalten und den Beobachter zu spielen.

Perez nahm eine Kartoffel, blickte Louisa nachdenklich an, nahm dann noch eine.

«Ich habe gerade heute morgen den Aufsatz eines Mikrobiologen bekommen, der beim National Institute of Health tätig ist», sagte er. «Bei der Lektüre ist mir ehrlich gesagt angst und bange geworden. Erinnert sich zum Beispiel heute in der breiten Öffentlichkeit noch jemand, daß es mal eine Krankheit mit Namen Cholera gab? Irgendwann in den Sechzigern erklärte man sie für endgültig besiegt. Zu früh, wie sich nun herausgestellt hat. In den letzten zwei Jahren gab es allein in Südamerika fast zweihunderttausend neue Fälle. Dasselbe gilt für Tuberkulose, auch ‹weiße Pest› genannt. Um 1970 glaubte man, sie endgültig zum Verschwinden gebracht zu haben. Seitdem ist die durchschnittliche Todesrate auf bis zu drei Millionen pro Jahr gestiegen. Der Erreger ist ein antibiotikaresistentes Mykobakterium.»

«Cholera und Tuberkulose – genau die passenden Themen für eine angenehme Unterhaltung beim Abendessen», bemerkte Louisa ironisch.

«Jedenfalls angenehmer, als wenn ich anfinge, von den Semesterarbeiten zu berichten, die ich gerade korrigieren muß», sagte Perez. «Aber mich würde interessieren, was uns Mr.

Leaphorn über das Verschwinden dieser Biologin erzählen kann, nach der er sucht.»

«Leider gibt's da nicht viel zu erzählen», sagte dieser. «Sie ist beim Arizona Department of Health angestellt, in der Abteilung Seuchenbekämpfung. Zur Zeit ist sie aber für den Indian Health Service tätig – die beiden Behörden kooperieren im Bedarfsfall. Sie arbeitete gemeinsam mit einem Kollegen von Tuba aus, dort hat man ihnen ein kleines Behelfslabor eingerichtet. Vor zwei Wochen ist sie frühmorgens aufgebrochen, vermutlich um Nagetierbaue zu inspizieren, und seitdem nicht zurückgekehrt.»

Er hielt inne, weil er annahm, daß Perez jetzt die üblichen Fragen stellen würde: Gibt es einen abgewiesenen Verehrer, stand sie beruflich unter Stress, hatte sie vielleicht einen Nervenzusammenbruch?

Doch die erwarteten Fragen blieben aus. «Also deshalb hat mich Louisa gebeten, nachzuprüfen, ob Hammer am Achten sein Seminar gehalten hat», stellte Perez fest. «War das der Tag, an dem sie verschwand?»

Leaphorn nickte.

«Die Organisation der Laborübungen liegt in den Händen von Mike Devente. Ich habe ihn gefragt. Er sagt, Hammer hätte sich am Achten krank gemeldet. Eine Fleischvergiftung oder so etwas ähnliches.»

«Also krank, aha», sagte Leaphorn.

Perez lachte. «Jedenfalls krank *gemeldet.* Bei Doktoranden mit Lehrverpflichtung ist das nicht unbedingt dasselbe.» Er aß seine zweite Kartoffel und fragte dann: «Ist er verdächtig?»

«Er wäre es – aber ich bin ja nicht mal sicher, ob wir es hier überhaupt mit einem Verbrechen zu tun haben», antwortete Leaphorn. «Alles was ich weiß, ist, daß sie an jenem Tag mit ihrem Dienstjeep zur Arbeit aufgebrochen und nicht mehr zurückgekommen ist.»

«Louisa hat mir am Telefon gesagt, daß diese Miss Pollard

damit beschäftigt war, herauszufinden, wie es zu den jüngsten Infektionen mit *Yersinia pestis* kommen konnte. Rührt daher Ihr Interesse an Woody?»

Leaphorn zuckte die Schultern. «In gewisser Weise ja. Beide sind, soweit ich gehört habe, interessiert an Präriehundkolonien, Packratten und so weiter, und außerdem sind sie in ungefähr derselben Gegend tätig. Ein ziemlich menschenleeres Gebiet. Falls sie sich begegnet sind, haben sie möglicherweise miteinander gesprochen. Es ist nicht auszuschließen, daß er sie am Achten gesehen hat, und vielleicht hat sie ihm ja sogar gesagt, was genau sie vorhatte.»

Perez nickte. «Ja, das kann gut sein», sagte er.

«Sie sind beide Biologen und auf verwandten Gebieten tätig», fuhr Leaphorn fort. «Man kann also wohl davon ausgehen, daß sie voneinander gehört haben. Andererseits ist die Region, in der sie arbeiten, sehr weitläufig, so daß sie sich nicht unbedingt über den Weg gelaufen sein müssen. Und selbst wenn – warum sollte sie einem Fremden Auskunft geben über ihre Arbeit?»

«Ach, das erschiene mir aber gar nicht als so unwahrscheinlich», sagte Perez. «Wenn man dieselben Interessen hat, verbindet einen das. Wie oft stößt man schon auf jemanden, der es spannend findet, sich über Flöhe auf Präriehunden zu unterhalten? Woody ist, was seine Forschung angeht, ein absoluter Fanatiker. Stellt man ihm jemanden vor, und der ist unvorsichtig genug, auch nur die geringste Spur von Neugierde in bezug auf Infektionskrankheiten oder das Funktionieren der Immunabwehr zu zeigen, gibt's für ihn kein Halten mehr, und er hört gar nicht mehr auf zu reden. Man kann getrost sagen, daß er von dem, was er tut, geradezu besessen ist. Er glaubt, daß die Bakterien der Menschheit eines Tages den Garaus machen werden, wenn wir nicht schnell und energisch etwas gegen sie unternehmen. Und wenn die Bakterien es nicht schaffen, dann, so meint er, eben die Viren. Manchmal kommt er mir vor wie eine Art neuzeitlicher Jeremia. Er fühlt sich offenbar berufen, uns alle zu warnen.»

«Das Gefühl kenne ich von mir selbst aber auch», gestand Leaphorn. «Ich habe auch oft das Bedürfnis, alle Welt darüber aufzuklären, daß unser sogenannter Kampf gegen die Drogen mit völlig unzureichenden Mitteln geführt wird. Bis ich dann plötzlich realisiere, daß um mich herum alle nur noch gähnen.»

«Ja», seufzte Perez, «das erlebe ich ebenfalls häufig. Oder könnten Sie sich vorstellen, daß Sie mir begierig zuhören, wenn ich Ihnen etwas über molekulare mineralische Transmissionen durch die Zellwand erzähle?»

«Warum nicht?» entgegnete Leaphorn. «Sie müßten mir allerdings zuerst erklären, worum es dabei überhaupt geht.» Er wünschte, er hätte Louisa gegenüber den Namen Woody nie erwähnt, dann wäre sie nicht auf die Idee gekommen, diesen Perez einzuladen, und sie hätten einen wunderbar entspannten Abend miteinander gehabt. «Und außerdem müßten Sie mir plausibel machen, warum mich das Ganze interessieren sollte. Mit anderen Worten: Was nützt es?»

Er hatte genau das Falsche gesagt, denn jetzt fühlte sich Dr. Perez aufgerufen, die Wissenschaft als Wissenschaft an sich zu verteidigen und sich des langen und breiten über die Notwendigkeit auszulassen, Erkenntnisse um ihrer selbst willen zu sammeln. Leaphorn führte sich häppchenweise das zweite Lammkotelett zu. Wieso hatte er nicht einfach dankend abgelehnt, als Louisa es ihm anbot? Bisweilen, und auch gerade jetzt wieder, verachtete er sich für seine Schwäche, in bestimmten Situationen nicht nein sagen zu können. Um sich nicht länger selbst zu quälen, begann er darüber nachzudenken, woher seine Animosität gegenüber Perez rühren mochte, schließlich hatte er den Mann heute zum ersten Mal getroffen. Der Keim der Abneigung war wohl gelegt worden, als er den fremden Saab in der Einfahrt hatte stehen sehen – genau an der Stelle, wo er selbst sonst immer parkte. Und dieses Gefühl hatte sich vertieft, als er plötzlich neben Louisa in der Tür aufgetaucht war, ihn angegrinst und unverhohlen gemustert hatte. Offenbar betrachtete ihn Perez als Rivalen. Er war eifersüchtig. Und er selbst? fragte sich Leaphorn. War er etwa nicht eifersüchtig? Das war ein beunruhigender Gedanke, und um ihn zu vertreiben, nahm er entschlossen den Rest seines Lammkoteletts in Angriff.

Perez hatte seinen *ex-tempore*-Vortrag gerade beendet, wie in der Verfolgung der Ziele der reinen Wissenschaft das Penizillin und im Anschluß daran auch alle anderen Antibiotika entdeckt und dadurch eine Zeitlang die Infektionskrankheiten so gut wie unschädlich gemacht worden seien. Nun setzte er dazu an, weitschweifig zu erläutern, wie dieser unerhörte Erfolg durch die unsinnige Anwendung besagter Medikamente zunichte gemacht worden sei. Die Bakterien würden jetzt in immer schnellerer Folge neue Formen hervorbringen, wie um verlorenes Terrain zurückzuerobern.

«Die Mutter kommt mit ihrem Kind zum Arzt, weil es einen Schnupfen hat. Der Arzt weiß sehr wohl, daß dieser Schnupfen durch Viren verursacht wird, gegen die Antibiotika machtlos sind. Aber das Kind weint und quengelt, und die Mutter erwartet ein Rezept, und so verschreibt ihr der Arzt das gewünschte Antibiotikum und erklärt ihr, daß es mindestens acht Tage lang eingenommen werden soll. Zwei Tage später ist das Immunsystem des Kindes mit dem Virus fertiggeworden, das Kind ist wieder gesund, und prompt setzt die Mutter auf eigene Faust das Medikament ab. Aber die zwei Tage, während deren das Kind mit den Antibiotika behandelt wurde, haben genügt …», Perez hielt inne, nahm einen Schluck von seinem Wein und strich sich mit dem Zeigefinger langsam über den Spitzbart, «… die meisten der im Blut befindlichen Bakterien abzutöten …», Perez hielt erneut inne und hob, Aufmerksamkeit heischend, die rechte Hand,

«... bis auf ein paar Ausnahmebakterien, die aus irgendeinem Grund gegen dieses spezielle Antibiotikum unempfindlich waren. Da die Konkurrenz ausgelöscht ist, können sich diese Bakterien nun auf einmal ungehindert vermehren. Mit anderen Worten, im Blut des Kindes wimmelt es nun von resistenten Keimen. Und jetzt ...»

«... Und jetzt ist es Zeit für den Nachtisch», unterbrach ihn Louisa. «Wollt ihr Eiscreme oder lieber Brownies?»

«Am liebsten beides», antwortete Perez und fuhr gleich fort: «Wie auch immer. Noch vor wenigen Jahren konnte man 99,9 Prozent aller *Staphylococcus-aureus*-Infektionen mit Penizillin effektiv bekämpfen. Inzwischen liegt die Erfolgsrate, was dieses Antibiotikum angeht, bei vier Prozent. Wir haben nur noch ein Mittel zur Verfügung, das Vancomycin, das generell wirksam ist – allerdings gibt es auch schon vereinzelt Staphylokokken, die selbst gegen dieses Mittel resistent sind.»

Von der Küche her hörte man Louisa rufen: «Es reicht, es reicht. Schluß jetzt mit diesem Thema! Diese Weltuntergangsszenarien verderben einem ja die Stimmung.» Sie kam ins Zimmer zurück, in den Händen eine große Schüssel mit Eiscreme. «Wußtet ihr übrigens», sagte sie, offenbar ohne sich ihrer Inkonsequenz bewußt zu sein, «daß ungefähr dreißig Prozent aller Leute, die im Krankenhaus sterben, an Infektionen zugrunde gehen, die sie sich überhaupt erst dort geholt haben?» Sie lachte. «Oder waren es vielleicht sogar vierzig Prozent? Ihr müßt entschuldigen, aber als Ethnologin bin ich nicht besonders geübt darin, mir Zahlen zu merken.»

«Dreißig Prozent war schon richtig», bemerkte Perez, er schien plötzlich verstimmt. Nachdem er sich eine große Portion Eiscreme und noch zwei Brownies einverleibt hatte, gab er vor, dringend nach Hause zu müssen, da er noch einen ganzen Stapel Semesterarbeiten durchzusehen habe. Bald darauf fuhr er mit seinem Saab davon, und Leaphorns Parkplatz war endlich wieder frei.

«Ein interessanter Mann», sagte Leaphorn, während er sorgfältig Untertassen und Teller übereinanderstapelte und die Bestecke einsammelte, um sie in die Küche zu tragen.

«Nun setz dich doch», forderte Louisa ihn auf. «Das Abräumen kannst du ruhig mir überlassen.»

«Als Witwer bin ich darin aber ziemlich geübt», sagte Leaphorn, «und ich würde meine Fähigkeiten gern unter Beweis stellen.» Er trug das schmutzige Geschirr in die Küche und begann, es in die Spülmaschine zu packen, bis er merkte, daß Louisa die Teller, die er gerade hineingestellt hatte, alle umdrehte.

«Falsche Seite?» fragte er.

Sie lachte. «Wenn du sie mit der schmutzigen Seite nach innen stellst, werden sie direkt vom Heißwasserstrahl getroffen. Da gehen die Essensreste besser ab, als wenn sie andersherum stehen.»

Leaphorn verzog sich also ins Wohnzimmer und nahm dort in einem Sessel Platz. Er dachte darüber nach, ob Perez ihm gegenüber wohl wirklich so etwas wie Eifersucht empfunden hatte, und wenn ja, was dies für sein eigenes Verhältnis zu Louisa bedeuten mochte. Am liebsten hätte er sie gefragt, wie sie zu Perez stand. Aber es sollte natürlich möglichst beiläufig klingen, und er wußte einfach nicht, wie er das anstellen sollte. Nach ein paar Minuten hörte das Geklapper in der Küche auf, Louisa kam herein und setzte sich ihm gegenüber aufs Sofa.

«Das war ein wunderbarer Abend», sagte Leaphorn. «Vielen Dank.»

Sie nickte. «Es freut mich, daß du Mike interessant findest», sagte sie. «Für meinen Geschmack hat er heute ein bißchen zuviel geredet. Aber das lag wohl daran, daß ich ihm am Telefon gesagt hatte, du würdest gern etwas über Woody und seine Arbeit erfahren.» Sie zuckte die Schultern. «Er wollte sich wohl besonders hilfsbereit zeigen.»

«Ich hatte irgendwie den Eindruck, daß er mich nicht besonders mochte», bemerkte Leaphorn.

«Ach, ich glaube, da täuschst du dich», sagte sie und machte eine wegwerfende Handbewegung. «Er war bloß eifersüchtig, und deshalb mußte er ein bißchen mit seinem Wissen angeben. Das übliche männliche Revierverhalten eben.»

Leaphorn holte tief Luft, öffnete den Mund und stieß ein «Aha» hervor. Ihm fiel nicht ein, was er sonst dazu hätte sagen können.

«Mike und ich sind alte Freunde, wir kennen uns schon eine halbe Ewigkeit», erläuterte sie.

«Aha», wiederholte Leaphorn. «Freunde also.» Er hatte sich bemüht, es nicht wie eine Frage klingen zu lassen, aber Louisa konnte man nicht so leicht täuschen.

«Mike hat mich vor langer Zeit einmal gefragt, ob ich ihn heiraten wolle», sagte sie. «Ich habe ihm damals geantwortet, daß ich es mit der Ehe schon einmal versucht hätte, als ich sehr jung war, und diese Erfahrung nicht wiederholen wolle.»

Leaphorn nickte und wünschte in diesem Moment, er hätte sich das Rauchen nicht abgewöhnt. Das Anzünden einer Zigarette, das langsame Inhalieren hätten ihm Zeit zum Nachdenken gegeben.

«Du hast nie erwähnt, daß du einmal verheiratet warst», sagte er schließlich.

«Dazu gab es bisher noch keinen Anlaß», antwortete sie.

«Wahrscheinlich hast du recht», stimmte er ihr zu. «Aber wenn es dir nichts ausmacht, würde ich trotzdem gern mehr darüber hören.»

Sie lachte. «Eigentlich sollte ich jetzt sagen, daß dich das nichts angeht, aber ich glaube, ich gehe erst mal in die Küche und koch uns einen Kaffee. Dabei kann ich mir ja überlegen, ob ich dir davon erzählen will oder nicht.»

Nach einigen Minuten kam sie mit zwei dampfenden Tassen zurück, reichte eine davon Leaphorn und lächelte ihn an.

«Ich denke, ich bin im Grunde froh, daß du mich gebeten hast», begann sie. «Es tut wahrscheinlich ganz gut, nach so langer Zeit wieder einmal darüber zu sprechen.» Sie hätten damals beide noch studiert, er sei ein großer, hübscher, etwas verträumter Junge gewesen, der bei allem, was er tat, ihre Hilfe gebraucht habe. Anfangs habe sie das gerührt, aber schon nach einigen Monaten sei es ihr zunehmend auf die Nerven gegangen.

«Irgendwann habe ich dann begriffen, daß er in Wahrheit eine zweite Mutter wollte», schloß sie. «Jemanden, der für ihn sorgte.»

«Es gibt viele Männer, die so sind», sagte Leaphorn. Da ihm dazu nicht mehr einfiel, wechselte er das Thema und kam auf seinen Auftrag – die Suche nach Catherine Pollard – zu sprechen.

«Ich habe mich gefragt, warum du das eigentlich übernommen hast», bemerkte Louisa. «Es scheint so aussichtslos zu sein.»

«Ja, wahrscheinlich ist es das wirklich», gab Leaphorn seufzend zu. «Ich werde noch zwei oder drei Tage investieren, und wenn ich dann mit meinen Nachforschungen immer noch bei Null bin, werde ich Mrs. Vanders anrufen und ihr sagen, daß ich nichts ausrichten kann.» Er trank den letzten Schluck Kaffee aus und erhob sich. «Ich habe heute abend noch achtzig Meilen vor mir, bis zu meinem Motel sind es genau gesagt sogar zweiundachtzig. Ich denke, ich mache mich jetzt besser auf den Weg.»

«Du bist viel zu müde für so eine lange Fahrt», sagte Louisa. «Warum bleibst du nicht einfach hier, schläfst dich richtig aus und fährst morgen?»

«Hm», brummte Leaphorn unentschieden. «Eigentlich wollte ich gleich in aller Frühe zu diesem Woody, um herauszufinden, ob er mir vielleicht etwas über Catherine Pollard sagen kann.»

«Woody läuft dir nicht weg», sagte Louisa energisch. «Ob du nun gleich frühmorgens mit ihm sprichst oder erst gegen Mittag, macht doch keinen Unterschied, oder?»

«Du meinst also, ich soll bleiben?»

«Ja, warum nicht? Du kannst das Gästezimmer haben. Mein Kurs beginnt erst um halb zehn, aber wenn du richtig früh aufstehen willst – auf dem Schreibtisch dort steht ein Wecker.»

«Na gut», sagte Leaphorn zögernd, während er versuchte, sich mit dem Gedanken anzufreunden. Wenn er ehrlich war, mußte er zugeben, daß er wirklich sehr müde war und – was ihm weitaus schwerer fiel – daß ihr Angebot durchaus der Natur ihrer Freundschaft entsprach. «Also dann, vielen Dank.»

«Sachen zum Schlafen findest du in der Kommode», sagte sie. «Nachthemden und so weiter in der oberen Schublade, Schlafanzüge unten.»

«Männerschlafanzüge?»

«Schlafanzüge. Wenn ich meinen Gästen schon aushelfe, dann müssen sie zufrieden sein mit dem, was ich da habe.»

Leaphorn nickte. «Ja, natürlich.»

Louisa war auf dem Weg in die Küche, wo sie die leeren Tassen abstellen wollte, in der Tür stehengeblieben. «Ich verstehe wirklich nicht, warum du diesen Auftrag überhaupt übernommen hast», sagte sie. «Irgendwie überrascht es mich.»

«Mich auch», sagte Leaphorn. «Aber ich hatte natürlich von der Ermordung des Polizisten am Yells Back Butte gehört. Und als sich herausstellte, daß Catherine Pollard genau an dem Tag verschwunden ist, an dem er getötet wurde, und noch dazu in derselben Gegend …»

«Ah!» rief Louisa und lächelte. «Jetzt begreife ich! Ich erinnere mich noch, wie du mir mal erzählt hast, du glaubtest nicht an Zufälle.» Sie stand noch immer mit den Tassen in der Hand unter der Tür. «Weißt du, Joe, wenn ich morgen nicht dieses Seminar zu halten hätte, würde ich dich glatt bitten, ob ich mitkommen darf. Ich würde diesen Woody zu gern selbst kennenlernen.»

«Ich würde mich freuen, wenn du mitkämst», antwortete Leaphorn.

Mehr als freuen, dachte er bei sich, ich wäre erleichtert. Es graute ihn vor morgen. Er verspürte eine Art inneren Widerstand, sich erneut einer aussichtslosen Aufgabe zu widmen, nur weil er aus irgendeiner vagen Hoffnung heraus einer alten Dame ein Versprechen gegeben hatte, das ihm jetzt nur noch lästig war.

Louisa sah ihn an. «Wirklich?» wollte sie wissen.

«Aber ja», sagte Leaphorn und strahlte.

11

Ein schriller, regelmäßiger Ton drang in Leaphorns Traum und riß ihn unsanft aus dem Schlaf. Der Wecker! Er öffnete die Augen und blickte zur Decke, ebenso weiß gestrichen wie seine Schlafzimmerdecke zu Hause, aber nicht von jenen unzähligen kleinen Rissen durchzogen, deren Muster sich ihm in den vielen schlaflosen Nächten nach Emmas Tod unauslöschlich eingeprägt hatte.

Leaphorn setzte sich auf, er war jetzt wach, und ihm fiel wieder ein, daß er sich in Louisas Gästezimmer befand. Er tastete nach dem Wecker und stellte ihn aus. Hoffentlich war sie nicht davon wach geworden, dachte er. Doch gleich darauf stellte er fest, daß diese Sorge unbegründet war. Der Duft von frisch gebrühtem Kaffee und gebratenem Speck zog in sein Zimmer – Louisa bereitete also offenbar schon das Frühstück zu. Er reckte sich, gähnte herzhaft und lehnte sich in die Kissen zurück. Als Emma noch gesund gewesen war, war er jeden Morgen von solch verheißungsvollen Düften geweckt worden. Auch die saubere, frische Bettwäsche erinnerte ihn an sie. Ein leichter Morgenwind kräuselte die Vorhänge am Fenster neben seinem Bett. Auch Emma hatte das Fenster in ihrem Schlafzimmer nachts bis in den Winter hinein immer offengelassen. Erst wenn der Frost einsetzte, hatten sie bei geschlossenem Fenster geschlafen. Und genau wie hier hatten sie auch zu Hause Vorhänge vor den Fenstern gehabt. Manchmal hatte er sie damit aufgezogen. ‹Aber Emma›, hatte er scherzhaft gefragt, ‹warum denn Vorhänge? Oder hattet ihr bei euch daheim im Hogan etwa auch welche?› Sie hatte ihn nachsichtig angelächelt und ihn daran erinnert, daß er es gewesen war, der sie aus der vertrauten Umgebung in die Welt der Weißen geholt hatte und daß es zu den Grundprinzipien der Navajos gehöre, mit ihrer Umgebung in Einklang zu leben – und Häuser hatten nun einmal Vorhänge vor den Fenstern. Um solcher Antworten willen hatte er sie geliebt – und um vieler anderer Dinge willen, so zahlreich wie Sterne an einem klaren Nachthimmel.

Emma und er hatten zwei Tage, bevor er zur Allgemeinen Prüfung hatte antreten müssen, geheiratet. Zwar hatte Leaphorn Anthropologie studiert, doch diese Prüfung, in der Fragen zum Bildungskanon wie etwa nach dem Schaffen Miltons gestellt wurden, war unumgänglicher Bestandteil seines Abschlußexamens. Um sich vorzubereiten, hatte er vorher noch schnell einige Shakespeare-Dramen überflogen, von denen es hieß, daß die Prüfer gern auf sie zurückgriffen. Beim großen Monolog Othellos, in dem dieser über die Liebe zwischen sich und Desdemona spricht, war er hängengeblieben, und bis heute hafteten die Worte in seinem Gedächtnis:

Sie liebte mich um der Gefahren willen, die ich bestanden, ich liebte sie, weil sie gerührt davon.

In diesem Moment meldete sich Louisa aus der Küche. «Leaphorn, bist du schon auf? Falls nicht, beeil dich, die Spiegeleier werden sonst hart.»

«Ich komme gleich», rief Leaphorn, sprang aus dem Bett,

schnappte sich Hemd und Hose und lief ins Bad. Was Othello hatte sagen wollen, war, daß er Desdemona liebte, weil sie ihn liebte. Es klang so einfach, aber inzwischen war er alt genug, um zu wissen, wie kompliziert und schwierig es in Wirklichkeit war.

In Louisas Gästebad fand er Seife, Handtücher, eine Zahnbürste und Zahnpasta. Da Leaphorn wie alle Indianer nur sehr spärlichen Bartwuchs hatte, machte es ihm nichts aus, daß es keinen Rasierer gab. Unwillkürlich mußte er an seinen Großvater denken. Der hatte, wenn die Rede auf den unterschiedlichen Bartwuchs bei Indianern und Weißen kam, immer behauptet, der schwächere Bartwuchs der Indianer sei der eindeutige Beweis, daß diese weiter vom Affen entfernt seien als die Weißen, folglich also höher entwickelt.

Als Leaphorn in die Küche kam, sah er, daß Louisa ihm nur hatte Beine machen wollen. Sie schlug gerade das erste Ei in die Pfanne.

«Ich hoffe, du hast es ernst gemeint, daß du dich freuen würdest, wenn ich mitkäme», sagte sie, als sie sich an den Frühstückstisch setzten. «Falls ja – ich könnte es einrichten.»

Leaphorn bestrich seinen Toast mit Butter und Marmelade. Ihm war sofort aufgefallen, daß Louisa heute morgen Jeans und ein Denim-Hemd anhatte und nicht Kostüm und Bluse, die formelle Kleidung, die sie gewöhnlich trug, wenn sie an der Universität zu tun hatte.

«Ich habe es so gemeint, wie ich sagte», erklärte er. «Aber ich muß dich warnen: Das Ganze könnte eine ziemlich langweilige Angelegenheit werden. Solche Nachforschungen sind zu neunundneunzig Prozent Routine. Ich will heute morgen nur versuchen, diesen Woody zu erwischen. Ich will ihn fragen, ob er zufällig am Achten oder danach dort oben Catherine Pollard irgendwo gesehen hat oder sonst irgend etwas weiß, was mir weiterhelfen könnte. Dann will ich zurück nach Window Rock und ...»

«Klingt doch ganz in Ordnung», stellte Louisa fröhlich fest.

Leaphorn legte sein Messer beiseite. «Mußt du denn heute nicht zur Universität?»

Es war nicht die Frage, die er eigentlich hatte stellen wollen. Eigentlich interessierte ihn viel mehr ihre Vorstellung davon, was sie tun würden, wenn er seine Pflichten hinter sich gebracht hatte. Erwartete sie von ihm, daß er sie nach Flagstaff zurückbrachte, oder hatte sie vielleicht vor, über Nacht in Tuba zu bleiben? Oder wollte sie womöglich mit zu ihm nach Window Rock? Und wenn ja, was dann?

«Ich habe heute morgen nur einen Ethnologiekurs», antwortete Louisa. «Es war schon länger verabredet, daß David Esoni vorbeikommen sollte, um einen Vortrag über die Zuni zu halten. Ich glaube übrigens, du kennst David, oder?»

Leaphorn nickte. «Ja, und ich weiß, daß er selbst ein Zuni ist, aber ich dachte immer, er lehrte Chemie.»

«Das tut er auch», sagte Louisa und lachte. «Aber einmal im Jahr lade ich ihn in meinen Erstsemesterkurs ein, und er erzählt ihnen etwas über die Mythologie seines Volkes. Und über dessen Kultur im allgemeinen. Ich habe ihn heute morgen angerufen. Der Kurs weiß ja schon Bescheid, daß er kommt, und er hat gemeint, er könne sich sehr gut auch selbst vorstellen.»

Leaphorn nickte wieder und räusperte sich. Wie sollte er seine Frage bloß formulieren? Louisa ersparte ihm weiteres Nachdenken.

«Könntest du mich auf dem Rückweg in Tuba bei der Grey Hills High School absetzen? Ich bin dort mit Jim Peshlakai verabredet, einem Lehrer, der versucht, den jungen Leuten ein wenig von den Navajo-Traditionen zu vermitteln. Er hat sich bereit erklärt, mir in nächster Zeit ein paar Schüler aus anderen Stämmen vorbeizuschicken, die Lust hätten, sich von mir zu den Überlieferungen, Sitten und Gebräuchen ihrer Vorfahren befragen zu lassen. Er will heute abend sowieso nach

Flagstaff, weil er hier in der Bibliothek noch etwas zu erledigen hat. Ich könnte also von Tuba aus mit ihm nach Hause fahren.»

«Oh», sagte Leaphorn, «gut.»

Louisa lächelte. «Ja, ich dachte, daß dir das wohl recht wäre», erwiderte sie. «Ich mache uns gerade noch eine Thermoskanne Kaffee und ein paar Sandwiches für den Fall, daß wir Hunger bekommen.» Sie verschwand in der Küche.

Leaphorn fiel ein, daß er, bevor sie losfuhren, noch rasch seinen Anrufbeantworter auf etwaige Mitteilungen abhören sollte. Er wählte seine Nummer und tippte den Zahlencode in das kleine Fernabfragegerät. Während seiner Abwesenheit waren zwei Anrufe eingegangen. Der erste stammte von Mrs. Vanders. Sie habe noch immer keine Nachricht von ihrer Nichte. Ob er inzwischen etwas herausgefunden habe? Der zweite Anruf war von Cowboy Dashee. Lieutenant Leaphorn möge ihn bitte so schnell wie möglich zurückrufen. Er hatte seine Nummer hinterlassen.

Leaphorn legte auf und starrte gedankenverloren auf das Telefon, während er überlegte, was er über ihn wußte. Aus der Küche drang gedämpftes Geschirrklappern; er hörte, wie der Kühlschrank geöffnet und wieder geschlossen wurde. Dashee war Stellvertreter des Sheriffs in Coconino County. Er war Hopi und ein enger Freund von Jim Chee. Leaphorn glaubte zu wissen, weshalb Dashee ihn sprechen wollte. Aber ehe er jetzt darüber nachgrübelte, rief er doch besser gleich an. Leaphorn wählte die angegebene Nummer.

«Polizeibehörde Cameron», meldete sich eine Stimme. «Was kann ich für Sie tun?»

«Mein Name ist Joe Leaphorn. Ihr Deputy Sheriff hat eine Nachricht auf meinem Anrufbeantworter hinterlassen, daß ich ihn zurückrufen möchte.»

«Ah ja», sagte die Frauenstimme. «Einen Moment bitte, ich versuche ihn zu erreichen.»

Ein Klicken. Stille. Dann die Stimme Dashees: «Lieutenant Leaphorn?»

«Ja – aber ‹Lieutenant› stimmt nicht mehr. Es reicht, wenn Sie ‹Mister› sagen. Sie wollten mich sprechen? Worum geht's?»

Dashee räusperte sich. «Nun», sagte er zögernd, «es ist so – ich brauche unbedingt Ihren Rat.» Er schwieg einen Moment, dann fuhr er fort: «Ich habe ein Problem, und ich weiß einfach nicht, wie ich damit umgehen soll.»

«Wollen Sie sich mit mir treffen?»

Wieder ein Räuspern. «Ja, das wäre gut. Aber an einem möglichst unauffälligen Ort. Die Sache ist ziemlich heikel. Und kompliziert.»

«Im Moment bin ich noch hier in Flag», sagte Leaphorn, «aber ich breche in ein paar Minuten in Richtung Tuba auf. In ungefähr einer Stunde komme ich durch Cameron.»

«Es gibt direkt am Highway 89 eine ruhige Raststätte», sagte Dashee. «Wäre es Ihnen dort recht?»

«Einverstanden», sagte Leaphorn. «Ich möchte Ihnen allerdings gleich vorweg sagen, daß ich nicht allein komme.»

Am anderen Ende der Leitung blieb es still. Schließlich sagte Dashee: «Das macht nichts.»

Doch als sie Cameron erreichten und Leaphorn seinen Wagen neben dem von Deputy Dashee vor der Raststätte parkte, schlug Louisa ihm von sich aus vor, daß sie lieber draußen warten wolle.

«Nun stell dich doch nicht dümmer, als du bist», sagte sie, als er sie fragend ansah. «Deinem Mr. Dashee ist doch gar nichts anderes übriggeblieben, als meine Anwesenheit zu akzeptieren, schließlich hat er dich um einen Gefallen gebeten, und nicht umgekehrt. Aber bestimmt würde er eigentlich lieber mit dir allein reden. Außerdem habe ich ein spannendes Buch dabei.» Sie öffnete ihre Handtasche, nahm ein Taschenbuch heraus und zeigte es Leaphorn. «Der Abend vor der Hinrichtung», sagte sie. «Das solltest du auch mal lesen. Der Autor ist der Sohn eines früheren Gefängnisaufsehers in Kentucky, und er beschreibt hier, wie sein Vater durch diese Exekution von einem Befürworter zu einem Gegner der Todesstrafe wurde.»

«Ach, komm schon», sagte Leaphorn. «Ich bin sicher, Dashee hat nichts dagegen.»

Sie schüttelte den Kopf. «Das Buch interessiert mich mehr, und ich bin sicher, Dashee hat eine Menge dagegen.»

Leaphorn mußte ihr insgeheim recht geben. Eben beim Einparken hatte er den Deputy an einem Tisch am Fenster sitzen und bedrückt vor sich hin starren sehen. Während er jetzt ihm gegenüber Platz nahm, erinnerte er sich, wie offen und herzlich er ihn vor Jahren erlebt hatte. Damals hatte er Zufriedenheit und Lebensfreude ausgestrahlt. Heute war davon nichts zu spüren.

«Ich will nicht lange drum herum reden», begann Dashee, nachdem sie sich begrüßt hatten. «Ich möchte mit Ihnen über Jim Chee sprechen.»

Leaphorn nickte. «Sie beide sind schon sehr lange miteinander befreundet, nicht wahr?»

«Ja, sehr lange», bestätigte Dashee. «Das macht ja gerade alles so schwierig.»

Leaphorn nickte wieder.

«Ich hoffe, ich begehe keinen Vertrauensbruch», sagte Dashee. «Aber Jim hat auch Sie immer als seinen Freund betrachtet», er lächelte ein wenig verloren. «Selbst wenn er manchmal sauer auf Sie war.»

«Er war ziemlich oft sauer auf mich», bemerkte Leaphorn trocken.

Dashee holte tief Luft. «Also, die Sache ist die», sagte er, «Jim führt die Ermittlungen im Fall des ermordeten Polizisten – Benjamin Kinsman, Sie haben bestimmt davon gehört. Und Sie wissen sicher auch, daß er bereits jemanden verhaftet hat. Aber er hat den Falschen festgenommen. Robert Jano ist unschuldig. Er kann keiner Fliege etwas zuleide tun.»

«Aber wenn nicht Jano der Täter ist – wer dann?» fragte Leaphorn.

«Das weiß ich nicht», gestand Dashee unglücklich. «Ich weiß nur, daß Robert es nicht gewesen ist. Ich bin mit ihm großgeworden. Aber ich weiß auch schon, was Sie mir jetzt sagen werden. Nämlich daß das, was ich sage, genau das ist, was Angehörige und Freunde immer sagen.»

Leaphorn nickte. «Ich kenne eine Reihe von Leuten, für die würde ich meine Hand ins Feuer legen, daß sie nie jemanden vorsätzlich verletzen oder töten würden, egal, aus welchem Grund. Aber jedem kann es passieren, daß er für einen Moment die Kontrolle über sich verliert und dann zuschlägt. Eine spontane Tat in einem Zustand zeitweiliger Unzurechnungsfähigkeit.»

Dashee schüttelte heftig den Kopf. «Nicht Robert. Wenn Sie ihn mal getroffen hätten … Er ist der sanfteste Mensch, dem ich je begegnet bin, völlig unaggressiv. Ich habe in all den Jahren, die wir befreundet sind, nicht einmal erlebt, daß er die Beherrschung verloren hat. Er mag die Menschen einfach. Er bringt selbst für üble Typen noch Mitgefühl auf.»

Leaphorn sah Dashee an, wie schwer es ihm fiel, ihm dies alles zu erzählen. Sein Gesicht war gerötet, und auf seiner Stirn standen Schweißperlen.

«Ich bin, wie Sie wissen, aus dem Polizeidienst ausgeschieden», sagte er, «und das bedeutet, daß ich alles nur noch aus zweiter Hand erfahre. Aber wenn es stimmt, was ich gehört habe, dann hat Chee Jano sozusagen auf frischer Tat ertappt. Jano soll direkt neben Kinsman gehockt haben. Mit blutverschmiertem Hemd.»

Dashee seufzte und strich sich ein paarmal mit der Hand über die Stirn. «Ich weiß, auf den ersten Blick sieht es wirklich so aus, als ob Robert den Mord begangen hätte …»

«Haben Sie mit Jim schon gesprochen?»

Dashee schüttelte den Kopf. «Nein, deswegen wollte ich ja mit Ihnen reden. Ich brauche Ihren Rat, wie ich es am besten anstellen soll. Kinsman war einer von Jims Leuten. Da ist es doch ganz klar, daß er diesen Mord sehr persönlich nimmt. Ich bin zwar sein Freund und wie er Polizist, aber dies ist nicht mein Fall, ich habe offiziell überhaupt nichts damit zu tun.» Er seufzte. «Außerdem – und das ist vielleicht das größte Problem – bin ich Hopi, genau wie Robert. Sie wissen selbst, wieviel Ärger und Mißverständnisse es in den letzten Jahren zwischen Hopis und Navajos gegeben hat.» Er hob ratlos die Hände. «Die Situation ist so verdammt kompliziert. Ich möchte nicht, daß Jim denkt, ich würde mich aus falsch verstandener Loyalität in seinen Fall einmischen. Aber wie soll ich ihm das begreiflich machen?»

«Ja», sagte Leaphorn und dachte, daß in der Tat alles, was Dashee ihm erzählt hatte, genau danach klang. «Das wird nicht einfach sein.»

Die Bedienung brachte den Kaffee, und Leaphorn fiel ein, daß Louisa draußen im Wagen saß und auf ihn wartete. Zum Glück hatte sie ja die Thermoskanne dabei, und bestimmt würde sie Verständnis dafür haben, daß man für manche Gespräche Zeit brauchte. Einen flüchtigen Moment lang dachte er an seine verstorbene Frau. Auch Emma hatte sich nie beklagt, wenn sie auf ihn hatte warten müssen. Er trank einen Schluck von seinem Kaffee, achtete jedoch kaum auf das Aroma, sondern registrierte nur, daß er heiß war.

«Durften Sie mit Jano sprechen?»

Dashee nickte.

«Wie haben Sie das geschafft?»

«Ich kenne seine Anwältin», antwortete Dashee. «Es ist Janet Pete.»

Leaphorn schüttelte den Kopf und stieß ein ungeduldiges Knurren aus. «Genau das habe ich befürchtet», sagte er. «Ich habe sie in Flagstaff an dem Tag im Krankenhaus gesehen, als Kinsman starb. Der US-Bundesanwalt war mit seinen Leuten da, und plötzlich tauchte auch Miss Pete dort auf. Ich wußte, daß man sie in Washington zur Verteidigerin bestellt hat für Fälle, die in die Bundeszuständigkeit fallen.»

Dashee nickte. «Ja, und ich denke, sie wird gute Arbeit leisten. Aber daß ausgerechnet sie den Angeklagten vertritt, wird den Umgang mit Chee natürlich nicht gerade einfacher machen.»

«Die beiden wollten doch mal heiraten», sagte Leaphorn, «aber dann ist sie plötzlich nach Washington zurückgegangen. Sind Jim und sie jetzt wieder zusammen?»

«Ich hoffe nicht», antwortete Dashee. «Janet ist durch und durch Städterin, während Jim sein Leben lang, was seine Gefühle angeht, ein Schafe züchtender Navajo bleiben wird. Aber wie auch immer – daß Janet sozusagen für die Gegenseite arbeitet, wird Chee empfindlich und reizbar machen. Es wird schwierig sein, in dieser Angelegenheit ihm gegenüber den richtigen Ton zu treffen.»

«Ich habe Chee immer als jemanden erlebt, der vernünftigen Erklärungen zugänglich war», sagte Leaphorn. «An Ihrer Stelle würde ich zu ihm gehen und ihm erläutern, wie Sie die Dinge sehen. Versuchen Sie, es so plausibel wie möglich zu machen.»

«Glauben Sie wirklich, das hat Zweck?»

«Die Aussichten sind nicht besonders gut. Es wäre besser, Sie hätten irgendwelche Beweise in der Hand. Aber das ist Ihnen ja bestimmt klar. Nach dem, was ich gehört habe, hätte Jano auch durchaus ein Motiv gehabt – Vergeltung für die frühere und Verhinderung der erneuten Verhaftung. Schließlich war es ja Kinsman, der ihn damals erwischt hat, wie er den Adler wilderte, und er ist, wie ich gehört habe, nur wieder freigekommen, weil irgendwelche juristischen Feinheiten nicht beachtet wurden. Wenn er jetzt ein zweites Mal wegen desselben Delikts verhaftet worden wäre, hätte er bei einem Prozeß schlechte Karten gehabt. Außerdem ist Jano, soviel ich weiß, der einzige Verdächtige überhaupt. Und selbst wenn Sie Chee davon überzeugen würden, daß er sich geirrt hat, was könnte er jetzt noch tun? Die Sache liegt inzwischen bei der Staatsanwaltschaft.»

Dashees Kaffee stand noch immer unberührt. Jetzt beugte er sich über den Tisch und sah Leaphorn eindringlich an. «Er könnte mit mir zusammen nach dem wahren Täter suchen. Es war nämlich an dem fraglichen Morgen außer Kinsman und Robert eine weitere Person am Yells Back Butte. Ich glaube, Sie wissen, wen ich meine. Diese Seuchenbekämpferin. Ihr Name ist Catherine Pollard. Und möglicherweise war noch jemand anderes dort oben, ohne daß wir bisher davon erfahren hätten.»

Leaphorn, der gerade seine Tasse zum Mund führen wollte, ließ die Hand wieder sinken. «Oh», sagte er und starrte Dashee einen Moment lang verblüfft an. «Sie sind ja bestens im Bilde.»

«Ich hab mich einfach umgehört», antwortete Dashee und stieß ein freudloses Lachen aus. «Eigentlich wäre das Jims Aufgabe gewesen.» Er hob die Arme. «Jim ist ein guter Mensch und ein guter Polizist. Aber hier, bei diesem Fall, gibt es besondere Umstände, und deshalb frage ich Sie, was ich Ihrer Meinung nach tun soll, damit er etwas unternimmt. Wenn er weiter untätig bleibt, könnte das bedeuten, daß Robert zum Tode verurteilt wird. Eines Tages wird Jim wissen, daß aufgrund seiner Ermittlungen der falsche Mann in die Gaskammer geschickt wurde. Und das dürfte dann auch für Jim eine Art Todesurteil sein – eine solche Erkenntnis würde er nicht verkraften.»

«Ich könnte ein paar Informationen über Catherine Pollard beisteuern», sagte Leaphorn.

«Das hatte ich gehofft», erwiderte Dashee.

«Wenn sie zur fraglichen Zeit dort oben war – und soweit ich erfahren habe, hatte sie an jenem Tag tatsächlich vor, zum Yells Back Butte zu fahren –, welche Rolle hat sie dann Ihrer Meinung nach bei dem Ganzen gespielt? Oder glauben Sie, sie wurde nur zufällig Zeugin des Mordes und hat ansonsten mit all dem nichts zu tun?»

Dashee wiegte nachdenklich den Kopf. «Ich habe meine eigene Theorie, wie es zur Tötung von Kinsman gekommen ist, und darüber würde ich gern mit Chee diskutieren. Dazu müßte er natürlich seine Jano-tötet-Kinsman-Version der Tat für eine Weile vergessen. Meine Version sieht so aus: Pollard fährt an jenem Tag hinaus zum Yells Back Butte, um dort ihre Arbeit zu tun. Kinsman hält sich ebenfalls in der Gegend auf, entweder um nach Robert Ausschau zu halten, oder aber um Pollard zu finden. Die beiden treffen sich. Zufällig, oder weil Kinsman nach ihr gesucht hat. In der Nacht zuvor sind die beiden sich in einem Lokal an der Interstate 40, östlich von Flagstaff, begegnet. Obwohl sie in männlicher Begleitung war, wurde er zudringlich. Pollards Begleiter und Kinsman fingen an, sich zu prügeln. Erst das Eingreifen eines Troopers von der Arizona Highway Patrol beendete die Auseinandersetzung.»

Leaphorn drehte seine Tasse zwischen den Händen und dachte nach. Er fragte gar nicht erst, wie Dashee von der Prügelei gehört hatte. Nachrichten dieser Art pflegten sich unter den Kollegen immer mit Windeseile zu verbreiten, wie er aus langer Erfahrung wußte.

«Kinsman war ja allgemein dafür bekannt, daß er keine Frau in Ruhe lassen konnte. Von Miss Pollard fühlt er sich nun einerseits angezogen, andererseits ist er aber auch wütend auf sie. Vielleicht hat er auch befürchtet, daß sie Anzeige gegen ihn erstatten oder sich bei seinem Vorgesetzten, also Chee, über ihn beschweren würde. Beides hätte vermutlich zu seiner Suspendierung geführt.» Dashee zuckte die Schultern. «Kinsman will mit Pollard reden, doch sie lehnt ab. Er gerät in Wut, schlägt auf sie ein, und sie versucht sich zu wehren. Sie bekommt einen Stein zu fassen und versetzt ihm damit einen Schlag auf den Hinterkopf. Plötzlich hört sie jemanden kommen und ergreift die Flucht. Könnte es nicht so gewesen sein? Erscheint Ihnen das einleuchtend?» fragte Dashee und sah Leaphorn erwartungsvoll an.

«Einleuchtend oder nicht – auf jeden Fall müßten Sie einen Zeugen beibringen, der bereit ist auszusagen, daß er Pollard dort oben gesehen hat. Haben Sie einen solchen Zeugen? Ich meine jemanden, der zur fraglichen Zeit tatsächlich vor Ort war? Nicht nur jemanden wie etwa Pollards Chef Krause, der lediglich bestätigen könnte, daß sie am Achten die Absicht hatte, oben am Yells Back Butte zu arbeiten.»

Dashee nickte. «Ja, ich habe einen Zeugen. Jano hat mir erzählt, daß er an dem Morgen einen schwarzen Jeep auf der Anhöhe oberhalb des Hogans der Tijinneys stehen sah. Mir ist klar, daß seine Aussage allein nicht viel wert ist, weil er selbst der Hauptverdächtige ist. Doch es gibt noch einen weiteren Zeugen, besser gesagt eine Zeugin: Old Lady Notah. Ihre Ziegen grasen dort oben, und sie erinnert sich, daß sie bei Tagesanbruch am Achten auf der Schotterstraße einen Geländewagen in Richtung Butte fahren sah.» Dashee machte eine Pause. «Pollard war, wie wir wissen, an jenem Tag mit einem schwarzen Jeep unterwegs. Mir ist klar, daß diese Aussage allein nicht ausreicht, um gegen Pollard Anklage zu erheben», Dashee lächelte verlegen, «zumal Old Lady Notah aus der Entfernung nicht erkennen konnte, wer am Steuer des Wagens saß. Sie kann nicht mal sagen, ob es ein Mann war oder eine Frau.»

«Ich nehme schon an, daß es Pollard war», sagte Leaphorn.

«Soweit ich gehört habe, ist sie seitdem verschwunden und der Jeep auch», bemerkte Dashee.

«Stimmt.»

«Und ihre Familie soll tausend Dollar für das Auffinden des Jeep ausgesetzt haben.»

Leaphorn nickte. «Ja, das stimmt ebenfalls. Aber ich muß Sie auf einen Punkt hinweisen, der mir Kopfzerbrechen macht: Wenn Pollard Kinsman niedergeschlagen und anschließend das Weite gesucht hat, wieso hat Chee sie dann nicht noch gesehen? Er hat Kinsman nur wenige Minuten nachdem es geschehen war gefunden, das Blut auf seinem Hemd war noch feucht. Die Stelle, wo er lag, ist nur über die unbefestigte Straße zu erreichen, die Chee genommen hat. Pollard hätte ihm mit ihrem Jeep dort entgegenkommen müssen ...»

Dashee hob die Hand. «Ich weiß auch nicht, wie sie es geschafft hat wegzukommen, ohne gesehen zu werden. Aber davon abgesehen – könnte es nicht so gewesen sein, wie ich es eben beschrieben habe?»

«Schon möglich.»

«Ich möchte jetzt nicht ablenken oder mich in etwas einmischen, was mich nichts angeht, aber ich würde meine Theorie, daß Pollard die Tat begangen hat, gern noch untermauern. Gehen wir einmal davon aus, daß sie es irgendwie geschafft hat, ungesehen vom Tatort fortzukommen. Sie fährt zum nächsten Telefon, ruft jemanden an, zu dem sie Vertrauen hat, erzählt, was passiert ist, und bittet um Hilfe. Und dieser Jemand rät ihr nun, sich zu verstecken, und bietet ihr außerdem an, dafür zu sorgen, daß ihre Spur verwischt wird.»

«Und wer, denken Sie, war dieser Jemand? Und wie hat er das mit dem Spurenverwischen angestellt?» fragte Leaphorn.

«Zur ersten Frage: Ich nehme an, jemand aus der Familie, vielleicht ihr Vater», antwortete Dashee. «Und zur zweiten Frage: Indem er versucht, den Eindruck zu erwecken, daß sie entführt, womöglich sogar ermordet worden ist.»

«Und um das Ganze glaubhafter zu machen, engagiert man

einen Polizisten im Ruhestand und beauftragt ihn mit der Suche», sagte Leaphorn langsam.

Dashee nickte. «Ja, und zwar jemanden, der bei den ermittelnden Beamten Respekt und Ansehen genießt.»

12

Der Felsbrocken, den Chee etwas unbedacht mit seinem Gewicht belastet hatte, gab plötzlich unter ihm nach, stürzte den Abhang hinunter, prallte auf einen Vorsprung, wo er eine kleine Geröll- und Sandlawine auslöste, und landete schließlich auf dem Talgrund, wo er zwischen trockenen Büschen und Gräsern verschwand. Chee bewegte sich mit äußerster Vorsicht ein wenig nach rechts, atmete ein paarmal tief durch und ließ sich dann für einen Moment gegen die Felswand sinken, um abzuwarten, bis sich sein Herzschlag wieder beruhigt hatte. Er befand sich oben auf dem höchsten Punkt des Sattels, der den abgeflachten Basaltkegel des Yells Back Butte mit der Black Mesa verband. Für einen noch relativ jungen Mann in guter körperlicher Verfassung wie Chee war der Aufstieg an sich weder besonders anstrengend noch gefährlich, vorausgesetzt, er achtete darauf, wohin er seine Füße setzte. Doch Chee war abgelenkt gewesen. Er hatte an Janet gedacht und sich darüber geärgert, daß er hier seinen Tag vergeudete, bloß weil sie ihm implizit unterstellt hatte, von Anfang an Jano für den Täter gehalten und es deshalb versäumt zu haben, auch in andere Richtungen zu ermitteln. Jetzt stand er breitbeinig da, die Schultern an die Felswand gelehnt, und spähte in den Abgrund, dem verschwundenen Felsbrocken nach. Eindringlich trat ihm unvermittelt wieder das chronische Problem der Navajo Tribal Police vor Augen – der Mangel an Leuten. Wenn er sich nicht eben im letzten Moment noch gefangen hätte, würde er jetzt dort unten liegen. Tot, oder aber schwer verletzt mit zahlreichen Prellungen und Knochenbrüchen – und sechzig Meilen entfernt von jeder Hilfe. Der Gedanke ließ ihn auch auf den letzten zwanzig Metern zum Gipfelplateau nicht los. Kinsman könnte noch leben, wenn er mit einem Kollegen unterwegs gewesen wäre, dachte er bitter. Dasselbe galt für die beiden Officers, die im Kayenta-Bezirk getötet worden waren. Auch sie waren im entscheidenden Moment auf sich allein gestellt gewesen. Das Gebiet, das von der Navajo Tribal Police patrouilliert wurde, war riesig, und sie bekamen nie das nötige Geld, um die erforderliche Zahl von Polizisten zu beschäftigen oder eine effiziente Kommunikation zwischen den Männern draußen und den verschiedenen örtlichen Polizeiposten sicherzustellen. Mit einem Wort – nie hatte man, was man brauchte, um wirklich gute Arbeit leisten zu können. Vielleicht hatte Janet ja recht. Vielleicht sollte er wirklich sein FBI-Examen machen oder das Angebot vom Bureau of Indian Affairs annehmen. Und falls beides aus irgendeinem Grund nicht klappte, konnte er sich immer noch zur Drogenfahndung versetzen lassen.

Mit einer letzten Kraftanstrengung stemmte Chee sich über den Rand des Plateaus und richtete sich auf. Er stand auf dem flachen Gipfel des Yells Back Butte. Über ihm spannte sich ein schier endlos scheinender Himmel. Er blickte nach Westen. Die Vermillion Cliffs direkt unterhalb der Grenze zu Utah erstrahlten im Glanz der Sonne in leuchtendem Zinnoberrot. Über dem Coconino-Plateau zog eine Reihe dunkler Wolken auf, während weiter südlich das Massiv der San Francisco Peaks, in der Navajo-Mythologie einer der vier heiligen Berge, bereits segensreichen Regen empfing. Chee schloß die Augen und dachte an Janet, ihre Schönheit, ihre wache Intelligenz. Doch diese Gedanken wurden bald überlagert von der Erinnerung an den trüben Himmel über Washington und die Scharen junger Männer, die in ihren eintönigen dunklen Anzügen wie uniformiert aussahen, an den nicht enden wollenden Lärm, das unablässige Geheul von Sirenen, den Gestank nach Autoabgasen und die undurchdringlichen Schichten gesellschaftlicher Heuchelei. Ein leichter Wind fuhr ihm durchs Haar und brachte einen Duft von Salbei mit. Unvermittelt ertönte hoch über ihm in der Luft ein rauhes Krächzen, und Chee besann sich, weshalb er hergekommen war.

Auf den ersten Blick hielt er den Raubvogel oben am Himmel für einen rotschwänzigen Bussard, aber als dieser in einer langen Kurve herangeflogen kam, um den Eindringling näher zu beäugen, erkannte Chee, daß er einen Goldadler vor sich hatte. Es war schon der vierte, den er heute sah. Offenbar war es ein gutes Jahr für Adler, und die Randfelsen der Mesa, wo sich Nagetiere aller Art tummelten, der ideale Adlergrund. Er beobachtete, wie der Vogel über ihm kreiste – sein grauweißes Gefieder war vor dem dunklen Blau des Himmels deutlich sichtbar –, bis seine Neugier offenbar befriedigt war und er sich von der Thermik nach Osten in Richtung auf die Black Mesa tragen ließ. Chee bemerkte, daß dem Vogel eine seiner Schwanzfedern fehlte. Da diese Federn nicht bei der Mauser verlorengingen, hatte er sie womöglich schon vor langer Zeit eingebüßt.

In größeren Abständen stieß Chee auf kleine Steinhaufen, in denen bemalte Gebetstöckchen staken, und an den Zweigen etlicher Beifußsträucher waren Federn festgebunden. Dies waren unübersehbare Zeichen dafür, daß die Hopis das Kegelplateau als spirituellen Ort betrachteten, und zwar vermutlich schon seit dem zwölften Jahrhundert, als die ersten Clans von Norden kommend hier eingetroffen waren. Die Entscheidung der Regierung in Washington, das Plateau der Navajo-Reservation zuzuschlagen, hatte daran nichts geändert. Obwohl Chee wußte, daß er sich – juristisch gesehen – auf dem Gebiet seines eigenen Stammes befand, fühlte er sich irgendwie als Eindringling.

Obwohl Janet ihm beschrieben hatte, wo Janos getarnter

Unterstand zu finden sei, brauchte Chee eine gute halbe Stunde, ehe er ihn entdeckte. Der junge Hopi hatte eine Spalte im Randfelsen des Kegelplateaus mit einer Art Gitter aus trockenen Wacholderzweigen überdeckt und anschließend eine große Menge Blätter darauf geschichtet. Inzwischen waren viele der Zweige zerbrochen, die Blätterschicht abgerutscht. Chee zwängte sich in den Spalt. Unten angekommen, hockte er sich hin, sah sich um und versuchte sich vorzustellen, wie Jano vorgegangen sein mochte.

Zuerst würde er sich überzeugt haben, daß der Adler, den er sich ausgesucht hatte, regelmäßig hier jagte. Als nächstes hätte er sich irgendwann, vermutlich gegen Abend, darangemacht, einen Unterstand herzurichten. Oder er hätte – was wahrscheinlicher war – damit begonnen, einen Unterstand, den Mitglieder seiner Kiva über Jahrhunderte hin immer wieder benutzt hatten, neuerlich in Ordnung zu bringen. Falls dazu größere Arbeiten erforderlich gewesen wären, hätte er wohl anschließend ein paar Tage abgewartet, um dem Vogel die Möglichkeit zu geben, sich an die Veränderung auf seinem Territorium zu gewöhnen. Dann, an jenem verhängnisvollen Tag, an dem Kinsman durch seine Hand die schließlich tödlichen Verletzungen erleiden sollte, wäre er wieder hierher zurückgekehrt. Er hätte ein Kaninchen dabeigehabt, um dessen Hinterlauf eine Schnur geschlungen gewesen wäre, und es als lebenden Köder auf das Blätterdach gesetzt. Die folgenden Stunden hätte er damit zugebracht, zwischen den Blättern hindurch in den Himmel zu spähen und auf das Auftauchen des Adlers zu warten. Da Raubvogelaugen vor allem Bewegung wahrnehmen, hätte er, sobald der Adler sich zeigte, an der Schnur gezogen, und das Kaninchen hätte sich gerührt. Der Adler wäre auf die vermeintliche Beute herabgestoßen, aber genau in dem Moment, in dem er seine Krallen in den Tierkörper hätte schlagen wollen, hätte Jano das Kaninchen mit einem Ruck nach unten gerissen, einen Mantel oder ein großes Tuch über den Vogel geworfen, um ihm nicht die Chance zu lassen, sich zu wehren, ihn dann gepackt und in den Käfig gesperrt.

Chee untersuchte den Boden des Unterstandes auf Spuren, die darauf hindeuteten, daß Jano ihn in letzter Zeit aufgesucht hatte. Er war skeptisch, daß er etwas finden würde. Der Felsboden war durch jahrhundertelangen Gebrauch blankgesessen, aber ob auch Jano hier gewesen war, und wenn ja, wann, ließ sich einfach nicht feststellen. Merkwürdig nur, daß auf dem Granit keine Spur von Blut zu sehen war, dachte Chee. Wenn seine Geschichte, daß der Adler ihm die Wunde am Arm zugefügt habe, stimmte, müßte der Stein doch noch dunkle Verfärbungen aufweisen. Selbst wenn der Regen am Tag des Mordes das meiste Blut weggespült haben würde. Chee kletterte wieder nach oben, seine einzige Ausbeute war eine Zigarettenkippe, die allerdings den Eindruck machte, als habe sie schon mehr als einen Regen überstanden. Trotzdem sah Chee nach, ob Blut an ihr haftete. Als er nichts entdecken konnte, warf er sie ärgerlich wieder zurück. Die ganze Sucherei war vergeblich gewesen, dachte er. Es war höchste Zeit, Schluß zu machen und endlich heimzufahren.

Die Aktenberge, die Chee in seiner Funktion als kommissarischer Leiter seiner Dienststelle jeden Tag für Stunden hinter den Schreibtisch zwangen, hatten seinen Beinmuskeln und seinen Lungen nicht gerade gutgetan, wie er jetzt merkte. Er fühlte sich erschöpft. Während er über den Sattel hinweg zur Black Mesa sah, dachte er an den Abstieg. Fast fürchtete er sich ein wenig vor der neuerlichen Anstrengung. Hoch über der Mesa segelte langsam ein Adler, und weiter im Süden konnte er gegen den dunklen Hintergrund von Wolken über den San Francisco Peaks einen zweiten ausmachen. Die Mesa war eben Adlergebiet, und das schon seit Urzeiten. Als die ersten Hopi-Clans auf der First Mesa ihre Dörfer gründeten, hatten die Ältesten den einzelnen Clans neben Feldern und

Quellen auch ganz selbstverständlich Adler-Fanggründe zugewiesen. Als dann ungefähr zweihundert Jahre später die Navajos eintrafen, hatten diese schnell begriffen, daß man sich die Adlerfedern für sein Medizinbündel am besten in der Gegend um die Black Mesa holte.

Chee nahm sein Fernglas heraus und suchte den Himmel ab nach dem Vogel, der eben noch vor der Wolkenbank im Süden gekreist war. Doch er war nicht mehr zu sehen. Den Adler über der Mesa hatte er jedoch schnell gefunden. Zunächst glaubte Chee, daß es derselbe Vogel sei, der ihm schon ganz zu Anfang aufgefallen war, doch dann sah er, daß der Fächer seiner Schwanzfedern nicht die charakteristische Lükke aufwies. Zögernd richtete er sein Fernglas tiefer, auf die Stelle, wo er Jano neben dem schwerverletzten Kinsman überrascht hatte, und versuchte sich vorzustellen, wie sich das Drama zwischen den beiden abgespielt haben mochte.

Jano hatte Kinsman von hier oben vermutlich gar nicht sehen können, zumal dieser sich wahrscheinlich bemüht hatte, möglichst lange unentdeckt zu bleiben. Allerdings hatte er sicher bemerkt, daß dort, wo die Zufahrt zum Tijinney Hogan das trockene Bachbett kreuzte, ein Streifenwagen geparkt worden war. Jano hatte bereits eine Verhaftung hinter sich, weil er entgegen dem Gesetz einen Adler gefangen hatte. Es war deshalb anzunehmen, daß er bei diesem neuen Versuch die größtmögliche Vorsicht und Achtsamkeit hatte walten lassen.

Aber warum war er, wenn er doch ahnte, daß irgendwo unten am Sattel ein Polizist auf ihn wartete, überhaupt heruntergekommen? Vermutlich weil er keine andere Wahl hatte, dachte Chee. Janos verblichener roter Pickup war beim tiefsten Punkt des Sattels geparkt gewesen, Kinsmans Streifenwagen hatte ungefähr eine halbe Meile entfernt weiter unten auf dem Fahrweg gestanden. Auch ohne Fernglas hatte Jano erkennen können, daß ihm der Rückweg abgeschnitten war.

Warum hatte er nicht wenigstens den Adler freigelassen und versucht, den Käfig zu verstecken? Um seine Anwesenheit auf dem Plateau zu erklären, hätte er bloß zu behaupten brauchen, er habe dort oben meditieren oder Gebete sprechen wollen. Wer hätte ihm schon das Gegenteil beweisen können?

Chee richtete sein Fernglas auf das Tal zu seinen Füßen. Bei der traurig aussehenden Ruine neben der eingestürzten Buschlaube handelte es sich vermutlich um die Überreste des Hogans der Familie Tijinney. Auch der frühere Schafpferch war in sich zusammengefallen. Ein helles Blitzen wie von reflektiertem Sonnenlicht erregte Chees Aufmerksamkeit. Überrascht stellte er fest, daß es vom Seitenspiegel eines zwischen Wacholderbäumen abgestellten Van herrührte. Wieso stand in dieser menschenleeren Gegend plötzlich ein Wagen? Dann fiel ihm ein, daß zwei der Toten des jüngsten Pestausbruchs aus dem Westen der Reservation stammten. Vielleicht gehörte der Van dem Arizona Health Department, und ein Mitarbeiter der Behörde war im Tal unterwegs, um Nagetiere zu fangen und die abgesammelten Flöhe auf Pesterreger zu untersuchen. Er erinnerte sich, daß Leaphorn ihm erzählt hatte, die Biologin, nach der er suche, sei am Tag ihres Verschwindens offenbar zum Yells Back Butte unterwegs gewesen.

Plötzlich bemerkte Chee aus den Augenwinkeln auf der anderen Seite des Sattels eine Bewegung. Er suchte mit dem Fernglas das Gelände ab und entdeckte eine schwarzweiß gestreifte Ziege, die friedlich an den Zweigen eines Beifußbusches kaute. Bei näherem Hinsehen zählte er immer mehr Tiere, bis er schließlich bei sieben angelangt war. Auf dem unübersichtlichen Terrain konnten sich aber auch leicht ein Dutzend mehr verborgen halten.

Während er versuchte, noch weitere Ziegen aufzuspüren, stieß er auf eine Reifenspur oder, genauer gesagt, zwei parallel verlaufende Reifenspuren. Sie stammten vermutlich von dem

Fahrzeug, das der Besitzer der Ziegen benutzte, wenn er von Zeit zu Zeit nach seinen Tieren sah.

Es war ein Weg, so schmal, daß es wohl nicht einmal einem in der Ödnis seine Schafe züchtenden Navajo eingefallen wäre, dafür die Bezeichnung «Straße» zu gebrauchen. Doch als Chee die Spuren durchs Fernglas bis zur Schotterstraße zurückverfolgte, ging ihm plötzlich ihre Bedeutung auf. Jano hätte also doch eine Möglichkeit gehabt, den Adler in Sicherheit zu bringen, ohne seine Verhaftung zu riskieren. Er hätte bloß unauffällig über die andere Seite des Sattels verschwinden und den Adler mitsamt seinem Käfig dort irgendwo verstecken müssen. Anschließend hätte er dann, nunmehr ohne das Corpus Delicti und somit völlig gefahrlos, den Sattel an seiner tiefsten Stelle überqueren können und wäre dann gleich bei seinem Pickup gewesen. Er hätte den Fahrweg zurück zur Schotterstraße fahren müssen, wäre ihr ein, zwei Meilen Richtung Tuba gefolgt, bis er Yells Back Butte umfahren hätte, wäre dann abgebogen und auf dem schmalen Weg des Ziegenbesitzers zu der Stelle gelangt, wo er seinen Adler zurückgelassen hatte.

Chee hatte keinen Zweifel, daß Jano diesen schmalen Weg kannte. Das Gebiet um Yells Back Butte war sein Adlergrund. Er hätte also leicht mitsamt dem Vogel entkommen können. Doch statt dessen hatte er für seinen Abstieg genau den Weg genommen, auf dem er, wie er sich hatte ausrechnen können, Kinsman geradewegs in die Arme laufen mußte.

Chee begann mit großer Vorsicht hinunterzuklettern. Der Schreck über den Beinahe-Absturz beim Aufstieg saß ihm noch in den Knochen. Bis jetzt war es kein guter Tag gewesen, dachte er. Er war aufgestiegen, weil er der Meinung gewesen war, daß Jano Kinsman getötet hatte in dem verzweifelten Versuch, seine Verhaftung zu verhindern. Die Lügen, die Jano nach der Tat erzählt hatte, hatte er für Notlügen gehalten, um der Todestrafe zu entgehen.

Daneben aber hatte er die unbestimmte und durchaus zwiespältige Hoffnung gehegt, vielleicht etwas zu entdecken, das Janos Version der Ereignisse stützte. Der Hopi hätte dann nicht länger in der Gefahr geschwebt, hingerichtet zu werden oder, was in Chees Augen sogar noch schlimmer war, den Rest seines Lebens im Gefängnis zu verbringen. Wenn er ganz ehrlich zu sich war, mußte Chee allerdings zugeben, daß die eigentliche Triebfeder für diese Unternehmung der Wunsch gewesen war, sein Ansehen bei Janet wiederherzustellen. Doch was er herausgefunden hatte, würde ihrem Mandanten Jano sehr viel mehr schaden als nützen. Er konnte jetzt beweisen, daß die Tötung von Kinsman keine Affekthandlung, sondern im Gegenteil ein wohlüberlegter und brutaler Akt der Rache gewesen war.

Am Fuß des Sattels angekommen, blieb Chee einen Moment stehen, bis sich sein Atem wieder beruhigt hatte. Er sah auf die Uhr. Ihm blieb noch genügend Zeit, um den Van aufzusuchen und sich bei demjenigen, der damit unterwegs war, zu erkundigen, ob er vielleicht auch am Achten hier in der Gegend gewesen war und womöglich etwas beobachtet hatte. Wenn nicht, so konnte auch dies unter Umständen eine Art negativer Beweis sein.

13

Der Van stand im Schatten einer Gruppe von Wacholderbäumen auf dem sandigen Bett einer flachen Erosionsrinne geparkt, er war halb verdeckt durch eine ausladende Strauchmelde. Weit und breit war niemand zu sehen, nur das leise Summen der überdimensionierten Klimaanlage auf dem Dach deutete darauf hin, daß jemand darin wohnte. Chee stellte sich auf den zusammenklappbaren Tritt vor der Tür und klopfte. Er wartete einen Moment. Als niemand kam, klopfte er ein zweites Mal, diesmal stärker. Wieder keine Reaktion. Er drehte am Türknauf, doch es war abgeschlossen. Nach kurzem Zögern beugte er sich vor, legte sein Ohr an die Tür und lauschte. Zunächst vernahm er nichts als die Vibrationen der Klimaanlage, dann hörte er ein schwaches, rhythmisches Geräusch, das er nicht einordnen konnte.

Chee trat einen Schritt zurück und unterzog den Van einer gründlichen Musterung. Dieser bestand aus einem offenbar speziell angefertigten Aufbau, den man auf ein GMC-Lastwagenchassis mit Zwillingsbereifung an der Hinterachse gesetzt hatte. Der Van sah teuer aus und war noch ziemlich neu, die zahlreichen Schrammen und Beulen ließen jedoch darauf schließen, daß er bereits häufig und offenbar ziemlich rücksichtslos in unwegsamem Gelände eingesetzt worden war. Chee ging um den Wagen herum. Die Fahrerseite war identisch, nur daß es hier keine Tür gab. An der Rückseite des Van hing eine Faltleiter, die den Zugang zum Dachgepäckträger erlaubte, auf dem sich ein Mountainbike sowie ein Campingtisch und zwei Stühle befanden, dazu ein großer Benzinkanister, eine Spitzhacke, verschiedene Nagerfallen und Käfige. Chee fiel auf, daß es kein Rückfenster gab, nur zwei auffallend hoch angebrachte Seitenfenster. Vermutlich, um im Innern Platz zu gewinnen für Schränke oder Regale.

Chee war jetzt einmal um den Wagen herumgegangen und stand wieder vor der Tür. Er klopfte erneut, rüttelte am Knauf und versuchte sich durch lautes Rufen bemerkbar zu machen, doch wieder ohne Erfolg. Ratlos sah er sich um und preßte schließlich wieder sein Ohr gegen die Tür. Diesmal hörte er drinnen ein leichtes Kratzen, dann ein schwaches Quietschen, so als ob jemand Kreide über eine Tafel zöge.

Chee ging zur Rückseite des Van, klappte die Leiter herunter, kletterte aufs Dach und legte sich dort oben flach auf den Bauch. Mit dem linken Arm hielt er den Kasten der Klimaanlage umklammert und beugte sich dann über den Rand, um durch eines der Seitenfenster in das Innere zu spähen. Doch bis auf einen schmalen hellen Streifen, Widerschein einer weißen Oberfläche, auf die etwas Licht fiel, war drinnen alles dunkel, und er konnte nichts erkennen.

Plötzlich hörte er eine Stimme rufen: «He, Sie! Was machen Sie da oben?»

Chee zog hastig den Kopf zurück und blickte direkt in das sonnenverbrannte Gesicht eines etwa fünfzigjährigen Mannes. Unter einer dunkelblauen Kappe mit dem Logo Squibb auf dem Schirm lugten ein paar Büschel grauer Haare hervor, die hellen blauen Augen blickten ihn durchdringend an. Der Mann trug eine offene Schachtel unter dem Arm, einen ausgedienten Schuhkarton, in dem, verpackt in einen durchsichtigen Plastikbeutel, ein toter Präriehund lag.

«Der Wagen der Navajo Tribal Police dort drüben, ist das Ihr Fahrzeug?» wollte er wissen.

«Ja», antwortete Chee und versuchte, so rasch wie möglich aufzustehen und gleichzeitig noch einen Rest von Würde zu retten. Er wies nach unten. «Ich dachte, ich hätte da drinnen etwas gehört», sagte er verlegen. «Eine Art Quietschen. Ich habe versucht, auf mich aufmerksam zu machen, aber …»

«Einer der Nager», sagte der Mann knapp. Er stellte den Karton ab, zog ein Schlüsselbund aus der Tasche und schloß auf. «Kommen Sie herunter. Wie wär's mit einem Drink?»

Chee kletterte eilig die Leiter hinunter. Der Mann mit der Squibb-Kappe hielt ihm einladend die Tür auf, und sofort drang ein Schwall kalter Luft nach draußen.

Chee streckte seine Hand aus. «Mein Name ist Jim Chee», sagte er. «Ich bin von der Navajo Tribal Police. Sie arbeiten für das Arizona Health Department, nehme ich an.»

Der Mann schüttelte den Kopf. «Nein», antwortete er, «ich arbeite hier oben an einem Forschungsvorhaben. Meine Auftraggeber sind die National Institutes of Health, der Indian

Health Service und so weiter und so weiter. Ich bin Al Woody. Aber treten Sie doch ein.»

Chee lehnte das Bier, das Woody ihm anbot, ab und bat um ein Glas Wasser. Woody öffnete die Tür eines riesigen, bis zur Decke reichenden Einbaukühlschranks und zog eine mit Eis überzogene Flasche hervor. Er kratzte die Eisschicht ab und zeigte Chee das Etikett. Es war ein schottischer Whisky, Marke Dewar.

«Man könnte ihn glatt als Frostschutzmittel nehmen», bemerkte er lachend, während er sich etwas davon eingoß. «Einmal mußte ich allerdings Gewebeproben aufheben und die Temperatur deshalb um ein paar Grade herunterstellen, da ist mir dann selbst der Whisky gefroren.»

Chee trank einen Schluck von seinem Wasser. Es war schal und hatte einen unangenehmen Beigeschmack. Er überlegte, was er als Entschuldigung dafür vorbringen konnte, daß er versucht hatte, unbefugt durch ein Fenster in den Van zu sehen. Es blieb ihm wohl nichts übrig, als die Sache auf sich beruhen zu lassen. Sollte Woody denken, was er wollte.

«Ich führe hier oben ein paar Nachforschungen durch im Zusammenhang mit dem Mord, der sich in der Gegend vor kurzem ereignet hat», sagte er. «Genau gesagt, am 8. Juli. Einer unserer Officers wurde umgebracht. Man hat ihm mit einem Stein den Schädel eingeschlagen. Sie haben wahrscheinlich im Radio davon gehört oder die Nachricht in der Zeitung gelesen. Wir versuchen, Personen zu finden, die an diesem Tag hier oben waren und vielleicht etwas beobachtet haben.»

«Ja, ich habe davon erfahren», bestätigte Woody. «Aber der Betreiber des Trading Post hat mir erzählt, man hätte den Mörder schon gefaßt.»

«Welchen Trading Post meinen Sie?»

«Na, den in Short Mountain. Er wird von einem ziemlich mürrischen alten Mann geführt. Ich vergesse immer seinen

Namen.» Woody runzelte die Stirn. «Er klingt auf jeden Fall schottisch … McSoundso. Stimmt es nicht, was er gesagt hat – daß Sie den Mörder schon hätten?»

«Doch, doch, das stimmt.»

«Der Alte sagte, der Täter sei ein Hopi und der ermordete Officer hätte ihn früher schon einmal verhaftet.» Woody wiegte nachdenklich den Kopf. «Wenn es hier draußen zum Prozeß kommt, werden sicher auch ein paar Hopis unter den Geschworenen sein. Ich nehme an, deshalb versuchen Sie, so viele Beweise wie möglich zusammenzutragen. Damit die Anklage wasserdicht ist und möglichst kein Raum mehr bleibt für ‹vernünftige Zweifel›, habe ich recht?»

Chee nickte. «Das ist richtig. Waren Sie denn nun an dem besagten Tag hier oben? Und wenn ja, haben Sie jemanden gesehen, oder ist Ihnen irgend etwas aufgefallen? Vielleicht haben Sie auch nur etwas gehört?»

«Am 8. Juli, sagen Sie?» Woody drückte ein paar Knöpfe an seiner Digitaluhr. «Das war ein Freitag», stellte er fest. «Ich bin in der Woche einmal nach Flagstaff gefahren, aber ich glaube, das war schon am Mittwoch. Am Dienstag bin ich einige Stunden hier oben gewesen und dann weitergefahren zur Third Mesa. Es gibt dort eine Präriehundkolonie, die ich seit längerem beobachte. Sie liegt in der Nähe von Bacavi. Außerdem findet man dort in der Gegend übrigens auch Känguruhratten.»

«Es hat am Achten Niederschlag gegeben», sagte Chee. «Ein Gewitterschauer mit etwas Hagel.»

«Ja, ich kann mich erinnern», sagte Woody. «Ich hatte am Hopi Cultural Center auf der Second Mesa angehalten, um einen Kaffee zu trinken. Im Westen, über der Black Mesa, und weiter südlich, über den San Francisco Mountains, zuckten eine Menge Blitze am Himmel. Es sah so aus, als würde es über dem Yells Back Butte regelrecht schütten. Ich war froh, daß ich schon von da oben weg war. Die Straße verwandelt sich bei starkem Regen in wenigen Minuten in Morast.»

«Haben Sie beim Wegfahren jemanden gesehen? Ist Ihnen vielleicht ein Wagen entgegengekommen?»

Woody hatte, während sie sich unterhielten, den Plastikbeutel mit dem Tierkadaver geöffnet, und die ausgetretene Luft hinterließ einen nur schwer erträglichen widerwärtigen Geruch im Raum. Jetzt zog er den starren kleinen Körper behutsam heraus, legte ihn vor sich auf den Tisch, betrachtete ihn einen Moment und begann dann, ihn sorgfältig abzutasten – zunächst den Hals, anschließend die Übergänge zwischen Vorderbeinen und Brust und als letztes die Leistengegend.

«Ob ich beim Wegfahren jemanden gesehen habe?» wiederholte Woody nach einer Weile, so als habe er sich gerade erst wieder an Chees Frage erinnert. «Ja, ich glaube, die alte Frau, der die Ziegen gehören, die auf der anderen Seite des Sattels grasen.» Doch dann schüttelte er den Kopf. «Aber das war ja nicht Freitag, sondern schon am Dienstag. Obwohl – jetzt fällt mir ein, daß ich am Freitag dort oben einen Wagen gesehen habe. Er kam mir entgegen, als ich gerade auf die Schotterstraße einbog. Aus Richtung Tuba.»

«Ein Polizeifahrzeug?»

Woody, noch immer über den toten Präriehund gebeugt, hob jetzt den Kopf. «Kann sein. Aber es war zu weit entfernt, als daß ich etwas Genaues hätte erkennen können. Wir sind nämlich nicht aneinander vorbeigefahren, der Fahrer muß wohl schon irgendwo vorher in Richtung Mesa abgebogen sein. Vielleicht war es ja Ihr Polizist, aber es könnte natürlich auch der Hopi gewesen sein.»

Chee nickte müde. «Ja, schon möglich. Und um welche Zeit war das?»

«Noch ziemlich früh am Morgen.»

Woody klemmte den Beutel wieder zu, schüttelte ihn ein

paarmal heftig hin und her, öffnete ihn dann und hielt ihn mit der offenen Seite nach unten über eine weiße Plastikmatte. «Die Flöhe sollen herausfallen», erläuterte er. Er wählte von einem Tablett zu seiner Rechten eine Pinzette, nahm einen der Flöhe auf und zeigte ihn Chee. «Wenn ich Glück habe, dann finden sich in seinem Blut Pesterreger – Bakterien der Gattung *Yersinia pestis,* um genau zu sein. Wie hoffentlich auch im Blut unseres Freundes hier», fügte er hinzu und stupste den toten Präriehund mit der Pinzette beinahe zärtlich in die Seite. «Und wenn ich großes Glück habe, dann handelt es sich bei den Bakterien nicht um unsere alten Bekannten *Yersinia pestis,* sondern um *Yersinia X,* die neuen, veränderten, besonders virulenten Erreger, die sich gerade erst herausgebildet haben.» Er legte den Floh zurück auf die Plastikmatte, und zum ersten Mal erschien ein Lächeln auf seinem Gesicht. «Und wenn das Glück mir weiterhin hold sein sollte, dann wird meine Autopsie an dem Präriehund meine Vermutungen bestätigen, die ich eben beim Tastbefund hatte. Ich habe dabei nämlich erfreulicherweise keinen einzigen geschwollenen Lymphknoten finden können. Das bedeutet aller Wahrscheinlichkeit nach, daß der Bursche nicht an hämorrhagischer Septikämie, der bei Tieren auftretenden Form der Pest, verendet ist.»

«Und an was ist er dann eingegangen?» fragte Chee.

«Was weiß ich», rief Woody. «Vielleicht an Altersschwäche oder an einer der vielen Krankheiten, denen betagte Nager so zum Opfer fallen. Aber das spielt jetzt überhaupt keine Rolle. Die Frage ist, warum er nicht an der Pest gestorben ist – immer vorausgesetzt, daß er die Erreger tatsächlich in sich trägt.»

Chee runzelte die Stirn. «Ich verstehe nicht, was daran plötzlich so interessant sein soll. Man weiß doch seit Jahren, daß es nach jeder Pestepidemie hier und da Nagerkolonien gibt, in denen die Tiere überlebt haben, weil sie offenbar immun sind. Und daß sich nach ein paar Jahren genau von diesen Kolonien aus die Seuche erneut ausbreiten wird. Ich dachte ...»

«Ja sicher, sicher», unterbrach ihn Woody ungeduldig. «Pestreservoire. Wirtskolonien. Es gibt jede Menge Untersuchungen darüber. Wie schafft es das Immunsystem dieser Tiere, die Bakterien unschädlich zu machen? Wieso bringen die durch die Abtötung der Erreger im Blut freigesetzten Toxine die Tiere nicht um? Wenn ich Pech habe, dann finde ich im Blut dieses Präriehunds hier nur die ursprüngliche Form von *Pasteurella pestis,* wie wir das Bakterium früher nannten. Und das würde bedeuten, daß ich wieder einmal in einer Sackgasse gelandet bin. Aber wenn ...»

Chee hatte einen anstrengenden und alles in allem ziemlich enttäuschenden Tag hinter sich. Daß Woody ihn eben einfach so unterbrochen hatte, ärgerte ihn. So mißachtete er jetzt seinerseits die Grundregel aller Navajo-Höflichkeit, nämlich sein Gegenüber ausreden zu lassen, und fuhr Woody ins Wort.

«Aber wenn er Immunität gegenüber dem neuen, virulenten Bazillus entwickelt haben sollte, dann ließe sich ein Vergleich ziehen ...»

«Bazillus!» wiederholte Woody überrascht und lachte. «Den Ausdruck habe ich ja schon seit Jahren nicht mehr gehört. Aber Sie haben recht. Wenn er immun ist gegen den neuen Erreger, dann könnte man einen Vergleich anstellen.» Er hob die Hände, um eine große Kiste anzudeuten. «Hier drin ist alles, was wir über das Blut von Präriehunden wissen, die der alten Form von *Yersinia pestis* widerstanden haben. Es ist inzwischen bekannt, daß die meisten dieser Tiere, wenn sie mit *Yersinia X* in Berührung kommen, eingehen. Aber eben nicht alle. Und ich möchte nun die Blutzusammensetzung der Tiere, die nur gegen *Yersinia pestis* eine Immunität entwickelt haben, vergleichen mit der jener Tiere, die sogar *Yersinia X* überlebt haben.»

Chee nickte.

«Haben Sie das, was ich eben sagte, wirklich verstanden?»

Chees Antwort bestand in einer Art Knurren. Er hatte während seines Studiums an der University of New Mexico einen sechsstündigen Kurs in Biologie belegt. Jeder, der zum Anthropologie-Examen zugelassen werden wollte, mußte den Nachweis erbringen, an einer naturwissenschaftlichen Übung teilgenommen zu haben. Der Kursleiter, Professor und international anerkannte Koryphäe auf dem Gebiet der Arachnologie, hatte in jeder Stunde aufs neue deutlich gezeigt, wie sehr ihn die Vermittlung elementarer Kenntnisse in Biologie langweilte. Darüber hinaus hatte er sie wegen ihrer offensichtlichen Unbedarftheit in bezug auf naturwissenschaftliche Dinge seine Geringschätzung spüren lassen. Dieser Woody klang in Chees Ohren genau wie jener Professor.

«Ich glaube schon», antwortete er ein wenig trotzig, «es war ja alles ziemlich einfach und plausibel. Und wenn Sie dann den Unterschied entdeckt haben», fügte er ironisch hinzu, «dann entwickeln Sie einen Impfstoff und retten dadurch Tausende und Abertausende von Präriehunden vor dem sicheren Pesttod.»

Woody hatte, während Chee sprach, mit dem Floh irgend etwas angestellt, so daß dieser jetzt eine bräunliche Flüssigkeit absonderte, die er mit einer Pipette aufnahm. Er gab ein Tröpfchen auf einen Objektträger, der Rest wanderte in eine Petrischale. Als er aufblickte, sah Chee, daß die unnatürliche Röte in seinem Gesicht um eine Spur dunkler geworden war.

«Sie finden das alles wohl sehr komisch, was?» fragte er. «Nun, da sind Sie nicht der einzige. Es gibt jede Menge Wissenschaftler, die Ihre Ansicht teilen. Die sogenannten Experten am National Institute of Health zum Beispiel. Die Mediziner und Pharmakologen bei Squibb. Die Wissenschaftsredakteure des *New England Journal of Medicine.* Und nicht zu vergessen die American Pharmaceutical Association. Eben all die Dummköpfe, die vor ein paar Jahren verkündeten, daß unser Krieg gegen die Mikroben dank Penizillin und Streptomycin nun endgültig und für alle Zeiten gewonnen sei.»

Wütend hieb er mit der Faust auf den Tisch, seine Stimme wurde immer lauter: «Und so haben sie diese Mittel verschrieben und verschrieben, aber nicht nur bei bakteriellen Infektionen, nein, auch bei Schnupfen, der, wie alle Welt weiß, von Viren verursacht wird und gegen den Antibiotika ohnehin wirkungslos sind.» Er lachte bitter. «Sie haben sie so lange verschrieben, bis sich schließlich, wie vorhersehbar, die ersten resistenten Bakterienstämme entwickelten. Und jetzt – Gott ist mein Zeuge – stehen wir vor einem Berg von Toten, der jedes Jahr größer wird. Allein hier bei uns geht ihre Zahl in die Zehntausende. Nehmen Sie Afrika und Asien hinzu, und wir sprechen von Millionen. Aber unsere selbsternannten Experten sitzen nur da und sehen tatenlos zu.»

Chee war während seiner Jahre als Polizist vielen Spielarten von Jähzorn begegnet. Bei Kneipenschlägereien, die er schlichten sollte, bei Auseinandersetzungen zwischen Eheleuten, bei unzähligen anderen unschönen Gelegenheiten. Aber Woodys Wut war von einer unbändigen und zugleich zielgerichteten Intensität, wie er sie so noch nie erlebt hatte.

«Es tut mir leid, ich wollte mich nicht über Sie lustig machen», sagte er. «Ich hatte keine Ahnung, was die mögliche Tragweite Ihrer Forschung angeht.»

Woody nahm einen Schluck von seinem Whisky, sein Gesicht war immer noch rot vor Erregung. Er schüttelte den Kopf und musterte Chee mißtrauisch, erkannte dann aber, daß sein Bedauern echt war. «Ich muß mich bei Ihnen wohl auch entschuldigen», sagte er. «Was diese Dinge angeht, bin ich einfach verdammt empfindlich.» Er stieß ein kurzes Lachen aus. «Ich denke, das liegt daran, daß ich ziemliche Angst habe. All die kleinen Biester, die wir vor zehn Jahren in die Flucht geschlagen hatten, sind wieder da – und gefährlicher als je zuvor. Tuberkulose wächst sich mancherorts wieder zu einer Epidemie aus. Ebenso Malaria und Cholera. Noch vor ein paar Jahren hatten wir neun verschiedene Antibiotika, um Staphylokokken den Garaus zu machen. Inzwischen gibt es einige Stämme, die gegen alle neun Mittel resistent sind. Und dann die Viren. Die vor allem! Die sind der eigentliche Grund, warum meine Forschungsarbeit so ungeheuer wichtig ist. Sie haben sicher schon mal etwas von der sogenannten Spanischen Grippe gehört. Sie trat zwischen 1918 und 1920 in vier großen Wellen auf und forderte weltweit zwischen 22 und 25 Millionen Opfer – die diesbezüglichen Schätzungen gehen auseinander. Man ist sich jedoch einig, daß die Seuche mehr als doppelt so viele Menschenleben gekostet hat wie der Erste Weltkrieg. Vielleicht verstehen Sie jetzt, warum ich Viren noch viel mehr fürchte als Bakterien.»

«Gegen Viren gibt es kein Mittel», sagte Chee. Es war eine Feststellung, keine Frage.

Woody nickte. «Es gibt nichts, was sie aufhält – nur unser Immunsystem. Eine durch Viren verursachte Krankheit können wir nicht heilen, wir können nur versuchen, sie durch eine vorherige Impfung zu verhindern oder in ihrem Verlauf abzuschwächen. Eine Impfung bewirkt, daß das Immunsystem bereits vorbereitet ist, falls das bestimmte Virus auftauchen sollte.»

«Wie zum Beispiel das Poliovirus.»

Woody nickte. «Ja, genau. Sind Sie übrigens vertraut mit der Bibel?»

«Ich habe sie mal gelesen, wenn Sie das meinen», sagte Chee überrascht.

«Dann erinnern Sie sich ja vielleicht noch an die Stelle im zweiten Buch der Chronik: ‹Denn wir sind machtlos gegenüber diesem großen Haufen, der gegen uns heranzieht.›»

Chee war sich nicht sicher, worauf Woody hinauswollte. «Aber der Text bezieht sich doch nicht auf Viren», sagte er.

Woody zuckte die Schultern. «Wie es aussieht, sind sie in der Tat ein ‹großer Haufen› und wir so gut wie machtlos. Etliche Nager dagegen sind, zumindest was Bakterien angeht, viel besser darauf eingerichtet, mit ihnen fertigzuwerden. Und bei einigen der Präriehunde hat offenbar eine regelrechte Umrüstung des Immunsystems stattgefunden, so daß sie sogar den neuen, veränderten Bakterien widerstehen können. Genau wie manche Känguruhratten gelernt haben, mit dem Hanta-Virus zu leben.» Woody hob beschwörend die Hand. «Eine unserer wichtigsten Aufgaben in den nächsten Jahren wird sein, herauszufinden, wie sie das anstellen.»

Sein kleiner Vortrag hatte Woodys Laune offenbar verbessert. «Wir wollen doch nicht, daß die Nager uns Menschen überleben», sagte er und rang sich ein schiefes Lächeln ab.

«Nein», sagte Chee, «bestimmt nicht.» Er rutschte vom Hocker und griff nach seiner Mütze. «Ich möchte Sie nicht länger von Ihrer Arbeit abhalten. Vielen Dank, daß Sie so viel Zeit für mich geopfert haben – und natürlich auch für die Nachhilfe in Sachen Bakterien und Viren», fügte er höflich hinzu.

«Da fällt mir übrigens etwas ein», sagte Woody. «In den letzten Wochen sind Leute vom Indian Health Service in der Gegend unterwegs gewesen, um Pestüberträger aufzuspüren. Sie können da ja mal nachfragen – vielleicht war am Achten zufällig jemand hier oben.»

«Darauf wollte ich gerade selbst zu sprechen kommen», sagte Chee. «Wir haben erfahren, daß eine Mitarbeiterin des Arizona Health Department, die aber zur Zeit für den Indian Health Service tätig ist, am 8. Juli vorhatte, zum Yells Back Butte zu fahren.»

«Und – haben Sie schon mit ihr gesprochen, ob sie etwas gesehen hat?»

«Nein», antwortete Chee. «Das war nicht möglich. Sie ist nämlich mitsamt ihrem Jeep seit diesem Tag verschwunden.»

«Verschwunden?» wiederholte Woody und schüttelte ungläubig den Kopf. «Denken Sie, daß es da einen Zusammenhang gibt zwischen ihrem Verschwinden und dem Mord an dem Officer?»

«Im Moment erscheint mir das eher unwahrscheinlich», antwortete Chee. «Aber ich würde mich trotzdem gern mit ihr unterhalten. Vielleicht sind Sie ihr mal begegnet. Anfang Dreißig, dunkelhaarig. Sie soll ziemlich durchtrainiert aussehen. Ihr Name ist Catherine Pollard.»

«Ich habe neulich mit einer Mitarbeiterin vom Arizona Health Department gesprochen», sagte Woody. «Ihrer Beschreibung nach könnte sie es gewesen sein. Sie hat mir allerdings nicht ihren Namen genannt.»

«Und wo war das? Und vor allem wann?» fragte Chee.

«Eine gutaussehende junge Frau», sagte Woody sinnend, ohne auf Chees Frage einzugehen. Dann blickte er auf und ergänzte, um nicht mißverstanden zu werden: «Ich meine nicht gutaussehend im Sinne von hübsch, sondern spreche von ihrem Knochenbau. Alles in allem keine Schönheit, aber von einem gewissen herben Reiz. Ich hatte den Eindruck, daß sie früher mal intensiv Sport getrieben haben muß.»

«Und Sie haben sie hier in der Gegend getroffen?»

«Nein, in Red Lake. An der Tankstelle, um genau zu sein. Sie stand mit einem Wagen vom Health Service an der Zapfsäule und füllte den Tank auf – vorausgesetzt, daß sie es tatsächlich war. Sie sprach mich an und wollte wissen, ob ich derjenige sei, der sich auf der Reservation mit Nagerforschung befasse. Als ich bejahte, erkundigte sie sich nach der Ausstattung des Labors hier in meinem Van. Zum Schluß bat sie mich, sie zu informieren, wenn ich irgendwo auf tote Nagetiere stieße oder andere Anhaltspunkte dafür entdeckte, daß die Pest wieder unter den Nagern grassiert.»

Er erhob sich von dem Feldbett, auf dem er gesessen hatte. «Meine Güte, das hätte ich ja fast vergessen – sie hat mir ihre

Visitenkarte mit der Telefonnummer gegeben.» Er beugte sich über einen Kasten mit der Aufschrift «Eingänge» und blätterte die dort abgelegten Unterlagen schnell durch. Schließlich hatte er gefunden, wonach er suchte. «Ah, hier ist die Karte», sagte er, hielt sie hoch und las vor. «Catherine Pollard. Spezialistin für die Bekämpfung von Seuchenüberträgern. Arizona Department of Health.» Er reichte Chee die Karte. «Bingo!» sagte er befriedigt.

«Danke», antwortete Chee knapp. Was sollte er mit der Karte, dachte er. Die half ihm auch nicht weiter.

«Ach, und noch was», sagte Woody. «Falls es wichtig ist, an welchem Tag ich sie getroffen habe, das können Sie leicht feststellen. Als ich bei der Tankstelle ankam, stand da einer Ihrer Wagen – ich meine ein Streifenwagen der Navajo Tribal Police. Pollard unterhielt sich mit der Fahrerin.» Woody lächelte anerkennend. «Also, das war wirklich ein hübsches Ding. Trug zwar einen Knoten und war in Uniform, aber trotzdem ...»

Chee nickte. «Noch mal vielen Dank», sagte er. «Die Fahrerin des Streifenwagens muß Officer Manuelito gewesen sein. Ich werde sie fragen.»

Doch er wußte schon jetzt, daß er sie deswegen nicht ansprechen würde. Wenn Bernie Catherine Pollard noch am 8. Juli gesehen hätte, dann hätte sie das längst gesagt. Woody mußte Pollard an einem anderen Tag an der Tankstelle getroffen haben, und das war dann für seine Ermittlungen nicht weiter von Belang. Außerdem ging er Bernie Manuelito im Moment lieber aus dem Weg, denn bei einer Unterredung mit ihr hätte er nachfragen müssen, wieso sie keine Meldung über Kinsmans aufdringliches Verhalten erstattet hatte. Doch das war ein so heikles Thema, daß er nach Möglichkeit lieber die Finger davon ließ. Claire Dineyahze, die in ihrem Vorzimmer immer alles mitbekam, hatte ihm neulich erklärt: «Bernie möchte Ihnen keine Schwierigkeiten machen.» Und als er ahnungslos nachgefragt hatte: «Was denn für Schwierigkeiten?», hatte er jenen typisch weiblichen, etwas mitleidigen Blick geerntet, der soviel bedeutete wie: «Ich glaub's nicht, wie kann man nur so blind sein!» Und mit einem kleinen ironischen Lächeln hatte sie gefragt: «Wissen Sie das wirklich nicht?»

14

Während sie Cameron Richtung Norden verließen, erklärte Leaphorn Louisa Cowboy Dashees Problem.

«Ich kann verstehen, daß das für ihn eine schwierige Geschichte ist», sagte sie, nachdem sic eine Weile schweigend aus dem Fenster gesehen hatte. «Sie berührt ja gleich mehrere sensible Punkte: Berufsethos, männlichen Stolz und Loyalität. Und das gilt für beide, sowohl Dashee als auch Chee. Obendrein will Dashee bestimmt auf keinen Fall den Eindruck erwecken, daß er die alte Freundschaft zu Chee für seine eigenen Zwecke ausnutzt. Ziemlich kompliziert das Ganze. Hast du dich schon entschieden, was du tun wirst?»

Im Grunde ja, dachte Leaphorn, aber er wollte lieber noch etwas darüber nachdenken, ehe er sich endgültig festlegte. Er zog es vor, ihre Frage zu übergehen.

«Du liegst mit deiner Einschätzung richtig», bemerkte er. «Aber ich fürchte, die Sache ist noch etwas komplizierter. Ich schlage vor, du gießt uns erst mal etwas Kaffee ein, und dann können wir in Ruhe darüber reden.»

«Ich dachte, du hättest gerade in der Raststätte einen Kaffee getrunken», sagte Louisa, während sie bereits hinter sich auf den Rücksitz griff und die Thermoskanne aus dem Lunchbeutel zog.

«Der war ziemlich dünn», antwortete Leaphorn, «und außerdem hab ich mal gelesen, daß Kaffee die Gehirntätigkeit anregen soll.»

«Du glaubst doch sonst nicht alles, was du liest», sagte

Louisa und reichte ihm einen Plastikbecher mit Kaffee. «Und jetzt brenne ich darauf zu erfahren, was das heißen soll: ‹Die Sache ist noch etwas komplizierter.› Was meinst du damit?»

«Cowboy Dashee ist nicht nur mit Chee, sondern auch mit Janet Pete befreundet. Janet und Jim waren, wie du weißt, einmal miteinander verlobt, bis sie dann vor einiger Zeit einen Streit hatten und sich trennten. Aber jetzt ist Janet wieder zurück und ist, wie der Zufall so will, zu Janos Verteidigerin bestellt worden.»

«Oje», sagte Louisa und verzog das Gesicht. «Du hast recht – das macht die Sache wirklich noch komplizierter.»

«Aber das ist noch nicht alles», fuhr Leaphorn fort und trank den ersten Schluck Kaffee.

«Also weißt du, das klingt ja fast wie eine Seifenoper», bemerkte Louisa. «Gleich wirst du mir erzählen, daß Janet Pete und Jim Chee in einer Dreiecksbeziehung gesteckt haben mit Cowboy Dashee als Drittem im Bunde.»

«Nein, das nun nicht», sagte Leaphorn. Er nahm noch einen Schluck von seinem Kaffee und deutete zum Himmel, wo ein kräftiger Wind von den San Francisco Mountains eine Reihe dicker weißer Kumuluswolken vor sich her trieb. Leaphorn zeigte in die Richtung, aus der der Wind kam. «Wenn du dort hinübersiehst, kannst du am Horizont unseren heiligen Berg des Westens erkennen», sagte er. «Der Erste Mann selber ...»

«... Der Erste Mann selber hat ihn geschaffen», unterbrach sie ihn. «Und zwar mit Erde, die er aus der Vierten Welt mitgebracht hatte. So lautet jedenfalls die mir bekannte Version des Mythos. Aber ich glaube, du willst nur vom Thema ablenken. Als ich dich eben fragte, ob es zwischen Janet, Dashee und Chee vielleicht eine Dreiecksgeschichte gegeben hätte, da hast du geantwortet: ‹Nein, das nicht›, und jetzt frage ich mich natürlich – was denn dann?»

«Ich wollte dir gerade erzählen, daß bei einigen Clans hier

im Westen der Reservation Geschichten überliefert werden, in denen die San Francisco Mountains ‹Mutter der Wolken› genannt werden.» Er deutete wieder nach Westen. «Du kannst leicht sehen, wieso. Der Wind trägt vom Pazifik her Feuchtigkeit heran, er trifft auf die Berge und weicht mit seinen Luftmassen nach oben aus. Dabei kühlt sich die Feuchtigkeit, je höher sie steigt, um so mehr ab. Es bilden sich Wolken, und der Wind schiebt sie, eine nach der anderen, vor sich her bis weit hinaus über die Wüste.»

Louisa lächelte ihn von der Seite an. «Mr. Leaphorn, allmählich habe ich den Eindruck, daß du mir nicht sagen willst, was es mit Janet Pete und Jim Chee auf sich hat. Wenn kein anderer Mann im Spiel war – was war dann der Grund für ihre Trennung?»

«Ich verbreite eben nicht gern Klatsch», erwiderte er. «Chee hat selbst nie darüber gesprochen, und was mir zu Ohren gekommen ist, sind nur Gerüchte und Spekulationen.»

«Aber du kannst nicht erst jemanden durch eine Andeutung neugierig machen und dich dann in Schweigen hüllen», sagte Louisa. «Jedenfalls nicht, wenn du mit der Person noch den ganzen Tag im selben Auto verbringen mußt. Sie wird nämlich keine Ruhe geben und, wenn du stur bleibst, irgendwann ziemlich sauer werden.»

«Na schön», sagte Leaphorn. «Ich werde versuchen, die Einzelheiten, soweit ich sie mitbekommen habe, in einen Zusammenhang zu bringen.»

«Tu das.»

Leaphorn trank den letzten Schluck Kaffee und reichte Louisa den leeren Becher. «Also: Miss Pete ist väterlicherseits eine halbe Navajo. Ihr Vater ist aber schon etliche Jahre tot, und ihre Mutter gehört in Washington zur besseren Gesellschaft, Stichwort ‹Ivy League›. Janet kam hierher auf die Reservation, um für den DNA zu arbeiten, das ist die Abkürzung für *Dinebeiina Nahiilna be Agaditahe,* was übersetzt soviel bedeutet wie ‹Leute, die schnell reden und für das Volk eintreten›. Der DNA entspricht etwa der Legal Aid Society, das heißt, bedürftige Navajos erhalten kostenlos Rechtsbeistand. Janet hatte vorher in einer großen Washingtoner Anwaltskanzlei gearbeitet, die des öfteren indianische Interessen gegenüber den Bundesbehörden vertrat. So weit die Fakten – was jetzt kommt, sind bloße Gerüchte.»

«Ich höre», sagte Louisa.

«Wenn man dem Klatsch Glauben schenken darf, dann war Janet in Washington sehr eng mit einem der tonangebenden Anwälte in ihrer Kanzlei befreundet. Sie soll ihre Stelle dort aufgegeben haben, nachdem sie im Krach auseinandergegangen sind; angeblich ist sie sehr wütend auf ihn gewesen. Sie kannten sich wohl schon aus der Zeit, als sie noch an der Stanford Law School war und bei ihm studiert hat. Es heißt, er hat sie gefördert.»

Leaphorn schwieg und sah Louisa an. Er dachte darüber nach, wie sehr sie ihm in den letzten Monaten ans Herz gewachsen war. Er fühlte sich wohl in ihrer Gesellschaft. Auch diese Fahrt jetzt war allein dadurch, daß sie neben ihm saß, viel angenehmer.

«Interessiert dich die Geschichte? Willst du noch mehr hören?» fragte er.

Sie nickte. «Ja, aber ich mache mir Sorgen, ob es ein Happy-End geben wird.»

«Das weiß ich auch nicht», sagte Leaphorn. «Aber ehrlich gesagt, ich denke eher nicht. Doch wie auch immer. Jim und sie begegneten sich. Das war wohl ziemlich unvermeidlich, denn sie verteidigte die Leute, die er festgenommen hatte. Sie freundeten sich an und …» Leaphorn hielt inne und verzog das Gesicht. «Also, was ich dir jetzt erzähle, ist aus fünfter Hand – mindestens. Nicht mehr als ein Gerücht. Und dieses Gerücht besagt, daß die Dinge, die Janet über ihren früheren Lehrer, Chef und Exgeliebten erzählte, bei Chee so etwas wie

Haß auf ihn auslösten. Vermutlich stellte er ihn sich als einen reichen, rücksichtslosen Widerling vor, der Janet über die Jahre nur benutzt hat. Kannst du mir folgen?»

«Aber ja», antwortete Louisa. «Und unter Umständen lag Chee mit dieser Vorstellung ja gar nicht so falsch.»

«Aber vergiß nicht, daß alles, was ich dir hier erzähle, nichts als unbestätigter Klatsch ist.»

«Weiter», sagte Louisa.

«Bei einem ihrer Gespräche erkundigt sich Janet nebenbei nach dem Fall, den Chee gerade bearbeitet, und er gibt ihr Auskunft. Was er nicht weiß, ist, daß ein Klient der Washingtoner Kanzlei und ihr Exfreund, der Anwalt John McDermott, ein spezielles Interesse an der Sache haben. Als Chee erfährt, daß Janet seine Information nicht für sich behalten, sondern an McDermott weitergegeben hat, fühlt er sich von ihr verraten. Er unterstellt ihr, daß sie ihn absichtlich ausgehorcht hat. Wie es scheint, hat er sich da wohl geirrt, aber Janet war offenbar sehr verletzt und ist nach Washington zurückgegangen.»

«Oh», sagte Louisa. «Und jetzt ist sie also wieder da.»

Leaphorn nickte. «Ja. Aber wie gesagt – das meiste von dem, was ich dir erzählt habe, ist nichts als Klatsch und Tratsch. Und noch etwas – du hast nichts von dem, was du jetzt weißt, von mir.»

«Natürlich nicht», sagte Louisa und schüttelte den Kopf. «Armer Mr. Dashee, das ist wirklich eine sehr verzwickte Situation. Was hast du ihm gesagt?»

«Ich habe mich bereit erklärt, so bald wie möglich mit Jim zu reden. Wenn es geht, noch heute.» Er wiegte den Kopf. «Das wird sicherlich kein ganz einfaches Gespräch. Ich war viele Jahre sein Vorgesetzter, und ich muß im Umgang mit ihm sehr aufpassen. Er ist sehr empfindlich, wenn er irgendwo eine Einmischung wittert. Und eigentlich geht mich das Ganze ja auch überhaupt nichts an.»

«Nein, eigentlich nicht», bekräftigte Louisa.

Leaphorn wandte kurz den Blick von der Straße, um zu sehen, was für ein Gesicht sie machte. «Warum sagst du das so deutlich?»

«Weil ich finde, daß du endlich anfangen solltest, deinen Ruhestand zu genießen. Du hättest Mrs. Vanders' Auftrag ablehnen sollen. Du hättest ihr sagen können, du seist zu beschäftigt, oder irgendeine andere Ausrede erfinden.»

Leaphorn schwieg.

«Seit einem Jahr bist du aus dem aktiven Polizeidienst ausgeschieden», fuhr sie fort. «Jetzt hättest du endlich Zeit, zu reisen und all die Dinge zu tun, die du immer schon tun wolltest, zu denen du aber nie gekommen bist, weil du immer zuviel um die Ohren hattest.»

«Tja», sagte Leaphorn. «Ich könnte zum Beispiel jeden Tag ins Seniorenzentrum trotten und mich an den dort angebotenen Spielen beteiligen – welche auch immer das sein mögen.»

«Warum probierst du es nicht mal mit Golf?» schlug sie vor. «Damit kann man auch noch anfangen, wenn man nicht mehr ganz so jung ist.»

«Ich habe schon einmal Golf gespielt», antwortete Leaphorn. «Während eines Fortbildungsseminars in Scottsdale, einem dieser schicken Vororte von Phoenix. Das Ganze wurde vom FBI durchgeführt, und die veranstalten solche Tagungen grundsätzlich nur an so exklusiven Orten, wo das Hotel dreihundert Dollar pro Nacht kostet und es gleich um die Ecke die tollen Golfplätze gibt. Ein paar von den FBI-Leuten haben mich gefragt, ob ich Lust hätte zu spielen, und da bin ich mitgegangen. Ich habe den Ball in alle achtzehn Löcher geschlagen. Es war, ehrlich gesagt, nicht besonders schwierig. Ich wüßte wirklich nicht, warum ich noch mal spielen sollte – wo ich doch jetzt kapiert habe, wie es geht. Das würde mir keinen Spaß machen.»

«Als Privatdetektiv zu arbeiten dagegen schon?» wollte sie wissen.

Leaphorn lächelte sie an. «Jedenfalls muß ich mich da wenigstens anstrengen, um etwas zu erreichen», sagte er. «Golf ist so einfach, daß selbst die Leute vom FBI damit klarkommen.» Er grinste boshaft. «Was man von ihrer Tätigkeit als Ermittler ja nicht immer behaupten kann.»

Louisa lächelte. «Übrigens, Joe, ich habe so ein Gefühl, als ob Mr. Dashee recht haben könnte mit seiner Vermutung, daß jemand aus der Familie Catherine Pollard bei ihrem Verschwinden behilflich war. Vielleicht hatte Mrs. Vanders in Wahrheit etwas ganz anderes im Sinn, als sie dir den Auftrag gab, und will gar nicht, daß du ihre Nichte findest.»

«Das kann schon sein», sagte Leaphorn. «Aber selbst wenn, dann ist der Auftrag trotzdem immer noch hundertmal interessanter, als Golfbälle einzuputten. Ich denke, ich sollte versuchen, mich so schnell wie möglich mit Chee zu treffen, und mal hören, was er von dem Ganzen hält.»

Bis Tuba waren es zwar nur noch wenige Meilen, doch Louisa begann trotzdem, sich mit Catherine Pollards Unterlagen zu beschäftigen.

Leaphorn hatte die Blätter, nachdem er den Ordner von Krause bekommen hatte, kurz überflogen. Doch er war nicht recht schlau daraus geworden. Die Notizen wirkten, als seien sie in großer Eile rasch aufs Papier geworfen worden, die Schrift war klein und unregelmäßig, so daß er die Vokale kaum voneinander unterscheiden konnte, und was aussah wie ein H, hätte auch ein K oder ein L oder selbst ein T sein können, bei dem sie den Querstrich weggelassen hatte. Zudem bediente sie sich offenbar einer Art privater Kurzschrift und benutzte jede Menge Abkürzungen und kryptischer Symbole. Da er nicht einmal wußte, wonach er überhaupt suchte, hatte er den Ordner bald wieder beiseite gelegt.

Louisa dagegen schien mit den Notizen keine Probleme zu

haben, denn sie begann, kaum hatte sie das erste Blatt aufgeschlagen, schon halblaut vorzulesen.

«Wie schaffst du es bloß, diese Handschrift zu entziffern?» fragte Leaphorn verblüfft. «Oder denkst du dir das alles aus?»

Louisa lachte. «Nein. Wenn man früher unterrichten wollte, mußte man so etwas einfach können. Heute schreiben die meisten Studenten ihre Referate und Hausarbeiten auf dem Computer, und man bekommt einen gestochen scharfen Ausdruck. Aber als ich damals anfing, mußte ich mich noch durch Tausende und Abertausende von Seiten mit kaum leserlicher Schrift quälen. Mit der Zeit bekommt man dann Übung.» Sie las langsam weiter und faßte zwischendurch immer wieder kurz zusammen, was sie den Notizen entnommen hatte.

Das erste Pestopfer war im Frühjahr eine Frau in mittleren Jahren gewesen. Ihr Name war Nellie Hale, und sie hatte zusammen mit ihrer Familie nördlich des Chapter House von Kaibito gewohnt. Sie war am Morgen des 19. Mai im Krankenhaus von Farmington gestorben, genau zehn Tage nach ihrer Einlieferung dort. Pollards Notizen betrafen vor allem Auskünfte der Familie und der Freunde darüber, wo Nellie sich Ende April, Anfang Mai aufgehalten hatte. Pollard hatte die Umgebung des Hogans der Familie Hale sowie eine Präriehundkolonie in der Nähe des Canyon de Chelly untersucht, wo die Verstorbene in der fraglichen Zeit ein paar Tage zu Besuch bei ihrer Mutter gewesen war. Die Präriehunde hatten zwar Flöhe, aber weder sie selbst noch ihre Parasiten trugen den Pesterreger in sich. Bei einer neuerlichen Suche war Pollard am Rand des gepachteten Weidelands der Familie Hale auf verlassene Nagerhöhlen gestoßen. Im Blut der dort eingesammelten Flöhe hatten sich Pesterreger gefunden. Daraufhin war in die Höhlen Gift eingebracht worden. Der Fall Nellie Hale war damit abgeschlossen.

Jetzt war Louisa bei den Notizen angelangt, die das zuletzt

verstorbene Pestopfer betrafen – Anderson Nez. Sein Tod war am 30. Juni eingetreten. Er hatte im Northern Arizona Medical Center gelegen. Hinter «Datum der Einlieferung» hatte Pollard ein Fragezeichen gesetzt und hinzugefügt: «Herausfinden!» Wie aus ihren Aufzeichnungen hervorging, war Nez am 24. Mai nach Kalifornien gefahren, um seinen Bruder in Encino zu besuchen. Am 16. Juni war er nach Hause zurückgekehrt. Die Familie lebte in der Nähe der Copper Mine Mesa. Zehn Tage später war er nach Goldtooth aufgebrochen – «bgG» hatte Pollard notiert, und dahinter: «Job bei Dr. Woody».

«Also, daraus werde ich auch nicht schlau», sagte Louisa, hielt Leaphorn die aufgeschlagene Seite hin und deutete mit dem Finger auf die Abkürzung.

Er warf einen kurzen Blick darauf. «Das könnte heißen: ‹bei guter Gesundheit›, denke ich», sagte er. «Dann hätte Hammer also richtig vermutet, und dieser Nez war tatsächlich der Mann, der ab und zu als Gehilfe bei Woody arbeitete. Übrigens hat sie die drei Buchstaben extra unterstrichen. Diese Information muß ihr offenbar besonders wichtig gewesen sein. Ich wüßte gern, warum.»

«Sie hat sie sogar doppelt unterstrichen», merkte Louisa an. «Hast du übrigens auf die Daten geachtet? Nellie Hale starb am 19. Mai, und Pollard hat recherchiert, wo sie sich Ende April, Anfang Mai aufhielt. Bei Nez gehen ihre Aufzeichnungen ähnlich weit zurück – nämlich ungefähr drei Wochen. Dauert es wirklich so lange, bis die Pestbakterien einen Menschen umbringen?»

Leaphorn nickte. «Ja. Wie Krause mir erklärt hat, liegt zwischen der Infektion, beispielsweise durch einen Flohbiß, und dem Ausbruch der ersten Symptome eine Inkubationszeit von fünf bis sechs Tagen. Wenn nicht rechtzeitig behandelt wird, dauert es in der Regel noch mal eine gute Woche, ehe der Tod eintritt. Das ist natürlich nur ein Durchschnittswert, es kann auch kürzer oder länger dauern. War das jetzt eigentlich schon alles über Nez, oder steht da noch etwas?»

«Also, auf dieser Seite hier steht nichts mehr», antwortete Louisa. «Aber mich wundert, daß ich noch gar keine Eintragung über den dritten Fall gefunden habe. Sagtest du nicht, es hätte drei Pesttote gegeben?»

Leaphorn nickte. «Ja. Das dritte Pestopfer war noch ein Kind. Ein Junge. Aber er lebte drüben in New Mexico, ich denke, deswegen fällt sein Tod nicht in Pollards Zuständigkeit.»

Sie passierten Moenkopi, ein Dorf, das gleichsam den westlichen Außenposten der Hopi-Reservation bildete, und erreichten kurz darauf Tuba. Leaphorn parkte den Wagen auf einer ungeteerten freien Fläche direkt vor der Polizeistation. Drinnen traf er Dick Roanhorse und Trixie Dodge, alte Freunde aus der Zeit, als er noch in Tuba seinen Dienst versehen hatte.

Chee war jedoch nicht da. Roanhorse erklärte, dieser sei bereits am frühen Morgen aufgebrochen, um sich noch einmal am Yells Back Butte, dem Schauplatz des Mordes an Kinsman, umzusehen, und habe sich seitdem nicht mehr gemeldet.

«Ich muß Chee sprechen – am liebsten persönlich, und wenn es geht, heute noch», sagte Leaphorn.

Roanhorse nickte. «Ich werde Bescheid sagen, daß man per Funk mit ihm Kontakt aufnimmt.»

Dann begannen sie, von alten Zeiten zu erzählen.

«Erinnerst du dich noch daran, als Captain Largo hier der Chef war und du dauernd deinen eigenen Kopf gegen ihn durchsetzen wolltest?» fragte Trixie.

«Ich gebe mir Mühe, nicht zu oft daran zu denken», entgegnete Leaphorn. «Ich hoffe nur, Chee bleibt dieses Problem erspart», fügte er hinzu.

«Dieses schon, aber es gibt ja noch andere», bemerkte Roanhorse und zwinkerte vielsagend.

«Also, wenn das eine Anspielung auf Bernie Manuelito sein soll – die kann man nun wirklich nicht als Problem bezeichnen», mischte sich Trixie ein.

«Wenn man ihr Vorgesetzter ist, schon», entgegnete Roanhorse. Er bemerkte Leaphorns verständnislosen Blick. «Bernie ist in den Lieutenant verliebt, aber, wie jeder hier weiß, ist er nun mal mit dieser Rechtsanwältin verlobt, auch wenn die Beziehung sich in letzter Zeit wohl etwas abgekühlt hat. Das alles macht sein Verhältnis zu Manuelito schon ziemlich kompliziert. Er muß die ganze Zeit höllisch aufpassen, was er tut und was er sagt.»

«Also, das würde ich durchaus als Problem bezeichnen», sagte Leaphorn. Ihm fiel wieder ein, daß damals, als Gerüchte laut wurden, Chee sei von Shiprock nach Tuba versetzt worden, die Kollegen in Window Rock etwas von «Ironie des Schicksals» gemurmelt hatten. Als er nachfragte, hatten sie ihm erklärt, daß Officer Manuelito vor nicht allzu langer Zeit, nachdem sie erfahren habe, daß Chee verlobt sei, um ihre Versetzung gebeten habe. Dem Wunsch sei stattgegeben und sie sei zu einer anderen Dienststelle beordert worden – nach Tuba.

Ein junger Polizist steckte den Kopf durch die Tür. «Lieutenant Chee läßt fragen, ob Sie zu ihm hinauskommen könnten», sagte er, zu Leaphorn gewandt.

Leaphorn nickte. «In Ordnung.»

«Der Lieutenant hat mir eine Wegbeschreibung für Sie gegeben», fuhr der junge Beamte fort. «Sie nehmen den State Highway 264 und biegen ungefähr sieben Meilen südlich der Kreuzung mit dem U.S. Highway 160 nach rechts auf eine Schotterstraße ab. Der folgen Sie ungefähr zwanzig Meilen bis zu der Stelle, wo von Norden, von der Black Mesa her, eine Art Fahrweg dazustößt. Lieutenant Chee sagte, dort würde er auf Sie warten.»

Leaphorn nickte dem jungen Polizisten zu. «Danke.» Das

mußte die alte Straße sein, die über das Moenkopi Plateau nach Goldtooth führte, das nun auch schon seit vielen Jahren verlassen war, und dann weiter durch endlose menschenleere Gegenden zum Dinnebito Wash. Früher hatte man sich vor Fahrtantritt immer noch einmal vergewissert, daß der Tank voll war und der Ersatzreifen Luft hatte. Vermutlich wäre das auch heute noch ratsam.

«Glauben Sie, daß Sie es nach der Beschreibung finden werden?» fragte der junge Polizist.

Sergeant Roanhorse brach in schallendes Gelächter aus und versetzte Leaphorn einen kräftigen Schlag in den Rücken. «Merkst du, wie schnell man vergessen ist?»

Trixie war in Gedanken immer noch bei Officer Manuelito und ihrer unerwiderten Liebe. «Bernie hat sich die ganze Woche über den Kopf zerbrochen, ob sie den Lieutenant nun zu der *kinaalda*-Zeremonie für ihre Cousine einladen soll oder nicht. Sie hat alle, die sie sonst kennt, bereits gebeten zu kommen. Aber bei ihm ist sie sich unsicher, ob es nicht aufdringlich wirkt, denn erstens ist Chee ihr Vorgesetzter, und zweitens … Na ja, ihr wißt schon. Andererseits will sie natürlich auch nicht, daß er sich vielleicht zurückgesetzt fühlt, wenn er nun keine Einladung erhält. Das arme Ding, sie kann sich einfach nicht entscheiden.»

«War das der Grund, warum sie in der letzten Zeit so schwierig war?» fragte Roanhorse.

«Was denn sonst?» antwortete Trixie und konnte ein Grinsen nicht unterdrücken.

15

Jim Chee saß im Schatten eines Wacholderbaums auf einem flachen Sandsteinfelsen und wartete auf die Ankunft Joe Leaphorns, vor nicht allzu langer Zeit noch sein Vorgesetzter und Mentor und bis heute sein Vorbild. Doch obwohl er ihn achtete und bewunderte, ja sogar mochte, befiel ihn jedesmal vor einer Begegnung mit ihm ein diffuses Unbehagen, was wohl daran lag, daß er sich ihm gegenüber immer wieder als inkompetent und unzulänglich empfand. Er hatte geglaubt, daß sich das ändern würde, sobald Leaphorn pensioniert war, doch da hatte er sich geirrt.

An diesem Nachmittag hatte es für Chee nicht erst des bevorstehenden Treffens mit Leaphorn bedurft, um sich wie ein Anfänger vorzukommen. Die stundenlange Suche am Yells Back Butte hatte ihm so gut wie keine neue Erkenntnis gebracht, sondern im wesentlichen nur bestätigt, was er ohnehin schon wußte: Jano hatte Kinsman von hinten mit einem Stein den Schädel eingeschlagen. Zum einen hatte er in dem Unterstand, von dem aus Jano den Adler gefangen hatte, keinerlei Blutspuren entdeckt. Janos Behauptung, die Wunde an seinem Arm rühre von den Krallen eines Adlers her, war damit so unglaubwürdig wie zuvor. Zum anderen war ihm nichts aufgefallen, das den Schluß zuließ, er habe mögliche Tatzeugen übersehen. Chee rief sich noch einmal ins Gedächtnis zurück, was Dr. Woody ihm erzählt hatte. Der meinte sich zu erinnern, daß er am Morgen des Achten, als er von dem alten Weg zum Tijinney-Hogan auf die Schotterstraße eingebogen war – also genau dort, wo Chee jetzt sein Dienstfahrzeug abgestellt hatte –, aus Richtung Tuba einen Wagen hätte herankommen sehen. Möglicherweise war das Kinsman gewesen, dachte Chee. Genausogut konnte das aber auch derjenige gewesen sein, der Kinsman später umgebracht hatte. Und natürlich war auch nicht auszuschließen, daß Woody sich, was seine Beobachtung anging, geirrt oder aus irgendeinem Grund gelogen hatte. Chee quälte die unbestimmte Ahnung, daß er irgend etwas übersehen hatte und Leaphorn ihn, kaum daß er angekommen war, so behutsam wie unmißverständlich darauf hinweisen würde.

Nun, gleich würde er es wissen. Die sich von Norden nähernde Staubwolke bedeutete, daß die Warterei ein Ende hatte. Chee erhob sich, setzte seine Mütze auf und kletterte den Abhang hinunter zu der Stelle, wo seit gut einer Stunde der Streifenwagen in der glühenden Nachmittagshitze geparkt stand. Er war gerade unten angekommen, als auch schon Leaphorns Pickup neben ihm hielt. Zu Chees Erstaunen war der Lieutenant nicht allein. Hinter ihm stieg eine stämmige Frau in mittleren Jahren aus dem Auto. Sie trug ein kariertes Männerhemd, Jeans und hatte zum Schutz gegen die Sonne einen Strohhut aufgesetzt.

«Louisa», sagte Leaphorn, zu der Frau gewandt, «das ist Jim Chee. Ich glaube, ihr seid euch schon einmal in Window Rock begegnet. Jim, dies ist Professor Bourebonette.»

Chee nickte. «Schön, Sie wiederzusehen», sagte er, doch es war nur eine leere Floskel. Im Augenblick interessierte ihn einzig und allein, warum Leaphorn mit ihm sprechen wollte, und die Anwesenheit einer dritten Person empfand er als störend.

«Ich hoffe, das Warten hier war nicht zu lästig für Sie», sagte Leaphorn. «Ich wäre auch gerne bereit gewesen, mich mit Ihnen in Tuba auf der Dienststelle zu treffen.»

«Kein Problem», antwortete Chee. Er verbarg nur mühsam seine Ungeduld. Leaphorn sollte endlich damit herausrücken, was er von ihm wollte.

«Ich bin immer noch auf der Suche nach Catherine Pollard», begann dieser. «Haben Sie inzwischen irgend etwas erfahren, was mir weiterhelfen könnte?»

Chee schüttelte den Kopf. «Nein.»

«Sie war also am Achten nicht hier in der Gegend?»

Chee runzelte die Stirn. «Soviel ich weiß, nicht. Jedenfalls nicht, solange wir hier waren. Vielleicht später. Sie können sich ja denken, wie lange das gedauert hat, bis die Ambulanz eintraf. Und bis dann endlich auch der Fotograf und die Spurensicherung mit ihrer Arbeit fertig waren, war es schon später Nachmittag. Pollard könnte natürlich durchaus aufgetaucht sein, nachdem alle weg waren.»

Leaphorn schwieg, als warte er noch auf etwas, doch Chee hatte keine Ahnung, worauf.

«Ach ja», fuhr er nach einem Moment des Nachdenkens fort, «es wäre natürlich auch möglich, daß sie gleich frühmorgens hier am Yells Back Butte gewesen ist – sozusagen als erste.»

Es schien, als sei es das, worauf Leaphorn gewartet hatte. Er nickte. «Ich habe heute morgen in Cameron Cowboy Dashee getroffen», sagte er. «Er hatte gehört, daß ich mich nach Catherine Pollard umsehe, und wußte auch schon von der Belohnung, die für die Auffindung des Jeep ausgesetzt ist. Er erzählte mir, daß eine alte Frau, die hier in der Gegend ihre Ziegen grasen läßt, frühmorgens am Achten einen Jeep diesen Weg hat hochfahren sehen. Er bat mich, diese Information an Sie weiterzuleiten, er denkt, daß sie wichtig sein könnte.»

«So?»

Leaphorn nickte wieder. «Ja. Er kann außerdem nachempfinden, daß die Ermittlungen im Mordfall Kinsman in vielerlei Hinsicht für Sie besonders schwierig sein müssen. Ich soll Ihnen ausrichten, daß er wünscht, er könnte Ihnen helfen.»

«Jano ist sein Cousin», sagte Chee. «Sie sind mehr oder weniger zusammen aufgewachsen. Cowboy ist der Ansicht, daß ich den falschen Mann verhaftet habe. Das hat man mir jedenfalls erzählt.»

Leaphorn hob beschwichtigend die Hand. «Wie auch immer. Er denkt, daß Sie der alten Frau vielleicht ein paar Fragen stellen möchten. Er sagte, ihr Name sei Old Lady Notah.»

«Old Lady Notah», wiederholte Chee. «Dann sind das wahrscheinlich ihre Ziegen, die ich heute morgen drüben auf der anderen Seite des Sattels gesehen habe. Ich werde zu ihr fahren und mit ihr reden.»

«Aber erwarten Sie nicht zuviel, möglicherweise ist es die reine Zeitverschwendung», bemerkte Leaphorn.

«Schon möglich – vielleicht aber auch nicht», entgegnete Chee. Er blickte zurück zum Yells Back Butte. «Ich hätte da eine Bitte ... Würden Sie Dashee sagen, daß ich ihm danke?»

«Aber gern.»

Chee sah Leaphorn noch immer nicht an. «Hat Cowboy sonst noch irgendwelche Vorschläge?»

«Keine Vorschläge, aber eine Theorie, was dort oben passiert sein könnte.»

Chee wandte den Kopf und richtete seinen Blick auf Leaphorn. «Und was besagt diese Theorie?»

«Der wesentliche Punkt ist, daß nach Dashees Ansicht Catherine Pollard die Tat begangen hat», sagte Leaphorn.

Chee runzelte die Stirn. «Hat er denn eine Vermutung über ihr Motiv? Und hat er darüber nachgedacht, ob sie überhaupt die Möglichkeit dazu hatte? Hat Dashee diese Dinge alle geklärt?»

«Vielleicht nicht alle, aber einen Teil davon schon», antwortete Leaphorn. «Dashee meint, Pollard sei zum Yells Back Butte gefahren, um hier ihre Arbeit zu tun. Sie trifft auf Kinsman, der sie erneut belästigt. Sie wehrt sich, und die beiden beginnen, miteinander zu kämpfen. In ihrer Not greift Pollard zu einem Stein, schlägt Kinsman damit nieder und flieht anschließend.» Leaphorn schwieg, um Chee die Möglichkeit zu geben, über das Gesagte nachzudenken. Nach einer Weile fügte er hinzu: «Bei dieser Version des Tathergangs drängt sich allerdings die Frage auf, wie es ihr gelungen sein soll, von hier wegzukommen, ohne Ihnen zu begegnen. Denn Sie waren ja aufgrund von Kinsmans Funkmeldung schon auf dem Weg, um ihm zu Hilfe zu kommen.»

«Genau daran habe ich auch gerade gedacht», sagte Chee.

«Und außerdem – wenn wir einmal davon ausgehen, daß sie auf der Flucht ist, wieso hat dann ihre Familie einen Privatdetektiv angeheuert ...» Er hielt verlegen inne.

Leaphorn grinste. «Wenn Dashee recht hat, dann hat man mich, wie Sie so schön sagen, ‹angeheuert›, um die vorgetäuschte Besorgnis glaubhafter zu machen.»

«Das könnte natürlich sein, es wäre sogar ein sehr geschickter Schachzug», bemerkte Chee.

Leaphorn nickte. «Ja. Und ich muß dazu sagen, daß die alte Mrs. Vanders, Pollards Tante, die mir den Auftrag erteilt hat, ausgesprochen klug und entschlossen wirkte. Aber es bleibt die Frage von vorhin, wie Pollard es geschafft haben kann, ungesehen von hier wegzukommen. In der Fernsehwerbung stellen sie es immer so dar, als könnte man mit einem Jeep problemlos senkrecht eine Bergwand hochfahren, aber das stimmt natürlich nicht.»

«Also, ich wüßte schon eine Möglichkeit», sagte Chee zögernd. «Es gibt außer diesem Weg hier noch einen Zugang zum Yells Back Butte, vorausgesetzt, man scheut sich nicht, ein bißchen zu klettern. Er liegt auf der andern Seite des Kegels, ich glaube, die alte Frau mit den Ziegen benutzt ihn ab und zu, wenn sie ihre Tiere auf der Seite des Sattels weiden läßt. Pollard könnte mit dem Jeep den Weg hinaufgefahren sein, den Wagen abgestellt haben, den Sattel hochgeklettert und dann nach ihrer Begegnung mit Kinsman auf demselben Weg wieder zurück zu ihrem Wagen gelangt und fortgefahren sein.» Chee hielt inne. «Allerdings ergibt sich auch hier wieder ein Problem.»

Leaphorn nickte. «Daß sie diesen Weg vermutlich gar nicht erst genommen haben würde. Sie hätte von vornherein wissen müssen, daß sie eine Möglichkeit brauchen würde, ungesehen zu verschwinden.»

«Ja, genau», sagte Chee.

Louisa, die bisher schweigend zugehört hatte, meldete sich

zu Wort. «Ich weiß natürlich, daß ich von Polizeiarbeit keine Ahnung habe», sagte sie, «aber dürfte ich trotzdem mal etwas dazu sagen?»

«Aber bitte», sagte Leaphorn.

«Ich frage mich die ganze Zeit, wieso Pollard überhaupt hier herausgefahren ist», begann Louisa. «Was wollte sie hier?» Sie wandte sich zu Leaphorn. «Hast du mir nicht gesagt, daß sie unterwegs war, um herauszufinden, wo Nez sich infiziert hatte?»

Leaphorn nickte überrascht. Er wußte nicht, worauf sie hinauswollte.

«Und habe ich dich vorhin richtig verstanden, daß die Zeit zwischen Infektion und dem Auftreten der ersten Krankheitssymptome, also die sogenannte Inkubationszeit, fünf bis sechs Tage beträgt? Und daß es danach noch einmal gut eine Woche dauert, ehe der Kranke, sofern er nicht vorher behandelt wird, stirbt?»

Leaphorn nickte erneut, aber er wußte noch immer nicht, worauf ihre Frage abzielte.

«Wenn die Seuchenbekämpfer versuchen herauszubekommen, wo sich der Kranke infiziert hat, suchen sie also die Orte auf, wo er sich fünf bis sechs Tage vor dem Auftreten der ersten Krankheitszeichen aufgehalten hat. Falls sich dieses Datum nicht mehr feststellen läßt, gehen sie zwei, drei Wochen bis vor seinem Tod zurück», stellte sie fest.

Leaphorn pfiff leise durch die Zähne. «Ich fange an zu verstehen!»

Chee, dessen Interesse an der Pest und den Seuchenbekämpfern erst wenige Minuten alt war, blickte verständnislos von einem zum andern. «Wenn einer von Ihnen mir vielleicht erklären könnte …», begann er, doch weder Leaphorn noch Louisa beachteten ihn.

«Pollard hat aufgeschrieben, wo Nez sich zu der relevanten Zeit aufhielt», fuhr Louisa aufgeregt fort. «Wenn ich mich recht erinnere …» Sie hielt mitten im Satz inne. «Einen Moment. Ich möchte nichts Falsches sagen. Ich hole schnell die Unterlagen.»

Sie kletterte in den Pickup, nahm den Ordner vom Armaturenbrett, stieg ebenso rasch wieder aus, lehnte sich an den Kotflügel und begann, die letzten beschriebenen Seiten durchzublättern.

«Hier», sagte sie, «unter dem Datum des 4. Juli hat sie notiert, wo Nez sich zur entscheidenden Zeit aufgehalten hat. Bis zum 16. Juni war er in Encino bei seinem Bruder, danach die ganze Zeit zu Hause in Copper Mine, bis er am 26. nach Goldtooth aufgebrochen ist, um bei Woody zu arbeiten. Und am Tag seines Aufbruchs war er noch ‹bei guter Gesundheit›.»

«Am 26. Juni noch bei guter Gesundheit», wiederholte Leaphorn nachdenklich.

«Ja. Und vier Tage später starb er im Krankenhaus von Flagstaff.» Sie blickte wieder in die Aufzeichnungen. «Genau gesagt, drei Tage später. Pollard schreibt, der Tod sei kurz nach Mitternacht eingetreten.»

«Das muß ja alles rasend schnell gegangen sein bei ihm», sagte Leaphorn. «Gibt es irgendeinen Hinweis, daß er vielleicht gar nicht an der Pest, sondern an etwas anderem gestorben ist?»

Louisa schüttelte den Kopf. «Nein. Der Punkt ist, daß sich Catherine Pollard natürlich sehr genau auskennt, was die Inkubationszeit und den Krankheitsverlauf von Pest angeht», sagte sie. «Ihr muß von Anfang an klargewesen sein, daß Nez sich nicht hier oben infiziert haben kann. Die Daten passen einfach nicht. Deshalb ist sie auch noch ein zweites Mal zur Copper Mine Mesa gefahren. Nach den ihr vorliegenden Daten mußte sie davon ausgehen, daß er sich irgendwo zu Hause angesteckt hat. Hier …» Sie begann vorzulesen: «‹Mutter sagt, Anderson habe neue Pflöcke gesetzt und neue Drähte gespannt, um Schafweide zu vergrößern. Hunde tragen Flohhalsband, sind ungezieferfrei. Keine Katzen. Keine Präriehundkolonien in der Nähe des Hogans oder der Weidegründe. Keine Hinweise auf Ratten. Nez noch am 26. morgens mit Mutter zum Lebensmitteleinkauf nach Page. Keine Anzeichen von Erkrankung. Weder Kopfschmerzen noch Fieber.›» Louisa klappte den Ordner zu. «Und damit bin ich wieder bei meiner Frage vom Anfang: Wieso fährt sie am Achten hierher, um nach infizierten Nagern und Flöhen zu suchen?»

«Ja, stimmt», sagte Leaphorn. «Das ist irgendwie nicht plausibel. Kann es sein, daß Krause uns nicht die Wahrheit gesagt hat? Oder hat umgekehrt sie vielleicht Krause etwas vorgemacht? Aber warum hätte sie das tun sollen? Es ergibt keinen Sinn.»

«Krause ist ihr Vorgesetzter, oder?» fragte Chee. «Ich glaube, ich bin ihm mal begegnet. Groß, athletische Figur?»

Leaphorn nickte. «Ja, das ist er.»

«Steht da sonst noch was über Nez?» wollte Chee wissen.

Louisa schlug den Ordner wieder auf. «Ja, er wird noch einmal indirekt erwähnt», sagte sie. «Unter dem Datum vom 6. Juli hat Pollard geschrieben: ‹Krause sagt, er habe erfahren, daß Dr. Woody Nez ins Krankenhaus eingeliefert hat. Krause telefonisch nicht zu erreichen. Bin *mañana* in Flag, werde versuchen, Genaueres zu erfahren.› Am Siebten hat sie auch noch etwas notiert: ‹Kann nicht glauben, was ich heute in Flag gehört habe! Wurde angelogen! Fahre morgen früh zum Yells Back Butte, um die Sache endlich abzuschließen.›» Louisa klappte den Ordner zu. «Das war ihr letzter Eintrag.»

16

«Es ist schon merkwürdig», sagte Leaphorn. «Manchmal hört oder liest man Sachen, ohne ihre wirkliche Bedeutung zu erfassen.»

«Du denkst an Catherine Pollards Arbeitsnotizen?» fragte Louisa.

«Ja, es hätte mir auffallen müssen, daß da etwas nicht zusammenpaßte. Ich weiß doch inzwischen so einigermaßen Bescheid, was die Inkubationszeit und den Verlauf der Pest angeht. Da hätte ich eigentlich stutzig werden müssen, daß sie auch hier am Yells Back Butte nach dem Infektionsherd für Nez' Erkrankung gesucht hat.»

Sie holperten seit ein paar Minuten den alten felsigen Weg hoch, der früher einmal der Familie Tijinney den Zugang zu einer Welt außerhalb des Schattens des Yells Back Butte gestattet hatte. Über der Black Mesa ballten sich dunkle Wolken zusammen, die anzeigten, daß die regenreiche Zeit nah bevorstand.

«Ach, so was passiert doch leicht, gerade wenn man sich besonders intensiv mit etwas beschäftigt», sagte Louisa. Sie lächelte ihn an. «Du hast eben Glück gehabt, daß du mich dabei hattest.»

«Das stimmt», sagte er. «Zwei Dinge sind mir heute aufgefallen: Du hast dich mit Pollards Gekritzel herumgeschlagen, während ich schon fast davor kapituliert hatte. Und du hast gestern abend Perez' Ausführungen aufmerksam zugehört, während ich, wie ich leider zugeben muß, mit meinen Gedanken des öfteren woanders war. Der Schluß liegt nahe, daß du offenbar eine höhere Toleranz gegenüber Langeweile besitzt als ich.»

Louisa lachte. «Die braucht man auch, wenn man es an der Universität zu etwas bringen will», sagte sie. «Sonst würde man nämlich jede Fakultätssitzung spätestens nach einer halben Stunde wieder verlassen, und wenn man das täte, bekäme man nie eine Professur. Und das hieße, man müßte sich nach einer richtigen Arbeit umsehen.»

Leaphorn schaltete in den zweiten Gang hinunter und folgte den ausgefahrenen Reifenspuren. Sie fuhren an der Stelle vorbei, wo Kinsman und Chee an jenem schicksalhaften Tag ihre Streifenwagen abgestellt hatten, und dann das trockene Bachbett hoch. Ziemlich weit oben gelangten sie zu einer Art Buckel, von dem aus man direkt auf die alte Familiensiedlung der Tijinneys hinuntersehen konnte. Leaphorn hielt an und stellte die Zündung ab.

«Chee sagte, daß Woody mit seinem Van ziemlich nah am Berg steht», sagte Louisa. «Vermutlich parkt er da drüben unter den Wacholderbäumen.»

Leaphorn nickte. «Ich wollte nur mal einen Blick auf das alles hier werfen», er beschrieb mit der Hand einen Halbkreis. Von der früheren Wohnstätte der Tijinneys, dem Hogan, waren nur noch traurige Reste übrig. Das Dach war fast gänzlich zerstört, und die Tür fehlte. Weiter hinten die Buschlaube war verwildert, während der aus aufgeschichteten Steinen errichtete Schafstall noch intakt aussah. Zwei Steinpfeiler, die früher einmal die Balken getragen hatten, auf denen die Wasserfässer gelagert waren, standen jetzt nutzlos da und wirkten fehl am Platz.

«Ein trauriges Bild», sagte Leaphorn.

«Einige Leute würden es sicher malerisch nennen», entgegnete Louisa.

Leaphorn nickte. «Ja, weil sie keine Ahnung haben, wieviel Mühe und Arbeit es einmal gekostet hat, das alles aufzubauen und hier zu existieren.»

«Ich weiß», sagte Louisa. «Ich habe dir ja erzählt, daß ich auf einer Farm großgeworden bin. Aber in Iowa hatten wir fetten schwarzen Boden und regelmäßig Regen. Unser Haus besaß fließend Wasser, ein Bad und natürlich auch Elektrizität. Eben alles, was man braucht, um einigermaßen komfortabel zu leben.»

«McGinnis erzählte mir, als ich bei ihm war, daß sich immer wieder Jugendliche hier herumgetrieben hätten. Ein Teil der Zerstörung geht wohl auf sie zurück.»

«Aber da waren bestimmt keine jungen Navajos dabei», sagte Louisa. «Das da drüben ist ein Totenhogan, oder nicht? Auch nur in seine Nähe zu kommen wäre doch schon eine Tabuverletzung.»

Leaphorn nickte. «Dir ist die Öffnung an der Nordseite aufgefallen, wo sie die Leiche hinausgetragen haben», stellte er fest. «Ja, du hast recht, es ist ein Totenhogan. Ich glaube, Tijinneys Frau ist in dem Hogan gestorben. Aber was das Tabu angeht – McGinnis behauptet, daß viele junge Navajos, nicht nur die, die in die Stadt gezogen sind, die alten Traditionen nicht mehr achten. Die Tabus haben keine Gültigkeit mehr für sie, einmal vorausgesetzt, daß sie sie überhaupt noch kennen. McGinnis meint, daß ein paar von ihnen sogar in den Hogan eingedrungen seien, wohl weil sie hofften, dort irgend etwas Wertvolles zu finden, das sie verkaufen könnten.»

Louisa schüttelte den Kopf. «Aber kein Mensch kommt doch auf die Idee, ausgerechnet in einem Hogan Reichtümer zu vermuten. Ich denke, man darf McGinnis nicht alles abnehmen, was er erzählt.»

Leaphorn lachte. «Nein, wahrscheinlich nicht. Doch er würde, glaube ich, auch gar nicht behaupten, daß alles, was er sagt, den Tatsachen entspricht. Er gibt nur einfach weiter, was er so hört. Aber in einem Punkt irrst du dich. Es gibt schon Dinge in einem Hogan, die, wenn man sie verkauft, sehr viel Geld einbringen können – zum Beispiel Medizinbündel. Wenn ein Hogan gebaut wird, dann spart der Besitzer in der Regel in der Wand neben der Tür eine kleine Nische aus, wo er sein Bündel aufbewahrt. Es enthält meistens Gestein von den vier heiligen Bergen, Federn, ein Amulett und ähnliche Dinge. Es gibt schon seit langem Sammler, die bereit sind, eine Menge Geld für so ein Medizinbündel zu bezahlen. Und je älter es ist, desto wertvoller.»

Louisa schüttelte den Kopf. «Mir persönlich ist diese Art Sammeltrieb völlig fremd.»

Leaphorn sah sie an. «Aber du sammelst doch auch», sagte er lächelnd. «Allerdings keine alten Gegenstände, sondern alte Geschichten. Zum Beispiel die von uns *Diné*. Dadurch haben wir uns damals kennengelernt, weißt du noch? Eine deiner ‹Quellen› saß im Gefängnis.»

«Ich sammle die Geschichten, um sie in ihrer ursprünglichen Fassung zu bewahren», sagte Louisa. «Erinnerst du dich, wie du mir von ‹First Man› und ‹First Woman› erzählt hast und davon, wie sie White Shell Girl als Baby auf der Huerfano Mesa gefunden hätten? So, wie du die Geschichte weitergegeben hast, stimmte sie gar nicht, sie war voller Fehler.»

«Und ob sie stimmte», sagte Leaphorn. «Wie du sie von mir gehört hast, wird sie seit Generationen in unserem Red Forehead Clan überliefert. Sie kann also gar nicht falsch sein. Wahrscheinlich haben die anderen Clans ein paar Sachen durcheinandergebracht. Übrigens hat McGinnis auch noch davon gesprochen, daß irgend jemand unter der Feuerstelle im Hogan ein tiefes Loch gegraben hätte. Derjenige muß wohl geglaubt haben, daß da ein Schatz zu finden sei. McGinnis meinte, daß immer Gerüchte kursiert hätten über einen Eimer voller Silberdollars, weil der alte Tijinney als Silberschmied gearbeitet hat.» Er sah sie an. «Weißt du was? Ich werde da jetzt hinuntergehen und nachsehen, ob wirklich jemand dort unten im Hogan gegraben hat.»

Louisa kletterte mit ihm zusammen den Abhang hinunter. Von dem ursprünglichen Hogan war nichts mehr übrig als eine aus aufgeschichteten Steinen errichtete Mauer. Sie umgab ein kreisförmiges Stück festgestampften Bodens. Außerdem gab es noch einige Kiefernpfähle, die einmal das Dach aus Teerpappe getragen hatten.

«Hier hat tatsächlich mal jemand gegraben», rief Louisa überrascht. «Aber wer immer es war, er hat sich die Mühe gemacht, das Loch wieder aufzufüllen.»

Der Himmel hatte sich schon seit einer Weile bezogen, und von der Mesa her drang leises Donnergrollen zu ihnen herüber. Sie machten sich auf den Weg zurück zum Wagen.

«Ob sich unter der Feuerstelle wohl wirklich ein Schatz befunden hat?» fragte Louisa.

Leaphorn zuckte die Schultern. «Ich glaube nicht. Ich habe noch nie gehört, daß ein Navajo ein Loch unter seiner Feuerstelle gräbt, wenn er etwas verbergen will. Warum sollte er sich auch die Mühe machen, wo es hier doch jede Menge natürliche Verstecke gibt? Außerdem – ein Navajo und ein Schatz, das paßt nicht zusammen. Reichtümer anzuhäufen entspricht nicht unserer Lebenseinstellung. Wenn Geld da ist, dann gibt man es weiter, es gibt immer Verwandte, die es brauchen können.»

Louisa lachte. «Hast du das auch McGinnis gesagt?»

«Ja, und er hat geantwortet, ich sollte doch selbst herausfinden, ob an der Sache mit dem Silberschatz etwas dran sei oder nicht. Schließlich sei ich der Detektiv.»

Sie fanden Dr. Woodys Van genau an der Stelle, die Chee ihnen beschrieben hatte. Bei ihrer Ankunft stand Woody in der Tür und sah ihnen zu, wie sie einparkten. Zu Leaphorns Überraschung schien er sich über ihr Kommen zu freuen.

«Gleich zweimal Besuch heute», sagte er, als sie ausstiegen. «Ich habe gar nicht gewußt, daß ich so gefragt bin.»

«Wir wollen Sie nicht lange aufhalten», sagte Leaphorn. Er wies mit einer Handbewegung auf Louisa. «Das ist Dr. Bourebonette, und ich bin Joe Leaphorn. Sie sind Dr. Woody, nehme ich an?»

«Stimmt», sagte Woody. «Ich freue mich, daß Sie hier sind. Was kann ich für Sie tun?»

«Wir versuchen, eine Frau namens Catherine Pollard zu finden», sagte Leaphorn. «Sie arbeitet als Seuchenbekämpferin beim Arizona Health Department, und ...»

«Oh, ich weiß, wen Sie meinen», unterbrach ihn Woody.

«Ich habe sie vor einiger Zeit mal getroffen. Drüben in Red Lake. Sie sprach mich an und erkundigte sich nach der Laborausstattung in meinem Van. Dann bat sie mich, sie zu informieren, falls ich irgendwo tote Nager oder sonst etwas Auffälliges entdecken würde. Sie selbst war wohl auch gerade wieder unterwegs, um Nagerhöhlen auf Pesterreger zu kontrollieren. Im Grunde arbeiten wir beide für dasselbe Ziel: die Ausrottung der furchtbaren Seuche.»

Woody wirkte merkwürdig erregt, dachte Leaphorn, so als stünde er unter großer Spannung und könne nur mit Mühe an sich halten. Wie jemand, der high ist von Amphetaminen, schoß es ihm durch den Kopf, doch schloß er diese Ursache bei Woody aus.

«Haben Sie sie irgendwann einmal hier oben gesehen?»

Woody schüttelte den Kopf. «Nein», sagte er, «ich habe sie nur das eine Mal getroffen, in Red Lake, wie ich Ihnen schon sagte. An der Tankstelle, um genau zu sein.»

«Wenn Pollard nicht gerade unterwegs ist, arbeitet sie in Tuba, in einer Art Behelfslabor», sagte Leaphorn. «Am Morgen des 8. Juli ist sie von dort aufgebrochen. Sie hat einen Zettel hinterlassen, auf dem sie mitteilte, daß sie hierher zum Yells Back Butte wollte.»

Woody nickte. «Ich weiß», sagte er. «Heute morgen war ein Polizist von der Navajo Tribal Police bei mir. Er hat sich auch nach ihr erkundigt. Aber treten Sie doch ein, ich würde Ihnen gern etwas zu trinken anbieten.»

«Wir möchten Ihre Zeit nicht länger als nötig in Anspruch nehmen», sagte Leaphorn.

«Ach was! Kommen Sie! Ich habe gerade eine wunderbare Entdeckung gemacht und brenne darauf, jemandem davon zu erzählen.» Er wandte sich an Louisa. «Dr. Bourebonette, darf ich aus Ihrem Titel schließen, daß Sie Ärztin sind?»

Louisa schüttelte den Kopf. «Da muß ich Sie enttäuschen, ich bin Professorin für Kulturanthropologie an der Northern

Arizona University. Wir haben übrigens einen gemeinsamen Bekannten dort – Dr. Perez.»

«Perez?» wiederholte Woody, als könne er mit dem Namen nichts anfangen. Dann hellte sich sein Gesicht auf. «Ah ja, richtig, jetzt erinnere ich mich. Der Biologe. Er hat ein paarmal im Labor in Flag Blut- und Gewebeuntersuchungen für mich durchgeführt.»

«Michael ist ein großer Verehrer von Ihnen», sagte Louisa. «Wenn er zu bestimmen hätte, dann ginge der nächste Nobelpreis für Medizin an Sie.»

Woody lachte. «Aber nur, wenn sich meine Annahmen bezüglich der Abläufe in Immunsystemen von Nagern bestätigen sollten. Und falls mir nicht jemand mit den Ergebnissen zuvorkommt. Aber Sie stehen ja immer noch hier draußen. Sie müssen mich wirklich für unhöflich halten. Bitte, kommen Sie herein. Ich möchte Ihnen etwas zeigen.» Er rieb sich wie in Vorfreude die Hände und lächelte ihnen zu, als habe er eine große Überraschung für sie.

Drinnen war es sehr kühl, die Luft fühlte sich feucht und klamm an, und es roch durchdringend nach Tieren, Formaldehyd und verschiedenen anderen Chemikalien, ein unangenehmer Cocktail von Gerüchen, der Leaphorn und Louisa lange in Erinnerung bleiben sollte. Das Surren mehrerer kleiner Ventilatoren wurde überlagert vom sonoren Brummen des Kühlaggregats auf dem Dach, und dazwischen hörte man immer wieder heftiges Scharren und vereinzelte hohe Quietschlaute, beides offenbar Lebenszeichen von Nagern, die hier irgendwo, den Blicken verborgen, gefangengehalten wurden. Woody bot Louisa den Drehstuhl vor seinem Schreibtisch an und bat Leaphorn, auf dem Hocker neben dem großen, mit einer weißen Platte versehenen Arbeitstisch Platz zu nehmen. Er selbst blieb, mit dem Rücken an die Tür des riesigen Kühlschranks gelehnt, stehen.

«Sie können Dr. Perez mitteilen, daß ich gute Neuigkeiten

habe», sagte er. «Richten Sie ihm aus, ich hätte den Eingang zur Höhle des Drachen entdeckt.»

Leaphorn warf Louisa einen fragenden Blick zu, doch offenbar begriff sie genausowenig wie er, was Woody damit meinte.

«Wird Michael verstehen, was Sie damit sagen wollen?» erkundigte sich Louisa. «Er hat mir erklärt, daß Sie nach einer Möglichkeit suchen, um dem Problem der zunehmenden Antibiotikaresistenz von Bakterien entgegenzutreten. Heißt das, Sie haben die Lösung gefunden?»

Woody schien plötzlich verlegen. «Ich sollte mich vielleicht erst darum kümmern, daß Sie endlich etwas zu trinken bekommen», sagte er. «Und dann werde ich versuchen, es Ihnen zu erklären.» Er öffnete den Kühlschrank und nahm einen Eiskübel heraus, dann griff er über seinen Kopf in ein Regal, zog drei Metallbecher heraus sowie eine kurze, dicke Flasche aus braunem Glas, die er ihnen entgegenstreckte. «Ich habe leider nur Scotch.»

Louisa nickte, Leaphorn dagegen zog es vor, Wasser zu trinken.

Während Woody für Louisa und sich selbst die Drinks richtete, begann er mit seinen Erläuterungen.

«Bakterien lassen sich, wie Sie vielleicht wissen, in verschiedene Familien und Gattungen einteilen. Was meine Forschungen betrifft, so habe ich es vor allem mit zweien dieser Familien zu tun: den *Enterobacteriaceae*, zu denen *Yersinia pestis* gehören, und den *Brucellaceae* mit *Pasteurella*, ebenfalls Pesterregern. Außer den beiden gibt es natürlich noch eine ganze Reihe weiterer Familien, so die *Micrococcaceae*. Sie werden unterteilt in drei verschieden Gattungen, eine davon die Staphylokokken, die unter anderem Meningitis sowie eine foudroyante atypische Pneumonie auslösen können.»

Woody hielt inne und nahm einen Schluck von seinem Scotch. «Die Staphylokokken nun», fuhr er fort, «zeichnen sich durch eine Besonderheit aus. Sie besitzen nämlich ein sogenanntes Plasmid, das ist ein extrachromosomales Gen, das direkt oder durch Bakteriophagen auf andere Bakterien übertragen werden kann und ihnen neue Eigenschaften verleiht – zum Beispiel die Fähigkeit, ein Enzym zu bilden, das Penizillin unwirksam macht. Das bedeutet, daß man eine Krankheit, die durch ein solches Bakterium verursacht wird, nicht mehr mit Penizillin behandeln kann. Ist Ihnen deutlich geworden, was ich meine?»

«Aber sicher», antwortete Louisa. «Ich sagte Ihnen ja, daß ich mit Dr. Perez befreundet bin, und da habe ich mir im Laufe der Jahre zwangsläufig einige Kenntnisse in dieser Richtung angeeignet.»

Leaphorn nahm einen Schluck von seinem Eiswasser. Das Wasser selbst schmeckte schal und abgestanden, der Eiswürfel fügte dem noch ein unangenehmes Aroma nach Kühlschrank hinzu, und obendrein schien sich auch noch der Raumgeruch im Wasser niedergeschlagen zu haben. Er setzte den Becher rasch wieder ab. «Heißt das, Sie haben ein Pestbakterium entdeckt, das durch ein Staphylokokkenplasmid derart verändert worden ist, daß Tetrazykline und Chloramphenicol bei einer Infektion nichts mehr ausrichten?»

«Ja, genau», sagte Woody. «Und es steht zu vermuten, daß noch eine ganze Reihe weiterer Antibiotika gegenüber diesem veränderten Pestbakterium ihre Wirkung verloren haben. Aber das ist im Augenblick nicht so wichtig. Worauf es mir eigentlich ankommt ...»

«Also, ich finde das schon wichtig», sagte Louisa ernst.

«Damit haben Sie auch grundsätzlich recht», antwortete Woody. «Ganz ohne Zweifel ist eine Infektion mit diesem veränderten Bakterium ungleich gefährlicher als mit den üblichen *Yersinia pestis*, sie verläuft für das Opfer mit an Sicherheit grenzender Wahrscheinlichkeit tödlich. Aber bisher haben wir es zum Glück immer noch mit einer sogenannten transmissiven Seuche zu tun, das heißt einer Blut-zu-Blut-Übertragung. Es erfordert einen Vektor, wie zum Beispiel den Floh, damit die Seuche von einem Säugetier auf das andere überspringt. Wenn die Veränderung des Bakteriums dagegen die Übertragungsform beträfe, zum Beispiel derart, daß eine Ansteckung durch Tröpfcheninfektion erfolgen könnte, dann hätten wir wirklich Grund zur Panik. Es gibt diese primäre Pneumonie bereits, aber sie ist bisher nur sehr, sehr selten.»

«Ihrer Meinung nach besteht also noch kein Grund zur Panik?» erkundigte sich Louisa.

Woody lachte. «Nein, zur Panik nicht, aber zur Besorgnis schon. Übrigens wären die Seuchenspezialisten vermutlich gar nicht so unglücklich, wenn sie es mit dieser Lungenpest zu tun bekämen. Wenn eine Seuche sehr schnell und massenhaft tötet, dann findet sie bald keine Opfer mehr und erlischt von allein.»

Louisas Gesichtsausdruck zeigte, daß sie diese Vorstellung eher entsetzte. «Sie haben uns noch nicht erzählt, worauf es Ihnen denn nun eigentlich ankommt», erinnerte sie Woody.

Der nickte, zog die Tür eines halbhohen Laborschrankes auf und holte einen Drahtkäfig hervor, in dem ein rundlicher brauner Präriehund lag. Auf einem kleinen Schild, das an einem der Gitterstäbe festgebunden war, stand sein Name – Charley.

«Im Blut dieses Burschen hier», sagte Woody und wies auf das regungslos daliegende Tier, «wimmelt es nur so von Pesterregern, und zwar sowohl von den guten alten *Yersinia pestis* als auch von den neuen, veränderten Bakterien. Dasselbe gilt auch für die anderen Präriehunde aus seiner Kolonie. Aber das Tolle ist – sowohl Charley als auch seine Verwandten sind gesund und munter.»

«Er sieht aber ziemlich tot aus», wandte Louisa ein.

«Er schläft nur», antwortete Woody. «Ich mußte ihn betäuben, weil ich Blut und ein paar Gewebeproben von ihm brauchte. Er muß sich von der Chloroformnarkose erst wieder erholen.»

«Aber das ist noch nicht alles, oder?» fragte Leaphorn. «Daß in Gegenden, wo die Pest durchgezogen ist, immer ein paar Nagerkolonien überleben, ist doch schon seit langem bekannt. Man nennt solche Kolonien Seuchenreservoire, soweit ich weiß. Der Erreger ist im Blut der überlebenden Tiere latent vorhanden, und nach einiger Zeit kommt es von diesen Kolonien aus zu neuen Pestausbrüchen.»

«Stimmt», sagte Woody. «Und wir haben diese Kolonien seit Jahren untersucht, um herauszufinden, was im Immunsystem eines Präriehundes passiert. Warum bleibt er, obwohl er den Erreger in sich trägt, gesund und am Leben, während ringsumher andere Präriehunde zu Tausenden verenden?» Woody nahm einen Schluck Scotch und sah sie über den Rand seiner Brille hinweg mit durchdringendem Blick an.

«Jetzt aber», fuhr er fort und klopfte mit dem Zeigefinger ein paarmal an die Gitterstäbe des Käfigs, «jetzt haben wir ganz neue Möglichkeiten. Wir injizieren das Blut dieses Präriehundes einem anderen Säugetier, das bereits immun ist gegen die normalen Pesterreger *Yersinia*. Dann beobachten wir dessen Immunreaktion auf den neuen, veränderten Erreger. Gleichzeitig injizieren wir sein Blut einem noch nicht infizierten Säugetier und beobachten auch hier, was im Immunsystem vor sich geht. Wir registrieren das Ansteigen der weißen Blutkörperchen, Veränderungen in den Zellwänden und so weiter.»

«Aber läßt sich das, was Sie über das Immunsystem der Nager herausfinden, denn so ohne weiteres auf das von uns Menschen übertragen?» fragte Leaphorn.

Woody nickte. «Grundsätzlich schon. Tierexperimente sind seit Generationen die Grundlage aller medizinischen Forschung.» Er setzte den Becher hart auf den Tisch. «Wenn wir diesmal wieder nicht weiterkommen, dann brauchen wir uns jedenfalls keine Sorgen mehr zu machen über globale Erwärmung, Asteroide auf Kollisionskurs zur Erde oder einen möglichen Atomkrieg – eben all diese untergeordneten Bedrohungen. Die kleinen Biester haben es geschafft, unsere Abwehr zu neutralisieren, und wenn wir nicht schleunigst etwas dagegen unternehmen, dann kriegen sie uns.»

«Übertreiben Sie jetzt nicht ein wenig?» fragte Louisa. «Schließlich wird schon in der Antike über Seuchenzüge berichtet, und trotzdem hat die Menschheit als ganze bisher immer überlebt.»

Woody lächelte grimmig. «Ja, aber damals gab es noch nicht den Reiseverkehr wie heute. Früher tötete eine Seuche die Menschen in einer bestimmten Gegend, und dann erlosch sie von selbst, weil es niemanden mehr gab, zu dem der Erreger weiterwandern konnte. Heute kann sich eine Krankheit per Flugzeug schon weltweit ausgebreitet haben, ehe man in den Centers for Disease Control überhaupt nur ahnt, daß da etwas im Gange ist.»

Eine Weile herrschte nachdenkliche Stille. Nachdem er sich einen neuen Scotch eingegossen hatte, nahm Woody den Gesprächsfaden wieder auf: «Aber ich sagte Ihnen vorhin, daß ich eine wunderbare Entdeckung gemacht hätte, und wenn Sie erlauben, werde ich Ihnen jetzt zeigen, was ich damit meinte.» Er wies auf das größere von zwei Mikroskopen. Louisa blickte zuerst hindurch. «Achten Sie auf die Haufen stäbchenförmiger Zellen, sehr regelmäßige Formen», erläuterte Woody. «Das sind die *Yersinia*-Bakterien. Sehen Sie gleich daneben die kugelförmigeren? Sie sind auch dunkler, weil sie auf die Färbung anders reagieren. Sie sehen fast so aus wie die Bakterien, die man im Blut von Menschen findet, die an einer Staphylokokken-Infektion erkrankt sind. Aber eben nur fast, denn sie besitzen auch einige der Charakteristika der *Yersinia*.»

«Also, ehrlich gesagt, ich bin wohl nicht die Richtige, um Ihre Entdeckung zu würdigen», sagte Louisa. «Wenn ich durch ein Mikroskop blicke, habe ich jedesmal den Eindruck, ich sehe nur meine eigenen Augenwimpern.»

Nach Louisa war Leaphorn an der Reihe. Er sah verschiedenförmige Bakterien und einige andere Zellen, von denen er annahm, daß es wohl Blutzellen sein müßten. Doch genau wie Louisa konnte er mit dem Präparat nichts anfangen und hatte das Gefühl, nur seine Zeit zu verschwenden. Schließlich war er nicht hier herausgefahren, um etwas über Bakterien zu erfahren, sondern über das Verschwinden von Catherine Pollard.

«Wirklich sehr interessant», sagte er höflich. «Aber wir haben Ihre Zeit schon viel zu lange in Anspruch genommen. Ich hätte da noch zwei, drei Fragen an Sie, und dann werden wir wieder wegfahren, und Sie können weiterarbeiten. Ich nehme an, daß Lieutenant Chee Ihnen sagte, daß Miss Pollard am Tag ihres Verschwindens vorhatte, hierher nach Yells Back Butte zu kommen. Sie wollte herausfinden, wo der letzte Pesttote, Anderson Nez, sich seine Infektion geholt hatte. Nez hat hier oben, soweit ich weiß, für Sie gearbeitet, nicht wahr?»

Woody nickte. «Ja, schon seit Jahren, in der Regel zwei, drei Tage pro Woche. Er hat Fallen aufgestellt, sie kontrolliert, gefangene Nager eingesammelt und einzelne Tiere, die ich hier im Labor behielt, versorgt. Die ganzen praktischen Dinge der Laborarbeit eben.»

«Soweit ich gehört habe, waren Sie derjenige, der Nez ins Krankenhaus einlieferte. Haben Sie den Ärzten dort angegeben, wo er sich infiziert hatte?»

Woody schüttelte den Kopf. «Nein, ich weiß es ja selber nicht.»

«Aber Sie werden doch eine Vermutung haben?» hakte Leaphorn nach.

Woody schüttelte wieder den Kopf. «Nicht einmal das. Die Gegend hier ist ja sehr weitläufig, und er ist immer an verschiedenen Stellen unterwegs gewesen. Mal hier, mal dort. Außerdem setzen sich Flöhe in der Kleidung fest, man trägt sie tagelang mit sich herum und merkt oft nicht einmal, wenn man gebissen wird.»

Leaphorn verglich das mit seinen eigenen Erfahrungen. Er war mehr als einmal von einem Floh gebissen worden. So ein Biß war zwar nicht schmerzhaft, aber er hatte ihn doch jedesmal deutlich gespürt.

«Wann ist Ihnen denn aufgefallen, daß Nez krank war?»

«Am Vorabend des Tages, an dem ich ihn ins Krankenhaus brachte», antwortete Woody. «Nez war am Morgen unterwegs gewesen, und abends nach dem Essen klagte er plötzlich über Kopfschmerzen. Er hatte kein Fieber und zeigte auch sonst keine Symptome wie etwa Gliederschmerzen oder Benommenheit. Aber natürlich darf man bei dieser Art Tätigkeit kein Risiko eingehen, und deshalb habe ich ihm vorsichtshalber sofort Doxycyclin gegeben. Am nächsten Morgen hatte er immer noch Kopfschmerzen und bereits über neununddreißig Grad Fieber. Da bin ich sofort mit ihm ins Medical Center nach Flagstaff gefahren.»

«Wieviel Zeit vergeht in der Regel zwischen dem Biß durch einen infizierten Floh und dem Auftreten der ersten Symptome?» wollte Leaphorn wissen.

Woody wiegte den Kopf. «Der Durchschnitt dürfte so bei fünf, sechs Tagen liegen. Die längste Periode, von der ich weiß, betrug sechzehn Tage.»

«Und die kürzeste?»

Woody dachte nach. «Ich habe mal etwas über eine Inkubationszeit von zwei Tagen gelesen, aber da habe ich so meine Zweifel. Vermutlich wurde die Infektion durch einen früheren Biß verursacht, der unentdeckt geblieben war.» Er bückte sich, öffnete einen kleinen Aktenschrank und holte eine schmale Schachtel mit Objektträgern hervor. «Ich muß Ihnen unbedingt noch dieses Präparat hier zeigen», sagte er, wählte einen der Objektträger aus und legte ihn unter das Mikroskop. «Hier», sagte er, «sehen Sie mal!»

Leaphorn blickte durch das Okular. Das waren wieder die stäbchenförmigen *Yersinia*-Bakterien und die kugelförmigen Staphylokokken, die nach Woodys Worten aber auch charakteristische Eigenschaften der *Yersinia* besitzen sollten. Nur die Blutzellen sahen etwas anders aus, aber vielleicht irrte er sich da auch.

«Scheint fast das Gleiche zu sein wie eben», sagte er. «Ich sehe keinen großen Unterschied.»

«Sie haben einen scharfen Blick», kommentierte Woody. «Es ist das Gleiche – aber eben nur *fast*. Was Sie da gerade betrachten, ist eine winzige Menge des Blutes, das ich Nez entnommen habe, als ich feststellte, daß er Fieber hatte.»

«Aha», bemerkte Leaphorn.

«Zwei Dinge sind bemerkenswert», nahm Woody wieder das Wort. «Erstens: Vom Auftreten der ersten Symptome bis zu seinem Tod vergingen bei Nez nicht einmal zwei Tage. Bei einer Infektion mit normalen *Yersinia*-Bakterien ist dagegen der Krankheitsverlauf üblicherweise sehr viel langsamer. Und zweitens …», Woody machte eine dramatische Pause, «… Charley ist noch am Leben», sagte er und verzog das Gesicht zu einem triumphierenden Lächeln.

17

Jim Chee hatte ungefähr ein Jahr gebraucht, bis er heraushatte, daß es für ihn drei Möglichkeiten gab, wenn er bei der Navajo Tribal Police etwas erledigt haben wollte. Nummer eins war der offizielle Dienstweg. Sein Schreiben, sauber getippt auf dem entsprechenden Formular, wanderte über verschiedene Stufen hoch auf die zuständige Dienstebene und anschließend wieder zurück. Möglichkeit Nummer zwei lief über inoffizielle Kanäle. Chee rief einen ihm bekannten Polizisten in der Zentrale in Window Rock oder in einer der anderen Dienststellen an, und zwar möglichst einen, der ihm noch einen Gefallen schuldete, und erklärte ihm, was getan werden mußte. Für den Fall, daß sein Gesprächspartner nicht mehr in seiner Schuld stand, versprach Chee seinerseits, sich irgendwann bei Gelegenheit zu revanchieren.

Chee hatte jedoch bald begriffen, daß er in der Regel am schnellsten ans Ziel kam, wenn er Möglichkeit Nummer drei nutzte. Das bedeutete, daß er sein Problem einer schon länger in Polizeidiensten stehenden Frau schilderte und sie um Hilfe bat. Wenn sie ihn schätzte, würde sie unverzüglich dafür sorgen, daß das weibliche Netzwerk in Aktion trat und sich somit eine Vielzahl kompetenter Frauen seiner Sache annahm.

Chee war nach seinem Treffen mit Leaphorn in höchster Eile nach Tuba zurückgefahren. Unterwegs war er zu dem Schluß gekommen, daß er umgehend von allen drei ihm zu Gebote stehenden Möglichkeiten Gebrauch machen mußte, damit Catherine Pollards Jeep, falls er sich überhaupt in der Gegend befand, so schnell wie möglich gefunden wurde. Vielleicht ergab sich daraus ein Hinweis, wo sie selbst steckte. Chee wußte, daß er, bevor ihr Verschwinden nicht geklärt war, keine ruhige Minute mehr haben würde. Zwar glaubte er immer noch, daß Jano Kinsman erschlagen hatte; schließlich war er selbst Augenzeuge der Tat gewesen, oder doch fast. Aber seit er mit Leaphorn gesprochen hatte, nagten Zweifel an ihm. Und die wollte er beseitigt haben, schnell und gründlich. Die Vorstellung, Jano einem Gericht zu überantworten, das vielleicht auf die Todesstrafe erkannte, um womöglich irgendwann später erfahren zu müssen, daß er den falschen Mann verhaftet hatte, war ein Alptraum. Der Fall Kinsman, der ihm zu Anfang so eindeutig erschienen war, warf auf einmal viele Fragen auf. Doch Chee war entschlossen, nicht lokkerzulassen, bis er die Antworten wußte.

Gleich nachdem er in seiner Dienststelle angekommen war, ging er deshalb in das Büro von Mrs. Dineyahze und erklärte ihr, wie wichtig es sei, daß der Jeep gefunden wurde.

«In Ordnung», sagte sie. «Ich werde allen Bescheid sagen und dafür sorgen, daß sie sich umhören.»

«Dafür wäre ich Ihnen sehr dankbar», antwortete Chee. Er verzichtete darauf, ihr irgendwelche Vorschläge zu machen, wie sie am besten vorzugehen hatte. Das war einer der Gründe dafür, daß sie ihn mochte.

Während Chee mit Mrs. Dineyahze sprach, war, ohne daß er es bemerkt hatte, Bernie Manuelito durch die offene Tür ins Büro gekommen und hinter ihm stehengeblieben.

«Kann ich irgendwie helfen?» fragte sie. Das fragte sie immer, dachte Chee. Er drehte sich um. Bernie sah auch aus wie immer: Bluse zerknautscht, das Haar in Unordnung, der Lippenstift etwas verschmiert, aber trotzdem, oder vielleicht gerade deswegen, sehr hübsch und sehr weiblich.

Er sah auf die Uhr. «Vielen Dank. Aber Ihr Dienst ist schon zu Ende, und morgen haben Sie Ihren freien Tag.»

Er erwartete nicht, daß seine Worte viel Eindruck auf sie machten. Bernie hatte ihren eigenen Kopf und tat meistens nur das, was sie wollte. Aber er hatte keine Zeit, um mit ihr zu diskutieren. In seinem Zimmer klingelte das Telefon, und auf seinem Schreibtisch wartete ein Berg von Unterlagen – Verwaltungskram, den er heute morgen nicht mehr hatte erledigen können. Er wandte sich zum Gehen.

Bernie trat ihm in den Weg. «Lieutenant», sagte sie, «meine Familie richtet eine *kinaalda* für meine Cousine Emily aus. Sie beginnt nächsten Samstag drüben in Burnt Water. Sie sind herzlich willkommen.»

«Oh, vielen Dank für die Einladung, Bernie. Ich würde

wirklich sehr gern kommen, aber ich habe im Moment einfach zuviel zu tun.»

Bernie ließ den Kopf hängen. «Okay», sagte sie. «Da kann man nichts machen.»

Chee floh in sein Zimmer und hob den Telefonhörer ab. Der Teilnehmer am anderen Ende erinnerte ihn daran, pünktlich zum Koordinierungstreffen zu kommen. Schließlich seien Vertreter sämtlicher Strafverfolgungsbehörden zugegen: drei Law-and-Order-Leute vom Bureau of Indian Affairs, ein Abgesandter aus dem Büro des Sheriffs von Coconino County, ein Beamter von der Arizona Highway Patrol und natürlich Männer vom FBI und der Drug Enforcement Agency. Während er mit einem Ohr dem Anrufer zuhörte, horchte er gleichzeitig auf die Unterhaltung zwischen Bernie und Mrs. Dineyahze, die durch die angelehnte Tür zu ihm drang. Die beiden sprachen über die bevorstehende Initiationszeremonie. Mrs. Dineyahzes Stimme klang energisch und fröhlich, die von Ms. Manuelito hörte sich traurig an. Chee verspürte Gewissensbisse. Er verletzte nur ungern Bernies Gefühle.

Als er am späten Abend vom Koordinierungstreffen wieder in sein Büro zurückkehrte, fand er in seinem Posteingangskorb einen Bericht von Mrs. Dineyahze, dem, mit einer Büroklammer befestigt, eine kurze Notiz von ihr beigefügt war. Der Bericht informierte ihn darüber, daß die entscheidenden Leute bei den staatlichen Polizeibehörden von Arizona, New Mexico, Utah und Colorado nunmehr alle relevanten Daten über den verschwundenen Jeep in Händen hätten. Auch den entsprechenden Highway Patrols seien die Daten zugegangen, ebenso wie den Dienststellen in den Randstädten der Reservation wie Page, Flagstaff, Gallup und Farmington und den Kreisstädten der umliegenden Counties. Aber was noch wichtiger war, allen war deutlich gemacht worden, worum es ging: Einer von ihnen, ein Cop, war ermordet worden, und die Suche nach dem Jeep war Teil der Ermittlungen.

Chee lehnte sich auf seinem Schreibtischstuhl zurück, er fühlte so etwas wie Erleichterung. Falls der gesuchte Jeep auf irgendeiner der größeren Straßen im Four-Corners-Gebiet auftauchte, so bestand eine gute Chance, daß er früher oder später entdeckt wurde. Und falls er im Umkreis von ungefähr fünfhundert Meilen in einer der Städte geparkt stand, würde einer der dortigen Cops auf ihn aufmerksam werden und seine Nummer überprüfen. Er zog Mrs. Dineyahzes Notiz unter der Büroklammer hervor. Sie war handschriftlich abgefaßt, was in Mrs. D.s Ordnung der Dinge soviel bedeutete wie «inoffiziell». Er begann zu lesen:

Lt. Chee: Bernie hat beim staatlichen Wagenpark von Arizona in Phoenix wegen einer genauen Beschreibung des gesuchten Jeep nachgefragt. Der Wagen ist bei einer Drogenrazzia beschlagnahmt worden und besitzt jede Menge Extras (Liste s. u.). Sie hat vor allem um genaue Angaben über die Batterie, Bereifung, Felgen und ähnliche Dinge gebeten, die eventuell in einer Pfandleihe versetzt werden könnten. Bernie meinte, daß der Wagen vielleicht einfach irgendwo stehengelassen wurde und jemand inzwischen dabei ist, ihn auszuschlachten. Sie hat Pfandleihen sowie in Frage kommende Geschäfte in Gallup, Flag, Farmington usw. informiert und außerdem Thriftway in Phoenix verständigt, daß sie die Angestellten in ihren Läden auf der Reservation zu besonderer Aufmerksamkeit anhalten sollen.

Die Notiz war unterschrieben mit «C. Dineyahze».

Mit deutlichem Abstand zur Unterschrift, wie um zu betonen, daß der nun folgende Satz nicht nur inoffiziell, sondern streng vertraulich war, hatte sie hinzugefügt: «Bernie ist ein prima Mädchen.»

Chee seufzte. Damit sagte ihm Mrs. Dineyahze nichts Neues. Er schätzte Manuelito als Kollegin, weil sie einfallsreich war und nicht schnell lockerließ. Er fand, sie war eine bemerkenswerte junge Frau. Doch inzwischen wußte er, daß sie in ihn verliebt war, und leider schien es, als ob sämtliche Kollegen ebenfalls darüber im Bilde seien. In manchen Dingen ähnelte die Navajo Tribal Police eben einer großen, weitverzweigten Familie. Chee, der in bezug auf Frauen ziemlich begriffsstutzig war, hatte überhaupt erst gemerkt, wie es um Bernie stand, nachdem er immer häufiger diesbezügliche Anspielungen zu hören bekommen hatte. Seither war sein Verhältnis zu ihr zwiespältig, und mitunter empfand er ihre Anwesenheit geradezu als lästig.

Doch heute abend hatte er keine Lust, über sie oder ihre Idee, wie man den Jeep aufspüren könnte, weiter nachzudenken. Er mußte zugeben, daß ihr Einfall, sich nach den Ausstattungsmerkmalen des Jeep zu erkundigen, wirklich gut war. Falls der Wagen auf der Reservation oder irgendwo im angrenzenden Gebiet einfach abgestellt worden war, bestand tatsächlich eine große Wahrscheinlichkeit, daß irgend jemand zugängliche und leicht transportierbare Teile ausgebaut hatte, um sie zu verkaufen. Immerhin war der Jeep durch die extravagante Sonderausstattung – Hifi-Anlage mit übergroßen Lautsprechern sowie ein eingebautes Telefon – für Diebe besonders attraktiv. Chee entschloß sich, für heute Feierabend zu machen. Er war hungrig und müde. Doch auf eine der Tiefkühlmahlzeiten, die sich im Gefrierfach seines Kühlschranks stapelten, hatte er keinen rechten Appetit. Er würde bei einem Kentucky Fried Chicken vorbeifahren, sich dort ein Brathähnchen holen, nach Hause fahren, zu Abend essen, früh zu Bett gehen, endlich «Meridian» von Norman Zollinger zu Ende lesen und versuchen, dann zu schlafen.

Er nagte gerade das letzte Fleisch von einem Hühnerschenkel, als das Telefon klingelte.

«Sie sagten, ich sollte Ihnen Bescheid geben, falls wir etwas über den Jeep erfahren», begann der Polizist von der Nachtschicht entschuldigend.

«Und – was haben Sie erfahren?» fragte Chee.

«Daß am vergangenen Montag ein junger Kerl in den Trading Post von Cedar Ridge gekommen ist und dem Mann an der Kasse ein Autoradio und einen Kassettenrecorder zum Kauf angeboten hat. Dieselbe Marke wie die Geräte in dem verschwundenen Jeep.»

«Konnte der Mann sagen, wer der Kerl war?»

«Ja, er gehört zu einer Familie namens Pooacha. Sie leben am Shinume Wash.»

«Gut», sagte Chee. «Vielen Dank.» Er sah auf die Uhr. Es war zu spät, um jetzt noch etwas zu unternehmen. Er würde sich morgen darum kümmern.

Am frühen Nachmittag des nächsten Tages fanden sie den Jeep. Chee und Manuelito mußten zu diesem Zweck ungefähr zweihundert Meilen hin und zurück fahren, etliche davon über Straßen, die nicht einmal die «Indian Country»-Straßenkarte der American Automobile Association verzeichnete, weil sie im Grunde nicht mehr waren als holprige Wege. Doch davon abgesehen, erwies sich das ganze Unternehmen alles in allem als erstaunlich einfach.

Da es Bernies Einfall gewesen war, der alles in Gang gebracht, und sie obendrein ihren freien Tag hatte, sah Chee keine Möglichkeit, ihr zu verbieten mitzukommen. Er wollte es eigentlich auch gar nicht. Solange Manuelitos Aufmerksamkeit ausschließlich dem zu bearbeitenden Fall galt und sich nicht plötzlich auf ihn richtete, war er gerne mit ihr zusammen. Sie fuhren als erstes zum Trading Post von Cedar Ridge, um mit dem Angestellten dort zu sprechen. Der junge Kerl, der ihm die Geräte angeboten hatte, war ein Schwiegersohn der Familie Pooacha. Sein Name war Tommy Tsi. Sie ließen sich erklären, wo genau am Shinume Wash die Familie lebte, und machten sich auf den Weg. Zunächst folgten sie der Navajo-Route 6110, einer staubigen Schotterstraße mit Querrillen wie ein Waschbrett, und wandten sich dann nach Süden auf die noch holprigere Route 6120 vorbei am Bekihatso Washs. Schließlich stießen sie auf den schmalen Sandweg, der zwischen Felsbrocken und hohen Melden hindurch zur Familiensiedlung der Pooachas führen sollte.

An der Stelle, wo die Route 6120 den Weg kreuzte, stand ein Pfosten mit einem umgestülpten alten Stiefel darauf.

«Wir haben Glück», bemerkte Bernie und deutete auf den Stiefel. «Offenbar ist jemand da.»

«Ja», sagte Chee. «Sieht so aus. Falls nicht der letzte, der gegangen ist, nur vergessen hat, den Stiefel herunterzunehmen. Aber freuen Sie sich nicht zu früh. Ich habe die Erfahrung gemacht, daß man immer, wenn die Anfahrt besonders strapaziös war, eine Person antrifft, die man eigentlich nicht sucht.»

Doch sein Pessimismus erwies sich als unbegründet. Tommy Tsi war zu Hause. Er war noch ziemlich jung und zuckte sichtlich zusammen, als er Chee in Uniform aus dem Wagen mit der Polizeiplakette steigen sah. Nein, behauptete er, er habe das Radio und den Kassettenrecorder nicht mehr. Die Sachen gehörten eigentlich seinem Freund, aber er habe sich auf dessen Bitten hin bereit erklärt, sie für ihn zu verkaufen. Inzwischen habe der sie aber wieder zurückhaben wollen. Während er sprach, strich er sich immer wieder nervös mit dem Zeigefinger über seinen spärlichen Schnurrbart.

«Dann wirst du uns doch sicher sagen können, wie dieser Freund heißt und wo wir ihn finden können», sagte Chee.

«Wie er heißt?» wiederholte Tommy Tsi in fragendem Ton und runzelte die Stirn, als denke er nach. «Also, ein richtiger Freund ist er eigentlich gar nicht», sagte er nach einer Weile. «Ich habe ihn in Flag getroffen. Er wird, glaube ich, ‹Shorty› genannt. Oder so ähnlich.»

«Und wie wolltest du ihm das Geld geben, nachdem du die Sachen für ihn verkauft hattest?» fragte Chee.

«Ja, also», begann Tommy Tsi und kaute an seiner Unterlippe. «Das weiß ich auch nicht so genau.»

«Das ist aber schade», schaltete sich Bernie ein.

«Wenn du nämlich wüßtest, wo er zu finden ist, dann könntest du ihm ausrichten, daß uns das Radio und der Kassettenrecorder eigentlich nicht interessieren. Wir wollen nur den Jeep finden, aus dem sie stammen. Wenn er uns zeigen würde, wo er steht, hätte er sogar Anspruch auf die ausgesetzte Belohnung.»

«Eine Belohnung? Für den Jeep?» fragte Tommy Tsi aufgeregt.

Bernie nickte. «Tausend Dollar. Zwanzig Fünfzigdollarscheine. Die Familie der Frau, die den Jeep gefahren hat, hat sie ausgesetzt.»

«Wow!» sagte Tommy Tsi ehrfürchtig. «Tausend Dollar!»

«Für denjenigen, der den Jeep findet», bestätigte Bernie. «Genau das hat dein Freund nämlich getan – den verschwundenen Jeep gefunden. Und es gibt kein Gesetz, das so etwas unter Strafe stellt.»

«Wirklich nicht?» fragte Tommy Tsi.

«Wirklich nicht», antwortete Bernie.

Tommy Tsi lächelte, er sah auf einmal richtig fröhlich aus.

«Wenn er dir sagen würde, wo der Jeep jetzt steht, dann könnten wir zusammen hinfahren. Wir würden dafür sorgen, daß du die tausend Dollar bekommst, und wenn du deinen Freund dann das nächste Mal siehst, kannst du ihm die Hälfte abgeben.»

«Ja, gut», sagte Tommy Tsi. «Ich hole nur schnell meinen Hut.»

«Weißt du was», schlug Chee vor, «dann bring doch gleich noch das Radio und den Kassettenrecorder mit. Wir brauchen die Sachen wegen der Fingerabdrücke.»

«Fingerabdrücke von mir?» erkundigte sich Tommy Tsi ängstlich.

«Nein, nicht von dir», antwortete Chee. «Daß deine drauf sind, wissen wir ja. Aber wir würden gern herauskriegen, wer den Jeep zu der Stelle gefahren hat, wo du ihn gefunden hast.»

Und so waren sie wieder zurückgeholpert: die 6120 entlang, dann die 6110, zurück nach Cedar Ridge und von da aus auf befestigten Straßen nach Süden. Sie passierten Tuba, fuhren durch Moenkopi, weiter auf einer staubigen Schotterstraße vorbei am aufgelassenen Trading Post von Goldtooth. Schließlich bogen sie über einen Gitterrost, der die Schafe daran hindern sollte, die Weide zu verlassen, nach links auf einen unebenen Weg voller Schlaglöcher, der sanft ansteigend zur Ward Terrace hinaufführte. An der Stelle, wo ihr Weg eine flache Auswaschung kreuzte, richtete sich Tommy Tsi auf seinem Sitz auf, zeigte nach unten und sagte: «Hier ist es.»

Der Jeep stand ungefähr fünfzig Meter weiter hinter einer Biegung im trockenen Bachbett. Sie ließen Tsi im Wagen zurück und bewegten sich vorsichtig und langsam am Rand des Bachbettes entlang, um nicht versehentlich Spuren zu verwischen, die sich vielleicht doch noch erhalten hatten. Obwohl sie intensiv Ausschau hielten, fand sich jedoch kein einziger Fußabdruck. Die Reifenspuren des Jeep waren größtenteils zerstört worden, als Tsi mit seinem Pickup hier heruntergefahren war, und bei den wenigen, die übriggeblieben waren, hatte der Wind bereits begonnen, die Ränder abzutragen. Doch einen wichtigen Hinweis immerhin bot der Sand, dachte Chee. Auch Bernie war darauf aufmerksam geworden.

«Der Regenschauer am Achten, der zog doch erst auf, kurz nachdem Sie Ben gefunden hatten, oder?» wollte sie wissen. Sie deutete auf eine geschützte Stelle im Windschatten eines Felsens, wo der Jeep noch deutlich erkennbar durch feuchten Sand gefahren war. «Wie weit ist es eigentlich von hier bis zum Tatort?»

«Ungefähr zwanzig Meilen, würde ich schätzen», antwortete Chee. «Und es hat seitdem nicht mehr geregnet. Das gibt uns einen wichtigen Anhaltspunkt.»

Der Jeep wies, von außen betrachtet, keine Spuren auf, die sie hätten weiterbringen können. Chee und Manuelito wandten deshalb ihre Aufmerksamkeit auf den Boden ringsumher. Neben der Fahrertür war der Sand zertrampelt, vermutlich von Tsis Stiefeln, als er ein- und wieder ausgestiegen war. Der Jeep stand dicht am Rand des trockenen Bachbetts geparkt, so daß man vom Beifahrersitz aus mit einem großen Schritt auf die steinige Böschung hätte gelangen können. Wenn sich derjenige, der den Jeep hierher gefahren hatte, auf diese Art davongemacht hatte, dann konnten sie ihre Hoffnung begraben, nach so vielen Tagen hier noch Spuren zu finden.

Bernie spähte neugierig durch ein Fenster ins Innere des Jeep. «Was liegt da denn alles auf der Rückbank?» fragte sie. «Braucht sie das alles für ihre Arbeit?»

Chee nickte. «Ja, in den Kartons sind wohl Nagerfallen. Und in dem Kanister da hinten befindet sich vermutlich Giftpulver, das sie in die Höhlen blasen, um die infizierten Tiere zu töten.»

Er zog sein Taschenmesser hervor, drückte damit den Knopf an der Fahrertür herunter und schob sie anschließend mit der Messerklinge auf.

«Sieht nicht so aus, als ob hier etwas zu finden wäre», bemerkte Bernie enttäuscht. «Es sei denn, der Abfallbeutel enthält noch eine Überraschung.»

Doch so schnell wollte Chee nicht aufgeben. Leaphorn hatte ihm einmal erklärt, daß man mehr entdeckte, wenn man sich ohne bestimmte Erwartungen an einem Tatort umsah. Seien Sie einfach offen für alles, was Sie vorfinden, und widmen Sie Ihre ganze Aufmerksamkeit dem, was Sie vor sich haben, pflegte er immer zu sagen. Chee ließ seinen Blick durch das Innere des Wagens schweifen und nahm plötzlich auf dem Lederpolster des Beifahrersitzes einen dunklen Fleck wahr. Er deutete mit dem Finger darauf.

«Oh», sagte Bernie und lächelte zerknirscht. Der Fleck reichte bis über die Kante der Sitzfläche. Er war fast schwarz.

«Das könnte Blut sein», bemerkte Chee. «Wir sollten die Leute von der Spurensicherung verständigen.»

18

«Hast du sein Gesicht gesehen, als er sagte: ‹Charley ist noch am Leben›?», fragte Leaphorn. «Daß Nez gestorben ist, läßt ihn offenbar völlig kalt. Das einzige, was ihn beschäftigt, ist, daß dieser verdammte Präriehund noch nicht eingegangen ist.»

«Ich wußte gar nicht, daß du so zornig werden kannst», bemerkte Louisa.

«Normalerweise versuche ich, die Dinge nicht so dicht an mich herankommen zu lassen», sagte Leaphorn. «Das kann man sich als Cop nicht leisten. Aber das eben war mir doch etwas zuviel an Gleichgültigkeit und Zynismus.»

«Ich habe es schon ein paarmal erlebt, daß Genialität auf wissenschaftlichem Gebiet einhergeht mit Gefühlskälte», sagte Louisa. «Von Woodys Standpunkt aus betrachtet, hat er übrigens tatsächlich Grund zur Freude. Das Immunsystem von Charley hat sich so weit adaptiert, daß es mit den neuen Bakterien fertiggeworden ist, und alles, was für Woody zählt, ist eben seine Forschung. Er hätte es bestimmt begrüßt, wenn Nez' Immunsystem ähnlich flexibel reagiert hätte, schließlich hätte ihm das ganz neue wissenschaftliche Möglichkeiten eröffnet. Aber leider war dem nicht so. Pech für Mr. Nez. Woody hofft natürlich, daß auch die anderen Tiere in der Kolonie, aus der Charley stammt, mit dem neuen Erreger infiziert sind und Immunität dagegen entwickelt haben. Dann hätte er nämlich mit einem Schlag Tausende von Versuchstieren. Nez ist tot, aber die Nagetiere leben, und die Forschung geht weiter. Hipp, hipp, hurra! Aber fährst du nicht vielleicht ein bißchen zu schnell für diese Straße?»

Leaphorn nahm etwas Gas weg, gerade so viel, daß die Staubfahne, die sie hinter sich hergezogen hatten, sie plötzlich einholte, während die heftigen Stöße, die den Wagen in unregelmäßigen Abständen erschütterten, kaum nachließen. «Ich dachte, du seist mit diesem Mr. Peshlakai zum Abendessen verabredet. Du wolltest doch mit ihm über die Interviews sprechen, die du mit seinen Schülern führen willst. Ich wollte nicht, daß du zu spät kommst, sonst verpaßt du ihn womöglich noch.»

«Mr. Peshlakai und ich orientieren uns an der Navajo-Zeit», antwortete Louisa ruhig. «Da gibt es kein ‹zu spät›. Wir essen zu Abend, wenn er und ich da sind. Warum hast du es auf einmal so eilig?»

«Ich fahre noch weiter nach Flag», sagte Leaphorn. «Ich will ins Krankenhaus und versuchen herauszufinden, was Pollard dort erfahren hat, das sie so wütend gemacht hat.»

«Meinst du die Bemerkung ‹wurde angelogen› in ihren Arbeitsnotizen?» fragte Louisa.

«Ja. Und am nächsten Morgen wollte sie zum Yells Back Butte, um dort, wie sie schrieb, ‹die Sache endlich abzuschließen›.»

«Aber was meint sie damit?» fragte Louisa.

«Ich nehme an, sie wollte feststellen, wo Nez sich den für ihn tödlichen Flohbiß zugezogen hatte. Das herauszubekommen war schließlich Teil ihrer Arbeit. Und nach allem, was ich über sie erfahren habe, nahm sie es damit sehr ernst.» Er hob ratlos die Schultern. «Aber wer weiß – ich werde aus dem allen nicht recht schlau.»

Louisa nickte.

«Sie fährt also zum Yells Back Butte in der Absicht, die Sache abzuschließen», wiederholte Leaphorn nachdenklich. «Aber wie stellte sie das an? Wir wissen, daß sie ihren Vorsatz in die Tat umsetzte und wirklich früh am nächsten Morgen dort war. Eine Möglichkeit wäre, daß sie Woody fragen wollte, wo Nez in letzter Zeit für ihn gearbeitet hat. Woody hat uns nun aber gesagt, daß sie nicht bei ihm war. Die andere Möglichkeit ist, daß sie selbst irgendwo Nager und Flöhe fangen wollte, um sie auf Pesterreger zu untersuchen. Aber falls sie das getan hat, dann muß sie sich schon sehr beeilt haben, denn sie war ja bereits wieder weg, als Chee eintraf, um Kinsman zu helfen.»

«Gibt es inzwischen irgendeinen Hinweis darauf, wohin sie gefahren ist?»

Leaphorn schüttelte den Kopf. «Nein. Das einzige, was wir sicher wissen, ist, daß sie nicht mehr in ihr Motelzimmer in Tuba zurückgekehrt ist. Keiner hat sie dort mehr gesehen, und ihre Sachen waren auch noch alle da.»

«Wie man es auch betrachtet, es klingt nicht gut», bemerkte Louisa.

«Wir müssen endlich diesen Jeep finden», sagte Leaphorn. «Aber in der Zwischenzeit werde ich mich im Krankenhaus in Flagstaff umhören, vielleicht erfahre ich dort ja etwas, was mir weiterhilft.»

Sie verließen die Schotterstraße und bogen in die Navajo Route 3 ein, passierten Moenkopi und gelangten schließlich auf dem U.S. Highway 160 nach Tuba.

«Wo soll ich dich rauslassen?» wollte Leaphorn wissen.

«Dort drüben bei der Tankstelle, bitte», antwortete Louisa. «Aber nur ganz kurz, weil ich mal telefonieren will. Ich werde Peshlakai anrufen und ihm absagen. Wir können uns auch ein andermal treffen.»

Leaphorn blickte sie erstaunt an.

«Ich finde, die ganze Sache wird langsam richtig spannend», sagte sie. «Und ich möchte nichts verpassen, weißt du.»

Es war schon nach neun, als sie in Flag ankamen. Sie hielten bei Bob's Burger, um eine Kleinigkeit zu essen, und fuhren dann gleich weiter zum Krankenhaus. Vielleicht hatten sie ja Glück, und der Arzt, der Nachtschicht machte, wußte über den Fall Nez Bescheid.

Wie sich herausstellte, hatte eine Ärztin Dienst, eine junge Frau, die gerade im März in Toledo ihre Zeit als Medizinalassistentin abgeleistet hatte. Jetzt war sie als Assistenzärztin für den Indian Health Service tätig, um auf diese Art und Weise das Bundesdarlehen für ihr Studium zurückzuerstatten.

«Ich selbst habe Mr. Nez, soviel ich weiß, gar nicht gesehen», sagte sie. «Vermutlich lag er auf der Intensivstation und wurde von Dr. Howe betreut. Aber vielleicht kann sich die Schwester dort noch an ihn erinnern und Ihnen etwas sagen.»

Shirley Ahkeah konnte sich in der Tat noch sehr gut an Anderson Nez erinnern. Und auch an Dr. Woody. Doch am lebhaftesten war ihr, wie es schien, Catherine Pollards Besuch im Gedächtnis geblieben.

«Armer Mr. Nez», sagte sie. «Erst haben sie soviel Wirbel um ihn gemacht, aber kaum, daß er gestorben war, da war er ihnen auch schon egal.»

«Könnten Sie uns das vielleicht etwas genauer erklären?» bat Leaphorn.

«Nein, nein – vergessen Sie bitte, was ich gesagt habe», wehrte sie erschrocken ab. «Die Bemerkung ist mir nur so herausgerutscht. So etwas zu sagen ist nicht fair. Dr. Howe hat sich wirklich angestrengt, ihn zu retten, und Dr. Woody hat sich sogar selbst die Mühe gemacht und ihn hergefahren. Und Miss Pollard hat ja auch nur ihre Arbeit getan. Sie wollte eben unbedingt herausfinden, wo und wann er von dem infizierten Floh gebissen worden ist. Haben Sie vielleicht zufällig gehört, ob ihr das inzwischen gelungen ist?»

«Nein, das wüßten wir selbst gern», antwortete Leaphorn. «Einen Tag nachdem sie hier bei Ihnen war hat sie frühmorgens ihrem Chef einen Zettel hinterlassen, auf dem stand, daß sie zum Yells Back Butte fahren wollte. Sie wollte offenbar feststellen, ob es infizierte Nager beziehungsweise infizierte Flöhe gab. Dr. Woody hat dort oben ganz in der Nähe sein fahrbares Labor aufgestellt. Aber er sagt, er hätte sie nicht gesehen. Sie ist von dieser Fahrt nicht wieder zurückgekehrt und seitdem verschwunden.»

In Shirleys Gesicht spiegelten sich Überraschung und Erschrecken. «Bedeutet das, ihr ist etwas zugestoßen?»

«Das wissen wir nicht», antwortete Leaphorn. «Ihre Tante hat sie bei der Polizei als vermißt gemeldet. Der Jeep, mit dem sie unterwegs war, ist auch weg.»

«War ich dann die letzte, mit der sie gesprochen hat?» fragte Shirley.

«Im Grunde ja. Ein Angestellter in dem Motel in Tuba, wo sie während ihrer Arbeit wohnte, hat am Abend noch ein paar Worte mit ihr gewechselt, aber nichts von Bedeutung. Hat sie Ihnen gegenüber vielleicht durchblicken lassen, was sie plante? Irgend etwas, aus dem sich schließen ließe, was in ihr vorging?»

Shirley schüttelte den Kopf. «Nein. Sie hat die ganze Zeit nur über Mr. Nez gesprochen. Wie gesagt, sie interessierte sich nur dafür, wo und wann er sich infiziert hatte.

«Und man konnte ihr hier also nicht weiterhelfen?»

«Dr. Delano sagte ihr, er wüßte es selbst nicht genau. Mr. Nez hätte bei seiner Einlieferung bereits hohes Fieber gehabt und voll entwickelte Pestsymptome gezeigt – die typischen schwarzen Flecken unter der Haut und stark geschwollene Lymphknoten. Er wurde deshalb auch gleich auf die Intensivstation gebracht. Miss Pollard stellte Dr. Delano eine ganze Reihe von Fragen. Er erzählte ihr, daß Dr. Woody ihm gegenüber angegeben hätte, Nez sei am Tag zuvor gegen Abend von einem Floh gebissen worden und hätte fast unmittelbar danach die ersten Anzeichen einer Pesterkrankung gezeigt. Miss

Pollard schien auf einmal sehr wütend zu sein und rief, das höre sie jetzt zum ersten Mal, und er sei ein verdammter Lügner, und Delano ...»

«Moment mal», unterbrach Louisa sie. «Soll das heißen, sie hatte bereits mit Woody über Nez gesprochen?»

Shirley lachte ein wenig. «Ja, offenbar. Dr. Woody hatte ihr anscheinend etwas anderes erzählt, jedenfalls war sie furchtbar empört. Sie und Dr. Delano wären fast noch aneinandergeraten. Dr. Delano ist nämlich ziemlich empfindlich. Er bezieht immer gleich alles auf sich und glaubte anscheinend, daß Miss Pollards Beschimpfung ihm galt. Sie erklärte ihm dann, daß sie Woody damit gemeint hätte. Und Dr. Delano sagte, er würde nicht die Hand dafür ins Feuer legen, daß das, was Woody ihm berichtet hätte, tatsächlich richtig sei. Ihm erschien die behauptete Zeitspanne zwischen dem Flohbiß und dem Auftreten der ersten Krankheitszeichen als viel zu kurz. Er hätte jedenfalls auch den Eindruck, daß Dr. Woody aus irgendeinem Grund mit der Wahrheit hinter dem Berge hielte.» Shirley zuckte die Schultern. «Tja, so war das.»

Leaphorn runzelte die Stirn. Er versuchte sich darüber klarzuwerden, was er gerade gehört hatte. Nach einer Weile sagte er: «Halten Sie es für möglich, daß Dr. Delano Woody vielleicht irgendwie mißverstanden hat? Ich meine, was den Zeitpunkt der Infektion durch den Flohbiß angeht.»

Shirley schüttelte den Kopf. «Das kann ich mir nicht vorstellen», antwortete sie. «Gleich dort drüben haben sie gestanden», sie deutete mit der Hand auf eine Ecke des Korridors, nur ein paar Meter von ihrem Schreibtisch entfernt, «und ich habe ihre Unterhaltung selbst mit angehört. Dr. Delano informierte Dr. Woody, Nez sei ungefähr zwei Stunden nach Mitternacht gestorben. Und Dr. Woody erwiderte, diese Angabe sei ihm zu vage, er bräuchte die exakte Todeszeit, möglichst auf die Minute genau. Es schien ihm ungeheuer wichtig zu sein, er wirkte sehr aufgeregt. Er erklärte dann, Nez hätte sich den Flohbiß erst am Abend des vorigen Tages zugezogen. Gleich am nächsten Tag hätte er ihn dann, wie er ja wüßte, hergebracht. Der Krankheitsverlauf sei ungewöhnlich schnell gewesen, und deshalb hätte er auch eine Reihe von Extra-Untersuchungen verlangt. Er wollte dann gleich die Ergebnisse haben, die waren aber in Nez' Krankenblatt noch nicht eingetragen, weil es in der Nacht so hektisch zugegangen war. Ach ja, und dann hat er noch gefordert, daß eine Autopsie vorgenommen würde, und er hat darauf bestanden, selbst dabeizusein.»

«Und – ist man seinem Wunsch nachgekommen?» fragte Leaphorn.

Shirley nickte. «Offiziell wird uns Schwestern so was ja nicht mitgeteilt, aber alle reden natürlich darüber.»

Louisa lachte. «Krankenhäuser und Universitäten – überall die gleiche Geschichte.»

«Und was hat man sich so erzählt?» wollte Leaphorn wissen.

«Vor allem, daß Dr. Woody anscheinend versucht hat, die Leitung des Ganzen an sich zu reißen und daß der zuständige Pathologe darüber stocksauer war. Ansonsten war die Todesursache wie erwartet: Tod durch Pest. Es heißt, Woody konnte durchsetzen, daß man ihm einige Gewebeproben überließ.»

Leaphorn und Louisa verabschiedeten sich. Auf dem Weg zum Pickup hing jeder seinen eigenen Gedanken nach. Zurück im Auto sagte Louisa, daß sie ja eigentlich Glück gehabt hätten, daß Dr. Delano nicht dagewesen sei. «Vermutlich hätte er mehr gewußt, aber er hätte es uns nicht erzählt. Aus Gründen der Standesethik, du weißt schon.»

«Und ob», sagte Leaphorn und ließ den Motor an.

«Du bist so einsilbig», sagte Louisa. «Hat das, was Schwester Ahkeah dir berichtet hat, einige deiner Fragen beantwortet?»

«Ja, jetzt wissen wir wenigstens, wen Pollard gemeint hat, als sie schrieb: ‹wurde angelogen›», antwortete Leaphorn. «Aber das wirft natürlich gleich die nächste Frage auf.»

Louisa nickte. «*Warum* Woody sie angelogen hat. Das bedeutet übrigens, daß er uns gegenüber auch nicht ehrlich gewesen ist.»

«Ja, genau.»

«Wir sollten noch einmal zu ihm fahren und ihn mit dem konfrontieren, was wir eben gehört haben», schlug Louisa vor. «Ich wäre gespannt, was er uns sagen würde.»

Leaphorn schüttelte den Kopf. «Daran habe ich auch schon gedacht, aber im Augenblick ist es für ein solches Gespräch noch zu früh. Ich denke, er würde einfach behaupten, die Wahrheit gesagt zu haben. Oder er würde sich irgendeine Erklärung ausdenken. Unter Umständen würde er uns einfach vorwerfen, ihm die Zeit zu stehlen, und uns die Tür weisen.»

«Und du könntest dagegen nichts tun, oder?»

«Nein. Ich habe ja keinerlei Befugnisse mehr. Wir sind nichts als zwei neugierige Bürger.» Es klang deprimiert, und so fühlte er sich auch.

«Was hast du denn jetzt vor?» wollte Louisa wissen.

«Ich werde gleich morgen früh Chee anrufen und nachfragen, ob es inzwischen etwas Neues über Pollard oder den Jeep gibt. Und dann werde ich mich bei Mrs. Vanders melden und ihr darüber Bericht erstatten, was ich bis jetzt herausgefunden habe. Es ist ja leider wenig genug. Anschließend werde ich dann noch einmal zu Krause fahren.»

«Um festzustellen, ob er vielleicht doch mehr weiß, als er uns gesagt hat?»

«Nicht unbedingt. Mir war bisher einfach nicht ganz klar, welche Fragen ich ihm stellen sollte», antwortete Leaphorn. «Und außerdem würde ich gerne endlich einmal die Notiz sehen, die Pollard vor ihrer Abfahrt am Morgen des Achten zurückgelassen haben soll. Ich hoffe, daß sie inzwischen aufgetaucht ist.»

Louisa sah ihn fragend an.

Leaphorn lachte. «Ich bin so lange Cop gewesen, ich kann einfach nicht mehr aus meiner Haut», sagte er. «Ich werde ihn also nach der Notiz fragen, und dann gibt es drei Möglichkeiten. A: Er gibt an, daß er sie einfach nicht mehr finden kann. Da würde sich für mich natürlich die Frage stellen, ob das auch stimmt.»

«Oh!» rief Louisa überrascht. «Glaubst du, er könnte etwas mit ihrem Verschwinden zu tun haben?»

«Im Augenblick nicht, aber wenn er die Notiz nicht vorweisen kann, vielleicht schon. Aber jetzt zu Möglichkeit B. Er zeigt mir die Notiz, aber die Handschrift auf dem Zettel ist nicht dieselbe wie die in ihrem Ordner. Das würde dann natürlich auch eine Menge neuer Fragen aufwerfen. Aber kommen wir zu Möglichkeit C. Er gibt mir die Notiz, und ich stelle fest, daß sie Informationen enthält, die Krause nicht erwähnt hat, weil er sie einfach nicht für wichtig hielt. Diese Variante kann ich mir momentan noch am besten vorstellen, aber selbst sie ist eigentlich relativ unwahrscheinlich. Doch Fragen kostet schließlich nichts, und ich möchte nichts unversucht lassen.»

«Darf ich irgendwann mal wieder mitkommen?»

«Aber ja. Ich zähle auf dich, Louisa. Normalerweise sind solche Befragungen nichts als mühselige Routine, aber heute, als du dabei warst, hat es mir auf einmal richtig Spaß gemacht.»

Sie seufzte. «Morgen muß ich dich leider allein fahren lassen. Ich habe den Vorsitz in einem Ausschuß, und es geht um ein Projekt von mir.»

«Ich werde dich vermissen», sagte Leaphorn, und er meinte, was er sagte.

19

Chee starrte voller Abneigung auf das Telefon. Er fürchtete sich vor diesem Anruf. Doch schließlich nahm er den Hörer ab, atmete tief durch und wählte die Nummer von Janet Petes Büro im Federal Courthouse Building in Phoenix. Ms. Pete sei nicht da, erfuhr er. Ob er ihr eine *voice mail* hinterlassen wolle? Nein, das wollte er nicht. Hatte sie eine Nummer angegeben, unter der sie zu erreichen war? Ja, aber nur für dringende Fälle, war die Antwort.

«Dies *ist* ein dringender Fall», erklärte Chee. Janet mochte das vielleicht anders sehen, aber für ihn war es in der Tat verdammt dringend. Er würde sich auf nichts anderes konzentrieren können, ehe nicht die nagenden Zweifel ausgeräumt waren, die Cowboys ‹Pollard ist die Täterin›-Theorie in ihm geweckt hatte. Seine Antwort hatte offenbar überzeugend geklungen, jedenfalls nannte man ihm eine Nummer. Wie er feststellte, gehörte sie zu einem Büro im Gerichtsgebäude von Flagstaff, das man Janet als Janos Pflichtverteidigerin für die Prozeßvorbereitung zur Verfügung gestellt hatte.

Die ihm vertraute Stimme, die jetzt stets unwillkürlich wehmütige Erinnerungen an glückliche gemeinsame Stunden wachrief, meldete sich: «Hallo, hier Janet Pete.»

«Hier Jim», antwortete er. «Hast du gerade etwas Zeit, oder soll ich später noch mal anrufen?»

Ein kurzes Schweigen. «Ich habe Zeit.» Ihre Stimme klang ein wenig weicher, fand er, oder bildete er sich das nur ein? «Geht es um etwas Dienstliches?»

«Ja, leider. Leaphorn hat mir von Cowboys Theorie erzählt, daß womöglich die verschwundene Biologin, diese Catherine Pollard, etwas mit Kinsmans Tod zu tun haben könnte. Ich versuche gerade, das zu überprüfen, und deshalb muß ich unbedingt mit deinem Mandanten sprechen. Wird er eigentlich immer noch in Flag festgehalten? Und würdest du gestatten, daß ich mit ihm rede?»

«Was die erste Frage angeht: ja», antwortete Janet. «Er wird noch immer hier festgehalten. Ich habe natürlich beantragt, ihn auf Kaution freizulassen, aber der Richter hat dem nicht stattgegeben, weil Mickey dagegen Einspruch erhoben hat. Ich finde seinen Widerstand völlig unsinnig. Wo um alles in der Welt sollte Jano sich schon verstecken?»

«So gesehen ist es wirklich unsinnig, da gebe ich dir recht», sagte Chee. «Aber ich vermute, Mickey will für Jano die Todesstrafe. Und da blieb ihm gar nichts anderes übrig, als Einspruch zu erheben gegen eine Haftverschonung. Und zwar selbst dann, wenn es sich um einen Hopi handelt, der ganz bestimmt nirgendwohin fliehen wird. Ansonsten liefe er nämlich Gefahr, von dir vorgehalten zu bekommen, daß nicht einmal der Staatsanwalt Jano für gefährlich hält.»

Noch ehe er den Satz beendet hatte, fiel ihm auf, wie aggressiv sein Ton war, so als ob er mit ihr Streit suche. Irgendwie steuerten in letzter Zeit alle ihre Gespräche in dieselbe Richtung. Das Schweigen am anderen Ende deutete darauf hin, daß Janet das ähnlich empfand.

Schließlich sagte sie: «Worüber willst du mit Mr. Jano sprechen?»

«Wie ich erfahren habe, soll er den Jeep gesehen haben, mit dem Ms. Pollard unterwegs war.»

«Er hat einen Jeep gesehen, ja. Habt ihr sie eigentlich inzwischen aufgetrieben?»

Jetzt zahlt sie es mir heim, dachte Chee, sonst hätte sie einfach gefragt, ob wir sie gefunden haben. Er schloß die Augen und dachte daran, wie schön und selbstverständlich es einmal zwischen ihnen gewesen war.

«Wir wissen nicht, wo sie sich zur Zeit aufhält», antwortete er.

«Ich könnte mir vorstellen, daß es noch ziemlich schwierig werden kann, sie ausfindig zu machen», bemerkte Janet. «Sie hat reichlich Zeit gehabt, um zu verschwinden, und außerdem soll sie ja wohl ziemlich reich sein. Und Geld zu haben ist sicherlich sehr hilfreich, wenn man untertauchen will.»

«Wir sind am Anfang einfach nicht darauf gekommen, zwischen dem Mord an Kinsman und ihrem Verschwinden eine Verbindung herzustellen …», begann er, ließ den Satz aber unvollendet. So wie er angefangen hatte, klang es ja fast nach einer Entschuldigung, und dazu bestand nun wirklich kein Grund. Janet war lange genug als Strafverteidigerin tätig, um zu wissen, wie die Polizei arbeitete. Daß eben nicht sofort, wenn eine erwachsene Person verschwand, Nachforschungen angestellt wurden. Er konnte mit Recht erwarten, daß sie Verständnis dafür hatte, wie er vorgegangen war.

«Hör zu, Jim», sagte Janet, «ich bin Janos Verteidigerin. Wenn du willst, daß ich einer Befragung zustimme, dann mußt du mir erst einmal plausibel machen, inwiefern ein solches Gespräch meinem Mandanten …», sie hielt einen Moment inne und fuhr dann fort, «… und der Gerechtigkeit nützen würde. Ansonsten müßte ich meine Einwilligung verweigern. Also – was hat Jano davon, mit dir zu reden?»

Chee seufzte. «Wir haben den Jeep gefunden», sagte er. «Auf dem Beifahrersitz war Blut, und wir wissen, wann der Wagen dort abgestellt worden sein muß. Spätestens eine Stunde, nachdem Jano … nach der Tat an Kinsman.»

Schweigen. Dann sagte Janet nachdenklich: «Blut. Die Frage ist, von wem. Laborergebnisse werden dir im Moment wohl noch nicht vorliegen, nehme ich an. Bringst du Jano irgendwie mit dem Jeep in Verbindung?»

«Nein, er befand sich ja zu dem Zeitpunkt, als der Jeep in dem trockenen Bachbett abgestellt worden sein muß, bereits in polizeilichem Gewahrsam.»

«Wo liegt dieses Bachbett?»

«Ungefähr zwanzig Meilen Luftlinie südwestlich vom Yells Back Butte.»

«Hältst du es für möglich, daß Jano etwas gesehen oder gehört hat, das dir weiterhelfen könnte?»

«Ja. Die Chance ist nur gering, ich weiß, aber ich habe sonst keine Anhaltspunkte, denen ich folgen könnte. Jedenfalls im Moment noch nicht. Möglicherweise ergeben sich ja neue Hinweise, wenn die Leute von der Spurensicherung und vom Labor mit ihren Untersuchungen fertig sind.»

«Also gut», sagte Janet. «Du kennst die Regeln. Ich werde bei dem Gespräch anwesend sein, und wenn ich die Befragung abbreche, dann ist Schluß. Willst du gleich heute noch zu ihm?»

«Ich akzeptiere die Regeln», sagte Chee. «Und je eher ich mit ihm reden kann, um so besser. Ich bin jetzt in Tuba. Wenn du einverstanden bist, könnte ich gleich kommen.»

«Gut. Ich treffe dich dann im Gefängnis», sagte sie. «Und, Jim – laß uns versuchen, ein bißchen friedlicher miteinander umzugehen.»

Ehe er antworten konnte, hatte sie schon aufgelegt.

Janet wartete im Vernehmungszimmer, einem kleinen Raum mit zwei vergitterten Fenstern, die auf einen kahlen Hof hinausgingen. Sie saß Jano gegenüber an einem wackligen alten Holztisch und redete leise auf ihn ein. Jano hörte ihr aufmerksam zu. Als Chee eintrat, sah er auf. In seinem Blick lag höfliches Interesse. Chee nickte in seine Richtung, und plötzlich wurde ihm bewußt, daß er Jano am Tag der Verhaftung als Menschen gar nicht richtig wahrgenommen hatte. Der Schock und die Wut darüber, was Kinsman zugestoßen war, hatten seine Aufmerksamkeit getrübt. Er musterte den jungen Mann unauffällig. Wie er Janet dort gegenübersaß, wirkte er offen und freundlich. Und doch war er ein Mörder, dachte Chee. Er selbst würde durch seine Ermittlungen dazu beitragen, daß er in die Kriminalgeschichte einging als der erste Angeklagte, der aufgrund des neuen vom Kongreß erlassenen Gesetzes in die Gaskammer geschickt wurde. Es war erst

1994 in Kraft gesetzt worden und verfügte, daß auch US-Bundesgerichte für bestimmte in ihre Zuständigkeit fallende Verbrechen, wie etwa Mord auf einer Reservation, die Todesstrafe aussprechen konnten.

Chee blickte Janet kurz an. «Danke.»

«Robert, Sie und Mr. Chee sind sich ja bereits begegnet», begann Janet, die besonderen Umstände dieser Begegnung souverän außer acht lassend. Die beiden Männer nickten. Auf Janos Gesicht erschien unwillkürlich ein Lächeln, das jedoch sogleich wieder verschwand. Er senkte verlegen den Blick.

«Setz dich», sagte Janet zu Chee und wandte sich wieder ihrem Mandanten zu. «Ich werde Ihnen jetzt kurz die Regeln erklären, nach denen dieses Gespräch abläuft. Mr. Chee wird Ihnen eine Frage stellen. Aber Sie, Robert, werden diese Frage erst dann beantworten, wenn ich es Ihnen gestatte. Haben Sie das verstanden?»

Jano nickte. Chee sah Janet an, und sie erwiderte seinen Blick so, als wäre er ein Fremder, ohne jede Spur von Wärme. Sie hat seit damals, als wir uns im Gefängnis von San Juan County in Farmington zum ersten Mal begegnet sind, verdammt viel dazugelernt, dachte Chee bitter.

«Fangen wir an», sagte er. Er wandte sich direkt zu Jano. «Haben Sie an dem Morgen, an dem ich Sie verhaftete, eine Frau am Yells Back Butte gesehen?»

«Ich habe ...», begann Jano, doch Janet unterbrach ihn.

«Einen Moment noch», sagte sie, holte einen Kassettenrecorder aus ihrer Aktentasche, stellte ein kleines Mikrofon auf den Tisch und schaltete es ein. «So, jetzt können wir fortfahren.»

«Ich habe einen schwarzen Jeep gesehen», erklärte Jano. «Aber ich weiß nicht, wer ihn gefahren hat.»

«Wo befanden Sie sich, als Sie den Wagen sahen?»

Jano warf Janet einen fragenden Blick zu. Sie nickte.

«Ich lief am Rand der Kuppe entlang zu der Felsspalte, von

der aus ich die Adler fange. Als ich hinunterblickte, bemerkte ich auf der Anhöhe bei dem verlassenen Hogan der Tijinneys einen schwarzen Jeep.»

«Und – war jemand zu sehen? Im Wagen selbst oder außerhalb?»

Jano blickte zu Janet. Wieder ein Nicken.

«Nein.»

«Haben Sie mitbekommen, wie Officer Kinsman ankam?»

Wieder ein Blickwechsel. Janet schüttelte den Kopf.

«Was ist der Zweck dieser Frage?» wollte sie wissen.

«Ich möchte herausfinden, ob der Jeep immer noch dort stand, als Officer Kinsman eintraf.»

Janet dachte einen Moment nach. «In Ordnung.»

«Ich habe gesehen, wie er ankam, ja», antwortete Jano, «und der Jeep war noch da.»

Chee sah Janet an. «Das heißt, daß Pollard, falls sie den Jeep tatsächlich fuhr, ganz in der Nähe war, als Kinsman umgebracht wurde.»

«Verletzt wurde», korrigierte Janet sofort. «Aber ansonsten hast du recht. Ja, sie war zur Tatzeit in der Nähe.»

«Ich möchte deinen Mandanten bitten, mir noch einmal möglichst genau zu erzählen, was er an jenem Morgen tat und was für Beobachtungen er gemacht hat.»

Sie überlegte. «Gut, Robert, fangen Sie erst einmal an. Wir werden sehen, wohin das führt.»

Jano begann zu erzählen. Er sei im Morgengrauen eingetroffen, habe seinen Pickup abgestellt und den Aufstieg zum Sattel begonnen. Er habe den Käfig dabeigehabt und ein Kaninchen, das ihm als lebender Köder dienen sollte. Oben angekommen, sei er entlang des Scheitels weitergegangen. Ziemlich genau zu dem Zeitpunkt, als er den Rand des Bergkegels erreicht habe, sei ein Motorengeräusch zu hören gewesen. Er habe hinuntergeblickt und den schwarzen Jeep gesehen, der gerade auf der Anhöhe oberhalb des Hogans aufgetaucht sei. Die Stelle, wo er angehalten habe, sei jedoch seinem Blick entzogen gewesen, so daß er nicht sagen könne, ob jemand ausgestiegen sei. Kurz darauf sei er bei der Spalte in der Felskante angelangt, die ihm zum Unterstand diente, wenn er einen Adler fangen wollte. Nachdem er das Kaninchen, durch eine Schnur gesichert, als Köder oben auf die aus Zweigen und Blättern bestehende Abdeckung gesetzt habe, sei er in die Felsspalte hinuntergeklettert, um dort abzuwarten. Nach ungefähr einer Stunde sei ein Adler aufgetaucht und auf der Suche nach Beute über der Felskante gekreist. Als er das Kaninchen entdeckt habe, sei er blitzschnell hinuntergestoßen, doch er selbst sei noch schneller gewesen und habe das Tier bereits nach unten gezogen. Er habe den Adler an einem Fuß und an seinen Schwanzfedern gepackt, doch der habe ihn mit den Krallen des freien Fußes am Arm erwischt. «Da habe ich losgelassen ...»

«Einen Augenblick», unterbrach Chee. «Sie hatten doch, als ich Sie verhaftete, einen gefangenen Adler dabei. Oder wollen Sie das abstreiten? Der Käfig war umgefallen und lag halb verborgen hinter einem Schachtelhalmstrauch.»

«Das war der zweite Adler», sagte Jano.

«Sie wollen mir also erzählen, Sie hätten einen Adler gehabt, ihn aber wieder fliegen lassen und am selben Morgen gleich noch einen zweiten gefangen?»

Jano nickte. «Ja.»

«Können Sie mir erklären, warum Sie den ersten wieder freigelassen haben?»

Jano blickte zu Janet. Er schien zu zögern.

«Sie müssen nicht antworten, wenn Sie nicht wollen», sagte sie.

«Im Prozeß wird man ihm die gleiche Frage stellen», bemerkte Chee.

«Wenn es zu einem Prozeß kommen sollte», erwiderte Janet, «wird Mr. Jano sagen, daß der Grund, warum er den Adler wieder freigelassen hat, mit seiner religiösen Überzeugung zusammenhängt. Es ist nicht gestattet, darüber außerhalb seiner Kiva zu sprechen. Mr. Jano hat dem Adler, weil er sich wehrte, versehentlich zwei Schwanzfedern ausgerissen. Er selbst wurde durch die Krallen des Adlers am Arm verletzt. Das bedeutet, daß der Vogel für eine Verwendung bei einer religiösen Zeremonie nicht mehr in Frage kam. Falls nötig, werde ich einen Religionswissenschaftler als Sachverständigen laden. Dieser wird bestätigen, daß ein Adler durch solche Gewalt im kultischen Sinne unrein geworden und für die ihm im religiösen Ritual zugedachte Rolle nicht mehr geeignet ist.»

«Ich verstehe», sagte Chee. «Und was taten Sie als nächstes?»

«Ich nahm den Käfig und das Kaninchen und ging ungefähr zwei Meilen weiter. Ich wußte, daß dort das Revier eines anderen Adlers beginnt. Und es gibt auch dort eine Spalte in der Felskante, die seit Jahrhunderten als Unterstand benutzt wird. Ich kletterte hinein und wartete wieder. Nach einiger Zeit kam der Adler, stieß, als er das Kaninchen entdeckte, hinunter, und ich packte ihn und hielt ihn fest. Das war der Adler, den Sie gesehen haben.»

Er hielt inne und schien abzuwarten, ob Chee Einspruch erhob. «Beim zweitenmal habe ich besser aufgepaßt», sagte er und deutete auf seinen Unterarm. «Keine neuen Verletzungen.»

«Erzählen Sie weiter.»

Während er mit dem gefangenen Adler den Sattel hinuntergeklettert sei, fuhr Jano fort, habe er unten auf dem Weg einen Streifenwagen der Navajo Tribal Police ankommen sehen. Er habe sich hinter einem Felsen versteckt, weil er hoffte, der Wagen werde bald wieder wegfahren. Dann, nach einer Weile, sei er geduckt weitergeschlichen, in der Annahme, daß der Polizist ihn womöglich gar nicht entdeckt habe. «Plötzlich hörte ich eine laute Männerstimme. Ich glaubte, es wäre der Polizist. Daraufhin ...»

Chee hob die Hand. «Halt! Haben Sie auch die Stimme der Person gehört, mit der er gesprochen hat?»

«Nein, ich habe nur die eine Stimme gehört.»

«Und Sie sind sich sicher, daß es die eines Mannes war?»

«Ja. Es klang, als erteilte er Befehle.»

«Befehle? Was meinen Sie damit?»

«Er hat gebrüllt. Es hörte sich so an, als wäre er dabei, jemanden zu verhaften. Er hat ihn herumkommandiert. Sie wissen schon ...»

«Können Sie mir sagen, woher die Stimmen kamen?»

«Es war nur eine Stimme», stellte Jano richtig, «und sie kam von etwas oberhalb der Stelle, wo ich dann später Officer Kinsman fand.»

«Ich möchte Sie bitten, noch einmal ein wenig in Ihrer Erinnerung zurückzugehen», sagte Chee. «Als sie den Sattel herunterkamen, stand der Jeep da noch an derselben Stelle?»

Jano nickte, beugte sich zum Mikrofon und sagte: «Ja, er stand immer noch da.»

«Gut. Wie verhielten Sie sich, als Sie die Stimme hörten?»

«Ich stellte mich hinter einen Wacholderbaum. Dann hörte ich Schritte. Es war so ein Scharren, wie wenn einer mit Stiefeln über Geröll geht. Dann hörte ich, wie jemand etwas sagte, und gleich darauf ein dumpfes Geräusch.» Jano blickte Chee an. «Ich glaube, was ich da hörte, war der Schlag, mit dem Officer Kinsman zu Boden ging. Erst war einen Moment Stille, dann ein kurzes Klappern.» Jano schwieg, den Kopf leicht zur Seite geneigt, so als durchlebe er den Moment noch ein zweites Mal.

«Und weiter?» fragte Chee.

«Ich blieb erst einmal dort, wo ich war. Als dann alles still blieb, habe ich mich hervorgewagt und bin hingegangen, um nachzusehen, was da passiert war. Mr. Kinsman lag vornüber auf dem Boden, und aus einer Wunde an seinem Hinterkopf floß Blut. Ich habe mich neben ihn gehockt, um nachzusehen, ob ich etwas für ihn tun könnte …» Er zuckte die Schultern. «Aber da standen Sie schon hinter mir und hielten Ihre Waffe auf mich gerichtet.»

«Als Sie unten den Streifenwagen ankommen sahen, haben Sie da erkannt, daß Kinsman der Fahrer war?» wollte Chee wissen.

«Stop! Stop!» Janet sah Chee ärgerlich an. «Was soll die Frage, Jim? Versuchst du, Vorsatz zu konstruieren?»

«Der Staatsanwalt wird darauf hinweisen, daß Mr. Jano schon einmal wegen Wilderns eines Adlers verhaftet wurde – und zwar von Officer Kinsman», antwortete Chee. «Die Frage liegt also auf der Hand und war keineswegs ein Versuch, deinem Mandanten eine Falle zu stellen.»

«Schön», sagte sie, «aber ich denke, wir haben ohnehin den Punkt erreicht, an dem wir Schluß machen sollten.»

«Nur eine Frage noch», bat Chee. «Haben Sie an jenem Morgen jemanden gesehen? Irgend jemanden? Oder ist Ihnen sonst irgend etwas aufgefallen?»

Jano dachte nach. «Ich habe unten am Sattel ein paar Ziegen grasen sehen», sagte er. «Ich hatte den Eindruck, als ob jemand bei ihnen war, aber vielleicht habe ich mich auch getäuscht. Das Gelände ist dort sehr unübersichtlich, und ich konnte nichts Genaues erkennen.»

«Das reicht jetzt», sagte Janet. «Mr. Jano und ich haben noch ein paar Dinge zu besprechen. Unter vier Augen. Auf Wiedersehen, Jim.»

Chee erhob sich und machte ein paar Schritte in Richtung auf die Tür, doch dann drehte er sich um. «Da wäre noch eine Sache», sagte er. «Ich habe an der Felskante des Yells Back Butte einen Unterstand entdeckt.» Er beschrieb genau den Ort und das Aussehen. «Ist das der Unterstand, von dem aus Sie den Adler fingen?»

Jano blickte zu Janet, die wiederum Chee ansah. Sie nickte.

«Ja», antwortete Jano.

«Den ersten Adler oder den zweiten?»

«Den zweiten.»

«Und wo fingen Sie den ersten?»

Diesmal sah Jano nicht zu Janet, sondern richtete seinen Blick auf Chee.

Er wird es mir nicht sagen, dachte dieser. Entweder weil die Geschichte mit dem zweiten Adler nur erfunden ist oder weil er nicht noch einen der Orte preisgeben will, die seit Jahrhunderten von den Männern seines Stammes dazu benutzt werden, um Adler zu fangen.

Janet stand auf und räusperte sich. «Ich werde dieses Gespräch jetzt beenden», sagte sie. «Ich denke ...»

Jano hob die Hand. «Stellen Sie sich am höchsten Punkt des Sattels unmittelbar an die Felskante», sagte er zu Chee gewandt. «Sie blicken von dort aus direkt hinüber zum Humphrey's Peak in den San Francisco Mountains. Gehen Sie geradewegs auf sie zu. Nach ungefähr zwei Meilen erreichen Sie die Felskante auf der gegenüberliegenden Seite. Dort gibt es eine Stelle, wo sich vor langer Zeit einmal eine Felsplatte geneigt hat. Dadurch entstand darunter eine Art Höhlung.»

«Danke», sagte Chee.

Jano lächelte ihm zu. «Ich spüre, daß Sie etwas von Adlern verstehen.»

20

Leaphorn erwachte von den Strahlen der Morgensonne, die ihm ins Gesicht fielen. Er lauschte. Alles war still. Zu Hause in Window Rock lag das Schlafzimmer auch nach Osten, das war Emmas Wunsch gewesen. Von der Sonne geweckt zu werden war ihm deshalb vertraut, und allein aufzuwachen inzwischen auch. Louisa hatte auf dem Küchentisch einen Zettel für ihn hinterlassen. Er begann: «Drück auf den Schalter EIN an der Kaffeemaschine», gefolgt von einer Aufzählung all dessen, was fürs Frühstück vorhanden war. Am Schluß hatte sie noch eine persönliche Bemerkung angefügt: «Ich muß vor meiner Ausschußsitzung heute morgen noch ein paar wichtige Dinge erledigen. Viel Glück bei Deinen Nachforschungen! Bitte ruf an und laß mich wissen, wie Du weitergekommen bist. Ich habe den Tag gestern genossen. SEHR sogar. Louisa.»

Leaphorn drückte den Knopf an der Kaffeemaschine, steckte Brot in den Toaster, holte sich eine Tasse, einen Teller, ein Messer und die Butterdose. Dann ging er zum Telefon und begann die Nummer von Mrs. Vanders zu wählen, hielt jedoch plötzlich inne und legte den Hörer wieder auf. Er würde zuerst Chee anrufen. Vielleicht würde er Mrs. Vanders danach doch mehr mitteilen können als ein lapidares «leider ohne Erfolg».

«Lieutenant Chee ist noch nicht da, Lieutenant», teilte ihm Mrs. Dineyahze mit. «Soll ich Ihnen seine Privatnummer geben?»

«Mein Standardspruch seit einem Jahr lautet: Sagen Sie bitte einfach ‹Mister› zu mir», antwortete Leaphorn. «Vielen Dank für Ihr freundliches Angebot, aber die Privatnummer von Lieutenant Chee ist mir bekannt.»

«Moment, warten Sie. Er kommt gerade herein.»

Leaphorn wartete.

«Ich wollte Sie gleich als erstes anrufen», sagte Chee. «Wir haben den Jeep gefunden.» Er setzte Leaphorn kurz ins Bild.

«Und die Reifenabdrücke zeigen deutlich, daß der Sand naß gewesen sein muß, als der Jeep dort abgestellt wurde?» fragte Leaphorn.

«Ja.»

«Das heißt, er wurde dort erst abgestellt, nachdem Kinsman niedergeschlagen worden ist.»

«Ja, genau. Und zwar nicht sehr lange danach. Höchstens eine Stunde, würde ich schätzen. Der Regen dauerte nur kurz.»

«Ich vermute, es ist wohl noch zu früh für irgendwelche Ergebnisse», erkundigte sich Leaphorn, «Fingerabdrücke und ...» Er hielt inne. «Entschuldigen Sie, Lieutenant, ich vergesse immer wieder, daß ich ja nicht mehr dazugehöre. Wenn Sie das Gefühl haben, daß ich mich zu sehr einmische, dann weisen Sie mich bitte sofort in meine Schranken und sagen ‹kein Kommentar› oder so etwas ähnliches.»

Chee lachte. «Ach, Mr. Leaphorn», sagte er, «für mich sind Sie immer noch der Lieutenant, und das wird wohl auch so bleiben. Die Leute von der Spurensicherung sagen, sie hätten eine ganze Anzahl von Fingerabdrücken im Wageninneren gefunden. Sie stammen aber alle von dem jungen Mann, der das Radio und den Kassettenrecorder gestohlen hat. Merkwürdigerweise haben wir keinen einzigen älteren Abdruck gefunden. Weder an den Türgriffen noch am Lenkrad oder am Schalthebel. Jemand muß das gesamte Wageninnere ausgewischt haben. Und zwar sehr gründlich.»

«Das klingt nicht gut», sagte Leaphorn.

«Nein», bestätigte Chee. «Entweder ist sie auf der Flucht und will den Eindruck erwecken, daß sie entführt wurde, oder es hat sie tatsächlich jemand in seine Gewalt gebracht.»

«Eher letzteres, würde ich vermuten», bemerkte Leaphorn. «Aber ich kann mich natürlich irren. Hat das Labor schon etwas herausgefunden über das Blut?»

«Nein, diese Untersuchungen brauchen immer ihre Zeit, das wird wohl noch etwas dauern.»

«Gibt es zufällig irgendwo Blut von Pollard, so daß man einen Vergleich anstellen kann mit dem Blut im Jeep? War sie vielleicht Blutspenderin? Oder war eine Operation geplant, und das Krankenhaus hat bereits angefangen, einen Eigenblutvorrat anzulegen?»

«Das war einer der Gründe, warum ich Sie anrufen wollte», sagte Chee. «So etwas erfährt man immer am besten von den Angehörigen. Ich dachte, daß ich mich vielleicht mit dieser Frau in Verbindung setzen könnte, die Ihnen den Auftrag gegeben hat. Das ist doch ihre Tante, nicht wahr? Wie hieß sie noch gleich?»

«Ja, Mrs. Vanders ist ihre Tante», bestätigte Leaphorn und nannte Chee ihre Adresse und die Telefonnummer. «Ich werde jetzt gleich bei ihr anrufen und ihr sagen, daß der Jeep gefunden wurde und Sie sich bei ihr melden werden. Soll ich irgend etwas von dem, was Sie mir eben erzählten, besser für mich behalten?» fügte er hinzu.

Chee schwieg, er schien nachzudenken. «Nein, ich wüßte nicht, was. Sie vielleicht?»

«Nein.» Er verabschiedete sich von Chee und legte auf. Dann holte er tief Luft und wählte die Nummer von Mrs. Vanders.

«Geben Sie mir einen Augenblick Zeit, um mich innerlich zu wappnen», bat sie. «Anrufe so früh am Morgen bedeuten meist nichts Gutes.»

«Ich hoffe, das trifft in diesem Fall nicht zu», sagte Leaphorn. «Man hat den Jeep gefunden, mit dem Ihre Nichte unterwegs war. Er stand verlassen in einem trockenen Bachbett, ungefähr zwanzig Meilen von dem Ort entfernt, wohin sie ursprünglich fahren wollte. Es gibt keine Anzeichen für einen Unfall, der Wagen ist unbeschädigt. Auf dem Beifahrersitz hat man Blutspuren entdeckt. Die Polizei weiß im Moment jedoch weder, wie alt sie sind, noch ob es sich um das Blut Ihrer Nichte handelt oder das einer anderen Person.»

«Blutspuren», wiederholte Mrs. Vanders. «O mein Gott!»

«Es kann durchaus eine harmlose Erklärung dafür geben», sagte Leaphorn. «Das Blut kann von einer Verletzung stammen, die sie sich irgendwann zugezogen hat. Ein tiefer Schnitt etwa. Können Sie mir sagen, ob sie Ihnen einmal von etwas

Derartigem erzählt hat? Oder davon, daß sich jemand anderes verletzt hat, der auch den Jeep benutzte?»

«Nein», antwortete Mrs. Vanders, «ich glaube nicht. Aber ich kann es nicht mit Sicherheit sagen. Irgendwie scheint mein Gedächtnis im Moment völlig blockiert zu sein.»

«Das kann ich gut verstehen», sagte Leaphorn. «Aber verlieren Sie nicht die Hoffnung. Vielleicht taucht sie plötzlich gesund und munter wieder auf.»

Dies war nicht der richtige Moment, um ihr zu sagen, daß alle Oberflächen im Innern des Jeeps abgewischt worden waren, wahrscheinlich um belastende Fingerabdrücke zu beseitigen.

«Es wird sich gleich ein Police Officer bei Ihnen melden», fuhr er fort, «ein Lieutenant Chee. Er möchte Ihnen ein paar Fragen stellen.»

«Ist gut», sagte Mrs. Vanders. «Ich habe seit jeher befürchtet, daß Catherine einmal etwas zustoßen könnte. Sie ist schon als Kind so starrsinnig gewesen und wollte immer mit dem Kopf durch die Wand.»

«Ich werde Mr. Krause noch einmal aufsuchen», sagte Leaphorn. «Vielleicht ist ihm inzwischen irgend etwas eingefallen, was uns weiterhelfen könnte.»

«Ja, tun Sie das», sagte Mrs. Vanders. Aber es schwang keine Hoffnung in ihrer Stimme mit.

Leaphorn hatte Pech. Krause war unterwegs. An der Tür des Behelfslabors in Tuba war mit Reißzwecken eine Notiz befestigt: «Bin auf Mäusejagd, komme morgen zurück. In dringenden Fällen erreichbar über das Chapter House in Kaibito.»

Leaphorn tankte seinen Pickup voll und machte sich auf in Richtung Nordosten – zwanzig Meilen auf dem asphaltierten U.S. Highway 160 und dann weitere zwanzig auf dem von Querrillen durchzogenen Schotter der Navajo Route 21. Vor dem Chapter House in Kaibito parkten nur drei Pick-ups.

Keiner von ihnen gehörte zum Indian Health Service. Leaphorn seufzte. Die Suche nach Krause schien sich schwierig zu gestalten.

Doch drinnen traf er auf Mrs. Gracie Nakaidineh, eine alte Bekannte, die seit ein paar Jahren dem Chapter House vorstand. Sie erinnerte sich noch an ihn, als er, damals gerade frisch im Dienst, von Tuba aus Streife gefahren war. Ihm seinerseits war Gracie im Gedächtnis geblieben als eine der Frauen, die sich nie scheuten zu tun, was getan werden mußte, und immer über alles Notwendige informiert waren.

«Ah, ich verstehe», rief sie, nachdem sie das traditionelle Begrüßungsritual hinter sich gebracht hatten, das die Älteren unter ihnen immer noch pflegten. «Sie suchen den Mäuse-Mann.»

«Richtig», antwortete Leaphorn. «An der Tür des Labors in Tuba hing ein Zettel, daß er über das Chapter House zu erreichen sei.»

Sie nickte. «Er sagte, falls jemand ihn sprechen wollte – er wäre unterwegs am Kaibito Creek, um Mäuse zu fangen, und zwar ungefähr dort, wo er in den Chaol Canyon fließt.»

Das bedeutete, daß er die waschbrettartig gewellte Schotterstraße verlassen und statt dessen auf der Navajo Route 6330 weiterfahren mußte, einer Art Sandpiste, die sich 26 holprige Meilen lang durch menschenleeres Gebiet zum Rainbow Plateau hinaufwand. Doch jetzt hatte Leaphorn Glück. Schon nach ungefähr acht Meilen entdeckte er von einer Anhöhe aus in einiger Entfernung zwischen einer Gruppe von Weiden einen Pickup. Er fuhr an den Rand, nahm sein Fernglas heraus und versuchte auf der staubigen, durch Zweige verdeckten Tür des Autos das Emblem des Indian Health Service auszumachen. Doch er konnte nichts Genaues erkennen, und so suchte er das Gelände ab, ob vielleicht Krause irgendwo zu sehen wäre.

Unvermittelt tauchte plötzlich rechts vor ihm eine von

Kopf bis Fuß in einen glänzenden weißen Coverall gehüllte Gestalt auf. Sie trug in jeder Hand einen Plastiksack und schritt durch Büsche und Unterholz direkt auf den Pickup zu. Krause? Leaphorn wußte es nicht. Er hätte nicht einmal sagen können, ob es eine Frau war oder ein Mann. Die Gestalt blieb neben dem Wagen stehen und begann, aus den Plastiktüten Metallkästen hervorzuziehen, die sie im Schatten des Kleinlasters nebeneinander aufstellte. Nachdem sie damit fertig war, ließ sie die Heckklappe des Pickup herunter, nahm einen der Metallkästen vom Boden auf, schob ihn in eine Art Plastikhülle und stellte ihn auf der Ladefläche ab. Dann griff sie nach einem runden Kanister, der oben eine Düse besaß, sprühte das Innere der Plastikhülle aus und stellte, nachdem sie damit fertig war, eine Reihe flacher, weißer Emailschälchen auf.

Das mußte Krause sein, dachte Leaphorn. Offenbar war er von der «Mäusejagd» zurück und stellte nun mit den kleinen Nagern irgendeines der merkwürdigen Experimente an, wie sie Biologen so liebten. Krause wandte Leaphorn jetzt den Rücken zu, und dieser sah plötzlich einen schwarzen gekrümmten Schlauch, der von einem Behälter auf seinem Rükken bis hinauf zu seiner Kapuze reichte. Und auf einmal fiel es ihm wie Schuppen von den Augen. Dies war also der Skinwalker, den Old Lady Notah am Hang in der Nähe ihrer Ziegen gesehen haben wollte. Weiß wie ein Schneemann und mit einem Rüssel wie ein Elefant – ein Wissenschaftler im Schutzanzug.

Während er noch über die unverhoffte Lösung dieses Rätsels nachsann, drehte sich Krause um. Als er sich bückte, um einen der Metallkästen aus dem Plastiksack zu ziehen, wurde das Sonnenlicht von dem Plexiglas-Visier seines Helms zurückgeworfen. «Es blitzte in seinem Gesicht», hatte Old Lady Notah gesagt. Leaphorn nickte befriedigt.

Er ließ den Motor an und fuhr los. Am Fuß der Anhöhe

hielt er wieder an, stieg aus und knallte mit Schwung die Autotür hinter sich zu.

Krause fuhr herum, schrie ihm etwas Unverständliches entgegen und wies, heftig gestikulierend, auf ein handgeschriebenes Schild am Pickup, auf dem stand: WENN SIE DIES LESEN KÖNNEN, SIND SIE SCHON VIEL ZU NAH!

Leaphorn blieb stehen und rief: «Ich muß mit Ihnen reden!»

Krause nickte. Er hob die rechte Hand und legte Daumen und Zeigefinger aneinander, so daß sie einen Kreis bildeten, dann hielt er einen einzelnen Finger allein in die Höhe. Leaphorn winkte zum Zeichen, daß er verstanden hatte, und Krause wandte sich wieder seiner Arbeit zu. Leaphorn beobachtete interessiert, wie er aus dem Metallbehälter auf der Ladefläche eine Maus hervorzog, sie mit einer Hand über die Emailschale hielt und ihr mit der anderen einen Kamm durchs Fell zog. Als er fertig war, hielt er sie am Schwanz in die Höhe, um sie Leaphorn zu zeigen, legte sie dann zurück in den Behälter, zog sich seine Latexhandschuhe aus und warf sie in einen leuchtendroten Abfallkanister neben dem Pickup. Er schob seine Kapuze zurück und ging auf Leaphorn zu.

«Verdacht auf Hanta-Virus», sagte er. «Früher, als man es mit den Gefühlen ethnischer Minderheiten noch nicht so genau nahm, nannte man die Krankheit, die durch den Erreger hervorgerufen wird, Navajo-Grippe.»

«Die Bezeichnung hat uns nicht besonders gefallen», gestand Leaphorn. «Ebenso wenig wie der American Legion die Bezeichnung ‹Legionärskrankheit› gefallen haben dürfte, nur weil die atypische Pneumonie im Sommer '76 bei einem Veteranentreffen in Philadelphia zum ersten Mal diagnostiziert wurde.»

«Am besten, man hält sich an die lateinischen oder griechischen Krankheitsbezeichnungen, dann tritt man niemandem auf die Füße», bemerkte Krause versöhnlich. «Übrigens, falls

Sie sich eben gefragt haben, was ich da mache: Ich habe Flöhe aus dem Fell eines *Peromyscus*, genauer gesagt eines *Peromyscus maniculatus*, herausgekämmt. Ich werde sie später daraufhin untersuchen, ob sie Träger des Virus sind. Die Chancen stehen allerdings neunundneunzig zu eins, daß ich nach der Untersuchung sowohl der Flöhe als auch des Tierkadavers feststellen werde: Ich habe wieder einmal eine völlig gesunde Weißfußmaus umgebracht, die noch nie in ihrem Leben ein Hanta-Virus beherbergt hat. Das Problem ist – man weiß es immer erst hinterher.»

«Hätten Sie vielleicht etwas Zeit für mich?» fragte Leaphorn. «Ich habe noch einige Fragen an Sie.»

«Ja, aber Sie müssen sich noch ein wenig gedulden», antwortete Krause. Er wandte sich um und deutete auf die Reihe der Metallbehälter am Boden. «Was Sie da sehen, sind sogenannte Kastenfallen, und ehe ich mich aus dieser Uniform hier endlich herauspellen kann, muß ich mich um die toten Tiere kümmern. Die offizielle Bezeichnung der Uniform lautet übrigens *Positive Air Purifying Respirator Suit,* abgekürzt PAPRS. Jetz kämme ich die Flöhe heraus, dann öffne ich die Kadaver und entnehme die relevanten Organe.»

«Ich habe Zeit», sagte Leaphorn. «Wenn Sie erlauben, werde ich Ihnen einfach zusehen.»

«Bitte. Aber halten Sie Abstand! Kommen Sie nicht näher als jetzt. Dann dürften Sie nach allem, was wir wissen, nicht gefährdet sein. Der Hanta-Virus verbreitet sich durch die Luft. Er befindet sich im Urin infizierter Mäuse, und wenn dieser trocknet, dann atmet man ihn zusammen mit aufwirbelndem Staub ein. Das Schlimme ist: wir haben gegen den Hanta-Virus noch kein Medikament.»

«Ich bleibe auf Abstand», versicherte Leaphorn. «Und ich werde mit meinen Fragen warten, bis Sie wieder aus dem Anzug heraus sind. Bei der Hitze hier draußen müssen Sie darin ja förmlich kochen.»

«Besser kochen als sich infizieren», antwortete Krause. «Es ist übrigens nicht ganz so schlimm, wie es aussieht. Die gefilterte Luft, die in die Haube gelangt, kühlt den Kopf. Strecken Sie Ihre Hand aus, und fühlen Sie selbst.»

«Ich glaube Ihnen auch so», sagte Leaphorn.

Er sah Krause zu, wie er die Kastenfallen leerte – jeweils immer nur eine –, die Flöhe auskämmte, die toten Tiere dann aufschnitt und ihnen bestimmte Organe entnahm, die er sofort in kleinen Flaschen verwahrte. Wenn er mit einem Tier fertig war, so landete dessen Kadaver in dem roten Abfallkanister. Nach ungefähr einer Stunde hatte er alle Fallen geleert, zog sich unter einigen Mühen den Schutzanzug aus und warf ihn ebenfalls zum Abfall.

«Den PAPRS hinterher jedesmal zu vernichten geht ziemlich ins Geld», sagte er. «Wenn wir auf der Suche nach dem Pesterreger sind, dann können wir beim Fallenstellen auf den Anzug verzichten, weil Pest in der Regel nicht durch die Luft übertragen wird. Wir ziehen den Anzug erst an, wenn wir die Tiere sezieren, und wenn wir uns dabei nicht zu sehr mit Blut bespritzt haben, dann können wir ihn anschließend noch einmal verwenden. Aber wenn man es mit dem Hanta-Virus zu tun hat, dann darf man kein Risiko eingehen. Ich bin jetzt hier fertig. Wenn Sie wollen, können Sie mir Ihre Fragen stellen.»

«Nun, als erstes möchte ich Ihnen sagen, daß wir den Jeep gefunden haben, in dem Miss Pollard unterwegs war. Er stand in einem trockenen Bachbett, etwas abseits von der Straße, die durch Goldtooth führt.»

«Na, immerhin ist sie tatsächlich in die Gegend gefahren, die sie angegeben hat», bemerkte Krause und grinste. «Haben Sie nicht zufällig auch noch einen Zettel mit einer Nachricht für mich entdeckt: ‹Brauche Erholung. Nehme ein paar Tage Urlaub› oder so ähnlich?»

«Nein», antwortete Leaphorn. «Keine Nachricht für Sie, aber Blut.»

Krause wurde schlagartig ernst. «Oh, verdammt», sagte er. «Blut? Ihr Blut?» Er schüttelte den Kopf. «Ich bin die ganze Zeit davon ausgegangen, daß sie eines Tages anruft oder plötzlich einfach hereinspaziert kommt, natürlich ohne eine Erklärung abzugeben, es sei denn, ich würde sie danach fragen. Ich konnte mir einfach nicht vorstellen, daß ihr etwas zugestoßen sein könnte. Irgendwie hatte ich immer den Eindruck, ihr passiert nichts, was sie nicht will.»

«Wir können zu diesem Zeitpunkt noch nicht sagen, ob ihr tatsächlich etwas zugestoßen ist», sagte Leaphorn.

Krause atmete sichtlich auf. «Das Blut im Jeep stammt also nicht von Cathy?»

«Genau deshalb bin ich zu Ihnen gekommen. Haben Sie eine Idee, ob irgendwo etwas von Miss Pollards Blut aufbewahrt wird, so daß wir eine Vergleichsprobe hätten?»

Krause überging die Frage. «Sie wissen also noch nicht, ob es wirklich Cathys Blut ist», sagte er. «Aber von wem sollte es sonst stammen? Sie war an dem Morgen allein unterwegs.»

«Sind Sie sich da ganz sicher?» fragte Leaphorn.

«Ich habe es angenommen, aber wenn Sie so fragen – ganz sicher bin ich natürlich nicht. Ich habe sie nicht wegfahren sehen. Und auf dem Zettel, den sie mir dagelassen hat, stand, soweit ich mich erinnere, nichts davon, daß jemand mitkäme. Das wäre auch ungewöhnlich gewesen. In der Regel war sie allein unterwegs. Genau wie ich auch. Das ist bei unserer Arbeit ganz üblich.»

«Könnte es sein, daß Hammer sie begleitet hat?»

Krause schüttelte den Kopf. «Glaube ich nicht. Wissen Sie nicht mehr – er hat doch gesagt, daß er am fraglichen Tag in Tempe war. Er hatte einen Einführungskurs für Biologie-Erstsemester.»

«Doch, ich erinnere mich», antwortete Leaphorn. Krause konnte nicht wissen, daß Hammer, was den Achten anging, nicht die Wahrheit gesagt hatte, und Leaphorn hatte nicht vor, ihn aufzuklären. «Falls sich herausstellt, daß das Blut im Jeep von Miss Pollard stammt, wird die Polizei alle Angaben bezüglich des Tattages überprüfen.»

«Muß ich dann etwa auch angeben, wo ich am Achten war und was ich gemacht habe?» fragte Krause.

«Selbstverständlich. Bei Mordermittlungen gibt es keine Ausnahmen.»

Leaphorn schwieg, um Krause Gelegenheit zu geben, sich zu äußern, wo er am Morgen des Achten gewesen war. Doch Krause machte keine Anstalten zu reden, sondern starrte nur nachdenklich vor sich hin.

Leaphorn beschloß, noch einmal die Schwierigkeit anzusprechen, eine Probe von Pollards Blut zu bekommen. «Wir waren vorhin beim Thema Blut. Hat sich Pollard in letzter Zeit bei der Arbeit mal verletzt? Sich einen Schnitt zugefügt? Könnte unter Umständen in Tuba ein Laborkittel von ihr hängen mit Blutflecken darauf? War sie vielleicht Blutspenderin? Oder fällt Ihnen sonst noch etwas ein, wie wir an ihr Blut für eine Vergleichsprobe kommen könnten?»

Krause schloß die Augen und schien zu überlegen. «Sie geht immer sehr sorgfältig vor», sagte er. «Das ist bei unserer Arbeit auch absolut notwendig. Die Kooperation mit ihr ist oft schwierig, sie ist furchtbar starrsinnig, aber zweifellos sehr fähig und geschickt. Ich kann mich nicht erinnern, daß sie sich im Labor mal verletzt hätte. Falls das geschehen wäre, so wüßte ich das bestimmt noch. In einem Labor wie unserem, wo man täglich mit Seuchenüberträgern umgeht, ist selbst der kleinste Schnitt eine sehr ernste Sache. Was die Frage angeht, ob sie Blutspenderin war …» Krause zuckte die Schultern. «Dazu kann ich nichts sagen. Sie hat mir gegenüber nie etwas Derartiges erwähnt, aber das will nichts heißen.»

«Als Sie am Morgen des Achten das Labor betraten, wo lag da der Zettel?»

«Auf meinem Schreibtisch.»

«Sie wollten für mich nachsehen, ob Sie ihn vielleicht noch finden könnten. Hatten Sie Erfolg?»

«Ich bin noch nicht dazu gekommen», sagte Krause. «Ich hatte zuviel am Hals. Aber ich werde mich drum kümmern.»

«Ich brauche den Zettel», sagte Leaphorn. «Okay?»

«Von mir aus», sagte Krause. Es klang mürrisch. «Aber Sie sind schließlich nur eine Art Privatdetektiv, und ich wette, die Cops würden ihn ebenfalls gern haben.»

«Das ist anzunehmen», sagte Leaphorn. «Mir reicht zur Not auch eine Kopie. Aber vielleicht könnten Sie ja noch mal versuchen, sich genau ins Gedächtnis zu rufen, was sie Ihnen geschrieben hat. Möglichst Wort für Wort.»

Krause schüttelte den Kopf. «Also, das ist wirklich zuviel verlangt. Ich kann mich noch so ungefähr an den Inhalt erinnern, aber mehr auch nicht. Sie schrieb, glaube ich, daß sie den Jeep nimmt und Richtung Black Mesa und zum Yells Back Butte will. Ich nahm an, es ginge um den Fall Nez.»

«Stand auf dem Zettel etwas davon, daß sie Fallen aufstellen wollte? Hatte sie vor, Präriehunde zu fangen?»

«Wahrscheinlich. Ich denke schon. Aber ob sie das nun tatsächlich hingeschrieben hat oder ob ich es einfach nur geschlossen habe, kann ich Ihnen beim besten Willen nicht sagen. Ich glaube, ihre Nachricht war eher allgemein gehalten, aber ich weiß, daß sie immer noch an der Aufklärung des jüngsten Pestfalles saß. Sie versuchte herauszufinden, wo sich ein gewisser Anderson Nez die Erkrankung zugezogen hatte.»

«Aber man kann davon ausgehen, daß er sich durch den Biß eines infizierten Präriehund-Flohs angesteckt hat?»

«*Yersinia pestis* werden durch Flöhe übertragen, das ist richtig», sagte Krause. «Aber als Wirtstier kommt nicht nur der Präriehund in Frage. Auch *Peromyscus* wird von Flöhen befallen. Und einmal habe ich einem einzigen Rock Squirrel über zweihundert Flöhe ausgekämmt.»

«Hätte Miss Pollard normalerweise einen Schutzanzug mitgenommen?»

«Er gehörte zur Ausrüstung, und ich denke, sie wird ihn dabeigehabt haben. Wie ich schon sagte, verzichten wir allerdings häufig darauf, ihn anzuziehen, wenn wir draußen im Gelände auf der Suche nach Pesterregern unterwegs sind. War er denn nicht bei den Sachen im Jeep?»

«Das weiß ich nicht», erwiderte Leaphorn. «Ich werde mich erkundigen. Eine letzte Frage noch. Stand in der Nachricht an Sie etwas davon, daß sie aufhören wollte? Und warum?»

Krause runzelte die Stirn. «Aufhören – womit?»

«Mit ihrer Arbeit hier.»

«Das ist das erste, was ich höre!»

«Ihre Tante sagte es mir. Miss Pollard hat einen Tag, bevor sie verschwand, noch mit ihr telefoniert. Dabei soll sie ihr von ihrer Absicht erzählt haben, ihre Stelle hier aufzugeben.»

«Verdammt!» sagte Krause. Er schien konsterniert und biß sich ratlos auf die Unterlippe. «Hat sie ihrer Tante vielleicht auch einen Grund genannt?»

Leaphorn nickte. «Ja. Sie hat gesagt, sie käme mit Ihnen nicht klar.»

«Tja, weil sie immer jemanden braucht, der nach ihrer Pfeife tanzt», kommentierte Krause.

21

Von einem Tag zum anderen war mit furchtbarer Gewalt der Sommer über Phoenix hereingebrochen. Die Klimaanlage im Federal Courthouse Building lief, um der glühenden Hitze draußen vor den Doppelfenstern zu wehren, auf Hochtouren. Das hatte zur Folge, daß in sämtlichen Räumen eine unangenehm feuchte Kälte herrschte. Der kommissarisch eingesetzte Stellvertretende US-Staatsanwalt J. D. Mickey hatte die Vertreter sämtlicher Ordnungskräfte, die in Arizona für die Durchsetzung von Recht und Gesetz zuständig waren, zusammengerufen. Er wollte, wie es hieß, gemeinsam darüber beraten, ob man im bevorstehenden Prozeß gegen Jano auf die Todesstrafe hinarbeiten solle.

Da Chee sich in der Polizeihierarchie ziemlich weit unten befand, hatte er nur noch in der letzten Reihe, gleich an der Wand, Platz gefunden und hockte jetzt auf einem unbequemen Metallklappstuhl inmitten von Deputy Sheriffs, Beamten der Staatspolizei und niederrangigen U.S. Deputy Marshalls. Ihm war von Anfang an klargewesen, daß die Entscheidung, für Jano die Todesstrafe zu erwirken, in Wahrheit längst gefallen war. Mr. Mickeys Ernennung zum Stellvertretenden US-Staatsanwalt war nur befristet, aber offenbar hatte er vor, die begrenzte Zeit intensiv zu nutzen. So gesehen, war der Mord an Benjamin Kinsman für ihn gerade im rechten Augenblick gekommen. Mit dem Prozeß gegen den Mörder des Police Officer würde er die Aufmerksamkeit der Nation auf sich lenken oder zumindest – falls das zu hoch gegriffen war – die Aufmerksamkeit der Bürger Arizonas, genauer gesagt der Wähler, die ihm bei den bevorstehenden Kongreßwahlen zu einem politischen Amt verhelfen sollten. Er würde in die Justizgeschichte eingehen als der erste Staatsanwalt, der die 1994 durch Gesetz eingeräumte Möglichkeit realisiert hatte, bei einem Verbrechen auf der Reservation die Todesstrafe zu verhängen. Der tatsächliche und einzige Grund für diese Veranstaltung war, daß Mickey, falls etwas schieflief, die Schuld auf jemand anderen abwälzen konnte – ein Schachzug, der so allgemein üblich war, daß die Angestellten des Öffentlichen Dienstes dafür einen eigenen Begriff geprägt hatten: das Sündenbock-Manöver.

«Gut», sagte Mickey gerade, «falls niemand von Ihnen weitere Fragen hat – unsere Strategie wird sein, Anklage wegen Mordes zu erheben und eine Jury zusammenzustellen, die auf Todesstrafe erkennt. Ich denke, ich muß Ihnen nicht eigens erklären, daß damit auf alle von uns in nächster Zeit eine Menge an Mehrarbeit zukommen wird.»

Auf dem Stuhl rechts von Chee saß eine junge Polizistin kiowa-komantschen-polnisch-irischer Abstammung in der Uniform der Strafverfolgungsabteilung des Bureau of Indian Affairs. Bei Mickeys Worten schnaubte sie verächtlich durch die Nase. «Auf alle von uns – daß ich nicht lache!» murmelte sie. «Wir werden mehr arbeiten müssen, soviel ist klar, aber der doch nicht! Eigentlich meint er, er muß uns nicht eigens sagen, daß er seinen Ruf als Law-and-Order-Mann festigen will, weil er sich dadurch bessere Chancen bei den Wahlen ausrechnet.»

Mickey hatte unterdessen begonnen, die angekündigte Mehrarbeit näher zu erläutern, und stellte den Anwesenden in diesem Zusammenhang auch gleich den Special Agent John Reynald vor. Der würde ihren vielfältigen Anstrengungen die Richtung vorgeben, sie koordinieren, also kurz gesagt die Leitung des Ganzen übernehmen.

«Eine Verurteilung zu erreichen dürfte kein Problem sein», sagte Mickey. «Schließlich wurde der Mörder noch am Tatort gestellt. Aber was die Anklage absolut unangreifbar macht, ist die Tatsache, daß Jano bei seiner Verhaftung am rechten Unterarm eine frische Wunde hatte. Nicht nur seine eigene Kleidung war blutbeschmiert, sondern es fanden sich auch Spuren seines Blutes auf der Kleidung des Opfers. Seine Verteidigerin kann gegen diesen Beweis nur eine dürre Geschichte ins Feld führen, wonach Janos Verletzung angeblich von dem Adler herrührt, den er gefangen hatte. Das Dumme ist nur, der Adler wollte das nicht bestätigen.» Mickey wartete ab, bis sich das allgemeine Gelächter wieder gelegt hatte, und fuhr dann fort: «Mit anderen Worten – im Labor wurden weder an den Krallen noch im Gefieder des Vogels auch nur die geringsten Blutspuren entdeckt. Allerdings brauchen wir, um die Todesstrafe durchsetzen zu können, einen Beweis dafür, daß er mit Vorsatz handelte. Das heißt, wir müssen Zeugen auftreiben, die bestätigen können, daß Jano aufgrund der vorangegangenen Verhaftung Officer Kinsman gegenüber Rachegefühle hegte. Wenn wir Glück haben, finden wir vielleicht sogar jemanden, der sich erinnert, wie empört Jano über die Behandlung bei dieser Verhaftung war. Möglicherweise spielen auch die bekannten Animositäten zwischen Navajos und Hopis in diesen Fall mit hinein. Hören Sie sich also um, ob Jano sich vielleicht des öfteren abfällig über Navajos geäußert hat. Suchen Sie Kontakt zu Leuten, die ihn kennen, klappern Sie die einschlägigen Lokale ab – na, Sie wissen schon.»

«Woher kommt dieser Kerl?» erkundigte sich die Frau von der Strafverfolgungsabteilung des BIA empört bei Chee. «Der hat ja null Ahnung, was die Hopis angeht.»

«Ich glaube, aus Indiana», antwortete Chee. «Aber er muß offenbar schon länger in Arizona seinen Wohnsitz haben, sonst dürfte er ja hier nicht für ein politisches Amt kandidieren.»

Mickey hatte mit einer letzten aufmunternden Bemerkung die Konferenz zum Abschluß gebracht und war dann zum Ausgang geeilt, um sich von den wichtigen Leuten persönlich und mit Handschlag zu verabschieden. Als Chee an ihm vorbeiwollte, hielt er ihn mit einer Armbewegung zurück. «Bleiben Sie da», sagte er. «Ich habe noch ein Wort mit Ihnen zu reden.»

Chee blieb also, genau wie Reynald und Special Agent Edgar Evans, der hinter dem letzten Teilnehmer die Tür schloß.

«Es gibt da zwei Punkte, die ich ansprechen möchte», begann Mickey. «Punkt eins ist, daß Officer Kinsmans Führung laut Personalakte bedauerlicherweise nicht immer makellos war.» Er zuckte die Schultern. «Er war eben ein gesunder junger Mann, der sich noch die Hörner abstoßen mußte. Wenn sich allerdings herausstellen sollte, daß diese ... nun, sagen wir einmal ‹Eskapaden› bei seinen ehemaligen Kollegen Gesprächsthema sind, erwarte ich von Ihnen, daß Sie das unterbinden. Falls der Verteidigung gewisse Einzelheiten zu Ohren kämen, würde sie nicht davor zurückschrecken, im Interesse ihres Mandanten den guten Namen von Officer Kinsman in den Dreck zu ziehen. Da wir uns einig waren, in dem bevorstehenden Prozeß für den Angeklagten das Todesurteil anzustreben, muß ich Ihnen wohl nicht extra erläutern, daß dies unter allen Umständen verhindert werden muß.»

«Nein, ist schon klar», sagte Chee.

«Dann komme ich gleich zum zweiten Punkt», fuhr Mickey fort. «Mir sind Gerüchte zu Ohren gekommen, daß Sie mit Janet Pete verlobt sind. Oder gewesen sind. Janet Pete ist Janos Verteidigerin.» Er schwieg, offenbar erwartete er, daß Chee sich dazu äußerte.

«Ach?» sagte Chee.

Mickey runzelte ärgerlich die Stirn. «Unser Fall ist besonders heikel, weil die verschiedensten kulturellen Empfindlichkeiten berührt werden und wir deshalb mit großer Aufmerksamkeit der Presse rechnen müssen. Aus diesem Grund sollten wir versuchen, alles zu vermeiden, was auch nur den Anschein eines Interessenkonfliktes erwecken könnte.»

«Das klingt einleuchtend», bemerkte Chee.

«Ich habe den Eindruck, Sie verstehen nicht, worauf ich hinauswill», sagte Mickey.

«Ich denke schon, Sir», erwiderte Chee.

Mickey schwieg. Chee schwieg ebenfalls. Mickeys Gesicht begann sich zu röten.

«Also, verdammt, was ist dran an der Geschichte?» brach es schließlich aus ihm heraus. «Läuft da was zwischen Ihnen und Miss Pete? Ja oder nein?»

Chee lächelte. «Meine Großmutter mütterlicherseits war eine weise alte Frau. Sie hat immer versucht, etwas von dem, was sie im Laufe ihres Lebens gelernt hatte, an mich weiterzugeben. Ab und zu besaß ich Verstand genug, ihr zuzuhören. Eine ihrer Einsichten lautete: Nur ein Narr hört auf Klatsch.»

Mickeys Gesichtsfarbe wurde noch um einen Ton dunkler. «Na schön», sagte er. «Reden wir Klartext. Bei dem bevorstehenden Prozeß geht es um den Tod eines Polizisten, der in Ausübung seines Dienstes umgebracht wurde. Ich darf Sie daran erinnern, daß Officer Kinsman einer Ihrer Männer war, Lieutenant Chee. Ich darf Sie ferner daran erinnern, daß Sie als Polizist auf seiten der Anklage stehen. Miss Pete als Verteidigerin vertritt die Gegenseite. Nun sind Sie zwar kein Anwalt, aber Sie sind lange genug im Geschäft, um zu wissen, wie so ein Prozeß abläuft. Ich gehe davon aus, daß Ihnen bekannt ist, daß es eine sogenannte Offenlegungspflicht gibt. Diese besagt, daß wir die Verteidigung vorab über sämtliche Anklagepunkte sowie die uns dazu vorliegenden Beweise in Kenntnis setzen müssen.» Er schwieg und starrte Chee durchdringend an. «Aber manchmal ist es notwendig, um der Gerechtigkeit zum Sieg zu verhelfen, nicht gleich zu Anfang alle Karten auf den Tisch zu legen. Manchmal muß man noch ein paar Asse im Ärmel behalten. Verstehen Sie, was ich meine?»

«Ich nehme an, Sie wollen mir sagen, daß ich – falls an dem Klatsch etwas dran sein sollte – darauf achten muß, nicht im Schlaf zu reden», sagte Chee. «Habe ich recht?»

Mickey grinste. «Genau.»

Chee nickte. Er registrierte, daß Reynald der Unterhaltung mit höchster Aufmerksamkeit folgte, während Agent Evans nur gelangweilt vor sich hin blickte.

«Und ich würde gern noch hinzufügen», fuhr Mickey fort, «daß Sie, falls jemand anderes anfangen sollte, im Schlaf zu reden, vielleicht ruhig zuhören sollten.»

«Meine Großmutter wußte noch mehr über das Thema Klatsch», bemerkte Chee. «Sie behauptete, er sei kurzlebig. Es ist wie bei der Suppe, pflegte sie zu sagen. Man hört, sie sei aufgetischt und noch zu heiß zum Essen, doch in Wahrheit ist sie schon längst kalt.»

Gerade als Chee geendet hatte, meldete sich Mickeys Beeper. Die Runde ging auseinander, ohne daß sich die vier Männer, wie sonst üblich, zum Abschied die Hände geschüttelt hätten.

Chee hatte bei seiner Ankunft in Phoenix keinen Parkplatz im Schatten mehr gefunden, und so war sein Wagen die ganze Zeit über der prallen Sommersonne ausgesetzt gewesen. Bevor er einstieg, band er sich ein Taschentuch um die Hand, um sich nicht am glühendheißen Türgriff zu verbrennen. Er legte erst eine Zeitung unter, ehe er auf dem aufgeheizten Fahrersitz Platz nahm, startete den Motor, ließ alle Fenster herunter, damit die backofengleiche Hitze entweichen konnte, und drehte den Belüftungsschalter auf die höchste Stufe. Dann stieg er rasch wieder aus, um im Schatten abzuwarten, bis die Temperatur im Innern des Wagens sich einigermaßen normalisiert hatte. In der Zwischenzeit blieben ihm ein paar Minuten, um in Ruhe zu überlegen, wie seine nächsten Schritte aussehen sollten. Als erstes würde er Joe Leaphorn anrufen, um sich zu erkundigen, ob sich bei ihm etwas Neues ergeben hatte. Anschließend würde er sich in seinem Büro melden, um zu hören, was ihn dort erwartete. Sobald er die beiden Anrufe dann hinter sich hatte, würde er zu den nördlichen Ausläufern der Chuska Mountains aufbrechen, der Landschaft seiner Kindheit. Dort war das Schafcamp aufgeschlagen, in dem Hosteen Frank Sam Nakai, solange Chee zurückdenken konnte, die Sommermonate verbrachte.

Von Phoenix – aber eigentlich von jedem Ort aus – war es eine verdammt lange Fahrt. Doch Chee war fest entschlossen, alles in seiner Macht Stehende zu tun, um wieder seinen inneren Zustand von Gleichgewicht und Harmonie zurückzuerlangen. In der Navajo-Sprache *hózhóng* genannt, bedeutet dieser Zustand für einen in den religiösen Traditionen verwurzelten Navajo den höchsten Wert. Allein auf sich gestellt, würde ihm das, so viel wußte Chee, nicht gelingen. Er mußte bei jemandem Rat einholen. Und der einzige, der dafür in Frage kam, war Hosteen Sam Frank Nakai.

Hosteen Nakai war Chees Onkel mütterlicherseits, was ihm gemäß Navajo-Tradition eine spezielle, hervorgehobene Stellung verlieh. So war er es gewesen, der Chee seinen «wirklichen» oder «Kriegsnamen» gegeben hatte. Er lautete *Long Thinker,* war nur einigen wenigen, Chee besonders nahestehenden Menschen bekannt und wurde fast ausschließlich in Zusammenhang mit religiösen Zeremonien gebraucht. Daß Chee früh seinen Vater verloren hatte, hatte die besondere Beziehung zwischen den beiden noch verstärkt. Nakai war über viele Jahre lang Chees Mentor, spiritueller Führer, Beichtvater und Freund gewesen. Er war Schafzüchter und auch Schamane. Seine Kenntnis der Blessing-Way-Zeremonie und eines halben Dutzend weiterer Heilrituale war allgemein so geachtet, daß ihm das Navajo Community College die Unterweisung von Studenten übertragen hatte, die später einmal als *hataalii* wirken wollten.

Chee hoffte, daß Nakai ihm eine Möglichkeit aufzeigen würde, wie er aus der unübersichtlichen und verwickelten Geschichte mit Kinsman, Jano und Mickey wieder herausfinden konnte. Vor allem aber wollte er Nakais Empfehlung, wie er mit dem Problem der zwei Adler umgehen sollte. Denn wenn es tatsächlich einen «ersten Adler» gab und er ihn fing, so würde dies für den Vogel den Tod bedeuten. Chee gab sich keinerlei Illusionen darüber hin, welches Schicksal den Adler in einem Polizeilabor erwartete. Unter den Navajos war ein Gesang überliefert, den man jedesmal vor der Jagd anzustimmen pflegte. Man ließ das Beutetier wissen, daß man es achtete, und bat es gleichzeitig zu akzeptieren, daß es sterben müßte. Doch Chee konnte nicht ausschließen, daß Jano log. In diesem Fall wäre der Tod des Adlers sinnlos, und Chee würde sich der Verletzung des ethischen Kodex der *Diné* schuldig machen, der gebot, kein Tier unnötig zu töten.

Der Sommerhogan von Nakai befand sich Meilen entfernt vom nächsten Telefon, und so hatte sich Chee vor Beginn der Fahrt nicht vergewissern können, ob sein Onkel tatsächlich da wäre. Doch machte er sich darüber keine weiteren Gedanken. Es war Sommer – wo sonst sollte Nakai sein? Seine Schafe grasten jetzt auf den hochgelegenen Bergweiden, und wie immer würden Kojoten im Gehölz am Rande der Wiese auf ihre Chance lauern. Die Schafe brauchten ihren Hirten, und deshalb würde Nakai dasein. Er würde ihn wie in all den Jahren zuvor oben am Berghang in seinem Zelt finden, nah bei seiner Herde.

Doch als Chee dort ankam, war das Zelt leer, Nakai nirgends zu sehen.

Die Dämmerung ging schon in die Nacht über, als er mit seinem Kleinlaster den staubigen Zufahrtsweg verließ und auf das Gelände einbog, wo der Hogan stand, in dem Frank Sam Nakai mit seiner Ehefrau, Blue Lady genannt, lebte. Die Scheinwerfer strichen zunächst über eine Gruppe von Bäumen und erfaßten dann die Gestalt eines alten Mannes, der auf Kissen gestützt in einem tragbaren Bett saß, wie man sie in Sanitätsgeschäften mieten konnte. Chee erschrak. Nie zuvor hatte er seinen Onkel krank gesehen. Daß man sein Bett nach draußen gestellt hatte, empfand er als schlechtes Omen.

Blue Lady erschien im Eingang des Hogan, um zu sehen, wer der Ankömmling war. Als sie Chee erkannte, lief sie auf ihn zu. «Wie gut! Wie gut, daß du da bist. Er wollte, daß du kommst, seine Gedanken haben dich also erreicht.»

Blue Lady war Nakais zweite Frau. Ihren Namen hatte sie wegen der Schönheit des Türkisschmuckes bekommen, den sie am Tag ihrer *kinaalda*-Zeremonie, zugleich Abschied von der Kindheit und Initiation zur Frau, über ihrer Samtbluse getragen hatte. Blue Lady war die jüngere Schwester von

Hosteen Nakais erster Frau, die gestorben war, bevor Chee auf die Welt kam. Da die Navajo-Gesellschaft matrilinear organisiert ist, der Mann sich also nach der Heirat der Familie seiner Frau anschließt, war es üblich, daß ein Witwer in zweiter Ehe eine seiner noch unverheirateten Schwägerinnen zur Frau nahm. Auf diese Weise hatte er weiterhin dieselbe Schwiegermutter und blieb am selben Ort wohnen. Nakai fühlte sich den alten Traditionen verbunden. Da er sich zu der Zeit, als seine erste Frau starb, außerdem schon darauf vorbereitete, einmal ein Schamane zu werden, war er ohne großes Zögern dieser lange geübten Praxis gefolgt.

Blue Lady schloß Chee in die Arme. «Er wollte dich noch einmal sehen, bevor er stirbt», sagte sie.

«Bevor er stirbt?» wiederholte Chee. «Aber wieso? Was ist denn passiert?»

Die Mitteilung traf ihn so unvorbereitet, daß er sie nicht gleich zu begreifen vermochte. Blue Lady sah ihn nur stumm an. Sie führte ihn hinüber zur Baumgruppe und bedeutete ihm, im Schaukelstuhl neben dem Bett Platz zu nehmen.

«Ich gehe und hole die Laterne», sagte sie.

Hosteen Nakai betrachtete Chee aufmerksam. «Ah», sagte er, «Long Thinker ist gekommen, um mit mir zu reden. Genau wie ich gehofft hatte.»

Chee wußte nicht, was er sagen sollte. Schließlich fragte er: «Wie geht es dir, mein Vater? Ich habe gehört, du bist krank?»

Nakai brach in ein rauhes Lachen aus, das unmittelbar in einen quälenden Husten überging. Er tastete, von Hustenanfällen geschüttelt, die Bettdecke ab, bis er die beiden Röhrchen fand und sich in die Nase schob. Erleichtert holte er Luft. Die Röhrchen waren mit einem Schlauch verbunden, der irgendwo hinter dem Bett verschwand. Chee vermutete, daß er an ein Sauerstoffgerät angeschlossen war. Nakai versuchte, ruhig und regelmäßig durchzuatmen. Dabei drang jedesmal, wenn er einatmete, ein häßlicher, pfeifender Ton aus einer Lunge. Doch er lächelte.

«Was ist mit dir geschehen?» fragte Chee.

«Ich habe einen Fehler gemacht», antwortete Nakai. «Ich bin in Farmington bei einem *bilagaana*-Doktor gewesen. Er hat mir erklärt, daß ich krank bin, und mich in ein Krankenhaus geschickt. Dort haben sie mir erst die Rippen gebrochen und dann meine Brust geöffnet. Dann haben sie irgend etwas herausgeschnitten und am Ende alles wieder zugenäht.» Seine Stimme war, während er sprach, immer schwächer geworden, und er mußte eine Pause einlegen. Als er wieder Luft bekam, fuhr er kichernd fort: «Ich glaube, sie haben mir bei der Operation irgendwelche Sachen herausgenommen und hinterher vergessen, sie wieder zurückzutun. Deshalb muß ich jetzt durch den Schlauch hier atmen.»

Blue Lady kam aus dem Hogan und brachte eine Propangaslaterne, die sie an einem großen, bis über das Bett reichenden Ast aufhängte.

«Er hat Lungenkrebs», sagte sie. «Sie haben ihm einen Lungenflügel entfernt. Aber der andere war auch schon befallen.»

«Und außerdem noch jede Menge anderer Organe, die zu beschreiben ich dir lieber ersparen will», ergänzte Nakai und grinste. «Wenn ich sterbe, wird das *chindi*, das ich zurücklasse, besonders bösartig sein, denn es steckt voller Tumore. Deshalb habe ich darum gebeten, daß man mein Bett nach draußen stellt. Ich will nicht, daß das *chindi* den Hogan vergiftet. Hier draußen wird der Wind es bald vertrieben haben.»

«Wenn du einmal stirbst, dann, weil du einfach zu alt geworden bist, um noch länger leben zu wollen», entgegnete Chee. Er legte Nakai seine Hand auf den Arm. Doch dort, wo früher feste Muskeln gewesen waren, spürte er jetzt zwischen seiner Handfläche und dem Knochen nur noch schlaffe, faltige Haut. «Dein Tod hat noch eine gute Weile Zeit. Und erinnere dich, was Changing Woman unserem Volk einst gelehrt hat: ‹Wenn du eines natürlichen Todes stirbst, dann hinterläßt du kein *chindi.*›»

«Ach, ihr jungen Leute ...», begann Nakai, doch dann verzerrte sich sein Gesicht vor Schmerz. Er preßte die Augen zusammen, seine Kiefermuskeln spannten sich. Sofort war Blue Lady an seiner Seite. Sie hielt ein mit Flüssigkeit gefülltes Glas in der Hand.

«Es ist Zeit für deine Schmerzmedizin», sagte sie und berührte ihn sanft an der Schulter.

Er öffnete die Augen. «Ich muß erst noch mit ihm reden», erwiderte er. «Ich glaube, er ist gekommen, weil er mich etwas fragen wollte.»

«Du kannst auch noch mit ihm reden. Die Schmerzmedizin wirkt nicht sofort. Wenn du sie eingenommen hast, bleibt dir noch Zeit.» Blue Lady hob seinen Kopf an und flößte ihm die Flüssigkeit ein. Sie blickte zu Chee. «Das Mittel läßt ihn ein wenig schlafen. Ich denke, es ist Morphium», sagte sie. «Eine Weile hat es sehr gut geholfen, aber jetzt nützt es täglich weniger.»

«Ich sollte ihn besser in Ruhe lassen», sagte Chee.

«Aber du bist doch gekommen, weil du seinen Rat brauchst», entgegnete sie. «Und außerdem – er hat auf dich gewartet.»

«Auf mich gewartet?»

Sie nickte. «Er wollte, bevor er gehen muß, noch drei Menschen sehen», sagte sie. «Die beiden anderen sind schon hier gewesen.» Sie richtete die Sauerstoffröhrchen in Nakais Nase und wischte ihm mit einem feuchten Tuch die Stirn ab. Dann beugte sie sich über ihn, gab ihm einen Kuß auf die Wange und ging zurück in den Hogan.

Chee war aufgestanden, blickte auf Nakai hinunter und erinnerte sich an seine Kindheit, an die Wintergeschichten im Hogan, die Sommergeschichten am Feuer neben dem Zelt auf der Bergweide und daran, wie Nakai ihn einmal erwischt hatte, als er betrunken war. Er entsann sich seiner Güte und Weisheit. Plötzlich sagte Nakai, die Augen immer noch geschlossen: «Setz dich wieder hin. Mach es dir bequem.»

Chee tat, wie ihm geheißen.

«Und jetzt erzähl mir, warum du gekommen bist.»

«Ich wollte dich sehen.»

«Nein, nein. Du wußtest doch gar nicht, daß ich krank bin, und du hast immer sehr viel zu tun. Dein Kommen hat einen Grund. Beim letzten Mal ging es darum, ob du ein bestimmtes Mädchen heiraten solltest oder nicht. Falls sie inzwischen deine Frau ist, so hättest du versäumt, mich zu bitten, die Eheschließungszeremonie abzuhalten. Deshalb glaube ich, daß du noch immer unverheiratet bist.»

«Ja, du hast recht», sagte Chee. «Ich habe sie nicht geheiratet.»

«Probleme mit einer anderen Frau?»

«Nein.»

Das Schmerzmittel zeigte Wirkung, Nakai begann sich ein wenig zu entspannen. «Du bist also die ganze Strecke von Tuba hergefahren, nur um mir zu sagen, daß du keine Probleme hast?» fragte er. «Dann mußt du ja der glücklichste Mensch in ganz *Dinetah* sein.»

«Das kann man nicht gerade sagen», antwortete Chee.

«Dann erzähl mir, was los ist», ermunterte ihn Nakai. «Was führt dich her?»

Und so berichtete Chee Hosteen Frank Sam Nakai vom Tod des Officer Benjamin Kinsman, der Verhaftung des jungen Hopi und seiner unwahrscheinlichen Geschichte von dem ersten und zweiten Adler. Er berichtete von Mickeys Absicht, für Jano die Todesstrafe zu beantragen, und daß ausgerechnet Janet Pete zu Janos Verteidigerin bestellt worden war. «Jetzt habe ich dir alles erzählt», schloß er.

Nakai hatte ihm die ganze Zeit über schweigend zugehört, so daß Chee, hätte er ihn nicht so gut gekannt, vielleicht angenommen hätte, er sei eingeschlafen. Er wartete. Die letzten Reste von Tageslicht waren, während er sprach, der Dunkelheit gewichen.

Chee blickte hoch zum schwarzen Nachthimmel und betrachtete die funkelnden Sterne. Der Mythos besagte, daß der ungeduldige Geist von Koyote sie in der Finsternis verstreut hatte. Chee suchte den Himmel nach einem bestimmten Sommer-Sternbild ab, das Nakai ihm gezeigt hatte, als er noch ein Kind war. Nachdem er es gefunden hatte, begann er zu beten. Er bat den Schöpfer, daß die Medizin wirken und Nakai einschlafen und nicht mehr aufwachen möge, um nicht länger den immer neuen Schmerzen ausgesetzt zu sein.

Nakai stieß einen leisen Seufzer aus. Er sagte: «Hab noch ein bißchen Geduld, gleich werde ich dir ein paar Fragen stellen.»

Dann schwieg er wieder.

Blue Lady brachte eine Decke und breitete sie sorgsam über Nakai aus. «Er liebt das Licht der Sterne», sagte sie, zu Chee gewandt. Sie deutete auf die Laterne. «Brauchst du sie?»

Chee schüttelte den Kopf. Blue Lady drehte die Flamme aus und ging zurück in den Hogan.

«Könntest du den Adler fangen, ohne ihn zu verletzen?» fragte Nakai nach einer Weile.

«Ich denke schon», antwortete Chee. «Ich habe, als ich noch jung war, zweimal versucht, einen zu fangen. Beim zweiten Mal ist es mir auch tatsächlich gelungen.»

«Wenn man im Labor seine Krallen und sein Gefieder auf Blutspuren untersucht, würde ihn das töten?»

Chee überlegte. Er wägte die verzweifelte Wildheit des riesigen Raubvogels gegen die aufgrund von Arbeitsnotwendigkeiten gesetzten Prioritäten in einem wissenschaftlichen Labor ab. «Vermutlich würden sie schon versuchen, sein Leben zu schonen, aber ich glaube, er würde die Prozedur nicht überstehen.»

Nakai nickte. «Denkst du, daß dieser Jano die Wahrheit gesagt hat?»

Chee zuckte die Schultern. «Zu Anfang war ich fest davon überzeugt, daß es nur einen Adler gab. Inzwischen bin ich mir da nicht mehr so sicher. Trotzdem – es ist gut möglich, daß er lügt.»

«Aber du weißt es nicht?»

«Nein.»

«Und wenn alles seinen normalen Gang geht, wirst du auch nie erfahren, was nun die Wahrheit war. Und wenn er in die Gaskammer geschickt wird, wirst du dein Leben lang nicht aufhören zu fragen, ob er nun schuldig war oder nicht.»

«Ja, das würde ich wohl.»

Nakai schwieg. Chee entdeckte am Himmel ein weiteres Sternbild. Ein kleines nur, es stand dicht über dem Horizont. Seinen Navajo-Namen hatte er vergessen, und auch die mit ihm verbundene Geschichte fiel ihm nicht mehr ein.

«Dann mußt du den Adler fangen», sagte Nakai. «Hast du noch deinen Medizinbeutel? Und Pollen?»

«Ja.»

«Nimm ein Schwitzbad. Vergewissere dich, daß du die Jagdgesänge noch kennst. Du mußt dem Adler, genau wie wir es früher gegenüber dem Hirsch taten, deine Achtung bezeugen. Nenn ihm den Grund, warum wir ihn mit unseren Segenswünschen versehen auf den Weg ins nächste Leben schikken müssen. Sag ihm, daß er stirbt, um das Leben eines jungen Mannes vom Volk der Hopi zu retten.»

«Das werde ich tun», antwortete Chee.

«Und bitte Blue Lady, daß sie mir Medizin bringt, damit ich schlafen kann.»

Blue Lady schien seinen Wunsch gespürt zu haben, denn sie war schon auf dem Weg.

Diesmal gab sie ihm Tabletten und aus einer Tasse einen Schluck Wasser.

«Ich werde jetzt versuchen zu schlafen», sagte Nakai und lächelte Chee zu. «Sag dem Adler, daß er nicht nur den jungen Hopi rettet, sondern auch dich, mein Sohn.»

22

Wo sich Lieutenant Chee aufhalte? Das wisse sie nicht. Er sei gestern nach Phoenix gefahren und heute morgen noch nicht im Büro erschienen. Vielleicht sei er über Nacht dort geblieben oder befinde sich noch auf dem Rückweg. Am besten, er versuche es später noch einmal. Leaphorn hängte auf und überlegte, was er heute vorhatte. Als erstes würde er einmal duschen. Er schaltete den Fernseher an, der noch vom gestrigen Abend auf den Regionalsender Flagstaff eingestellt war, und ging ins Bad.

Sie hatten wirklich gute Duschköpfe in diesem Motel in Tuba, dachte Leaphorn, das mußte man ihnen lassen. Der harte Strahl, der auf seinen Körper traf, war doch um einiges erfrischender als das Tröpfeln seiner Brause daheim. Er seifte sich ein und begann sich von oben bis unten abzuschrubben, während er mit einem Ohr der Stimme des Nachrichtensprechers lauschte, der zuerst von einem tödlichen Verkehrsunfall berichtete und dann von Meinungsverschiedenheiten bei einer örtlichen Schulausschußsitzung. Plötzlich hörte er «... Mord an dem Officer Benjamin Kinsman von der Navajo Tribal Police.» Er drehte das Wasser ab, tappte naß, wie er war, ins Wohnzimmer und stellte sich vor den Apparat.

Offenbar hatte der Stellvertretende US-Staatsanwalt J. D. Mickey gestern abend eine Pressekonferenz abgehalten. Er stand, eine ganze Batterie von Mikrofonen vor sich, auf einem Podium, einen Schritt hinter ihm befand sich ein großer dunkelhaariger Mann, der sich in der zweiten Reihe sichtlich unwohl fühlte. Er trug einen gutsitzenden dunklen Anzug, ein weißes Hemd und eine Krawatte in gedeckten Farben. Leaphorn schloß aus seinem Erscheinungsbild, daß es sich um einen FBI-Mann handeln mußte. Er kannte ihn nicht, also war er vermutlich neu in der Gegend. Wahrscheinlich ein Special Agent, der eingeflogen worden war, um in der Phase der Prozeßvorbereitung die weiteren Ermittlungen gegen Jano zu leiten, dachte Leaphorn. Jetzt stand er also mit Mickey zusammen auf dem Podium, um die öffentliche Anerkennung für alle bisher erzielten Ergebnisse einzuheimsen. Und natürlich um dafür zu sorgen, daß das FBI eine gute Presse bekam, denn auf nichts war man dort so scharf wie auf eine lobende Erwähnung in den Zeitungen, möglichst in Form von Schlagzeilen.

«Der schreckliche Mord an Officer Kinsman erfüllt nach dem neuen, vom Kongreß verabschiedeten Gesetz alle Merkmale, um ein auf einer Reservation begangenes Verbrechen mit der Todesstrafe zu ahnden. Dies machen die Beweise, die das FBI gesammelt hat, deutlich.» Mickey hielt inne, blickte auf seine Notizen und rückte seine Brille zurecht. «Wir haben es uns mit unserer Entscheidung, im bevorstehenden Prozeß für den Angeklagten ebendiese Höchststrafe zu erwirken, nicht leichtgemacht», fuhr er fort. «Aber wir stehen auch und vor allem in der Pflicht gegenüber den Opfern. Wir hatten bei unseren Überlegungen zu berücksichtigen, welchen Problemen sich die Angehörigen der Navajo Tribal Police tagtäglich gegenübersehen. Und nicht nur sie, sondern auch die Polizeibeamten der Hopi und Apachen und aller übrigen auf Bundesreservationen lebenden Stämme sowie die Sicherheitskräfte verschiedener anderer Bundesstaaten mit großer Flächenausdehnung. Diese Männer und Frauen überwachen auf Patrouillenfahrten in ihren Streifenwagen allein auf sich gestellt riesige Gebiete. Sie haben keine Möglichkeit, bei Gefahr schnell Verstärkung herbeizurufen, wie dies ihren Kollegen in den kleineren, dichter besiedelten Staaten möglich ist. Unsere

Polizisten sind aufgrund der ungeheuren Weite unseres Landes bei ihrer Arbeit verwundbar und ausgesetzt, und ein Verbrecher, der ihnen nach dem Leben trachtet, kann damit rechnen, daß er viele Stunden und viele Meilen Vorsprung hat, ehe die Verfolgung aufgenommen werden kann. Ich habe hier die Namen der Officers, die in Ausübung ihres Dienstes allein in den letzten ...»

Leaphorn schaltete schnell ab und ging zurück in die Dusche. Etliche der ermordeten Polizisten hatte er gekannt. In den letzten zehn Jahren waren sechs Kollegen von der Navajo Tribal Police unter den Toten gewesen. Mickey hatte die Arbeitsbedingungen, unter denen die Polizei hier auf der Reservation arbeitete, völlig zutreffend beschrieben. Wieso verspürte er dann solchen Widerwillen, ihm zuzuhören, wenn er die Namen verlas, fragte sich Leaphorn. Und wußte auch gleich die Antwort: Weil der Stellvertretende US-Bundesanwalt ein Heuchler war. Es ging ihm nicht um die Männer, sondern allein um seine Karriere. Leaphorn beschloß, auf das Frühstück zu verzichten und statt dessen gleich zur Polizeistation zu fahren. Falls Chee noch immer nicht da war, würde er eben auf ihn warten. Doch als Leaphorn auf den Parkplatz einbog, sah er als erstes Chees Wagen. Der Lieutenant saß schon in seinem Büro hinter dem Schreibtisch. Er wirkte erschöpft und deprimiert.

«Ich habe nur ein paar Fragen, dann bin ich gleich wieder verschwunden», begann Leaphorn.

Chee nickte.

«Die erste Frage lautet: Gibt es schon einen Bericht von der Spurensicherung, und enthält er eine vollständige Liste der in dem Jeep aufgefundenen Gegenstände?»

«Hier ist er», sagte Chee und wies auf einen dünnen Aktendeckel. «Aber ich habe noch gar nicht hineinsehen können, er ist gerade erst gekommen.»

«Ah, gut.»

«Nehmen Sie doch Platz», forderte Chee Leaphorn auf. «Mal sehen, was drinsteht.»

Leaphorn setzte sich, nahm den Hut ab und legte ihn sich auf die Knie. Einen Moment lang fühlte er sich wieder wie damals als junger Polizist, wenn er vor Captain Largos Schreibtisch gesessen und darauf gewartet hatte, daß dieser darüber entschied, was als nächstes mit ihm geschehen sollte.

«Keine Fingerabdrücke außer denen des jungen Tsi, aber das hatte ich Ihnen ja schon erzählt. Da ist jemand beim Abwischen im Innern des Wagens wirklich sehr sorgfältig vorgegangen. Ach, ich sehe gerade, auf der Betriebsanleitung im Handschuhfach hat man doch noch ein paar andere Abdrükke gefunden. Die Spurensicherung vermutet aber, daß sie von Pollard stammen.» Er warf Leaphorn einen kurzen Blick zu, blätterte um und las weiter.

«Hier ist die Liste mit den Gegenständen, die sie im Jeep gefunden haben», sagte er, überflog sie kurz, nahm das Blatt dann aus dem Ordner und reichte es Leaphorn hinüber. «Sieht nicht so aus, als ob da für uns etwas Interessantes dabei wäre.»

Die Liste war ziemlich lang. Leaphorn übersprang die Aufzählung der Gegenstände, die man vorn in der Ablage sowie im Handschuhfach gefunden hatte, und begann mit dem, was die Spurensicherung auf dem Rücksitz sichergestellt hatte: ein Einwickelpapier für einen «Babe Ruth»-Schokoriegel, eine Thermosflasche mit Kaffee, ein Karton mit vierzehn zusammenlegbaren Nagerfallen, einen zweiten Karton mit acht Fallen derselben Art, nur größer – vermutlich für Präriehunde gedacht –, sowie eine Schachtel mit fünf Paar Latex-Handschuhen. Auf dem Boden hinter den Vordersitzen hatten drei Zigarettenstummel der Marke KOOL sowie eine Schaufel gelegen, eine zweite hinten im Kofferraum, dazu noch eine Reihe anderer Dinge, die offenbar zur Ausrüstung eines Seuchenbekämpfers gehörten.

Leaphorn war fertig und blickte hoch.

«Ist Ihnen aufgefallen, daß das Ersatzrad, der Wagenheber und alles, was man sonst noch zum Reifenwechsel braucht, fehlen?» fragte Chee. Er zuckte die Schultern. «Vermutlich hat der junge Tsi doch mehr als nur die HiFi-Anlage mitgehen lassen.»

«Ist die Liste vollständig?» wollte Leaphorn wissen. «Sind da wirklich alle Gegenstände verzeichnet, die sie im Wagen gefunden haben?»

«Ich denke schon», antwortete Chee verwundert. «Wieso?»

«Krause sagte, daß sie höchstwahrscheinlich einen Atemschutzanzug dabei hatte – der gehört mehr oder weniger zur Standardausrüstung bei dieser Arbeit.»

«Einen was?»

«Die Seuchenbekämpfer bezeichnen ihn offenbar immer nur als PAPRS», erläuterte Leaphorn. «Das ist eine Abkürzung und steht für ‹Positive Air Purifying Respirator Suit›. Es ist ein Schutzanzug. Er sieht so ähnlich aus wie der Raumanzug eines Astronauten oder diese Staub-Overalls, die bei der Computerchip-Herstellung getragen werden.»

«Ah, ich verstehe», erwiderte Chee. «Vielleicht dachte sie, daß sie auf ihren Anzug an diesem Morgen verzichten könnte, und hat ihn wieder ausgepackt. Dann müßte er sich bei den anderen Sachen in ihrem Motelzimmer befinden. Wenn Sie wollen, lasse ich das nachprüfen.»

In diesem Moment summte das Telefon auf seinem Schreibtisch. Chee nahm den Hörer ab. «Ja?» sagte er. «Oh, gut. Das ging ja schneller, als ich dachte.» Er hörte einen Moment zu, dann sagte er: «In Ordnung, ich warte.»

Er legte die Hand über die Sprechmuschel. «Das Ergebnis der Blutuntersuchung ist da.»

«Na prima», bemerkte Leaphorn, doch Chee hatte schon wieder das Ohr am Hörer.

«Das mit den Tagen käme genau hin», sagte er und hörte

dann wieder aufmerksam zu. Auf einmal runzelte er irritiert die Stirn. «Nicht von einem Menschen?!» rief er. «Ja verdammt, von wem oder was denn sonst?» Er lauschte den Ausführungen am anderen Ende und verabschiedete sich dann. «Vielen Dank, daß Sie mir gleich Bescheid gesagt haben.»

Er legte auf.

«Das Blut im Jeep stammt nicht von einem Menschen», sagte er, «sondern offenbar von irgendeinem Nagetier. Der Experte aus dem Labor meinte, er würde auf Präriehund tippen.»

Leaphorn lehnte sich auf seinem Stuhl zurück. «Das ist ja eine Überraschung», sagte er.

Chee nickte. «Ja, könnte man sagen.» Er trommelte ein paar Sekunden lang unentschlossen mit den Fingern der rechten Hand auf seinen Schreibtisch, dann zog er das Telefon zu sich heran, drückte auf einen Knopf und sagte: «Bitte in der nächsten Viertelstunde keine weiteren Gespräche durchstellen.»

«Haben Sie sich den Blutfleck im Wagen genau angesehen?» wollte Leaphorn wissen.

Chee nickte.

«Was war Ihr Eindruck? Wirkte er, als ob da Blut verschüttet worden wäre? Oder sah er verschmiert aus? Oder eher so, als ob ein verletzter Präriehund da gelegen haben könnte mit einer Wunde, aus der Blut tropfte ...?»

«Das kann ich wirklich nicht sagen», antwortete Chee. «Ich weiß nur, daß ich nicht den Eindruck hatte, als ob jemand dort gesessen hätte, der aus einer Schuß- oder Stichwunde blutete. Ich bin ja schon öfter nach solchen Verbrechen am Tatort gewesen – die Blutspuren sind dann irgendwie anders.» Er wiegte den Kopf. «Also; wenn ich so darüber nachdenke ... Eigentlich wirkte der Fleck eher, als ob jemand absichtlich etwas Blut über dem Sitz ausgekippt hätte. Ein Teil ist dann über die Kante hinuntergelaufen, so daß sich auf dem Boden eine kleine Lache bildete.»

«Pollard hätte keine Schwierigkeiten gehabt, an Tierblut zu kommen», bemerkte Leaphorn.

«Ja, das ist mir auch gerade durch den Kopf gegangen», sagte Chee.

«Aber was hätte sie damit bezwecken sollen?» fragte Leaphorn und lachte etwas ratlos. «Es sei denn, sie hätte keine sehr gute Meinung von der Arbeit der Navajo Tribal Police.»

Chee zuckte die Schultern. «Vielleicht hat sie tatsächlich darauf spekuliert, daß wir zunächst an menschliches Blut denken würden – ihr Blut – und es dann bei dieser Schlußfolgerung belassen würden. Der Vorteil für sie wäre gewesen, daß wir, statt die Fahndung nach ihr einzuleiten, unsere Kraft darauf konzentriert hätten, ihre Leiche zu finden.»

«Falls sie es war, die das mit dem Blut veranstaltet hat», wandte Leaphorn ein.

«Ja, natürlich. Und ein Zweifel bleibt. Wissen Sic, Lieutenant, manchmal wünsche ich mir, wir wären beide noch in Window Rock, und es gäbe noch die Karte über Ihrem Schreibtisch, und Sie würden Ihre Nadeln da hineinstecken und mir erklären, was passiert ist.»

«Ich frage mich die ganze Zeit, wie der Jeep in dieses Bachbett gelangt ist. Und vor allem, wie der, der ihn da hat stehenlassen, von dort wieder weggekommen ist», sagte Leaphorn. «Sie auch?»

«Ja», bestätigte Chee, «diese Frage geht mir schon die ganze Zeit im Kopf herum.»

«Es ist viel zu abgelegen, als daß man von dort zu Fuß nach Tuba kommen könnte. Oder überhaupt in irgendeine bewohnte Gegend», fuhr Leaphorn fort. «Wie also hat sie – oder er – es bewerkstelligt, von dort zu verschwinden?»

Chee zuckte ratlos die Schultern. Doch plötzlich erschien ein Lächeln auf seinem Gesicht. «Mir fällt gerade ein – ich habe ja auch eine Karte. Sie muß hier irgendwo sein.» Er zog seine Schreibtischschublade auf und begann, in dort abgelegten Papieren herumzuwühlen. Schließlich zog er mit triumphierendem Grinsen eine ‹Indian Country›-Karte hervor. «Die gleiche wie Ihre», sagte er und breitete sie auf dem Schreibtisch aus. «Nur daß sie nicht an der Wand hängt und wir deshalb leider auf die Nadeln verzichten müssen.»

Leaphorn nahm einen Bleistift, beugte sich über die Karte und fügte sachkundig einige Einzelheiten hinzu. Mit schnellen, sicheren Strichen zeichnete er die Umrisse der schroffen Felsabstürze des Yells Back Butte ein sowie den Sattel, der den Bergkegel mit der Black Mesa verband. Ein Punkt markierte die Stelle, wo der halb in sich zusammengefallene Hogan der Familie Tijinney stand. Als er fertig war, warf er einen prüfenden Blick auf das Ganze.

«Und – ergeben sich jetzt aus der Karte für Sie irgendwelche neuen Zusammenhänge?» wollte Chee wissen.

Leaphorn schüttelte den Kopf. «Nein, und ich denke, wir verschwenden hier auch nur unsere Zeit. Wir brauchen eine Karte mit einem größeren Maßstab.»

Chee holte ein Blatt Schreibmaschinenpapier aus seiner Schublade und fertigte eine Skizze des Yells Back Butte und seiner Umgebung einschließlich der Straßen und übrigen Geländemerkmale. Den Platz, wo sich der Tijinney-Hogan befand, bezeichnete er mit einem winzigen «H»; ein «L» stand für den Ort, wo Woodys mobiles Labor parkte; eine gepunktete Linie markierte den schmalen Weg, der von der ungedeckten Zufahrtsstraße zum Hogan abbog; ein «J» respektive «K» kennzeichnete die Stellen, wo Jano beziehungsweise Kinsman an jenem verhängnisvollen Tag ihre Wagen abgestellt hatten. Er betrachtete einen Moment lang nachdenklich, was er gezeichnet hatte, dann zog er rasch noch einen weiteren Strich.

Leaphorn nickte. «Das ist sicher der Pfad auf der anderen Seite des Sattels, den Old Lady Notah manchmal benutzt», sagte er.

«Ja, genau», antwortete Chee.

Leaphorn nahm den Bleistift und schrieb an den Hang des Sattels ein kleines «X». «Hier hat Old Lady Notah vor einiger Zeit eine Gestalt gesehen, die sie an einen Schneemann erinnerte. McGinnis vom Short Mountain Trading Post erzählte es mir. Er sagte, sie sei unterwegs gewesen, um nach ihren Ziegen zu sehen, die sie unterhalb des Sattels auf einem Stück Pachtland grasen läßt. Wahrscheinlich waren das ihre Ziegen, die Sie da neulich sahen.»

«Eine Gestalt wie ein Schneemann?» fragte Chee verblüfft. «Und wann soll das gewesen sein?»

«Das exakte Datum weiß ich nicht. Aber es ist möglich, daß es genau der Tag war, an dem Miss Pollard verschwand, derselbe Tag, an dem Officer Kinsman der Schädel eingeschlagen wurde.» Leaphorn lehnte sich auf seinem Stuhl zurück. «Sie hielt die Gestalt für einen Skinwalker. Anfangs hätte er wie ein ganz normaler Mensch gewirkt, doch dann sei er hinter einem Wacholdergebüsch verschwunden, und als er wieder auftauchte, hätte er völlig verändert ausgesehen: Er hätte einen großen weißen Kopf gehabt und sei auch sonst ganz und gar weiß gewesen.»

Chee rieb sich mit dem Zeigefinger die Nase und sah Leaphorn an. «Also deshalb wollten Sie wissen, ob wir im Jeep einen Schutzanzug gefunden hätten», sagte er. «Sie nehmen an, daß der ‹Schneemann›, der Old Lady Notah erschreckte, in Wirklichkeit Miss Pollard in ihrem Schutzanzug war?»

Leaphorn wiegte den Kopf. «Vielleicht. Es könnte aber auch genausogut Dr. Woody gewesen sein. Ich wette, der besitzt auch so einen Anzug. Möglicherweise kommt aber noch eine dritte Person in Frage. Wie auch immer, ich werde versuchen, Old Lady Notah zu finden und mit ihr zu reden.»

«Dr. Woody geht ebenfalls täglich mit Tierblut um», bemerkte Chee. «Und dieser Krause auch.»

Beide Männer saßen in Nachdenken versunken.

«Kennen Sie eigentlich Frank Sam Nakai?» brach Chee das Schweigen.

Leaphorn nickte. «Sie meinen den *hataalii?* Ja, ich bin ihm ein paarmal begegnet. Er hat im College in Tsali einige Studenten in den alten Heilzeremonien unterwiesen. Als Emmas Onkel einen Schlaganfall hatte, holte ihn die Familie, um einen *yeibichai*-Gesang für ihn abzuhalten. Ein sehr beeindrukkender Mann.»

«Er ist mein Onkel mütterlicherseits», fuhr Chee fort, «gestern bin ich zu ihm gefahren, um mir Rat zu holen. Er ist todkrank und wird bald sterben. Meine Tante sagt, es sei Krebs.»

«Ach», bemerkte Leaphorn leise. «Wieder ein wertvoller Mensch, der uns verläßt.»

«Haben Sie heute morgen schon die Fernsehnachrichten mitbekommen?» fragte Chee. «Offenbar hat Mickey gestern in Phoenix eine Pressekonferenz gegeben.»

«Ich habe Ausschnitte von dem Bericht gesehen», sagte Leaphorn. «Er will für Jano die Todesstrafe – wie nicht anders zu erwarten. Dieser Mistkerl!»

«Der Mann will eben gewählt werden», antwortete Leaphorn. «Und was er da über die Polizisten gesagt hat, ist ja nur zu wahr: Daß sie in der riesigen Weite des Landes allein auf sich gestellt ihren Dienst täten und, falls ihnen etwas zustößt, oft Stunden warten müßten, bis Hilfe kommt – wenn überhaupt.»

«Ein Mistkerl ist er trotzdem», beharrte Chee. «Aber ich muß zugeben, ich bin, was den Fall Kinsman angeht, auch besonders dünnhäutig. Die Sache macht mir Kopfzerbrechen. Da komme ich praktisch unmittelbar nach dem Verbrechen an den Tatort und finde Jano über Kinsman gebeugt. Außer ihm ist niemand zu sehen. Und das ist nicht alles. Er hat auch noch ein plausibles Motiv, Kinsman zu töten: Rache. Hinzu kommt, daß er an seinem Unterarm eine Wunde hat, genau die Art Wunde, die er auch hätte, wenn es zwischen ihm und Kinsman zu einem Kampf gekommen wäre und er sich an dessen Gürtelschnalle verletzt hätte. Alles sieht also danach aus, als sei der Mörder von Kinsman überführt, doch da tischt Jano plötzlich dieses Ammenmärchen auf, daß die Verletzung an seinem Arm von den Krallen eines Adlers herrühre, den er gefangen hätte. Na schön, der Adler in seinem Käfig ist bei seiner Festnahme sichergestellt worden und wird also untersucht. Ergebnis: kein Blut – weder an den Krallen noch an seinem Gefieder. Doch Jano hat auch dafür eine Erklärung. Kein Wunder, sagt er. Der Adler im Käfig ist ja auch nicht der Adler, der mich verletzt hat. Der Adler im Käfig ist ja der zweite Adler. Der erste, der, der mir seine Krallen in den Arm geschlagen hat, den habe ich wieder freigelassen.» Chee schüttelte den Kopf. «Aber so phantastisch sich das auch anhört – ich fange trotzdem an, Zweifel zu haben, ob ich wirklich den richtigen Mann erwischt habe. Verrückt, was?»

Leaphorn schwieg und wartete, daß Chee weiterredete.

«Die Geschichte mit dem zweiten Adler klingt so ausgedacht, daß ich mich wirklich wundere, wieso Janet keine Angst hat, sich damit vor der Jury zu blamieren.»

Leaphorn nickte nachdenklich.

«Jano behauptet, er hätte dem ersten Adler bei dem Versuch, ihn zu fangen, ein paar von seinen Schwanzfedern ausgerissen», fuhr Chee fort. «Das Merkwürdige ist, daß ich neulich, als ich oben auf dem Yells Back Butte war, dort tatsächlich einen Adler mit einer Lücke im Schwanzgefieder kreisen sah.»

«Was werden Sie jetzt tun?» erkundigte sich Leaphorn.

«Jano hat mir erklärt, wo ich den Unterstand finde, von dem aus er angeblich den ersten Adler gefangen hat. Ich werde mir ein Kaninchen als Köder mitnehmen und morgen früh zum Yells Back Butte hochsteigen und versuchen, den Vogel zu fangen. Wenn es mir nicht gelingt, muß ich ihn abschießen. Falls das Labor dann feststellt, daß sich auch an diesem Adler keine Spuren von Janos Blut finden lassen, dann sind wenigstens meine Zweifel ausgeräumt, und ich kann sicher sein, daß er tatsächlich der Täter ist.»

Leaphorn nickte. «Klingt vernünftig», sagte er. «Adler haben gewöhnlich ein festes Revier. Es dürfte sich also vermutlich wirklich um denselben Vogel handeln.»

«Hätten Sie Lust, morgen früh mitzukommen?» fragte Chee.

«Nein, vielen Dank», antwortete Leaphorn. «Ich werde versuchen, Old Lady Notah zu finden. Vielleicht erfahre ich von ihr noch Näheres über den ‹Schneemann›.»

23

Lieutenant Jim Chee kam zeitig und gut vorbereitet am Yells Back Butte an. Er erstieg die Höhe des Sattels, als die Morgendämmerung gerade den Himmel über der Black Mesa erhellte. Seine Ausrüstung bestand aus dem Feldstecher, einem Käfig für den Adler, dem Lunchpaket, einer Feldflasche mit Wasser, einer Thermoskanne mit einem Liter Kaffee, dem Kaninchen und seinem Gewehr. Er fand die schräge Felsplatte genau an der Stelle, die Jano ihm beschrieben hatte, und ordnete das Gestrüpp, welches das Dach des Unterstands bildete. Dann zog er seinen wildledernen Medizinbeutel hervor, entnahm ihm eine kleine Dachsplastik aus poliertem Stein, die Frank Sam Nakai ihm als Jagdfetisch geschenkt hatte, und ein Aspirin-Fläschchen, in dem er den Pollen aufbewahrte. Er streute eine Prise davon über den Fetisch in seiner Rechten, dann wandte er sein Gesicht nach Osten und wartete. Als der Rand der Sonne über dem Horizont auftauchte, stimmte er den Morgengesang an und brachte eine Pollengabe dar. Nachdem das getan war, wechselte er in den Jagdgesang über. Er sprach dem Adler seine Achtung aus und bat ihn zu kommen und an diesem Opfer teilzunehmen. Er, der Adler, werde dann mit seinem Segen das nächste Leben erlangen und vielleicht das Leben des Hopi retten, dessen Arm er verletzt habe.

Dann kletterte er in den Unterstand hinunter.

Bis zehn Uhr hatte er in westlicher Richtung zwei Adler gesichtet, die den Rand der Bergkuppe abflogen auf der Suche nach Beute, aber der Vogel, den er suchte, war nicht dabei. Er fand die Federn, die Jano bei seinem letzten Aufenthalt hier zurückgelassen hatte, wickelte sie in sein Taschentuch und legte sie beiseite. Er hatte jetzt etwa die Hälfte des Kaffees getrunken und den Apfel aus dem Lunchvorrat verzehrt. Außerdem hatte er zwei weitere Kapitel aus Bill Buchanans Buch «Der Abend vor der Hinrichtung» gelesen. Zwanzig Minuten später erschien der Adler, auf den er gewartet hatte.

Er kam von Osten und ließ sich in großen Kreisbewegungen, die ihn immer näher heranbrachten, fast ohne einen Flügelschlag über die Black Mesa treiben. Durch einen Spalt in den Zweigen über sich verfolgte Chee den Flug des Adlers mit dem Fernglas. Die Lücke im Fächer der Schwanzfedern war deutlich auszumachen. Chee hob das heftig widerstrebende Kaninchen aus dem Käfig, prüfte, ob die Nylonschnur an seinem Hinterlauf sicher befestigt war, und wartete auf einen Moment, da seine Kreise den Raubvogel etwas weiter forttragen würden. Dann setzte er das Kaninchen auf das Dach des Unterstands und legte sich auf die Lauer.

In einem großen Bogen schwang der Adler nach Süden aus, fort von der Bergkuppe des Yells Back Butte, und verlor an Höhe. Über die endlos weite, spärlich mit Beifußsträuchern bewachsene Wüste hin spähte er nach Beute aus und entfernte sich dabei allmählich aus Chees Blickfeld. Der legte sich vorsichtshalber schon einmal das Gewehr zurecht. Unversehens war der Adler wieder da. Er ließ sich, kaum fünfzig Meter von Chee entfernt, von der Thermik über die Felskante tragen, und schwebte dann nach links über ihn hinweg.

Das Kaninchen hatte seinen Kampf aufgegeben und hockte regungslos auf dem Dach des Unterstandes. Chee stieß von unten mit dem Gewehrlauf gegen das Gestrüpp. Das Kaninchen machte einen erschreckten Satz, doch die Schnur bremste es, und so saß es gleich wieder still. Der Adler drehte bei und verengte direkt über dem Unterstand abrupt seinen Kreis. Chee ruckte an der Schnur und rief damit eine neue heftige Bewegung des Kaninchens hervor.

Der Adler gab einen rauhen Schrei von sich und stieß herab. Seine ausgebreiteten Schwingen verdeckten einen Augenblick lang den Himmel, dann schlugen sich seine Krallen in das Kaninchen – die eine Klaue in den Rücken, die andere in den Kopf. Chee zerrte gegen die mächtige Kraft der schlagenden Flügel an der Schnur, um den in seine Beute verkrallten Vogel näher an sich heranzuziehen. Er hatte Glück. Es gelang ihm, den Adler an beiden Beinen zu packen. In diesem Moment stürzte alles auf ihn herab: lose Zweige, das Kaninchen und der Vogel selbst. In dem Durcheinander gelang es ihm, seine Jacke über den Adler zu werfen und ihn halb darin einzuwickeln. Er sah sich die Beine des Vogels an. Das Blut an den Klauen war frisch, doch unten am Rand des Schenkelgefieders sah er etwas Schwarzes, Bröckeliges: das konnte altes, getrocknetes Blut sein. Vielleicht das Blut eines getöteten Beutetieres. Vielleicht aber auch das von Jano. Sollten sie das im Labor entscheiden. Er jedenfalls würde sich jetzt erst einmal ausruhen.

Er schob die Jacke mit dem Vogel und das Kaninchen in den Käfig und sicherte die Tür. Dann lehnte er sich mit dem Rücken gegen den Fels, goß sich den Rest Kaffee ein und besah seine Verletzung. Sie war nur unbedeutend. Ein dünner

Schnitt seitlich über die linke Hand, wo der Adler ihn mit seinem Schnabel erwischt hatte.

Dem Vogel war es mittlerweile gelungen, sich von der Jakke zu befreien. Er hatte seine Krallen aus dem Kaninchenkörper gezogen und tobte verzweifelt gegen die metallenen Gitterstäbe.

«Erster Adler», sprach Chee ihn an, «beruhige dich. Werde friedlich. Du wirst von mir mit Achtung behandelt werden.» Der Adler hörte zu toben auf und betrachtete Chee abwartend.

«Du wirst dort hingehen, wo alle Adler sich eines Tages wiederfinden», sagte er, wie um ihn zu trösten, doch war ihm dabei schwer ums Herz.

Zurück in Tuba parkte er seinen Wagen vor der Polizeidienststelle und achtete darauf, daß dieser im Schatten stand. Er nahm den Adlerkäfig mit hinein und stellte ihn neben Claire Dineyahzes Schreibtisch ab.

«Alle Achtung!» rief Claire. «Der sieht aus, als könnte er ganz schön ungemütlich werden. Was hat er denn verbrochen?»

«Widerstand gegen die Staatsgewalt und Verletzung eines Police Officer in Ausübung seines Dienstes», erklärte Chee und zeigte zum Beweis die Wunde an seiner linken Hand.

«Oh – das sollten Sie am besten mit etwas Jod betupfen.»

«Mach ich», sagte Chee. «Aber zuerst möchte ich das Federal Bureau of Inaptitude in Phoenix über die Ergreifung dieses Vogels hier in Kenntnis setzen. Würden Sie mir eine Verbindung herstellen?»

«Ja, sofort.» Claire Dineyahze begann zu wählen. «Auf Leitung drei.»

Chee ging zum Schreibtisch gegenüber und nahm den Hörer ab.

Eine Sekretärin erklärte ihm, daß Agent Reynald im Moment beschäftigt sei, ob er eine Nachricht hinterlassen wolle?

«Sagen Sie ihm, es gehe um den Fall Kinsman, und es sei wichtig.» Er wartete.

Kurz darauf meldete sich eine Männerstimme: «Ja? Hier Reynald.»

«Jim Chee. Ich wollte Ihnen nur mitteilen, daß wir jetzt den anderen Adler haben, von dem Jano sprach.»

«Wer?»

«Jano», wiederholte Chee. «Der Hopi, der …»

«Ich weiß, wer Jano ist», blaffte Reynald. «Ich möchte wissen, mit wem ich spreche.»

«Jim Chee. Von der Navajo Tribal Police.»

«Ah ja», sagte Reynald. «Und was erzählen Sie da von einem Adler?»

«Wir haben ihn heute gefangen – den Adler, von dem Jano gesprochen hat. Ich wollte fragen, wo ich ihn hinbringen soll. Er muß auf Blutspuren untersucht werden.»

«Was soll das? Wir haben Janos Adler doch bereits», sagte Reynald. «Wenn ich Ihrem Gedächtnis aufhelfen darf: Der Officer, der Jano verhaftete, hat den Vogel bei ihm sichergestellt. Anschließend hat man ihn auf Blutspuren untersucht. Das Ergebnis war, wie Sie wissen dürften, negativ.»

«Bei dem Adler, den wir jetzt haben, handelt es sich um den ersten Adler.»

Schweigen. Dann: «Den ersten Adler?»

«Wenn ich meinerseits Ihrem Gedächtnis etwas aufhelfen darf – die Verteidigung des Beschuldigten basiert vor allem auf der Behauptung, daß ihm die Wunde an seinem Unterarm von einem Adler beigebracht wurde, den er dann wieder freigelassen hat. Dies war der erste Adler. Anschließend will er dann noch einen zweiten gefangen haben. Das war der, den er bei seiner Verhaftung bei sich hatte.»

Reynald lachte. «Ich kenne natürlich die Behauptung der Verteidigung, aber ich hätte mir nicht im Traum einfallen lassen, daß ein Beamter von der Navajo Tribal Police – oder überhaupt irgend jemand – auf die Idee kommen könnte, so etwas ernst zu nehmen. Man muß sich mal vorstellen ...»

Während Reynald sich weiter darin gefiel, sein Unverständnis und Erstaunen zu artikulieren, bedeutete Chee Claire Dineyahze mit einer stummen Geste, sie solle sich das Gespräch auf ihrem Apparat mit anhören und das Aufnahmegerät einschalten.

«Wie auch immer», unterbrach er Reynalds Räsonieren, «wir hielten es jedenfalls für unsere Pflicht, auch nach entlastendem Material Ausschau zu halten, und jetzt haben wir den Adler hier. Wenn das Labor ihn untersucht hat, werden wir wissen, ob er Blutspuren aufweist oder nicht. Damit wäre die Sache dann klar.»

Reynald begann erneut zu lachen. «Ich kann es einfach nicht glauben», rief er. «Ihr Burschen seid also tatsächlich in die Wildnis dort oben gefahren und habt einen Adler gefangen, und der soll jetzt ins Labor geschickt werden. Wozu das Ganze, wenn ich fragen darf? Das Labor untersucht den Vogel und findet natürlich nichts. Wollt ihr dann gleich wieder los und den nächsten Adler holen – so lange, bis es keinen mehr gibt? Am Ende müßt ihr doch zugeben, daß Janos Geschichte von vorne bis hinten erlogen war.»

«Aber falls nun doch Blutspuren gefunden werden?»

«Und falls nicht?» höhnte Reynald. «Im übrigen könnte ich mir gut vorstellen, daß Sie durch Ihre Aktion die Verteidigung auf eine Idee gebracht haben. Vielleicht fängt sie jetzt auch einen Adler, schmiert ihm etwas von Janos Blut ins Gefieder und präsentiert ihn dann im Prozeß als Entlastungsbeweis.»

«Ich glaube, ich fange an zu verstehen», bemerkte Chee. «Aber dann möchte ich eines ganz klar haben. Was schlägt das FBI vor, daß ich mit dem Adler jetzt tun soll?»

«Was immer Sie wollen», raunzte Reynald. «Hauptsache, Sie laden ihn nicht bei mir ab. Ich bin nämlich gegen Federn allergisch.»

«Na schön, Agent Reynald», sagte Chee. «Dann bleibt mir nur noch, mich für die wirklich angenehme Zusammenarbeit mit Ihnen zu bedanken.»

«Einen Moment, nicht so schnell!» rief Reynald. «Ich hoffe, es versteht sich von selbst, daß Sie dafür sorgen, den Vogel schnellstmöglich wieder loszuwerden. Das Auftauchen eines zweiten Adlers würde den Fall nur unnötig komplizieren, und wir wollen, daß das Ganze möglichst glatt und problemlos über die Bühne geht. Haben Sie verstanden? Sehen Sie also zu, daß das Tier irgendwie verschwindet.»

«Ja, ich habe verstanden», antwortete Chee. «Sie wollen also, daß der Adler verschwindet.»

«Richtig. Und dann fangen Sie hoffentlich endlich mit dem an, was Sie eigentlich tun sollen», sagte Reynald. «Oder haben Sie schon Zeugen, die bestätigen können, daß Jano Kinsman gegenüber Rachegefühle hegte? Leute, die mitbekommen haben, wie wütend ihn seine Verhaftung damals gemacht hat?»

«Nein, noch nicht», entgegnete Chee. «Ich war ja, wie Sie wissen, anderweitig beschäftigt.»

Gleich nachdem er aufgelegt hatte, rief Chee im Büro des Federal Public Defender an und verlangte, Janet Pete zu sprechen. Er hatte Glück. Sie war da.

«Janet, wir haben den ersten Adler.»

«Wirklich?» Es klang skeptisch.

«Ja. Ich bin mir ziemlich sicher, daß es der richtige Vogel ist. Ihm fehlen nämlich einige Schwanzfedern, genau wie Jano gesagt hat.»

«Und wie hast du es geschafft, ihn zu fangen?»

«Genau wie Jano. Ich habe seinen Unterstand benutzt. Du warst ja dabei, wie er mir beschrieben hat, wo er zu finden ist.»

«Ist der Adler schon im Labor? Was glaubst du, wie lange es dauern wird, bis wir ein Ergebnis haben?»

«Nein, er ist noch nicht im Labor. Reynald war dagegen.»

«Er war *was*? Hat er gesagt wieso? Wann hast du mit ihm gesprochen?»

«Gerade eben. Erst tat er so, als könnte er es gar nicht fassen, daß wir Janos Darstellung überhaupt ernst genommen hätten. Und dann sagte er noch, womöglich hätte ich dich durch meine Unternehmung auf eine Idee gebracht und du würdest jetzt selbst rausfahren und einen Adler fangen und den dann mit Blut beschmieren ... Na ja, das war wohl nicht ganz ernst gemeint.»

«Dieser Hundesohn!» schimpfte Janet. Sie schwieg. Offenbar dachte sie nach. «Aber von seinem Standpunkt aus gesehen, ist es ganz klar, daß er kein Interesse hat, den Adler untersuchen zu lassen. Wenn er keine Blutspuren aufweist, bleibt alles beim alten. Falls sich jedoch Spuren von Janos Blut zwischen den Krallen oder im Gefieder des Vogels finden, dann gerät die Anklage gegen Jano ins Wanken. So oder so – er kann nichts gewinnen und im für ihn schlimmsten Fall nur etwas verlieren.»

«Es sei denn, es ginge ihm um Gerechtigkeit.»

«Na ja, ich denke, er hält Jano tatsächlich für schuldig, das dürfte also kein Problem für ihn sein. Du doch übrigens auch, oder?»

«Ich bin mir inzwischen nicht mehr so sicher.»

«Ach! Wirklich?»

«Ja. Deshalb habe ich den Adler gefangen – um der Wahrheit auf den Grund zu gehen.»

«Es könnte sein, daß letztlich die Geschworenen darüber befinden, was die Wahrheit ist.»

«Janet, setz Reynald unter Druck. Sag ihm, du bestehst darauf, daß der Adler im Labor auf Blutspuren untersucht wird. Droh ihm, daß du notfalls beim Gericht eine diesbezügliche Verfügung erwirken wirst.»

Ein langes Schweigen. «Wie viele Leute wissen, daß du den Adler gefangen hast?»

«Außer uns beiden nur Reynald und Claire Dineyahze. Der Käfig mit dem Vogel steht neben ihrem Schreibtisch. Sonst niemand.»

«Konntest du an ihm Spuren von getrocknetem Blut entdecken? An den Federn oder den Krallen?»

«Ich bin mir nicht sicher», antwortete Chee. «Da ist etwas Schwarzes, Bröckeliges unten an seinem Schenkelgefieder. Aber ob das nun Blut ist und von wem … Du kannst Reynald von mir ausrichten, daß ich – wenn er nichts unternimmt – den Adler selber untersuchen lassen werde.»

«Jim, das ist nicht so einfach.»

«Wieso?»

«Aus vielen Gründen. Unter anderem, weil ich offiziell überhaupt keine Kenntnis von dem Vorhandensein dieses Vogels habe, ehe nicht Reynald es mir mitteilt.»

«Aber das wird er doch! Ich denke, es gibt diese Offenlegungspflicht. Danach müßte Mickey dich doch über sämtliche ihm vorliegende Beweisstücke informieren.»

«Nicht, wenn er für sich beschließt, daß dem Adler keine Beweisqualität zukommt. Er kann jederzeit sagen, daß er als Staatsanwalt nicht vorgehabt hätte, den Adler im Prozeß auch nur zu erwähnen. Wenn die Verteidigung darauf zu sprechen kommen wolle – bitte! Vermutlich würde er durchblicken lassen, daß er die ganze Geschichte von den zwei Adlern von Anfang an für viel zu phantastisch gehalten hätte, um ihr ernsthaft nachzugehen.»

«Ja, schon richtig – wenn man ihn damit durchkommen läßt. Aber du weißt es schließlich besser. Du kannst hingehen und ihm sagen, du wüßtest, daß der Adler gefangen sei und …»

«Und dann wird er zurückfragen: ‹Woher wissen Sie das? Wer hat Ihnen davon erzählt?›»

«Dann antwortest du: ‹Ein Informant, dem ich Vertraulichkeit zugesichert habe.›»

«Also komm, Jim», sagte Janet ungeduldig, «nun tu nicht so naiv. Wir von den Strafverfolgungsbehörden leben in einer sehr kleinen Welt, und die Häuser in dieser Welt haben sehr dünne Wände. Was glaubst du, wie lange es gedauert hat, bis ich erfuhr, daß Mickey dich gewarnt hat, mir privat Informationen zukommen zu lassen? Meine vertrauliche Informantin sagt, sie hätte es aus dritter Hand, aber soviel sie gehört hätte, sei von ‹Bettgeflüster› die Rede gewesen. Stimmt das?»

«Er hat den Ausdruck vermieden, aber gemeint hat er es schon, ja. Du läßt dich doch hoffentlich durch so etwas nicht einschüchtern?»

Doch Janet mochte da nicht mitspielen. Minutenlang malte sie Chee detailliert aus, welch ein Riesenärger ihn erwartete, falls er Reynalds Entscheidung zuwiderhandelte. Zugegeben, er war kein Bundesangestellter, aber die Beziehungen zwischen dem US-Bundesjustizwesen und den Strafverfolgungsinstanzen der Stämme waren fest und eng geknüpft und reichten oft bis in den persönlichen Bereich. Außerdem würde er durch ein solches Vorgehen auch ihr selbst Schwierigkeiten bereiten. Sie wollte diesen Fall unbedingt gewinnen, zumindest verhindern, daß Jano hingerichtet würde. Es war ihr erster Prozeß, seit sie die neue Stelle angetreten hatte, und sie wollte dabei korrekt vorgehen und nicht irgendwelche Extratouren reiten, durch die sie einen über den aktuellen Fall hinausreichenden Konsens verletzen würde. Schließlich seien sowohl Staatsanwaltschaft als auch Verteidigung Organe der Rechtspflege. Und so weiter und so weiter. Während Chee ihr zuhörte, wußte er plötzlich, was er tun und wie er dabei vorgehen würde. Gleichzeitig war ihm sehr deutlich, daß die Auswirkungen seines Handelns möglicherweise die bisherige Richtung seines Lebens grundlegend verändern könnten.

«Weißt du was», sagte er, «geh einfach zu Mickey. Sag ihm, du hättest den Tonbandmitschnitt eines Gesprächs zwischen dem von ihm mit dem Fall Jano betrauten Special Agent Reynald und einem Officer der Navajo Tribal Police. In diesem Gespräch weist Reynald den Polizeibeamten an, ein Beweisstück, das möglicherweise den Angeklagten entlasten könnte, verschwinden zu lassen. Es gibt darüber hinaus eine glaubwürdige Zeugin, die bestätigen kann, daß das Gespräch in der vorliegenden Form tatsächlich stattgefunden hat.»

«Mein Gott», rief Janet. «Sag, daß das nicht wahr ist!»

«Doch, es ist wahr.»

«Du hast also tatsächlich von deinem Telefongespräch mit Reynald eine Tonbandaufzeichnung gemacht? Von dem Gespräch, bei dem du ihm erzählt hast, du hättest jetzt den fraglichen Adler? Ich kann mir beim besten Willen nicht vorstellen, daß er dir gestattet hat, eure Unterhaltung mitzuschneiden. Und dann wäre das, was du getan hast, ein schwerwiegender Verstoß gegen ein Bundesgesetz.»

«Stimmt. Ich habe ihn nicht um Erlaubnis gefragt», sagte Chee. «Das wäre ja wohl auch ziemlich zwecklos gewesen. Ich habe dieses Gespräch aufgenommen und habe außerdem eine Zeugin, die mitgehört hat.»

«Aber ein solches Vorgehen ist ungesetzlich. Wenn es herauskommt, dann kostet dich das deinen Job. Du kannst dafür sogar ins Gefängnis kommen.»

«Jetzt tu du nicht so naiv, Janet. Du weißt doch, daß das FBI nichts mehr scheut als einen Skandal.»

«Ich will mit der ganzen Sache nichts zu tun haben», erklärte Janet kategorisch.

«Das mußt du ganz allein entscheiden», antwortete Chee. «Ich will dir gegenüber mit offenen Karten spielen und werde dir deshalb ganz genau sagen, was ich vorhabe. Als erstes werde ich herumtelefonieren, um herauszubekommen, wo ich die notwendige Laboruntersuchung durchführen lassen kann. Vielleicht macht es ja das naturwissenschaftliche Labor der Northern Arizona University in Flagstaff oder das der Arizona

State in Tempe. Ich habe Dienst, vor morgen mittag komme ich hier also nicht weg. Ehe ich fahre, rufe ich bei dir an, oder du meldest dich bei mir, damit ich Bescheid weiß, falls es irgendwelche neuen Entwicklungen gibt. Morgen nachmittag bringe ich dann den Adler ins Labor und veranlasse, daß sie dir ein Exemplar ihres Berichts zuschicken.»

«Nein, Jim, hör auf mich und laß die Finger davon! Das FBI wird dich beschuldigen, du hättest ein Beweisstück verfälscht. Und wenn sie damit nicht durchkommen, dann denken sie sich zur Not irgend etwas anderes aus. Wenn du tatsächlich glaubst, du könntest dich gegen sie stellen, dann mußt du verrückt sein.»

«Vielleicht nur einfach stur», sagte Chee. «Wie auch immer – ruf mich morgen an.»

Nachdem er aufgelegt hatte, lehnte er sich zurück und dachte nach. Hatte er den Mund zu voll genommen? Nein, das glaubte er nicht. Falls notwendig, würde er genau das tun, was er eben gesagt hatte. Ihm fiel ein, daß Leaphorns Bekannte Louisa Bourebonette ihm möglicherweise jemanden vom Fachbereich Biologie nennen könnte, der bereit wäre, den fraglichen Test durchzuführen. Es mußte ein ausgewiesener Wissenschaftler sein, damit das Ergebnis vor Gericht Bestand hatte. Falls sich bei der Untersuchung herausstellen sollte, daß der Adler keine Spuren von Janos Blut aufwies, nun, dann war der Hopi eben doch nur ein verdammter Lügner.

Chee machte sich, was seine Motivation anging, nichts vor. Einer der Gründe, warum er Janet von dem Tonband erzählt hatte, war, daß er ihr für mögliche Eventualitäten ein Druckmittel in die Hand geben wollte. Doch sein zweiter Grund war ganz und gar egoistisch – es war die Art Grund, aus dem heraus zu handeln ihm Frank Sam Nakai immer strikt abgeraten hatte. Er wollte herausfinden, auf welche Weise Janet, falls sie es denn überhaupt täte, von diesem Druckmittel Gebrauch machen würde.

Bald würde er mehr wissen. Zwar mußte er damit rechnen, daß sich das Ganze unter Umständen doch noch länger hinziehen würde, aber eigentlich ging er davon aus, daß morgen alles klar sein würde.

24

Chee verbrachte eine unruhige Nacht voller schlechter Träume. Er ging früh ins Büro, weil er vorhatte, eine Menge Arbeit wegzuschaffen. Doch das Klingeln des Telefons gleich neben seinem Ellbogen machte seine Absicht bald zunichte.

Der erste Anruf kam um Viertel nach acht. Joe Leaphorn wollte wissen, ob er eine Liste der Gegenstände haben könnte, die in Catherine Pollards Jeep gefunden worden waren.

«Aber sicher», antwortete Chee. «Wir machen eine Kopie von unserer Liste. Soll ich sie Ihnen zuschicken?»

«Ich bin noch hier in Tuba», sagte Leaphorn. «Ich hole sie mir ab.»

«Sind Sie irgendeiner Sache auf der Spur, von der ich wissen sollte?» fragte Chee.

«Das wage ich zu bezweifeln», erwiderte Leaphorn. «Ich will diese Liste Krause zeigen und ihn fragen, ob ihm daran irgend etwas komisch vorkommt – daß zum Beispiel etwas fehlt, was sie eigentlich dabei gehabt haben müßte.»

«Haben Sie Mrs. Notah schon ausfindig gemacht?»

«Nein, nur ein paar ihrer Ziegen. Sie selbst war nirgendwo zu sehen. Ich werde mich heute morgen zuerst zu Krause aufmachen und erneut seine Geduld strapazieren, und anschließend werde ich noch mal zum Yells Back Butte hinausfahren und nach Old Lady Notah Ausschau halten. Vielleicht kann sie dem, was sie McGinnis über den Skinwalker erzählte, noch einige Details hinzufügen. Hatten Sie übrigens Glück mit dem Adler? Ist er inzwischen schon beim FBI?»

«Ja, ich habe den Adler gefangen, und ich glaube, es ist derselbe, von dem Jano sprach», antwortete Chee. «Aber das FBI wollte ihn nicht.» Er berichtete Leaphorn von seinem Gespräch mit Reynald, ohne allerdings zu erwähnen, daß er die Unterhaltung mitgeschnitten hatte.

«Was Sie mir da erzählen, überrascht mich nicht im geringsten», bemerkte Leaphorn. «Aber man kann nicht alle Schuld auf die Agenten schieben; ich habe während meiner aktiven Zeit auch einige wirklich gute Leute kennengelernt. Nein, es liegt an der Struktur des FBI. Viele Entscheidungen dort sind eben nicht sachlich, sondern rein politisch motiviert. Falls ich Mrs. Notah treffe und irgend etwas Wichtiges von ihr erfahre, lasse ich's Sie wissen.»

Die beiden nächsten Anrufe betrafen Routineangelegenheiten. Als Anruf Nummer vier kam, stellte Claire Dineyahze ihn nicht einfach durch, sondern steckte ihren Kopf um die Ecke, hob bedeutungsvoll die Augenbrauen und schrieb mit dem Zeigefinger die Buchstaben FBI in die Luft.

Chee holte tief Atem, nahm den Hörer ab und meldete sich. «Jim Chee.»

«Hier Reynald. Haben Sie den Adler noch?»

«Ja, er ist hier. Was haben Sie ...»

«Agent Evans ist auf dem Weg, um ihn abzuholen», unterbrach ihn Reynald. «Er wird gegen Mittag bei Ihnen sein. Richten Sie es so ein, daß Sie da sind, wenn er kommt. Sie müssen eine Bescheinigung unterzeichnen.»

«Was soll das ...?» begann Chee, doch Reynald hatte schon aufgelegt.

Chee lehnte sich auf seinem Stuhl zurück. Eine Frage immerhin war hiermit beantwortet, dachte er. Janet hatte entweder Reynald direkt mitgeteilt, daß sie über den Adler Bescheid wußte, und ihn somit zum Handeln gezwungen, oder aber sie hatte sich an Mickey gewandt, der wiederum Reynald angewiesen hatte, entsprechend zu reagieren. Der erste Teil des Problems war damit gelöst. Das FBI würde den Adler auf Blutspuren untersuchen lassen. Früher oder später würde er das Ergebnis erfahren und dann endlich wissen, ob Jano die Wahrheit gesagt hatte oder nicht. Die zweite Frage allerdings war noch unbeantwortet. Auf welche Weise hatte Janet von dem Druckmittel, das er ihr durch seine Information in die Hand gegeben hatte, Gebrauch gemacht?

In Szenario zwei, demjenigen, von dem Chee inständig hoffte, daß es Realität werden würde, wandte Janet sich an einen der maßgeblichen FBI-Beamten. Sie erklärte ihm, daß sie Grund zu der Annahme habe, daß der erste Adler sichergestellt worden sei, und verlangte, daß ihr die Ergebnisse der Laboruntersuchung mitgeteilt würden. Mickey oder Reynald – vielleicht auch beide – würden zunächst Ausflüchte machen und alles abstreiten. Dann würden sie ihr einzureden versuchen, daß ihr Ansinnen schlichtweg lächerlich sei. Sie würden ihr darüber hinaus implizit zu verstehen geben, daß sie, falls sie keine Einsicht zeige, ihre Hoffnungen auf eine Karriere im Justizministerium begraben könne. Schließlich würden sie sie bearbeiten, die «undichte Stelle» zu nennen, die ihr diese – selbstverständlich falschen – Informationen geliefert hätte. Doch Janet würde all ihren Manövern standhalten und damit drohen, die Gerichte einzuschalten oder dafür zu sorgen, daß die Presse von all dem Wind bekäme. Chee selbst wäre glücklich über ihren Mut und wüßte überdies endlich, daß er ihr trauen konnte.

Der Grund aber, warum er in der letzten Nacht so unruhig geschlafen hatte, war Szenario drei. In diesem Szenario ging Janet zu Mickey und eröffnete ihm, er habe ein Problem. Lieutenant Chee sei auf eigene Faust zum Yells Back Butte hinausgefahren und habe dort den Adler gefangen, von dem ihr Mandant Jano behaupte, daß dies der Vogel sei, der ihm die Wunde am Arm zugefügt und den er anschließend freigelassen habe. Als Janos Verteidigerin würde sie ihm empfehlen, besagten Adler sicherzustellen und die notwendigen Untersuchungen durchführen zu lassen, um nachzuprüfen, ob sich an den Krallen oder im Gefieder des Adlers Spuren von Janos Blut befänden. Woraufhin Mickey ihr wahrscheinlich raten würde, sich doch einfach zurückzulehnen und alles Weitere dem FBI zu überlassen, das in bewährter Manier mit dem Beweisstück verfahren würde. Janet würde ihm entgegnen, daß das FBI sich bereits gegen eine Untersuchung des Adlers ausgesprochen habe, und Mickey würde fragen, ob sie das von Reynald wisse. Janet würde verneinen. Daraufhin würde Mickey nachhaken, von wem sie diese Information habe. Janet würde antworten, von Lieutenant Chee. Mickey würde ihr zu verstehen geben, daß Chee anscheinend gezielt versuche, sie in die Irre zu führen. Offenbar wolle er Ärger machen. An diesem Punkt würde Janet plötzlich feststellen, daß sie in den Augen Mickeys ebenfalls jemand war, der ihm Ärger machte, und daß die Gefahr bestand, daß ihre weitere Karriere Schaden nehmen könnte. Um dem vorzubeugen, würde sie nun zu Chees Druckmittel greifen. Sie würde sich zunächst Mickeys Stillschweigen versichern und ihm dann anvertrauen, daß Chee das Gespräch mit Reynald aufgenommen habe. Der Special Agent habe sich nicht nur geweigert, den Adler untersuchen zu lassen, sondern Chee darüber hinaus die Anweisung gegeben, sich des Vogels wieder zu entledigen.

Und was bewies das alles? Chee wußte es, aber er wollte es sich nicht eingestehen, am liebsten gar nicht darüber nachdenken. Solange Evans noch nicht da war, konnte er es noch ein wenig von sich wegschieben. Erst Evans' Verhalten, wenn er kam, würde unter Umständen eindeutige Schlußfolgerungen zulassen, so daß er der Wahrheit ins Gesicht sehen mußte.

Agent Edgar Evans traf zehn Minuten vor zwölf ein. Chee sah ihn durch die offene Tür seines Büros ins Vorzimmer treten, beobachtete, wie Claire Dineyahze ihn auf den Adlerkäfig in der Ecke hinwies und dann zu seinem Zimmer deutete.

«Kommen Sie herein», begrüßte ihn Chee. «Nehmen Sie Platz.»

«Sie müssen mir diese Papiere hier unterschreiben», sagte Evans und schob ein Formular in dreifacher Ausführung über den Schreibtisch. «Damit bestätigen Sie, daß Sie das Beweisstück an mich übergeben haben, und ich meinerseits bescheinige Ihnen, daß ich es tatsächlich erhalten habe.»

«Nun, bei so viel Sorgfalt kann ja nichts verlorengehen», bemerkte Chee. «Betreiben Sie immer einen solchen Aufwand?»

Evans bedachte Chee mit einem durchdringenden Blick. «Nein», sagte er. «Nur in besonderen Fällen.»

Chee unterzeichnete die Papiere.

«Sie sollten beim Transport des Vogels aufpassen. Er hat sich mit der Gefangennahme noch nicht abgefunden, und sein Schnabel ist scharf wie ein Messer. Ich habe draußen im Wagen eine Decke, die können Sie über den Käfig legen, dann bleibt er während der Fahrt ruhig.»

Evans nickte nur. Die beiden Männer gingen nach draußen, und Evans stellte den Adlerkäfig auf den Rücksitz seines Wagens. Als Chee ihm die Decke reichte, nahm er sie schweigend und breitete sie über den Käfig.

«Reynald wollte doch eigentlich verhindern, daß der Adler untersucht wird», bemerkte Chee. «Wieso hat er denn plötzlich seine Meinung geändert?»

Evans schlug die Wagentür zu und drehte sich zu Chee um. «Was dagegen, wenn ich Sie kurz checke?»

«Wieso?» fragte Chee, hatte im selben Moment aber automatisch schon beide Arme gehoben.

Evans tastete schnell und routiniert Chees Gürtellinie ab, die Vorderseite seines Hemdes sowie die Hosentaschen, dann trat er einen Schritt zurück.

«Wieso? Als ob Sie das nicht selbst am besten wüßten, Sie Mistkerl! Ich wollte nur wissen, ob Sie vielleicht jetzt auch wieder ein Tonbandgerät dabei haben.»

«Ein Tonbandgerät?»

«Sie sind nicht so dumm, wie Sie aussehen», sagte Evans, «aber nicht mal halb so schlau, wie Sie sich einbilden.»

Ohne ein weiteres Wort stieg er in seinen Wagen und brauste davon. Chee rührte sich lange nicht von der Stelle. Es bestand jetzt kein Zweifel mehr, welche Taktik Janet gewählt hatte, und er spürte eine tiefe Traurigkeit.

25

Für Leaphorn wurde es ein frustrierender Tag. Als erstes war er bei Chee vorbeigefahren, um sich die Liste der im Jeep aufgefundenen Gegenstände zu holen. Er hatte sie noch einmal gründlich studiert, aber nichts entdeckt, was ihm weitergeholfen hätte. Er würde sie Krause zeigen, vielleicht fiel dem etwas auf. Doch Krause war nicht in seinem Labor. An der Tür hing ein Zettel, auf dem stand: «Unterwegs nach Inscription House, anschließend weiter zur Navajo Mission. *Bald* wieder da.» *Bald* dürfte wohl übertrieben sein, dachte Leaphorn. Immerhin war das eine Strecke von hin und zurück über hundert Meilen. So fuhr er als nächstes zum Yells Back Butte, kletterte über den Sattel und begann aufs neue die Suche nach Lady Notah.

Er bahnte sich seinen Weg zwischen Beifußsträuchern und ausladenden Melden hindurch und versuchte, die Ziegen zu zählen (einundzwanzig Tiere, falls er nicht einige doppelt gerechnet hatte, was einem bei Ziegen leicht passieren konnte), aber Mrs. Notah fand er nicht. Er machte sich auf den Rückweg über den Sattel. Unterwegs mußte er ein paarmal stehenbleiben, um wieder zu Atem zu kommen, und beschloß, ab sofort weniger zu essen und sich mehr zu bewegen. Kaum daß er wieder in seinem Pickup saß, griff er nach seiner Wasserflasche, die er dummerweise nicht mitgenommen hatte, und trank sie auf einen Zug halb leer. Dann lehnte er sich für eine Weile auf dem Fahrersitz zurück und ruhte sich aus. Die Stelle, wo er geparkt stand, eingerahmt von den Felsen des Yells Back Butte und dem Bergmassiv der Black Mesa, lag, was den Radioempfang anging, im Funkschatten. Nur KNDN, die von Gallup aus auf navajo sendende Station und «Stimme der Navajo-Nation», war zu empfangen aus Gründen, die Leaphorns Kenntnisse der UKW-Technik überstiegen.

Zunächst kam ein wenig Country & Western, dann eine Sendung mit Publikumsbeteiligung. Während er mit halbem Ohr zuhörte, ordnete Leaphorn seine Gedanken. Was würde er Mrs. Vanders sagen, wenn er sie heute abend anrief? Nicht viel, dachte er. Und warum fühlte er sich so glücklich? Die Antwort war einfach – weil seine Beziehung zu Louisa geklärt war. Er befürchtete nicht mehr, Emma zu betrügen oder sich selbst untreu zu werden. Die Angst, daß Louisa etwas von ihm erwartete, das er ihr nicht geben konnte, war verschwunden. Sie betrachtete ihn als Freund – nicht mehr und nicht weniger, das hatte sie ganz unmißverständlich deutlich gemacht. Sie hatte eine gescheiterte Ehe hinter sich und wollte diese Erfahrung nicht noch einmal wiederholen. Doch genug davon. Er wandte seine Gedanken dem aufgefundenen Jeep zu. Da gab es einiges, was noch im dunkeln lag.

Der Wagen war am Morgen des Achten hier angekommen. Jano hatte gesagt, er habe den Jeep bereits in aller Frühe auf der Anhöhe über dem Tijinney-Hogan abgestellt gesehen, und dort habe er auch noch geparkt, als er mit seinem Adler auf dem Rückweg gewesen sei. Wenn diese Aussage stimmte, und Leaphorn sah keinen Grund, sie in Zweifel zu ziehen, dann mußte der Jeep weggefahren sein, während Chee mit Jano und Kinsman beschäftigt war. Wäre er vorher weggefahren, hätte er Chee entgegenkommen müssen. Hätte er die Anhöhe erst hinterher verlassen, hätte es im Bachbett, wo er abgestellt worden war, keine Abdrücke im noch feuchten Sand gegeben, weil der Boden schon wieder trocken gewesen wäre.

Die Frage war, wer den Jeep dort hingefahren hatte. Falls es Pollard gewesen war, wie war sie dann von dort fortgekommen? Dashees Theorie, daß jemand sie abgeholt hatte, konnte natürlich zutreffen, aber irgendwie paßte sie nicht in das Bild, das Leaphorn sich von ihr machte. Daß sie sich gegen Kinsman zur Wehr gesetzt, notfalls auch zu einem Stein gegriffen hatte, ja. Aber ein raffiniertes Manöver, um die Polizei anschließend hinters Licht zu führen, womöglich im Bund mit ihrer Tante – das erschien ihm doch eher unwahrscheinlich. Außerdem hatte er seit kurzem noch eine andere Idee. Unausgegoren noch, aber eine Möglichkeit. Er ließ den Motor an und fuhr wieder nach Tuba. Krause war noch nicht zurück, es hing derselbe Zettel an der Tür. Leaphorn entschloß sich, ihm nachzufahren, und tankte sicherheitshalber vorher noch einmal voll. Im Inscription House war er nicht. Leaphorn fuhr weiter zur Navajo Mission. Im Büro dort öffnete ihm auf sein Klopfen hin eine Frau, die ihm erklärte, daß der Mann vom Health Department vor einer halben Stunde aufgebrochen sei. Wohin? Sie schüttelte bedauernd den Kopf. Das habe er nicht gesagt.

Leaphorn machte sich auf den langen Weg zurück nach Tuba. Diesen Tag konnte er abschreiben, dachte er, während er beobachtete, wie die untergehende Sonne die sich am Horizont auftürmenden Gewitterwolken in leuchtendem Rot erstrahlen ließ. Als er endlich sein Motel erreichte, war er völlig erschöpft. Heute würde er nichts mehr unternehmen, auch der Anruf bei Mrs. Vanders in Santa Fe konnte noch einen

Tag warten. Morgen würde er früh aufstehen und Krause abfangen, bevor dieser aufs neue losfuhr.

Doch auch am nächsten Morgen kam er zu spät. Eine Notiz an der Tür des Labors informierte darüber, daß Krause heute in dem trockenen Bachbett westlich der behelfsmäßigen Landebahn bei Shonto anzutreffen sei. Eine Stunde und sechzig Meilen später entdeckte Leaphorn von der Straße aus den Kleinlaster des Health Department. Krause selbst kniete unweit davon mit gesenktem Kopf auf dem Boden. Als er Leaphorn kommen hörte, stand er auf und klopfte sich den Staub von den Hosen. «Ich sammle mal wieder Flöhe ein», bemerkte er, während sie sich die Hände schüttelten.

«Von weitem sah es so aus, als ob Sie in das Erdloch da hineinpusten würden», sagte Leaphorn.

Krause nickte. «Gut beobachtet. Flöhe sind darauf geeicht, Atem wahrzunehmen. Wenn das Tier, als dessen Parasit sie leben, getötet wird und sie nach einem neuen Wirt Ausschau halten, kann man sie durch den Atem anlocken. Man bläst in einen Nagerbau, und alle Flöhe wandern zum Tunneleingang.» Er grinste. «Manche sagen, Flöhe stünden besonders auf Knoblauch, aber ich habe sehr gute Erfahrungen mit Chili gemacht.» Er wies auf den Höhlenausgang. «Können Sie sie sehen?»

Leaphorn hockte sich hin und starrte in die dunkle Öffnung. «Nee», sagte er.

«Die kleinen schwarzen Pünktchen dort», erklärte Krause. «Legen Sie Ihre Hand in den Eingang, dann springen sie Ihnen drauf.»

«Nein danke», antwortete Leaphorn.

«Wie Sie wollen. Was kann ich denn für Sie tun?» erkundigte sich Krause. «Gibt's was Neues?»

Er nahm eine biegsame Metallrute von der Ladefläche des Pickup und entrollte ein an deren Spitze befestigtes weißes Flanelltuch.

«Ich möchte Sie bitten, mal einen Blick auf diese Liste hier zu werfen», sagte Leaphorn. «Das ist ein Verzeichnis aller Dinge, die man in Pollards Jeep gefunden hat. Vielleicht fällt Ihnen auf, daß etwas fehlt, was eigentlich vorhanden sein müßte, oder Sie entdecken irgend etwas, das Ihnen merkwürdig vorkommt.»

Während Leaphorn sprach, hatte Krause das Flanelltuch locker um die Rute gewickelt und schob sie jetzt langsam, Zentimeter um Zentimeter, in die Höhle. Als sie in voller Länge darin war, rollte er das Tuch mit einer kleinen Drehung aus. «So», sagte er, «jetzt lasse ich ihnen einen Moment Zeit, sich auf dem Flanell zu sammeln.» Er wartete ein, zwei Minuten ab. «Das müßte reichen. Und nun schlage ich die beiden Tuchhälften übereinander, damit mir die kleinen Biester nicht wieder davonhüpfen.» Er zog die Rute genauso vorsichtig, wie er sie eingeführt hatte, wieder heraus, entfernte das Tuch und packte es in eine Ziplock-Tüte, die er sofort verschloß. Dann sah er prüfend an sich hinunter und entfernte einen Floh von seinem Handgelenk.

Leaphorn gab Krause die Liste. Dieser setzte sich seine Zweistärkenbrille auf und überflog sie. «Kool», sagte er stirnrunzelnd. «Cathy war Nichtraucherin, die müssen von jemand anderem stammen.»

«Ich glaube, im Bericht steht, daß sie schon ein paar Monate alt sind. Die haben wohl schon länger im Wagen gelegen.»

«*Zwei* Schaufeln?» fragte Krause überrascht. «Eine gehört zur normalen Ausrüstung, aber warum hatte sie gleich zwei mit?»

«Lassen Sie mal sehen», sagte Leaphorn und nahm die Liste. Unter «Fußraum hinter dem Fahrersitz» stand «langstielige Schaufel». Ebenso unter der Rubrik «Kofferraum».

«Bestimmt ein Versehen», bemerkte Krause schulterzukkend. «Sie haben wahrscheinlich ein und dieselbe Schaufel doppelt aufgeführt.»

«Möglich», antwortete Leaphorn, aber seiner Erfahrung nach war ein solches Versehen höchst unwahrscheinlich.

«Und hier», sagte Krause. «Was, zum Teufel, hat sie denn damit gemacht?» Er deutete auf einen weiteren Eintrag unter «Kofferraum». «Kleiner Kanister mit Etikett ‹Kalziumzyanid›.»

«Klingt nach einem Gift», vermutete Leaphorn.

«Da haben Sie verdammt recht», entgegnete Krause. «Wir haben es früher oft eingesetzt, vor allem wenn wir absolut sicher sein wollten, daß in einem infizierten Nagerbau wirklich alle Tiere getötet wurden. Man bläst den Zyanidstaub hinein, und in kürzester Zeit ist alles Leben drinnen ausgelöscht – Packratten, Klapperschlangen, Höhleneulen, Regenwürmer, Spinnen, Flöhe – alle sind hinüber. Aber es ist nicht ungefährlich im Gebrauch. Man muß höllisch aufpassen. Deshalb nehmen wir heute in der Regel Phostoxin, und zwar in Form der sogenannten Pille. Man legt sie einfach am Eingang eines Baues auf den Boden, und alles übrige erledigt sich von allein.»

«Woher könnte sie sich dieses Kalziumzyanid besorgt haben?» wollte Leaphorn wissen.

«Wir haben noch ein paar Kanister davon im Giftschrank in unserem Lagerraum herumstehen», antwortete Krause.

«Und sie hatte zu diesem Giftschrank Zugang?»

«Ja sicher. Und sehen Sie mal hier.» Krause deutete auf den nächsten Eintrag. «‹Drucklufttank mit Schlauch und Zerstäuberdüse›», las er vor. «Das benutzt man, um das Zyanid in einen Bau hineinzublasen. Stand auch im Lagerraum.»

«Was, denken Sie, bedeutet es, daß sie an dem Morgen diese Sachen mitgenommen hat?»

«Zuerst einmal bedeutet es, daß sie sich über die Vorschriften hinweggesetzt hat. Sie hätte mich auf jeden Fall vorher fragen und mir erklären müssen, wieso sie nicht wie üblich Phostoxin nehmen wollte. Und zweitens bedeutet es, daß sie offenbar plante, Nagerbauten wirklich erregerfrei zu machen. Alles Leben darin auszumerzen.»

Er gab Leaphorn die Liste zurück.

«Ist Ihnen sonst noch irgend etwas aufgefallen?» wollte dieser wissen.

«Ja. Ich verstehe nicht, warum nicht ihr Schutzanzug hier aufgeführt ist.»

«Haben Sie den denn immer dabei?»

«Nicht unbedingt, nein. Aber wenn man vorhat, Kalziumzyanid einzusetzen – dann schon.» Krause lächelte grimmig. «Es heißt, gefährlich wird es erst, wenn man Bittermandelgeruch wahrnimmt. Das Problem ist nur, wenn man den riecht, ist es auch schon zu spät.»

«Kalziumzyanid ist also nichts, was man leichtfertig gebrauchen würde?»

Krause schüttelte den Kopf. «Nein, ganz bestimmt nicht. Aber bevor ich es vergesse: Ich habe die Nachricht gefunden, die Cathy an dem Morgen für mich dagelassen hat.» Er zog seine Brieftasche hervor, entnahm ihr einen zusammengefalteten Zettel und reichte ihn Leaphorn. «Ich glaube nicht, daß er Ihnen viel weiterhilft – aber trotzdem.»

Die Notiz war nur kurz: «Chef – fahre raus zum Yells Back Butte. Alles Nähere bei Rückkehr. Catherine.»

Krause hatte recht, dachte Leaphorn. Der Zettel half ihm nicht viel weiter, aber vielleicht war er ja ohnehin schon auf der richtigen Spur.

26

Als Chee am nächsten Morgen in sein Büro kam, fand er auf dem Schreibtisch eine Mitteilung, daß zwei Telefonanrufe für ihn eingegangen seien. Der erste war von Leaphorn. Er sei in seinem Motel und bitte um Rückruf. Der zweite war von Janet Pete. Sie ließ ausrichten, daß der Adler heute untersucht werde und Chee sich bitte mit ihr in Verbindung setzen möge.

Ein Anruf bei Janet kostete ihn im Moment noch zuviel Überwindung, deshalb wählte Chee die Nummer von Leaphorn. Der Lieutenant hatte vorgehabt, Krause die Liste zu zeigen, vielleicht hatte sich da etwas ergeben.

«Haben Sie schon gefrühstückt?» fragte Leaphorn.

«Ich habe morgens keinen großen Appetit», erwiderte Chee. «Was gibt's?»

«Hätten Sie Lust, vorbeizukommen und mir bei meinem Morgenkaffee Gesellschaft zu leisten?» fragte Leaphorn. «Anschließend will ich rausfahren zum Yells Back Butte. Können Sie sich freimachen? Ich denke, es wäre gut, wenn ein Officer dabei wäre.»

«Oh», sagte Chee überrascht. Leaphorn wollte einen Officer dabeihaben. Das klang verheißungsvoll. Doch in seine spontane Freude mischte sich gleich auch ein wenig Enttäuschung. Der legendäre Lieutenant hatte es also wieder einmal geschafft und war offenbar jetzt dahintergekommen, wer den Jeep in der Ödnis abgestellt hatte. War seinem Ruf einmal mehr gerecht geworden und ihm wieder einmal bei der Lösung eines Falles zuvorgekommen. «Ich bin in zehn Minuten da», sagte er.

Leaphorn saß an einem Tisch am Fenster und bestrich einen Stapel Pfannkuchen mit Butter. «Ich habe Krause endlich erwischt und ihm die Liste gezeigt», sagte er. «Es gab zwei, drei Überraschungen.»

«Ah ja?» sagte Chee und fühlte sich gleich wieder in der Defensive. Er hatte an der Liste nichts Besonderes bemerkt.

«Gut, daß ich ihn gefragt habe», fuhr Leaphorn fort. «Er ist eben Fachmann, als Laie kann man die Dinge ja nicht richtig beurteilen. Dieser Drucklufttank zum Beispiel und der Kanister mit Kalziumzyanid – ich hatte angenommen, das sei die normale Ausrüstung von Seuchenbekämpfern. Doch wie es scheint, sind sie längst davon abgekommen, dieses Gift in Nagerbaue zu stäuben, weil es in der Anwendung zu gefährlich ist. Heutzutage wird es, wenn ich Krause richtig verstanden habe, nur noch in Ausnahmefällen benutzt, etwa um gleich ganze Kolonien infizierter Nager auszurotten. Und es müssen schon größere Tiere sein – Präriehunde etwa.»

Chee lehnte sich auf seinem Stuhl zurück. Er wußte auf einmal wieder, warum er Leaphorn meist bewunderte und ihm nur sehr selten böse war. Der Lieutenant ließ ihm immer eine Chance, seine eigenen Schlüsse zu ziehen.

«Wie zum Beispiel die Kolonien, die Dr. Woody gerade erforscht», bemerkte er.

Leaphorn grinste. «Ja, der Gedanke ist mir auch gekommen», sagte er. «Und ich kann mir nicht vorstellen, daß Woody das gefallen hätte. Vielleicht war das Grund genug, um Pollard zu beseitigen.»

Chee nickte und schwieg. Er sah Leaphorns Miene an, daß er noch mehr mitzuteilen hatte.

«Und dann ist da eine andere Sache», begann Leaphorn erneut. «Krause hat sich darüber gewundert, daß wir im Jeep gleich zwei Schaufeln fanden. Eine haben sie wohl immer dabei. Ich nehme an, schon für den Fall, daß sie auf einer der unbefestigten Straßen bei Regen mal im Morast steckenbleiben. Krause meinte, die Leute von der Spurensicherung hätten vielleicht ein und dieselbe Schaufel doppelt gezählt, aber das glaube ich nicht.»

«So eine Schaufel ist auch sehr nützlich, um ein Grab auszuheben», sagte Chee langsam.

Leaphorn nickte. «Daran mußte ich auch gleich denken. Und nach getaner Arbeit hat Woody sie dann schnell in den Kofferraum geworfen. Er konnte ja nicht ahnen, daß im Fußraum schon eine lag.»

«Wir sollten also in der Gegend zwischen dem Yells Back

Butte und dem Bachbett, wo er den Jeep stehenließ, nach Stellen Ausschau halten, wo es sich leicht graben läßt. Vielleicht entdecken wir irgendwo frisch aufgeworfene Erde.»

«Das wäre auch mein Vorschlag gewesen», sagte Leaphorn.

«Außerdem werde ich herumfragen lassen, ob irgend jemand auf der Straße nach Goldtooth Fahrradspuren bemerkt hat. Die Wahrscheinlichkeit dafür ist allerdings nur gering, denn auf dem trockenen Boden hinterlassen die Reifen so gut wie keine Abdrücke.»

Leaphorn zog fragend die Augenbrauen in die Höhe. «Spuren von Fahrradreifen?» fragte er erstaunt.

Chee nickte. «Ja, mir ist wieder eingefallen, daß ich auf Woodys Dachgepäckträger ein Fahrrad gesehen habe.»

Leaphorn schlug mit der flachen Hand auf den Tisch. «Ich werde wohl wirklich langsam alt», rief er. «Wieso bin ich darauf nicht gekommen?»

«Woody hätte, ohne Spuren zu hinterlassen, vom Jeep aus gleich auf die Felsen treten, anschließend das Fahrrad herausheben und zur Straße tragen können. Die zwanzig Meilen vom Bachbett zurück zum Yells Back Butte dürften dann für ihn kein großes Problem gewesen sein.»

«Ja, das klingt wirklich sehr plausibel», sagte Leaphorn. «So könnte es gewesen sein. Und das würde auch erklären, warum er die Schaufel im Jeep gelassen hat. Sie auf dem Fahrrad mitzunehmen wäre ziemlich umständlich gewesen. Ich glaube, mein Verstand muß zeitweise abgeschaltet gewesen sein.»

Chee glaubte ihm kein Wort. Leaphorns Verhalten erinnerte ihn an die Ostereiersuche auf dem Rasen des Weißen Hauses, die alljährlich im Fernsehen übertragen wurde. Da übersahen die älteren Kinder immer geflissentlich das eine oder andere Ei, um den Kleineren die Möglichkeit zu geben, auch mal etwas zu finden.

Die Kellnerin kam und bot ihnen an, Kaffee nachzuschenken, doch jetzt hatten sie es eilig.

Sie stiegen in Chees Streifenwagen, brausten den State Highway 264 hinunter und bogen nach etwa acht Meilen ab auf die unbefestigte Straße nach Goldtooth.

«Fast wie in alten Zeiten», bemerkte Leaphorn nicht ohne Wehmut. «Wir beide auf dem Weg, gemeinsam einen Fall zu lösen.»

«Fehlt es Ihnen? Ich meine, Polizist zu sein?»

«Teils, teils. Auf den Papierkram kann ich gut verzichten, aber die Ermittlungen vor Ort, so wie jetzt mit Ihnen, und natürlich den täglichen Umgang mit den Kollegen – das alles vermisse ich manchmal schon sehr.»

«Die Arbeit am Schreibtisch fällt mir auch auf die Nerven», gestand Chee. «Ich bin, was das Abtragen von Aktenbergen angeht, nicht besonders effektiv, glaube ich.»

«Sie leiten die Dienststelle zur Zeit nur kommissarisch», sagte Leaphorn. «Üblicherweise wird einem nach einer Weile die dauerhafte Übernahme der Position angeboten. Würden Sie, falls man das tut, annehmen?»

Chee antwortete nicht gleich, sondern fuhr eine Weile schweigend und in Gedanken versunken. Über ihnen begannen sich Wolken zusammenzuballen, eine Flotte majestätischer weißer Schiffe vor dem dunkelblauen Meer des Himmels. Gestern abend hatte es bereits vereinzelt ein paar Tropfen gegeben; vielleicht würde am Nachmittag endlich die Zeit der großen Regenfälle einsetzen. Sie waren bereits überfällig.

Nach einer Weile sagte er: «Nein, ich glaube nicht, daß ich annehmen würde.»

«Als ich hörte, daß Sie um Ihre Beförderung nachgesucht hätten, habe ich überlegt, was wohl der Grund dafür war», bemerkte Leaphorn.

Chee warf ihm von der Seite einen kurzen Blick zu, doch Leaphorn blickte unbewegt geradeaus, so als sei er in die Betrachtung der Wolken versunken. «Der liegt doch eigentlich auf der Hand», sagte Chee. «So eine Beförderung steigert das Ansehen, und man wird besser bezahlt.»

«Aber wozu brauchen Sie mehr Geld? Sie leben doch noch immer in Ihrem alten Trailer, oder?»

Chee entschloß sich, den Spieß umzudrehen und selber Fragen zu stellen. «Glauben Sie, ich werde die Beförderung bekommen?»

Leaphorn schwieg. Dann sagte er: «Nein, ich denke eher nicht.»

«Wieso?»

«Ich vermute mal, daß bei denjenigen, die darüber zu entscheiden haben, der Eindruck entstanden ist, daß Ihnen möglicherweise der rechte Teamgeist abgeht. Man befürchtet vielleicht, daß Ihnen die Zusammenarbeit mit den anderen Strafverfolgungsbehörden nicht genug am Herzen liegt.»

«Könnte es sein, daß sich diese Befürchtung eher auf eine ganz bestimmte Behörde bezieht?»

«Nun, wenn Sie mich schon danach fragen – das FBI, würde ich sagen.»

«Interessant», bemerkte Chee. «Was erzählt man sich denn so?»

«Es heißt, daß das FBI in Zukunft keine Möglichkeit mehr sieht, heikle Dinge mit Ihnen telefonisch zu regeln.»

Chee lachte. «Mein lieber Mann!» rief er. «Wie schnell sich manche Sachen doch rumsprechen. Wann haben Sie es denn gehört? Gleich heute morgen?»

«Nein, schon gestern abend.»

«Und von wem?»

«Kennedy rief mich aus Albuquerque an. Sie müßten sich eigentlich noch an ihn erinnern. Wir haben ein-, zweimal mit ihm zusammengearbeitet, ehe man ihn dann nach New Mexico versetzte. Er fragte wegen einer Sache nach, mit der ich zu tun hatte, kurz bevor ich aus dem Dienst ausschied. Außerdem will er selbst gegen Ende des Jahres beim Bureau aufhören und wollte von mir wissen, wie mir der Ruhestand gefällt. Ganz beiläufig hat er sich dann auch nach Ihnen erkundigt. Er fragte, wie es Ihnen denn so gehe. Und dabei erwähnte er, daß Sie sich unter seinen Kollegen ein paar Feinde gemacht hätten. Da habe ich natürlich nachgehakt, wie Sie das denn angestellt hätten.»

«Und da hat er Ihnen erzählt, daß ich ein Telefongespräch mitgeschnitten habe, ohne das Einverständnis des anderen Teilnehmers einzuholen», ergänzte Chee. «Das bedeutet eindeutig die Verletzung eines Bundesgesetzes.»

«Ja, so ungefähr hat er es erzählt», bestätigte Leaphorn. «Stimmt es denn?»

Chee nickte.

«Na, dann trifft es sich ja gut, daß Sie auf die Beförderung sowieso nicht mehr scharf waren», bemerkte Leaphorn. «Hatten Sie das entschieden, bevor Sie das Tonbandgerät anstellten oder erst hinterher?»

Chee dachte nach. «Irgendwie war meine Entscheidung wohl schon vorher gefallen, aber so richtig klargeworden ist mir das erst hinterher.»

Sie holperten den Zufahrtsweg zum Yells Back Butte hoch, umfuhren eine Barriere aus abgerutschtem Geröll und fanden sich plötzlich inmitten einer Herde von Ziegen. Nicht weit davon, etwas abseits des Wegs, erblickten sie eine alte Frau auf einem Rotschimmel, die ihre Ankunft aufmerksam beobachtet hatte. Das mußte Old Lady Notah sein.

«Na, endlich haben wir mal Glück», sagte Leaphorn. Er stieg aus dem Streifenwagen und ging auf die alte Frau zu. «Ya'eeh te'h», begrüßte er sie und nannte dann seinen Namen sowie die Namen der mütterlichen und väterlichen Clans. Anschließend stellte er Chee vor, erklärte ihr, daß dieser Polizist bei der Navajo Tribal Police sei und aus Tuba City komme. Der Rotschimmel starrte Chee mißtrauisch an, die Ziegen drängten neugierig herbei, und Mrs. Notah erwiderte nun ihrerseits die Begrüßung.

«Es ist ein langer Weg von Tuba», sagte sie. «Sie sind nicht zum ersten Mal da, ich habe Sie schon früher einmal hier gesehen. Sie sind bestimmt hergekommen, weil der andere Polizist hier getötet wurde oder vielleicht auch wegen des Hopi, der es auf unsere Adler abgesehen hat.»

«Alles das trifft zu, Mutter», antwortete Leaphorn, «aber es gibt noch einen weiteren Grund. Wir sind wegen des schwarzen Jeep hier, den Sie am Tag, an dem der Polizist getötet wurde, hier gesehen haben. Eine junge Frau vom Arizona Health Department war darin unterwegs, um Seuchenherde aufzuspüren. Von dieser Fahrt ist sie nicht mehr zurückgekehrt. Sie ist seitdem verschwunden, und ihre Familie hat mich gebeten, nach ihr zu suchen.»

Mrs. Notah wartete einen Moment, ob Leaphorn fortfahren wollte, dann sagte sie: «Ich weiß nicht, wo sie ist.»

Leaphorn nickte. «McGinnis erzählte mir, Sie hätten hier ganz in der Nähe einen Skinwalker gesehen. War das an demselben Tag, an dem der Polizist umgekommen ist?»

«Ja, es war der Tag, an dem der Regenschauer niederging. Aber inzwischen glaube ich, daß es vielleicht gar kein Skinwalker war. Vielleicht war es jemand, der dem Mann in dem Wohnmobil oberhalb des Tijinney-Hogans bei seiner Arbeit half.»

Chee sog unwillkürlich die Luft ein.

Leaphorn fragte: «Wie kommen Sie darauf?»

«Weil ich einen Tag danach den Mann aus seinem Wohnmobil kommen sah, und da trug er so einen weißen Anzug über dem Arm. Er ging an den Wacholderbäumen vorbei, den Abhang hinauf, und dann hat er sich den Anzug übergestreift und sich die Kapuze über den Kopf gezogen.» Sie lachte. «Der Anzug soll, glaube ich, Krankheiten fernhalten. Ich habe im Fernsehen mal etwas drüber gesehen.»

«Ja, das stimmt», sagte Leaphorn. Er bat Mrs. Notah, sich an alles zu erinnern, was sie an jenem Morgen am Yells Back Butte gehört oder gesehen hatte. Die alte Frau versank eine Weile in tiefes Nachdenken, dann begann sie zu sprechen.

Sie war an dem Tag bei Morgendämmerung aufgestanden, hatte ihren Propanherd angezündet, sich ihren Kaffee gewärmt und ein wenig gebratenes Brot gegessen. Dann hatte sie ihr Pferd gesattelt und war hergeritten. Während sie dabei war, die verstreut grasenden Ziegen zusammenzutreiben, hörte sie, wie ein Kleinlaster den Fahrweg zum Yells Back Butte hochfuhr. Bei Sonnenaufgang hatte sie einen Mann den Sattel in Richtung Bergkegel laufen sehen.

«Ich dachte, daß es wohl wieder einer von den Hopis sein müßte, die dort oben Adlern nachstellen. Die Felsenkante des Yells Back Butte war seit Menschengedenken ihr Adlergrund, bis die Regierung vor ungefähr zwanzig Jahren die Grenzen geändert hat. Ich hatte den Mann schon am Nachmittag davor bemerkt, wie er sich hier umsah. Das ist typisch für Adlerfänger. Am nächsten Tag kehren sie dann zurück, steigen auf den Berg hinauf und fangen den Vogel.»

Anschließend kam Mrs. Notah auf die Ankunft des schwarzen Jeep zu sprechen.

«Er fuhr viel zu schnell für den unebenen, holprigen Untergrund», sagte sie. «Ich nahm an, daß es wieder diese junge Frau mit den kurzen Haaren war, aber erkannt habe ich sie nicht – der Wagen war zu weit entfernt.»

«Warum die junge Frau mit den kurzen Haaren?» wollte Leaphorn wissen.

«Sie war ein paar Tage zuvor schon einmal hier. Da ist sie auch so schnell gefahren.» Mrs. Notah schüttelte mißbilligend den Kopf. «Danach mußte ich den da suchen gehen», sagte sie und wies auf einen stattlichen schwarzweißen Bock, der auch jetzt wieder ein ganzes Stück weit den Pfad hinuntergewandert war. «Ungefähr eine halbe Stunde später bemerkte ich auf dem Hang zum Sattel eine Bewegung, und dann erblickte ich diese Gestalt in dem weißen Anzug.»

Sie hielt einen Moment inne, um zu überlegen. «Ich habe mich dann ein Weilchen unter einen Baum gesetzt und ausgeruht. Als ich zurückkam, hörte ich, wie ein Auto den Fahrweg hochkam. Es war ein Streifenwagen, und er fuhr sehr, sehr langsam. Dieser Polizist weiß, wie man auf dem felsigen Weg fahren muß, habe ich gedacht. Als ich wieder bei meinen Ziegen war, habe ich den Mann aus dem Van unten beim Tijinney-Hogan gesehen. Die *bilagaana* wissen eben nicht, daß man einen Totenhogan meiden muß.»

«Was suchte er denn da?» fragte Leaphorn.

«Ich weiß es nicht», sagte sie. «Er wollte aber wohl nach etwas graben, denn er trug eine Schaufel über der Schulter. Mehr habe ich nicht gesehen, denn ich mußte mich wieder um meine Ziegen kümmern.»

Leaphorn und Chee bedankten sich bei Old Lady Notah und verabschiedeten sich. Beide wußten, was nun zu tun war, auch ohne darüber zu sprechen. Sie parkten den Streifenwagen oberhalb des Hogans und kletterten hinunter zur alten Wohnsiedlung der Tijinneys. Chee trug eine Schaufel, die er im Kofferraum des Wagens immer dabei hatte. Er spähte über die halb eingefallene Mauer des Hogans. Auf dem festgestampften Lehmboden lagen zerfetzte Teerpappe, die einmal das Dach gebildet hatte, vom Wind hereingewehte Tumbleweeds und Abfall, der wohl von den Jugendlichen stammte, die den Hogan heimgesucht hatten. Der Boden war glatt und eben mit Ausnahme einer etwa zwei Quadratmeter großen Grube, die erst vor kurzem wieder mit frischer Erde aufgefüllt worden war. Hier hatte sich zu Lebzeiten des alten Tijinney die Feuerstelle des Hogans befunden.

«Ich nehme an, das ist es», sagte Chee und deutete auf die aufgefüllte Grube.

Leaphorn nickte. «Ich habe das Gefühl, als hätte ich in der vergangenen Woche ununterbrochen im Auto gesessen. Geben Sie mir die Schaufel. Ich brauche dringend etwas Bewegung.»

«Wollen Sie wirklich ...?» fragte Chee, während er ihm erleichtert die Schaufel reichte. Für einen in den Traditionen verwurzelten Navajo wie ihn stellte das Ausgraben einer Leiche, noch dazu in einem Totenhogan, einen doppelten Tabubruch dar. Es bedurfte zumindest eines Schwitzbades, eigentlich sogar eines Heilrituals, damit der Tabuverletzer *hózhóng*, den Zustand von Harmonie, zurückgewann.

«Das Graben geht leicht. Die Erde ist noch sehr locker», bemerkte Leaphorn, während er seine sechste Schaufelvoll beiseite warf. Kurz darauf hielt er inne, legte die Schaufel nieder, hockte sich hin und grub mit den Händen weiter. Einen Augenblick später wandte er sich um und blickte Chee an.

«Ich glaube, wir haben Catherine Pollard gefunden», sagte er, während er behutsam einen Unterarm hervorzog. Er steckte noch in einem weißen Plastikärmel, offenbar hatte sie, als sie umgebracht wurde, ihren Schutzanzug getragen. Leaphorn klopfte die Erde von ihrer Hand. «Sie hat noch den Latex-Handschuh an, sogar zwei übereinander – zur Sicherheit.» Er schüttelte traurig den Kopf.

27

Dr. Woody öffnete nach dem zweiten Klopfen. «Guten Morgen, meine Herren», begrüßte er sie, in den Türrahmen gelehnt, und forderte sie mit einer Handbewegung auf einzutreten. Er war nur mit Shorts und einem ärmellosen Unterhemd bekleidet. Leaphorn hatte den Eindruck, daß sein Gesicht noch röter war als sonst. «Das nenne ich einen glücklichen Zufall», sagte Woody. «Ich bin froh, daß Sie hier sind.»

«Wieso denn das?» wollte Leaphorn wissen.

«Nehmen Sie doch erst einmal Platz», antwortete Woody. Er schwankte ein wenig und stützte sich mit der Hand an der Wand ab. Er dirigierte Leaphorn zu einem Stuhl und Chee zu einem schmalen Wandbett, das jetzt ausgeklappt war. Er selbst setzte sich auf den Hocker hinter dem Labortisch. «Nun», begann er, «ich bin froh, Sie zu sehen, weil ich eine Fahrgelegenheit brauche. Ich muß so schnell wie möglich nach Tuba, um einige Telefongespräche zu führen. Normalerweise hätte ich den Van hier genommen. Aber es erfordert einige Kraft, ihn zu fahren, und ich fühle mich körperlich ziemlich mies. Schwindelig. Und als ich vor einer halben Stunde meine Temperatur gemessen habe, betrug das Fieber schon über vierzig Grad. Ich hatte, ehrlich gesagt, schon Angst, daß ich es nicht mehr schaffen würde, von hier wegzukommen.»

«Wir helfen Ihnen gern», sagte Chee, «aber zuerst müssen Sie uns noch ein paar Fragen beantworten.»

«Sicher», sagte Woody, «aber nicht jetzt. Später, sobald wir unterwegs sind.» Er beugte sich über den Tisch und fuhr sich mit der Hand übers Gesicht. Leaphorn bemerkte erst jetzt die große dunkle Verfärbung, die sich von unterhalb der Achselhöhle bis weit über den Brustkorb zog.

«Sie scheinen sich da an der Seite ja eine ziemliche Prellung zugezogen zu haben», bemerkte er. «Wir sollten Sie in ein Krankenhaus bringen.»

«Es wäre schön, wenn es sich nur um eine Prellung handeln würde», entgegnete Woody. «Tatsächlich sind es geplatzte Kapillargefäße. Sie geben ihr Blut ins umliegende Gewebe ab und verursachen so die charakteristischen schwarzen Flecken. Sobald ich in Tuba telefoniert habe, bringen Sie mich bitte nach Flagstaff ins Medical Center. Und einer von Ihnen sollte hierbleiben und auf alles aufpassen. Die Tiere in den Käfigen. Und vor allem meine Unterlagen.»

«Wir haben im verlassenen Hogan der Tijinneys eben die Leiche von Catherine Pollard entdeckt», sagte Chee. «Haben Sie uns dazu etwas zu sagen?»

«Ja, ich habe sie dort vergraben», gab Woody ohne Zögern zu. «Aber wir sollten hier jetzt keine Zeit mehr vertrödeln. Alles, was Sie wissen möchten, kann ich Ihnen auch unterwegs erzählen. Ich muß so schnell wie möglich zum nächsten Telefon, ehe ich zu schwach bin, um noch sprechen zu können. Mein Handy nützt mir hier draußen leider nichts.»

«Dann waren Sie es auch, der sie getötet hat?» fragte Chee.

«Ja, sicher», antwortete Woody. «Wollen Sie wissen, warum?»

Chee nickte. «Ja, bitte, auch wenn wir uns den Grund wahrscheinlich schon denken können.»

«Diese dumme Person hat mir ja gar keine andere Wahl gelassen», begann Woody. «Ich sagte ihr, sie dürfe diese Präriehundkolonie nicht ausrotten, und versuchte es ihr zu erklären. Im Blut dieser Tiere, sagte ich, findet sich vielleicht der Schlüssel, um viele Millionen Menschen vor heute noch tödlichen Krankheiten zu retten.» Woody stieß ein unfrohes Lachen aus. «Sie antwortete, ich hätte sie schon einmal getäuscht, und sie traue mir nicht mehr.»

«Sie getäuscht ...», wiederholte Chee nachdenklich. «Sie erzählten ihr, als sie bei Ihnen war, daß Sie nicht wüßten, wo und wann Nez sich infiziert hätte, nicht wahr?»

Woody nickte. «Ja, damit wollte ich verhindern, was dann später doch eingetreten ist, daß sie nämlich hier auftaucht, um ihr Giftpulver in die Nagerbaue zu stäuben. Als ich sie an dem Morgen sah, hatte sie schon den Schutzanzug übergezogen und wollte gerade anfangen. Ich kam eben noch rechtzeitig, um sie zu stoppen. Und dann überraschte mich der Cop, als ich mit der Schaufel aus dem Hogan trat. Er sah nach, was ich dort gemacht hatte, und kam hinter mir her.»

«Sie haben also auch Kinsman auf dem Gewissen?»

«Wenn Sie es so formulieren wollen – ja. Ich mußte ihn aus dem gleichen Grund töten wie diese Seuchenbekämpferin – um meine Forschung sicherzustellen. Ich konnte einfach nicht zulassen, daß jemand den Fortgang meiner Arbeit behinderte oder sie gar unterband. Alles das hier», er machte eine Armbewegung, die das Labor umfaßte, «sollte nicht umsonst gewesen sein.» Er lächelte resigniert. «Aber nun werde ich doch zum Aufhören gezwungen, und zwar ausgerechnet durch eine der Krankheiten, denen ich den Kampf angesagt hatte. Welch eine Ironie! Die neue, modifizierte, hoch virulente, antibiotikaresistente Form von *Yersinia pestis* ist dabei, mich umzubringen. Schon morgen wird mein Körper als Laborpräparat dienen.»

Während er sprach, hatte er unauffällig die Schublade des Labortisches aufgezogen und hielt plötzlich eine langläufige Pistole in der Hand. Kaliber zweiundzwanzig, schätzte Chee. Wahrscheinlich hatte Woody sie angeschafft, um damit auf Nager zu schießen.

«Ich habe für Erklärungen jetzt einfach keine Zeit», sagte er. Und zu Leaphorn gewandt: «Sie bleiben hier und passen auf das alles hier auf! Lieutenant Chee fährt mich nach Tuba. Sobald wir ein Telefon erreichen, schicken wir jemanden her, der Sie ablöst.»

Chee sah erst auf die Pistole, dann auf Woody. Der Dienstrevolver steckte im Holster an seiner Hüfte. Aber er würde ihn nicht brauchen, dachte er.

«Ich mache Ihnen jetzt einen Vorschlag, was wir tun werden», sagte er. «Mr. Leaphorn fährt mit uns. Sobald wir aus dem Funkschatten heraus sind, fordern wir einen Krankenwagen an. Er soll uns entgegenfahren. Außerdem sorge ich dafür, daß ein Streifenwagen herkommt und ein Polizist hier nach dem Rechten sieht. Und jetzt sollten wir wirklich machen, daß wir so schnell wie möglich von hier wegkommen.»

Er stand auf, trat zur Tür und öffnete sie. «Gehen wir», sagte er zu Woody. «Sie sehen von Minute zu Minute kränker aus.»

«Ich will, daß er dableibt», antwortete Woody störrisch und wedelte mit der Waffe in Leaphorns Richtung. Chee machte einen schnellen Schritt auf ihn zu, nahm ihm die Pistole ab und gab sie Leaphorn. «Nun kommen Sie schon», sagte er, «beeilen Sie sich.»

Doch Woody konnte sich nicht mehr beeilen. Er konnte nicht einmal mehr allein gehen, so daß Chee ihn fast zum Streifenwagen tragen mußte.

Kaum daß sie den Bergkegel des Yells Back Butte hinter sich hatten, nahm Chee Funkkontakt zu seiner Dienststelle auf und gab Anweisung, ihnen einen Krankenwagen entgegenzuschicken. Außerdem ordnete er an, daß ein Officer herauskommen solle, um ein Auge auf Woodys Van zu haben. Leaphorn saß neben Woody im Fond, und kurz nachdem sie losgefahren waren, fing dieser an zu reden.

Als er gestern morgen aufgewacht war, hatte er in der Leistengegend zwei Flöhe entdeckt. Er war sofort aufgestanden und hatte eine Extradosis Antibiotika eingenommen in der Hoffnung, es handele sich – falls die Flöhe denn überhaupt infiziert wären – bloß um die herkömmliche Art von *Yersinia,* die auf die Medikation in der Regel gut ansprach. Doch heute morgen hatte er festgestellt, daß er Fieber hatte. Ihm war sofort klargewesen, daß er sich mit dem neuen, virulenten Bakterium infiziert hatte, dem vor wenigen Wochen Nez zum Opfer gefallen war. Er hatte sich sofort darangemacht, seine Arbeitsnotizen in eine allgemeinverständliche und lesbare Form zu bringen, hatte alles, was zerbrechlich war, sicher verstaut, die Blutproben, an denen er gerade arbeitete, in den

Kühlschrank gepackt, damit sie nicht verdarben, und dann hinter dem Lenkrad Platz genommen. Doch kaum hatte er den Motor angelassen, war ihm plötzlich schwarz vor Augen geworden, und er mußte einsehen, daß er nicht mehr in der Lage war, den Wagen sicher zu steuern. Daraufhin hatte er sich hingesetzt und eine Nachricht geschrieben, in der er kurz den neuesten Stand seiner Arbeit umriß. Wer immer sie fand, sollte sie weiterleiten an einen Kollegen beim Center for Control of Infectious Diseases, mit dem er seit längerer Zeit in wissenschaftlichem Austausch stand.

«Die Nachricht befindet sich in einem Aktendeckel auf meinem Schreibtisch. Der Name meines Kollegen lautet Roy Bobbin Hovey. Er ist genau wie ich Mikrobiologe. Wenn ich schon zu schwach sein sollte, um mit ihm zu reden, wenn wir gleich ein Telefon erreichen, übernehmen Sie es bitte, ihn zu informieren. Sie finden seine Nummer auf einem Zettel in meiner Brieftasche. Und richten Sie ihm aus, daß er unbedingt eine Autopsie vornehmen soll. Welche Organe untersucht werden müssen, weiß er dann schon selbst.»

«Sie sprechen von Ihren Organen?» vergewisserte sich Leaphorn.

Woody war das Kinn auf die Brust gesunken. «Natürlich», murmelte er. «Von wessen sonst?»

Chee warf einen Blick in den Innenspiegel und trat aufs Gas. In Anbetracht der von Rinnen durchfurchten Straße fuhr er um Meilen zu schnell.

«Wie haben Sie es überhaupt geschafft, Officer Kinsman niederzuschlagen? Hatte er Ihnen keine Handschellen angelegt?» fragte er.

«Er war eine Sekunde lang nicht aufmerksam genug», antwortete Woody. «Ich sagte zu ihm, ob er mich denn ungefesselt abführen wolle. Als er sich nach hinten drehte, um nach den Handschellen zu greifen, und mich dadurch aus den Augen ließ, habe ich mir diesen Moment zunutze gemacht.»

«Und als Sie Jano kommen hörten, sind Sie schnell zurückgelaufen zu Miss Pollards Jeep. Wenig später, während ich mich um Kinsman kümmerte und Jano verhaftete, haben Sie dann das Weite gesucht. Sie haben den Wagen ungefähr zwanzig Meilen entfernt in einem trockenen Bachbett abgestellt und Blut auf den Beifahrersitz gekippt, damit es so aussah, als sei Pollard hier im Auto etwas zugestoßen. Richtig? Dann haben Sie, als Sie aus dem Jeep ausstiegen, darauf geachtet, gleich auf die Felsen zu treten, um keine Spuren zu hinterlassen. Sie waren nach Ihrer Tat umsichtig genug, um ihr Fahrrad mitzunehmen. Das haben Sie dann herausgehoben und sind damit wieder zurückgeradelt zu Ihrem Van. So war es doch, oder?»

Woody blieb ihm die Antwort schuldig. Er hatte die Augen geschlossen, und es schien, als sei er bewußtlos, aber vielleicht hatte er auch nur das Gefühl, eine Antwort sei ohnehin nicht mehr von Belang.

Ungefähr zehn Meilen vor Moenkopi kam ihnen der Krankenwagen entgegen. Chee hielt an und informierte den Fahrer und den Krankenträger, daß der Patient sich vermutlich im letzten Stadium einer Pesterkrankung befinde. Woody wurde auf eine Bahre gelegt und in den Krankenwagen geschoben, der alsbald mit quietschenden Reifen wendete und in Richtung Flagstaff davonbrauste. Chee und Leaphorn setzten ihre Fahrt fort, jetzt jedoch in normalem Tempo. Sofort nachdem sie die Dienststelle in Tuba erreicht hatten, ging Chee in sein Büro. Und während Leaphorn im Vorzimmer mit Mrs. Dineyahze plauderte, zog er aus Woodys Brieftasche den Zettel mit der Nummer des Mikrobiologen am Center for Control of Infectious Diseases und rief dort an.

Schon nach wenigen Minuten tauchte er wieder auf, ließ sich Leaphorn gegenüber auf einen Stuhl fallen, wischte sich mit einem Taschentuch über die Stirn und stöhnte. «Puh, was für ein Tag!»

«Haben Sie diesen Hovey erreicht?» wollte Leaphorn wissen.

«Ja, er hat gesagt, daß er noch heute nach Flagstaff fliegen will.»

«Muß ja ein ziemlicher Schock für ihn gewesen sein», bemerkte Leaphorn, «so aus heiterem Himmel zu erfahren, daß ein Kollege, den man seit Jahren kennt, zwei Morde begangen hat.»

«Tja, sollte man meinen, nicht?» antwortete Chee. «Aber ich hatte den Eindruck, die Morde ließen ihn völlig kalt. Das einzige, was ihn interessierte, war, in welchem Zustand Woody sich befindet und vor allem, was mit den Forschungsunterlagen ist. Er wollte wissen, wo sie zur Zeit aufbewahrt werden, ob jemand darauf achtgibt, daß sie nicht durcheinandergeraten oder gar verschwinden, und wann er sie abholen könnte. Dann erkundigte er sich noch nach den Tieren in Woodys Labor und ob die Präriehundkolonie, in der Woody diesen neuen, virulenten Erregertyp entdeckt hätte, auch wirklich noch unversehrt sei.»

«Ach, so einer ist das also», bemerkte Leaphorn.

Chee nickte. «Ja. Ehrlich gesagt fand ich seine Haltung ziemlich abstoßend. Ich erklärte ihm, daß Woody aller Voraussicht nach nicht mehr lange genug am Leben bleibt, um ihm wegen Mordes in zwei Fällen den Prozeß zu machen. Diese Bemerkung schien ihn richtig wütend zu machen. Ich hörte ihn schnauben, und dann sagte er: ‹Mord in zwei Fällen. Zwei Menschen getötet. Was zählt das schon? Woody hat versucht, die Menschheit zu retten!›»

Leaphorn seufzte. «Wahrscheinlich hat er damit nicht einmal übertrieben. Die Menschheit vor dem drohenden Sieg von Bakterien und Viren zu bewahren – das war wohl tatsächlich sein Ziel.»

28

Chee hatte in den nächsten Stunden alle Hände voll zu tun. Zunächst rief er beim Northern Arizona Medical Center an, ließ sich mit der Notaufnahme verbinden und teilte der diensthabenden Ärztin mit, daß eine Ambulanz mit einem an Pest erkrankten Mann zu ihnen unterwegs sei. Anschließend wählte er die Nummer des FBI-Büros in Phoenix und verlangte John Reynald zu sprechen. Der Agent sei beschäftigt, hieß es, doch man könne ihn durchstellen zu Agent Evans.

«Hier Chee», meldete er sich. «Ich möchte Sie darüber informieren, daß der Mann, der Officer Kinsman ermordet hat, sich seit etwa einer Stunde in sicherem Gewahrsam befindet. Sein Name lautet Woody, Dr. Albert Woody, um genau zu sein. Er ist Mikrobiologe und forscht auf dem Gebiet ...»

«Stop!» rief Evans. «Wovon reden Sie überhaupt?»

«Davon, daß wir heute morgen den Mörder von Kinsman gestellt haben», antwortete Chee. «Vielleicht wäre es ratsam, wenn Sie sich jetzt während des Gesprächs Notizen machen. Ihr Boss wird sicherlich ein paar Fragen haben, wenn Sie ihm Bericht erstatten. Dr. Woody hat, nachdem ich ihn über seine Rechte belehrt hatte, in Gegenwart von Joe Leaphorn, einem pensionierten Polizeibeamten, ein umfassendes Geständnis abgelegt. Er hat zugegeben, außer Kinsman auch noch Catherine Pollard umgebracht zu haben, eine Biologin, die für das Arizona Health Department unterwegs war, um Pestherde aufzuspüren. Woody ist schwer krank und im Moment im Ambulanzwagen unterwegs nach Flagstaff ins...»

«Was, zum Teufel, erzählen Sie da für einen Blödsinn?» sagte Evans. «Soll das ein Witz sein?»

«... ins Northern Arizona Medical Center», fuhr Chee unbeirrt fort. «Ich würde empfehlen, die Information so schnell wie möglich an Reynald weiterzuleiten, damit er Mickey in Kenntnis setzen kann und dieser die Anklage gegen Jano fallenläßt. Falls einem der beiden Herren an einem publikumswirksamen Fernsehauftritt gelegen sein sollte, so können Sie ihnen ausrichten, daß die Dienststelle der Navajo Tribal Police in Tuba jederzeit gern Auskunft darüber gibt, wo die Leiche von Miss Pollard vergraben wurde. Darüber hinaus lassen wir ihnen natürlich alle weiteren Ermittlungsdetails zukommen, damit sie überzeugend den Eindruck vermitteln können, daß das FBI diesen Fall gelöst hat.»

«Nun mal ganz langsam», sagte Evans. «Was denken Sie eigentlich ...»

«Tut mir leid, ich habe noch zu tun», entgegnete Chee und legte auf.

Das stimmte sogar, denn jetzt begann er der Reihe nach sämtliche Strafverfolgungsbehörden anzurufen, die von Mickey zur Mitarbeit am Fall Kinsman verpflichtet worden waren, um sie über die jüngste Entwicklung ins Bild zu setzen. Als das getan war, rief er beim Public Defender Service in Phoenix an. Die Sekretärin teilte ihm mit, daß Janet Pete das Haus bereits verlassen habe. Sie sei vor ungefähr einer Stunde aufgebrochen und auf dem Weg nach Tuba. Ja, sie würde Ms. Pete über ihr Autotelefon ausrichten, daß sie sich mit ihm, sobald sie in Tuba sei, in Verbindung setzen möge.

«Ich glaube, sie wollte Sie ohnehin aufsuchen, Lieutenant», sagte die Sekretärin. «Aber was diese wichtige neue Information angeht, von der Sie gesprochen haben, könnten Sie da vielleicht etwas deutlicher werden? Sie wird bestimmt von mir wissen wollen, was Sie damit meinten.»

«Dann sagen Sie Ms. Pete, daß sie in bezug auf den Mord an Officer Kinsman recht hatte. Ich hatte den falschen Mann verhaftet, aber heute morgen haben wir den wahren Täter gefaßt.»

Zu guter Letzt wählte er die Nummer von Leaphorns Motelzimmer. Ohne Erfolg. Er rief beim Empfang an.

«Er sitzt im Restaurant», teilte ihm der Portier mit. «Er sagte, falls Sie sich melden, soll ich Sie fragen, ob Sie nicht Lust hätten herzukommen.»

Leaphorn war inzwischen auch nicht untätig gewesen. Zunächst hatte er die Kanzlei von Peabody, Snell & Glick angerufen und die Sekretärin überredet, ihn direkt zum Seniorchef durchzustellen. Er berichtete Peabody, daß Catherine Pollards Leiche gefunden worden sei. Sie sei ermordet worden. In Anbetracht des angegriffenen Gesundheitszustandes ihrer Tante, Mrs. Vanders, schlage er vor, daß man ihr die schlimme Nachricht persönlich überbringe, wenn möglich durch einen Verwandten oder engen Freund. Er erklärte Peabody, daß es bis zur Freigabe der Leiche noch einige Zeit dauern werde. Zunächst müsse die Spurensicherung eine ordnungsgemäße Exhumierung vornehmen, und anschließend müsse eine Autopsie durchgeführt werden. Zum Schluß nannte er ihm noch die Namen von ein paar Leuten, die ihm weitere Informationen geben könnten.

Der Anruf bei Peabody hatte ihm bevorgestanden. Als er ihn hinter sich hatte, rief er bei Louisa an. Sie war nicht da, und so sprach er seine Schilderung der Ereignisse auf ihren Anrufbeantworter. Er sagte ihr, daß er das Motel heute noch verlassen und nach Window Rock zurückkehren werde. Er werde versuchen, sie morgen von dort aus zu erreichen. Dann duschte er, packte sich die Seifen- und Shampooreste aus dem Bad als Notvorrat ein, hinterließ beim Empfang eine Nachricht für Chee und schlenderte hinüber zum Restaurant.

Er genoß gerade die ungewöhnliche Version eines Taco, offenbar eine Spezialität des Hauses, und verfolgte auf dem oben an der Wand angebrachten Fernseher einen Nike-Werbespot, als Chee eintrat, sich kurz umsah und dann auf seinen Tisch zusteuerte. Er nahm Leaphorns große Canvas-Tasche vom Stuhl und setzte sich. «Wollen Sie abreisen?»

«Ja, es geht zurück nach Hause», antwortete Leaphorn. «Ab

morgen muß ich wieder selber das Geschirr spülen, die Wäsche waschen, na – eben die häuslichen Pflichten erledigen.» Er mußte ziemlich laut sprechen, weil inzwischen ein Gebrauchtwagenspot, der mit viel Geschrei und Lärm einherging, die Nike-Werbung abgelöst hatte.

«Ich möchte Ihnen für Ihre Hilfe danken», sagte Chee.

Leaphorn nickte. «Ich habe Ihnen auch zu danken. Wir haben uns gegenseitig geholfen. Wie früher.»

«Falls ich Ihnen einmal ...»

Im Fernsehen kam jetzt die Ankündigung einer «aktuellen Meldung». Ein gutaussehender junger Mann berichtete, daß es im Mordfall Kinsman eine aufsehenerregende neue Entwicklung gegeben habe. Er übergebe jetzt zu einer Live-Berichterstattung direkt aus dem Federal Courthouse Building an ihre Reporterin Alison Padilla.

Padilla sah nicht ganz so gut aus wie der Moderator im Studio, wirkte aber wach und kompetent. Sie erklärte, daß der Stellvertretende US-Bundesanwalt J. D. Mickey gerade überraschend eine Pressekonferenz einberufen habe. Es sei wohl am sinnvollsten, sie überlasse ihm selbst das Wort. Die Kamera vollführte einen Schwenk auf Mr. Mickey, der, dem Anlaß entsprechend, eine ernste Miene zur Schau trug und ohne Umschweife zur Sache kam.

«Das FBI nahm heute morgen einen Mann fest, der verdächtig ist, den Mord an Officer Benjamin Kinsman sowie einen zweiten Mord an einer Mitarbeiterin des Arizona Health Department, die seit mehr als zwei Wochen vermißt wurde, begangen zu haben. Das FBI besitzt Informationen, welche die Angaben von Robert Jano, der unmittelbar nach dem Mord an Kinsman von einem Officer der Navajo Tribal Police als mutmaßlicher Täter festgenommen wurde, bestätigen und ihn vollständig entlasten. Die Anklage gegen Mr. Jano ist deswegen ab sofort hinfällig. Sobald wir nähere Einzelheiten haben, werden wir die Öffentlichkeit darüber informieren.»

Während Mickey seine Erklärung abgab, hatte Officer Manuelito das Restaurant betreten. Chee sah sie zuerst, winkte sie heran und bedeutete ihr, sich zu setzen. Unterdessen konnte, wer wollte, beobachten, wie Mickey alle weiteren Fragen routiniert abwehrte und die Pressekonferenz beendete. Die Kamera richtete sich wieder auf Ms. Padilla, die damit begann, die Hintergründe des Ganzen zu erläutern.

«Lieutenant», begann Manuelito, «Mrs. Dineyahze schickt mich. Ich soll Ihnen sagen, daß der US-Bundesanwalt Sie dringend zu sprechen wünscht.» Sie machte eine Kopfbewegung in Richtung des Fernsehschirms. «Der da.»

«Gut», erwiderte Chee. «Vielen Dank.»

«Und das Büro der Pflichtverteidiger hat angerufen. Die Sekretärin dort sagt, es sei dringend.»

«Gut», wiederholte Chee. «Übrigens, Bernie, Sie erinnern sich doch noch an Mr. Leaphorn, oder? Wir haben damals in Shiprock zusammengearbeitet. Warum bleiben Sie nicht bei uns sitzen und ruhen sich einen Moment aus?»

Bernie lächelte Leaphorn zu, schüttelte aber den Kopf. «Nein», sagte sie, «das geht leider nicht, ich muß zurück in die Dienststelle. Aber haben Sie mitbekommen, was dieser Mickey da eben gesagt hat? Das ist doch wirklich unverschämt. Er hat es so dargestellt, als ob wir die ganze Sache verbockt hätten.»

Chee zuckte die Schultern.

«So etwas ist schäbig», sagte sie.

«Das machen die vom Bureau oft so», bemerkte Leaphorn. «Deshalb sind die FBI-Leute bei den richtigen Polizisten meist ziemlich unbeliebt.»

«Tja, das ist nur zu verständlich. Ich ...» Bernie hielt inne und suchte nach Worten, ihrer Empörung Ausdruck zu verleihen.

Chee lag daran, das Thema zu wechseln. «Bernie», sagte er, «wann genau findet eigentlich die *kinaalda* für Ihre Cousine statt? Da dank der Bemühungen des FBI der Fall Kinsman ja nun gelöst ist, habe ich wieder mehr Zeit. Gilt die Einladung noch?»

Der Beeper in Manuelitos Holster meldete sich mit dem üblichen, unangenehm durchdringenden Ton.

«Ja, sicher», antwortete sie schnell auf Chees Frage und war auch schon auf dem Weg nach draußen.

Leaphorn warf einen Blick auf seine Rechnung, zog die Brieftasche heraus und legte einen Dollar Trinkgeld auf den Tisch. «Die Fahrt von Tuba nach Window kommt mir von Mal zu Mal länger vor», bemerkte er. «Ich mach mich jetzt besser auf den Weg.»

An der Tür blieb er stehen und wechselte ein paar Worte mit einer jungen Frau. Er deutete mit einer Handbewegung zurück in den Raum und ging.

Janet Pete blieb einen Augenblick im Eingang stehen und sah sich suchend um. Sie trug eine gemusterte Bluse, einen langen Rock und Stiefel. Ihr Haar war modisch kurz, wie es jetzt die Models auf den Titelblättern der großen Frauenzeitschriften trugen. Sie wirkte müde und angespannt, dachte Chee, doch auch jetzt noch erschien sie ihm so atemberaubend schön, daß er einen Moment lang den Kopf senkte, um sie nicht ansehen zu müssen.

Als er den Blick hob, kam sie schon auf ihn zu. Ihr Gesichtsausdruck ließ den Schluß zu, daß sie froh war, ihn entdeckt zu haben. Doch mehr auch nicht.

Chee stand auf, bot ihr höflich einen Stuhl an und sagte: «Du hast also meine Nachricht bekommen.»

«Ja. Nur bin ich mir über ihre Bedeutung nicht im klaren.» Sie setzte sich und strich ihren Rock glatt. «Also, was gibt es?»

Chee berichtete ihr, wie er zusammen mit Leaphorn im aufgegebenen Hogan der Tijinneys Catherine Pollards Leiche entdeckt und daß ein gewisser Dr. Woody gestanden hatte, sowohl die junge Frau als auch Benjamin Kinsman umgebracht zu haben. Der Officer habe ihn beobachtet, wie er mit einer Schaufel aus dem Hogan gekommen sei, er habe nachgesehen und dabei die frisch zugeschüttete Grube entdeckt. Chee erklärte ihr, daß Woody an Pest erkrankt sei und im Krankenhaus von Flagstaff liege. Es sei fraglich, ob er den Tag überlebe. Janet hörte ihm schweigend zu.

«Gerade eben hat Mickey eine Pressekonferenz gegeben. Sie wurde live im Fernsehen übertragen. Die Anklage gegen Jano ist fallengelassen worden», fuhr er fort. «Es bleibt also nichts weiter übrig als der Vorwurf des Wilderns. Das ist keine Kleinigkeit, denn Adler gehören zu den geschützten Arten. Aber ich kann mir gut vorstellen, daß der Richter Janos Strafmaß mit den Wochen verrechnen wird, die er bereits unschuldig eingesessen hat, während er auf seinen Prozeß wartete.»

Janet blickte auf ihre gefalteten Hände vor sich auf dem Tisch. «Es bleibt also nicht mehr übrig als der Vorwurf der Wilderei, meinst du», sagte sie leise. «Du hast etwas vergessen – den Scherbenhaufen.» Er sah sie fragend an, aber sie machte keine Anstalten, ihm eine Erklärung zu geben. Sie hob nur den Kopf und warf ihm einen langen, prüfenden Blick zu.

«Laß mich dir eine Tasse Kaffee holen», schlug er vor. Er wollte aufstehen, doch sie schüttelte den Kopf. «Man hat mich informiert, daß du angerufen hättest, um zu sagen, daß der Adler untersucht wird», fuhr er fort. «Ich wollte dich zurückrufen, aber dann kamen auf einmal so viele andere Dinge dazwischen. Was hat die Untersuchung denn ergeben? Mickeys Worten eben habe ich entnommen, daß man tatsächlich im Gefieder oder an den Krallen des Vogels Spuren von Janos Blut entdeckt haben muß.»

«Das ist doch jetzt nicht mehr wichtig, oder?»

«Wie man's nimmt», antwortete Chee. «Ich würde schon gern wissen, ob Robert Jano nun die Wahrheit gesagt hat oder nicht.»

«Ich habe den Bericht noch nicht gelesen», sagte Janet.

Chee trank einen Schluck Kaffee und wartete.

Sie holte tief Luft. «Jim, wie lange wußtest du schon, daß dieser Woody derjenige ist, der Kinsman umgebracht hat?»

«Noch nicht sehr lange», erwiderte er. Er fragte sich, worauf sie hinauswollte.

«Wußtest du es schon, als du mich anriefst, um mir zu erzählen, du hättest den ersten Adler gefangen?»

«Nein. Erst heute morgen ist mir klargeworden, daß er der Mörder sein muß.»

Sie hatte wieder den Kopf gesenkt und blickte auf ihre Hände. Jetzt wägt sie die Dinge gegeneinander ab, dachte er, zählt die einzelnen Posten zusammen und zieht ihre Schlußfolgerung.

«Ich möchte wissen, warum du mir erzählt hast, daß du das Gespräch mit Reynald aufgenommen hast.»

Er zuckte die Schultern. «Warum nicht?»

«Warum nicht?» Ihre Stimme bebte vor Zorn. «Weil du sehr gut weißt, daß man mich vereidigt hat, um als Janos Pflichtverteidigerin aufzutreten. Und du teilst mir mit, daß du in Zusammenhang mit diesem Prozeß eine strafbare Handlung begangen hast.» Sie hob in einer Mischung aus Ratlosigkeit und Empörung die Hände. «Was hast du gedacht, was ich tun würde?»

Chee zuckte erneut die Schultern.

«Nein, tu meine Frage nicht einfach so ab! Ich will es wirklich wissen. Du mußt doch einen Grund gehabt haben, es mir zu erzählen. Also noch mal: Was hast du gedacht, was ich tun würde?»

Chee überlegte. Gemäß den Normen der Navajo-Ethik mußte man die Wahrheit erst dann sagen, wenn man das vierte Mal gefragt wurde. Janet hatte erst zweimal gefragt.

«Ich nahm an, daß du entweder das FBI unter Druck setzen würdest, den Adler untersuchen zu lassen, oder selbst in dieser Richtung aktiv werden würdest.»

«Das meine ich nicht», sagte sie ungeduldig. «Ich will wissen, was du gedacht hast, was ich in bezug auf das illegal mitgeschnittene Gespräch unternehmen würde. Und in bezug auf Reynald, der dich – ebenfalls ungesetzlicherweise – aufgefordert hat, ein Beweismittel verschwinden zu lassen.»

«Ich dachte, daß du meine Informationen vielleicht gebrauchen könntest. Daß du sie als Hebel einsetzen könntest, um deine Forderung, den Adler untersuchen zu lassen, durchzusetzen», sagte Chee und dachte dabei: Das war das dritte Mal, daß sie gefragt hat.

Sie sah ihn an und seufzte. «Ach, weißt du, Jim, du wirkst in der Rolle des Naiven nicht sehr überzeugend. Dafür kenne ich dich einfach zu gut. Du hattest einen Grund ...»

Chee hob die Hand. Gleich würde sie zum vierten Mal fragen. Das würde er ihr und sich ersparen. Er wählte seine Worte mit Bedacht:

«Ich habe als eine Möglichkeit angenommen, daß du zu Mickey gehen würdest. Du hättest ihm erklärt, daß du erfahren hast, daß der erste Adler, von dem dein Mandant gesprochen hat, gefangen worden ist. Der die Ermittlungen leitende Agent John Reynald habe den mit der Sache befaßten Officer angewiesen, den Adler verschwinden zu lassen – eine Untersuchung des Vogels auf Blutspuren sei nur Zeit- und Geldverschwendung.

Ich nahm weiter an, daß Mickey dir darauf gesagt hätte, daß Reynalds Anweisung ganz in seinem Sinn gewesen sei. Er hätte dich unmißverständlich aufgefordert, daß du dich als gerade neu hinzugekommenes Mitglied im verschworenen Bund der Strafverfolger gefälligst einreihen und die Sache auf sich beruhen lassen solltest. An diesem Punkt hättest du die Wahl gehabt: Du hättest dich fügen oder aber gegen ihn behaupten können; du hättest ihm sagen können, du würdest eben selbst dafür sorgen, daß der Adler untersucht wird.»

Er hielt inne und senkte den Kopf. Er mochte sie jetzt nicht ansehen.

Janet wartete.

Chee seufzte und holte tief Luft. «Als zweite Möglichkeit kam in Betracht, daß du zu Mickey gehen und ihn über einen Umstand informieren würdest, der ein potentielles Prozeßrisiko dargestellt hätte. Ein Officer der Navajo Tribal Police habe den ersten Adler gefangen, von dem dein Mandant gesprochen hat. Doch Agent Reynald vom FBI habe in einem Telefongespräch gegenüber dem Officer deutlich gemacht, daß er den Vogel verschwinden lassen solle. Dieses Gespräch nun sei auf Tonband mitgeschnitten worden. Du würdest deshalb dringend empfehlen, daß er seinerseits die Anordnung treffen solle, das Tier untersuchen zu lassen und das Ergebnis öffentlich zu machen. Nur so könne er einer peinlichen Enthüllung zuvorkommen.»

Janet war rot geworden. Sie hatte das Gesicht abgewandt und schüttelte den Kopf. Doch dann erwiderte sie seinen Blick. «Und was hätte ich sagen sollen, wenn Mickey gefragt hätte, wer diesen illegalen Mitschnitt vorgenommen hat? Und was hätte ich einer Grand Jury sagen sollen, wenn Mickey sich entschlossen hätte, die Sache untersuchen zu lassen?»

«Die Möglichkeit, daß Mickey eine Grand Jury einberufen würde, konnte man getrost ausschließen», antwortete Chee. «Das hätte nämlich bedeutet, daß Reynald mit hineingezogen worden wäre. Und Reynald ist nicht der Mann, der klaglos den Sündenbock spielt. Er hätte den Schwarzen Peter an Mickey weitergereicht, und das wiederum hätte zur Folge gehabt, daß Mickey seine Hoffnungen auf eine politische Karriere hätte begraben können. Aber davon einmal abgesehen – eine Grand Jury beruft man in der Regel ein, um die Wahrheit herauszufinden. Warum hätte Mickey das tun sollen? Er konnte sich doch leicht ausrechnen, wer für den illegalen Mitschnitt verantwortlich war.»

«Und all das hast du schon vorher gewußt», sagte sie bitter. «Und trotzdem bist du hingegangen, hast dir eine mögliche Karriere bei einer der Strafverfolgungsbehörden ruiniert und mich in eine unhaltbare Lage gebracht. Und was passiert, wenn Mickey nun doch noch eine Grand Jury einberuft? Was soll ich da aussagen?»

«Natürlich die Wahrheit. Daß ich dir erzählt habe, daß ich illegalerweise ein Telefongespräch mit Reynald auf Tonband aufgezeichnet habe. Aber mach dir keine Sorgen. Mickey beruft keine Grand Jury ein.»

«Und wenn doch? Selbst wenn ich die Wahrheit sage – was ich selbstverständlich tun werde –, bleibt immer noch eine heikle Tatsache: Du hast mir gegenüber einen kriminellen Akt zugegeben, und ich habe es als vereidigte Angehörige des Gerichts unterlassen, darüber Bericht zu erstatten.»

«Aber das war dem FBI schließlich bekannt. Sie selbst haben auch keine Schritte unternommen, diesen, wie du es nennst, ‹kriminellen Akt› zur Anzeige zu bringen.»

«Noch nicht.»

«Sie werden es auch in Zukunft bleibenlassen.»

«Und wenn nicht – was dann?»

«Dann sagst du aus, daß Jim Chee dir gegenüber behauptet habe, illegalerweise ein Gespräch mit dem FBI-Agenten Reynald auf Tonband aufgezeichnet zu haben.» Chee hielt inne. «Und daß du ihm das geglaubt hast.»

Sie sah ihn entgeistert an. «Daß ich dir das geglaubt habe?»

Er nickte. «Und dann sagst du weiter aus, daß du dies dem US-Bundesanwalt zur Kenntnis gebracht hättest. Daraufhin hätte dich besagter Jim Chee darüber informiert, daß zwar ein Gespräch des angegebenen Inhalts mit Agent Reynald tatsächlich stattgefunden hätte. Er hätte dieses Gespräch aber entgegen seiner ursprünglichen Behauptung nicht mitgeschnitten.»

Janet hatte sich langsam von ihrem Stuhl erhoben und

blickte auf ihn herunter. Wie lange? Nur ein paar Sekunden. Doch in diesem Augenblick fühlte sich Chee wieder in die Zeit zurückversetzt, als er und Janet glücklich miteinander gewesen waren. Damals hatte er fest daran geglaubt, daß Liebe alle Schranken überwinden könne. Janet würde nicht mehr nur dem Namen nach eine Navajo sein, er würde sie mit den alten Traditionen ihres Volkes bekannt machen, und sie würde auf der Reservation arbeiten. Mit der Zeit würde sie den Glanz, die Macht und den Einfluß der reichen Washingtoner Gesellschaft, der sie entstammte, vergessen. Er seinerseits würde auf sein Ziel, ein Schamane zu werden, verzichten. Er würde Ehrgeiz entwickeln, auch in Gelddingen, um ihr einen besseren Lebensstandard bieten zu können, als er ihn jetzt selbst genoß. Im Vergleich zu dem, was sie gewohnt war, würden sie allerdings wohl immer in relativer Armut leben. Doch er war jung und verliebt genug gewesen, um zu glauben, daß sie es trotzdem schaffen könnten. Auch Janet hatte das geglaubt. Inzwischen wußte er, daß es nicht ging. Janet konnte ebensowenig ihre Erziehung, ihre Werteskala, ihre Ansprüche über Bord werfen, wie er dem *Navajo Way* entsagen konnte. Er hatte von ihr zuviel verlangt. Und von sich auch.

«Janet», begann er und hielt dann inne, weil sich das, was er dachte und fühlte, nur schwer in Worte fassen ließ.

«Ach, zum Teufel mit dir, Jim», sagte sie, drehte sich um und ging.

Chee trank seinen Kaffee aus. Er hörte, wie sie draußen den Motor anließ, und das Knirschen, als ihr Wagen über den Kies des Parkplatzes davonrollte. Er fühlte sich wie betäubt. Auf ihre Art hatte sie ihn einmal geliebt. Und er hatte sie geliebt. Liebte sie vielleicht noch immer. Morgen, wenn der Schmerz einsetzte, würde er es genauer wissen.

Colin Dexter

«Dexter ist allen anderen Autoren meilenweit voraus.»
The Literary Review

«Seit Sherlock Holmes gibt es in der englischen Kriminalliteratur keine interessantere Figur als Chief Inspector Morse ...»
Süddeutsche Zeitung

Ihr Fall, Inspector Morse
Stories
(43148)

Der letzte Bus nach Woodstock
(22820)

...wurde sie zuletzt gesehen
(22821)

Die schweigende Welt des Nicholas Quinn
(43263)

Eine Messe für all die Toten
{22845)
Ausgezeichnet mit dem Silver Dagger der britischen Crime Writers' Association.

Die Toten von Jericho
(43242 /
22873 ab April 2001)
Ausgezeichnet mit dem Silver Dagger der britischen Crime Writers' Association.

Das Rätsel der dritten Meile
(42806)
«... brillant, komisch, bizarr und glänzend geschrieben.»
Südwestpresse

Hüte dich vor Maskeraden
(43239)
«Ein intelligenter Krimi zum Mit-Denken. So etwas ist selten.»
Frankfurter Rundschau

rororo

Mord am Oxford-Kanal
(42960)
Ausgezeichnet mit dem Gold Dagger der britischen Crime Writers' Association.

Tod für Don Juan
(43041)

Finstere Gründe
(43100)
Ausgezeichnet mit dem Gold Dagger der britischen Crime Writers' Association.

Die Leiche am Fluß
(43189)
«... ganz vorzüglich.»
Süddeutsche Zeitung

Der Tod ist mein Nachbar
(43278)
«... ein weiteres listig-verschlungen konstruiertes Kriminalrätsel aus der meisterlichen Hand von Colin Dexter.»
The New York Times Book Review

Und kurz ist unser Leben
(22819)

Sjöwall / Wahlöö

«Man konnte zwar schon 1963 die zunehmende Versumpfung der schwedischen Sozialdemokratie voraussehen, aber andere Dinge waren völlig unvorhersehbar: die Entwicklung der Polizei in Richtung auf eine paramilitärische Organisation, ihr verstärkter Schußwaffengebrauch, ihre groß angelegten und zentral gesteuerten Operationen und Manöver... Auch den Verbrechertyp mußten wir ändern, da die Gesellschaft und damit die Kriminalität sich geändert hatten: Sie waren brutaler und schneller geworden.»
Maj Sjöwall

Maj Sjöwall / Per Wahlöö
Die Tote im Götakanal
(rororo 22951)
Nackte tragen keine Papiere. Niemand kannte die Tote, niemand vermißte sie. Schweden hatte seine Sensation...

Der Mann, der sich in Luft auflöste
(rororo 22952)

Der Mann auf dem Balkon
(rororo 22953)
Die Stockholmer Polizei jagt ein Phantom: einen Sexualverbrecher, von dem sie nur weiß, daß er ein Mann ist...

Endstation für neun
(rororo 22954)

Alarm in Sköldgatan
(rororo 22955)
Eine Explosion, ein Brand – und dann entdeckt die Polizei einen Zeitzünder...

rororo

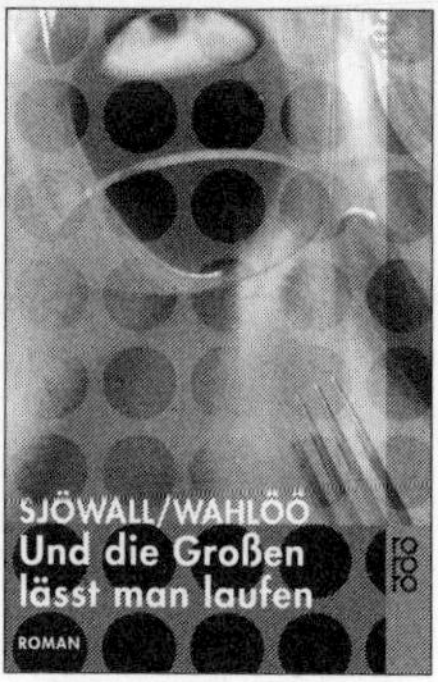

Und die Großen läßt man laufen
(rororo 22956)

Das Ekel aus Säffle
(rororo 22957)
Ein Polizistenschinder bekommt die Quittung...

Verschlossen und verriegelt
(rororo 22958)

Der Polizistenmörder
(rororo 22959)

Die Terroristen
(rororo 22960)

Die zehn Romane mit Kommissar Martin Beck
10 Bände in einer Kassette
(thriller 43177)

Maj Sjöwall / Tomas Ross
Eine Frau wie Greta Garbo
(rororo 43018)

«**Sjöwall/Wahlöös** Romane gehören zu den stärksten Werken des Genres seit Raymond Chandler.»
Zürcher Tagesanzeiger

3019/4